ullstein

LIV SIEVERS liebt es, die geheimsten Wünsche, Träume und Ängste ihrer Mitmenschen zu erforschen. Als Leiterin von Instituts- und Museumsbibliotheken hat sie nicht nur Zugang zum Wissen der Menschheit, sondern auch zu den Abgründen, aus denen dieses Wissen geschöpft wurde. Nach Stationen in Hannover, Köln und Washington, D. C. lebt und arbeitet Liv Sievers heute in Niedersachsen.

LIV SIEVERS

Lagerraum 113

Kriminalroman

Ullstein

Besuchen Sie uns im Internet:
www.ullstein.de

Wir verpflichten uns zu Nachhaltigkeit

- Klimaneutrales Produkt
- Papiere aus nachhaltiger Waldwirtschaft und anderen kontrollierten Quellen
- ullstein.de/nachhaltigkeit

MIX
Papier
FSC FSC® C083411

Originalausgabe im Ullstein Taschenbuch
1. Auflage November 2021

Umschlaggestaltung: zero-media.net, München
Titelabbildung: © FinePic®, München
Satz: Pinkuin Satz und Datentechnik, Berlin
Gesetzt aus der Stempel Garamond
Druck und Bindearbeiten: CPI books GmbH, Leck
ISBN 978-3-548-06424-6

Prolog

Erleichtert schloss er die Haustür auf und schlüpfte ins kühle Innere. Wieder war ein ätzender Arbeitstag überstanden, blieben nur noch ein paar Tausend. Stefan Krampnagel lachte bitter auf. So hatte er sich sein Leben sicher nicht vorgestellt, doch nun war es zu spät, etwas daran zu ändern. Mit fünfundfünfzig Jahren gehörte er mittlerweile zu den schwer vermittelbaren Arbeitnehmern. Die Stellen bekamen jetzt jüngere Leute, die studiert hatten und mit englischen Ausdrücken um sich warfen. Als würden sie dadurch mehr von ihrem Job verstehen. Im Gegenteil, die meisten eilten von einem Meeting zum nächsten und waren kaum an ihrem Arbeitsplatz anzutreffen. Aber sie waren ja ach so wichtig, während die anderen Angestellten, so wie er, den eigentlichen Job erledigten. Dafür bekamen sie dann auch noch fast das doppelte Gehalt. Diese Ungerechtigkeit nagte an ihm, machte jeden Tag in der Firma zur Qual.

Am liebsten würde er einfach kündigen, aber von der Stütze wollte er auch nicht leben. Er war gefangen in einem Albtraum, der sein Leben sein sollte. Wie so oft in letzter Zeit führte ihn sein erster Gang ins Wohnzimmer zum Highboard, in dem sich ein beträchtlicher Vorrat an Alkoholika aller Art befand. Er schlüpfte aus seinen Schuhen und stieß sie in die Ecke, dann riss er sich die Krawatte vom Hals und warf sie auf die Sessellehne. Immer mehr hatte er das Gefühl, sie würde ihn langsam erwürgen.

»Scheiße.« Seine Hand zitterte, als er sich ein Glas nahm und es fast randvoll mit Scotch füllte. Er setzte es an die Lippen und schüttete den Inhalt hinunter. Der Alkohol brannte in seiner Kehle, und er musste den Hustenreiz unterdrücken. Seine Augen tränten, während sich das Getränk einen Weg durch die Speiseröhre in Richtung Magen bahnte. Gleichzeitig breitete sich Wärme in seiner Brust aus, der Raum begann sich vor seinen Augen zu drehen. Ja, genau das brauchte er.

Stefan ließ sich in den Sessel sinken und blickte sich in seinem Wohnzimmer um. Die dunklen Farben der alten Möbel ließen den Raum kleiner wirken, der schmuddelig beige-braun gemusterte Teppich trug auch nicht gerade zum Wohlbefinden bei. Aber immerhin sah man darauf die Flecken nicht so sehr, wenn er wieder einmal im Sessel einschlief und seinen Drink verschüttete. Vermutlich hätte er die alten Möbel hinausschmeißen sollen, als seine Mutter vor einigen Jahren verstorben war und ihm das Haus hinterlassen hatte, aber er konnte sich nie dazu aufraffen.

Seine Finger krampften sich um das Glas, als er sich daran erinnerte, wie sich seine Kollegin über ihn lustig gemacht hatte. Dabei wollte er sie nur einladen. Monatelang hatte Lena ihre Titten in sein Gesicht geschwenkt und ihn heiß gemacht, und als er sich dann das nehmen wollte, was sie ihm anbot, hatte sie ihn eiskalt abblitzen lassen.

Ihre vollen roten Lippen hatten sich zu einem abschätzigen Grinsen verzogen, als sie ihn von oben bis unten gemustert hatte. »Glaubst du im Ernst, ich würde mich mit so einem Typen wie dir abgeben, der nicht auf seinen Körper achtet und in einem alten, verkommenen Haus in den Möbeln seiner Mami lebt? Ich kann Besseres kriegen.«

Beim Weggehen hatte sie mit dem Hintern gewackelt und ihn damit noch mehr gereizt. Ein paar Tage später hatte er sie beim Rummachen mit einem der studierten Arschkriecher im Kopierraum erwischt. Als sie ihn entdeckt hatte, hatte sie nicht etwa den Anstand besessen, sich zu entschuldigen oder zumindest rot zu werden. Nein, sie hatte ihm zugezwinkert und sich dann stöhnend an dem Kerl gerieben. Das hatte Stefan nicht ertragen. Ebenso leise, wie er ihn betreten hatte, hatte er den Kopierraum verlassen und sich wieder an seinen Arbeitsplatz begeben.

Wütend warf er das Glas quer durch den Raum, wo es an der Wand zerbarst. Verdammt! Er hätte dem Typen eine verpassen sollen! Er hätte ihr zeigen sollen, was er von ihrem Benehmen hielt. Stattdessen hatte er nichts gesagt und ging ihr seitdem aus dem Weg. Zu seiner Schande hatte er sich mehr als einmal vorgestellt, er wäre an der Stelle seines Kollegen gewesen. Aber nichts davon entsprach der Realität. Er saß weiterhin allein in diesem Mausoleum und verbrachte seine Abende damit, sich zu betrinken, wie der Loser, der er war.

Von einem Kollegen hatte er gehört, dass Lena inzwischen schon hinter einem anderen her war, doch das half ihm auch nicht. Leidenschaftslos betrachtete er die karamellfarbenen Spritzer an der Wand. Er sollte froh sein, dass er seine Zeit nicht mit so einer Schlampe vergeudet hatte, anstatt sich danach zu sehnen, wenigstens einmal von ihr so angesehen zu werden. Seine Mutter hatte schon immer gesagt, dass er sich die falschen Frauen aussuchte, er hatte es jedoch nicht wahrhaben wollen. Jetzt fragte er sich, ob er den Rest seines

Lebens allein hier sitzen würde, mit einem Glas Scotch in der Hand und irgendeinem Schund im Fernsehen.

Angewidert hievte er sich aus dem Sessel und ging zur Bar. Ein weiteres Glas, ein weiterer Versuch, das Vergessen zu finden. Auf dem Rückweg nahm er die Flasche mit, schaltete den Fernseher ein und suchte ein Programm, das ihm zusagte. Mit jedem weiteren Schluck verlor alles an Bedeutung, und er starrte nur noch stumpf vor sich hin. Wie so häufig in letzter Zeit fielen ihm die Augen zu, und er schlief im Sessel ein.

Mit einem Ruck erwachte Stefan, aus verquollenen Augen blickte er auf den Fernseher. Das Nachtprogramm hatte offenbar begonnen, es lief ein schlecht gemachter Porno. Eine Frau war ans Bett gefesselt, während ein Mann sich über sie hermachte. Stefan schnitt eine Grimasse. Er zog es vor, wenn Sex auf Gegenseitigkeit beruhte. Dann erschien das Gesicht der Frau in Großaufnahme, und er starrte es schockiert an.

»Was zum Teufel ...!« Er wollte zur Fernbedienung greifen, doch er konnte seinen Arm nicht bewegen.

Als er den Kopf senkte, um nachzusehen, was ihn behinderte, schwankte alles, Übelkeit stieg in ihm auf. Offenbar hatte er mehr getankt als sonst, normalerweise schaffte er es ohne Probleme zum Bett. Er könnte auch hier schlafen, aber ganz sicher wollte er dabei nicht Lena zusehen, in deren Gesicht sich höchste Ekstase abzeichnete. Anscheinend mochte sie es hart. Stefan schluckte die Galle hinunter, die bei diesem Anblick in ihm aufstieg.

Da seine Hand immer noch nicht funktionierte, versuchte er, sich aufzusetzen, doch er konnte sich keinen Zentimeter bewegen. Was war mit ihm los? Konnte man so viel trinken, dass es Lähmungserscheinungen auslöste? Er bekam Angst. Für einen Moment schloss er die Augen, um neue Kraft zu sammeln.

»Was ist? Ich dachte, du hättest dir genau das gewünscht. Sie genau so ranzunehmen, wie du sie willst. Ohne dass sie flüchten kann.«

Stefan riss die Augen auf, als er die Stimme neben sich hörte. Unendlich langsam drehte er den Kopf und starrte den Mann an, der in dem zweiten Sessel saß. »Wer …?« Sein Mund war staubtrocken, er brachte kein weiteres Wort heraus.

»Das ist doch völlig unerheblich.« Der Fremde deutete auf den Fernseher. »Hier, sieh zu, jetzt kommt die beste Stelle.«

Stefan brachte ein halbes Kopfschütteln zustande. »Was … haben Sie … mit Lena … gemacht?«

»Das will ich dir ja gerade zeigen. Sie war übrigens nicht schlecht. Ein bisschen zu gierig für meinen Geschmack.« Der Fremde beugte sich vor. »Ich habe ihr natürlich nicht gesagt, dass ich sie aufgenommen habe, das ist unser kleines Geheimnis. Mein Geschenk für dich.«

»Wa…rum?« Stefan hatte Mühe, das laute Stöhnen aus dem Fernseher zu ignorieren.

Das brachte ihm ein Lächeln ein. »Weil ich es kann.«

Das Stöhnen wurde zu Schreien, und Stefan musste hinsehen. Lenas Körper glänzte vor Schweiß, sie bog sich jedem der harten Stöße entgegen und schrie laut auf. Heftig riss sie an den Fesseln, doch sie lösten sich nicht. Ungewollt bekam er eine Erektion, ein Wunder bei der Menge Alkohol, die er intus hatte.

Hastig riss er den Blick los und wandte sich wieder dem

Mann zu. »Was … tun Sie … hier? Warum kann … ich mich … nicht bewegen?«

Wieder dieses Lächeln, gepaart mit einem Blick, der Stefan Gänsehaut verursachte. »Ich werde dich töten, und so ist es einfacher.«

Es klang so selbstverständlich, dass Stefan einen Moment brauchte, um die Worte zu verstehen. Eiseskälte ergriff ihn, der Fluchtreflex setzte ein. Aber er bekam seine Gliedmaßen immer noch nicht frei. Wie festgenagelt saß er in seinem Sessel. »W…warum? Ich kenne Sie … nicht mal.«

»Aber ich kenne dich. Jetzt genieß noch ein wenig den Anblick.«

Als wenn ihm der Sinn danach stünde, dass ein Irrer in sein Haus eindrang, der ihn umbringen wollte! Verzweifelt versuchte Stefan sich zu befreien, doch er war gefangen. Seine Handgelenke waren an die Sessellehnen gefesselt. Das konnte einfach nicht wahr sein! Zwar fand er sein Leben furchtbar, aber er hing trotzdem daran. Mit einem weiteren lauten Schrei endete das Video, und der Bildschirm wurde schwarz. Stefan schluckte hart. Sein Haus lag etwas abseits, selbst wenn er schreien würde, könnte ihn niemand hören. Er besaß auch keine Waffe oder sonst irgendetwas, mit dem er sich hätte verteidigen können. Er war wehrlos.

»Und, wie fandest du sie? Hattest du es dir so vorgestellt?«

»Nein.« Seine Stimme klang vor Panik rau. »Ich weiß … nicht, wer Sie … sind oder woher Sie … von Lena wissen. Verschwinden Sie einfach von hier.«

Die Sesselfedern quietschten, als der Fremde aufstand. »Das werde ich ganz sicher nicht, nach all der Mühe, die ich mir gegeben habe. Du solltest dich freuen, dass ich dir deinen größten Wunsch erfülle.«

»Welchen?«

»Deinem tristen Leben zu entkommen.« Mit diesen Worten zog er ein langes Messer heraus. An den Händen trug er Handschuhe, eine Mütze bedeckte seinen Kopf.

Stefan begann zu zittern. »Ich will nicht sterben!«

»Doch, das willst du. Und glaub mir, so geht es wesentlich schneller als mit Alkohol. Ich tue dir einen Gefallen.« Er stellte sich genau vor Stefan, sodass er sein gesamtes Blickfeld einnahm. »Und jetzt lehn dich zurück, und genieß es.«

»Nein!« Entsetzt starrte Stefan auf das Messer, das seinem Gesicht immer näher kam. Sein Herz raste, Schweiß brannte in seinen Augen. »Bitte, tun Sie das nicht!«

Wieder lächelte der Mann. »Ich liebe es, wenn ihr bettelt. Es hat allerdings noch nie geholfen, ganz im Gegenteil.« Er setzte das Messer an die Wange und schnitt in die Haut. »Du darfst jetzt schreien, wenn du möchtest.«

Das tat Stefan. Er schrie, bis er heiser war, brüllte all den Schmerz, seine Angst und Wut hinaus. Doch es half ihm nicht. Lange Zeit später, als er keine Stimme mehr hatte, kam endlich die Erlösung. Seine Augen schlossen sich, und er empfing erleichtert den Tod. Letztendlich hatte sein Mörder doch recht gehabt.

1

Verdammt, er liebte seinen Job im *Storage Center*. Besonders an Tagen wie heute, wenn am Anfang des Monats die Lagereinheiten geöffnet wurden, die nicht mehr bezahlt worden waren. Meist hingen die Leute an ihrem Krempel und räumten die Lager rechtzeitig leer, doch das war nicht immer der Fall. Manchmal zog jemand weg und ließ den angesammelten Kram einfach da. Gelegentlich verstarb ein Mieter, und die Erben wussten gar nichts von der Lagereinheit. Dann durfte er das angebrachte Schloss knacken. Es war jedes Mal aufregend, zu sehen, was die Leute hier abgestellt hatten. Oft war es nur Schrott, aber hin und wieder stieß er hinter einem Tor auf eine echte Goldgrube. Sie waren gesetzlich verpflichtet, die Sachen drei Monate aufzubewahren, danach wurden sie versteigert oder entsorgt. Manchmal sah Gerald Kopinski etwas, das ihm besonders gefiel, und an großen Glückstagen konnte er mit bloßem Auge erkennen, wie wertvoll sein Fund war. Dann sorgte er dafür, dass die eingelagerte Ware ganz schnell verschwand, bevor sie einer seiner Kollegen bemerkte. Er ging davon aus, dass die anderen Mitarbeiter es ähnlich handhabten.

Seiner Meinung nach hatte jemand, der den Mietvertrag

seiner Einheit auslaufen ließ und sich nicht um die Einlagerungsgegenstände kümmerte, kein Interesse mehr an den Sachen. Deshalb betrachtete Gerald sie als Spende für das *Storage Center* und hatte auch kein schlechtes Gewissen, wenn er hin und wieder etwas für sich abzweigte.

Fröhlich pfeifend folgte er dem grau betonierten Gang und kontrollierte dabei seine Liste. Gleichzeitig warf er einen Blick auf die Schlösser an den grünen Rolltoren, denn er musste es melden, wenn eine Einheit versehentlich offen gelassen worden oder jemand eingebrochen war. Heute schien aber alles in Ordnung zu sein.

Schließlich kam er bei einer der abgelaufenen Einheiten an. Kopinski überprüfte noch einmal die Nummer und das Datum der letzten Zahlung, dann zog er die große Kneifzange aus seinem Werkzeuggürtel und machte sich an die Arbeit. Das Schloss von Lagereinheit Nummer 113 war erschreckend leicht zu knacken, ein Wunder, dass hier nicht eingebrochen worden war. Wie immer steigerte sich seine Aufregung, als er das zerstörte Schloss in den Eimer warf, dann langsam den Bügel umklappte und die Tür aufzog. Sie öffnete sich mit einem leisen Knarren.

Kopinski starrte in die Dunkelheit, während er nach dem Lichtschalter tastete. Die Lagereinheiten hatten absichtlich keine Fenster, um den Lichteinfall und mögliche Schäden so gering wie möglich zu halten, aber auch um Diebstählen vorzubeugen. Als die Neonröhren unter der Decke ansprangen, blinzelte er einige Sekunden gegen die plötzliche Helligkeit an, dann sah er sich neugierig um.

Die Einheit war überraschend groß und aufgeräumt. Es sah beinahe aus, als hätte sich hier jemand ein Zimmer eingerichtet. Auf dem Boden lag ein Teppich, an den Wänden waren alte Schränke aufgebaut. Mit einem dicken schwarzen Edding waren sogar Fenster an die Wand gemalt worden. Das würde seinem Chef gar nicht gefallen. Am besten besorgte er sich gleich Farbe und beseitigte den Mist. Aber zuerst wollte er sehen, was hier alles aufbewahrt wurde.

Langsam betrat er das Lager und betrachtete die Möbel. Warum machte sich jemand offenkundig solche Mühe, um dann die Miete einfach auslaufen und alles so stehen zu lassen? Seit er vor zwölf Jahren hier angefangen hatte, war Kopinski so etwas jedenfalls noch nicht begegnet. Wenn er auch bereits auf etliche skurrile Dinge gestoßen war, wie beispielsweise damals auf diesen absolut lebendig aussehenden Löwen in Angriffspose. Bei dem Anblick hätte er sich fast in die Hosen gemacht, bis er realisiert hatte, dass das Vieh tot und ausgestopft war.

Kopfschüttelnd trat er an einen Schrank und öffnete ihn. Leer. Enttäuscht klappte er die Tür wieder zu. In den anderen Fächern war ebenfalls nichts zu finden. Von dieser großen Einheit hatte er sich eindeutig mehr versprochen.

Kopinski drehte sich zu einem Sessel um, der mit der Lehne zur Tür stand, und stieß unwillkürlich einen lauten Schrei aus. Dort saß jemand drin! Er stolperte rückwärts, bis er mit dem Rücken an den Schrank stieß. Die Zange fiel ihm aus der Hand. Verdammt, was war das hier?

Mühsam sammelte er sich so weit, dass er sprechen konnte. »Hallo? Es ist nicht erlaubt, diese Einheiten als Wohnraum zu nutzen.« Seine Stimme klang mehr als brüchig.

Der Mann reagierte nicht. Überhaupt wirkte es seltsam, wie er dort saß. Der Kopf war leicht zur Seite gesunken, deshalb konnte Kopinski sein Gesicht nicht erkennen. Falls er schlief, dann sehr tief.

Mit zitternden Fingern zog Kopinski sein Handy aus der Hosentasche, dann trat er vorsichtig um den Sessel herum. Sein Mageninhalt hob sich, als er die blutüberströmte Gestalt betrachtete. An Gesicht und Hals waren diverse Schnitte zu sehen, einige so tief, dass die Haut aufklaffte und der Knochen darunter sichtbar wurde. Die Augen waren weit aufgerissen, es stand eine solche Panik darin, dass Kopinskis Herz losgaloppierte. Was auch immer dem armen Kerl zugestoßen war, er hatte es ganz sicher nicht freiwillig über sich ergehen lassen. Sein Blick fiel auf die Finger, die seltsam verdreht schienen, einer fehlte sogar ganz, nur noch ein blutiger Stumpf ragte heraus.

»Scheiße!« Kopinski presste die Hand vor seinen Mund. Er hatte schon einiges gesehen, aber das hier übertraf alles. Der Typ würde auf keinen Fall mehr aufwachen. Trotzdem wollte Kopinski nichts riskieren und trat schnell den Rückzug an.

Hastig verließ er die Lagereinheit und schob die Tür zu. Am liebsten hätte er sie auch abgeschlossen, doch das Schloss war zerstört, und er hatte keinen Ersatz dabei. Deshalb entfernte er sich einige Schritte und wählte dann den Notruf. Es dauerte nur Sekunden, bis sich jemand meldete.

»Ja, hier ist eine Leiche, kommen Sie schnell!« Seine Worte überschlugen sich.

2

Kriminalkommissarin Vanessa Lux atmete tief durch und legte die Hand auf die Türklinke. Es war das erste Mal seit über zwei Jahren, dass sie die Räume des Zentralen Kriminaldienstes von innen sah. Seitdem war viel geschehen, und sie hatte Angst, gleich am ersten Tag zu versagen. War sie wirklich schon bereit, wieder in die Ermittlungsarbeit einbezogen zu werden?

Entschlossen straffte sie die Schultern. Ja, sie war mehr als bereit. Eine Zeit lang war der Job in der Verwaltung ihre Rettung gewesen, aber inzwischen langweilte sie sich dort zu Tode. Sie wollte Tathergänge zusammenpuzzeln und Kriminalfälle lösen, nicht nur Schriftstücke verfassen oder Beweismittel verwalten. Sie war in den Polizeidienst gegangen, um Verbrechen aufzuklären.

Bevor sie noch länger nachgrübeln konnte, klopfte sie kurz und drückte die Türklinke herunter, als ein »Herein« erklang. Schnell betrat sie das Büro von Reiner Kordel, dem Leiter des ZKD. Sie hatte ihn schon einmal getroffen, war aber zu dem Zeitpunkt zu sehr von ihrem Kummer abgelenkt gewesen, um ihm viel Beachtung zu schenken. Das holte sie jetzt nach. Er war ein drahtiger Typ, etwa Mitte fünfzig. Ein schmales Brillengestell saß auf seiner Nase. Die blauen Augen blickten sie durchdringend an, auch wenn sein Mund zu einem Lächeln verzogen war.

»Herzlich willkommen, Frau Lux. Ich freue mich, dass Sie wieder im Einsatz sind.« Er stand auf und reichte ihr die Hand.

Vanessa erwiderte den festen Druck und ließ dann schnell los. »Vielen Dank. Ich bin auch froh, wieder im Ermittlungsdienst zu sein.«

»Bitte setzen Sie sich.« Er deutete auf den Besucherstuhl vor seinem Schreibtisch.

Bemüht, ihre Nervosität nicht zu zeigen, setzte sie sich auf den leidlich bequemen Stuhl, während Kordel erneut hinter dem Schreibtisch Platz nahm. Seine Hände verschränkte er auf einer grünen Mappe.

»Wie geht es Ihnen?«

Vanessa befeuchtete ihre Lippen. »Sehr gut. Wie Sie sicher wissen, habe ich alle Tests zur Wiederaufnahme meiner Tätigkeit mit Erfolg bestanden, ebenso die psychologische Untersuchung.«

»Das ist mir bewusst, sonst säßen wir gar nicht hier. Trotzdem würde ich gern von Ihnen hören, ob Sie sich wieder in der Lage fühlen, als Kommissarin zu arbeiten. Sie wissen ja, dass wir häufig etwas zu sehen bekommen, das für viele Menschen schwer zu ertragen ist. Erst recht, wenn sie selbst schon einmal etwas Derartiges erlebt haben. Der Tod Ihres Vaters …«

Schnell unterbrach sie ihn. »Ich will nicht lügen und behaupten, dass ich ihn vollständig überwunden habe. Aber ich habe gelernt, damit zu leben und meine Gefühle aus der Arbeit herauszuhalten.« Sie beugte sich vor. »Hören Sie, wenn es wider Erwarten doch nicht gehen sollte, werde ich sofort Bescheid sagen. Aber ich muss einfach wieder in den Ermittlungsdienst. Als ich zur Kriminalpolizei gegangen bin, habe ich mir nie vorgestellt, nur Schreibarbeit zu verrichten.«

Kordel nickte langsam. »Das kann ich gut verstehen. Und trotzdem muss ich mir sicher sein können, dass die Fälle vernünftig bearbeitet werden.«

»Darauf können Sie sich verlassen. Ich möchte ganz bestimmt nicht, dass ein Krimineller durch meine Schuld frei herumläuft.«

»Gut.« Er öffnete die Mappe, die vor ihm lag. »Ich teile Sie KFI 1 zu.«

Verwundert sah Vanessa ihn an. In der Kriminalfachinspektion 1 wurde in Mord- und Totschlagsfällen, Sexualdelikten, Vermisstenfällen und noch einigem anderen ermittelt. Sie hätte erwartet, dass Kordel sie zuerst in eine Abteilung mit weniger brisanten Verbrechen stecken würde.

»Wirklich?« Die Frage war ihr herausgerutscht, und sie hätte sie am liebsten rückgängig gemacht.

Kordel hob eine Augenbraue. »Haben Sie etwas dagegen?«

Sofort schüttelte sie den Kopf. »Nein, ganz und gar nicht.«

»In Ordnung. Dann habe ich gleich einen Fall für Ihr Team. Er ist gerade reingekommen.« Die geöffnete Mappe schob er ihr zu. Obenauf lag ein Stapel Fotos.

Vanessa nahm sie in die Hand und betrachtete sie. Auf dem ersten war ein Sessel von hinten zu sehen. Er stand in einem seltsamen Raum ohne Fenster. Künstliches Licht beleuchtete ihn. Sie runzelte die Stirn. Was sollte das? KFI 1 bearbeitete keine Eigentumsdelikte. Rasch blätterte sie zum zweiten Foto und zuckte automatisch zurück, als sie in das Gesicht eines Toten blickte. Haut und Kleidung waren blutgetränkt, er war offensichtlich längere Zeit mit einem Messer bearbeitet worden. Vermutlich sogar genau dort in dem Sessel.

Sie blickte auf und bemerkte, dass Kordel sie beobachtete. Anscheinend versuchte er anhand ihrer Reaktion herauszufinden, ob sie wirklich schon so weit war, wieder Mordfälle zu bearbeiten. Wahrscheinlich hatte er ihr genau deshalb die Akte gegeben, anstatt es ihren Kollegen zu überlassen, sie zu informieren. Unauffällig holte sie Luft und legte die Fotos erst wieder in die Mappe, nachdem sie auch die anderen gesehen hatte.

»Wann ist der Mord passiert?«

»Das wissen wir noch nicht. Der Fund der Leiche wurde uns gerade erst durch einen Mitarbeiter des Mietlagers gemeldet.«

Vanessa nahm noch einmal das Foto und hielt es dicht vor ihre Augen. »Sie sieht noch ziemlich frisch aus.«

»Genau deshalb müssen Sie sofort loslegen. Wer immer das getan hat, ich will diesen Kerl so schnell wie möglich fassen.«

»Alles klar.« Vanessa schloss den Aktendeckel und erhob sich. »War das alles?«

»Ja. Melden Sie sich in Raum 1.10 bei Ihrem neuen Team.«

Vanessa wich das Blut aus dem Gesicht, als sie die Nummer hörte. »Das ist …«, sie schluckte hart, »… das alte Team von meinem Vater.«

»Ja.« Abwartend sah Kordel sie an. »Haben Sie ein Problem damit?«

Sie suchte nach den richtigen Worten. »Ich hatte gehofft, irgendwo ganz neu anfangen zu können. Es ist sicher auch schwierig für die Kollegen, wenn ich sie an meinen Vater erinnere.«

»Ihr Team weiß Bescheid und erwartet Sie bereits. Dirk Hanke ist der Teamleiter.« Seine Miene wurde etwas sanfter. »Ich verlange zwar viel von Ihnen, aber ich glaube, es ist so am besten.«

Sicher rechtfertigte er sich nicht oft, in seiner Stimme klang auch Entschlossenheit mit. Entweder sie integrierte sich in das Team, oder sie war raus. Und das konnte sie auf keinen Fall zulassen. Selbst wenn sie jeden Tag mit den Erinnerungen leben musste.

Vanessa biss die Zähne zusammen und nickte knapp. »Ich verstehe.«

Kordel schob einen Schlüsselbund, ein Handy und einen Dienstausweis über den Tisch. »Die Sachen werden Sie brauchen. Für einen Parkausweis gehen Sie bitte ins Sekretariat. Auch wenn Sie bestimmte Arbeitsmaterialien benötigen.«

Rasch steckte Vanessa die Sachen ein. »Alles klar.«

Der KFI-Leiter stand auf und reichte ihr erneut die Hand. »Einen guten Start. Und wenn etwas sein sollte, scheuen Sie sich nicht, zu mir zu kommen.«

»Danke.«

Schnell verließ Vanessa den Raum und zog die Tür zu. Im Flur lehnte sie sich an die Wand und schloss kurz die Augen. Sie wusste nicht, ob sie es ertragen konnte, das Büro zu betreten, in dem ihr Vater so lange gearbeitet hatte. Hin und wieder hatte sie ihn dort besucht, und noch jetzt konnte sie ihn an seinem Schreibtisch sitzen sehen. Er hatte aufgeblickt und sie angelächelt, und sie hatte gewusst, dass die Welt in Ordnung war. Auch wenn das nicht stimmte, aber ihr Vater hatte sie durch seine Arbeit ein wenig besser gemacht. Doch das war über zwei Jahre her, und er nicht mehr hier. Sie musste schlucken, die alte Trauer stieg in ihr auf. Zwei Jahre ohne ihn; es kam ihr wie eine Ewigkeit vor.

Als sie Schritte hörte, richtete sie sich hastig auf und packte die Mappe fester. Ein Fall wartete auf sie. Er würde nicht dadurch gelöst werden, indem sie hier herumstand und der Vergangenheit nachtrauerte. Ihr Vater war tot, und er würde nicht wollen, dass sie seinetwegen ihren Job vernachlässigte. Oder ihr Leben nicht wieder in den Griff bekam. Jetzt musste sie dafür sorgen, dass dem Opfer Gerechtigkeit widerfuhr.

Vanessa hob das Kinn und setzte sich in Bewegung. Anstatt mit dem Fahrstuhl in den ersten Stock zu fahren, nahm sie lieber die Treppe. In der ersten Etage ging sie zielstrebig auf den Bürotrakt zu, in dem die KFI 1 untergebracht war. Es wirkte alles so vertraut, obwohl sie nie hier gearbeitet hatte. Aber sie hatte noch die Erzählungen ihres Vaters im Ohr und konnte sich gut an ihre Besuche hier erinnern. Es war nicht allzu oft gewesen, sie hatte genug mit ihren eigenen Fällen in einem anderen Kommissariat zu tun gehabt, und ihr Vater war eigentlich immer beschäftigt gewesen. Wie oft hatte sie sich gewünscht, auch irgendwann einmal beim ZKD arbeiten zu können? Jetzt war dieser Traum in Erfüllung gegangen, aber ohne Andreas Lux war es nicht das Gleiche.

Wenn sie ernst genommen werden wollte, durfte sie sich keine Blöße geben. Sie würde ihre Arbeit erledigen – und zwar gut –, selbst wenn es sie umbrachte. Das war sie sich schuldig. Sie hatte zu lange und zu hart gearbeitet, um ihre Karriere wegen eines Schicksalsschlags aufzugeben. Sie lächelte schwach. Den Dickkopf hatte sie wohl von ihrem Vater geerbt.

Vor Raum 1.10 blieb sie stehen und sammelte ihre Kraft. Sie konnte das. Es war ein Zimmer wie jedes andere. Energisch klopfte sie kurz an die Tür und öffnete sie. Es war ein Schock, an einem der Tische den früheren Partner ihres Vaters zu sehen. Obwohl nur zwei Jahre vergangen waren, sah Dirk Hanke wesentlich älter aus, als sie ihn in Erinnerung hatte. Er hatte jetzt einen deutlichen Bauchansatz, die sandfarbenen Haare waren immer weiter aus seiner Stirn gewichen. Seine Augen funkelten aber noch genauso freundlich hinter der Brille wie früher.

Ein weiterer Mann stand im Zimmer, jünger und fitter als Hanke, dafür mit einem Gesichtsausdruck, der sie nervös machte. Er wirkte nicht sonderlich erfreut über ihre Anwesenheit. Oder es war ihm etwas anderes über die Leber gelaufen.

Als Dirk sie entdeckte, kam er sofort um den Tisch herum und begrüßte sie mit ausgestreckten Armen. »Vanessa! Wie schön, dich zu sehen. Der Boss hat uns natürlich davon berichtet, dass du in unser Team kommst, aber ich war nicht sicher, ob es nur ein Scherz ist. Herzlich willkommen. Du siehst gut aus.«

Vanessa lächelte, obwohl ihr nicht danach war. Beim letzten Satz klang ein deutliches »für jemanden, der noch vor Kurzem in psychiatrischer Behandlung war« mit. Oder sie war zu empfindlich, und Dirk meinte es genau so, wie er es gesagt hatte. »Danke, Dirk. Ich freue mich, dich wiederzusehen.«

Er deutete auf den anderen Mann. »Oh, ihr kennt euch noch gar nicht, oder? Das hier ist Kriminalkommissar Falk Wolff, er wurde vor ein paar Monaten in diese Abteilung versetzt.«

Die Lippen des Kommissars kräuselten sich, als hätte er auf eine Zitrone gebissen. Vielleicht war das seine Art zu lächeln. Oder auch nicht. »Ich bin schon fast ein Jahr hier, Hanke. Können wir denn jetzt endlich loslegen? Wir haben einen Fall zu bearbeiten.«

Dirk sah sie entschuldigend an. »Er ist gerade etwas gestresst. Aber diesmal hat er recht, wir müssen jetzt wirklich los.« Er nickte zu der Mappe, die Vanessa in der Hand hielt. »Ich sehe, dass du schon informiert wurdest. Hast du noch irgendwelche Fragen?«

»Wo kann ich meinen Kram ablegen?«

Ihr Kollege schlug sich vor die Stirn. »Ach ja, natürlich. Nimm den Schreibtisch dort.« Er deutete dorthin, wo ihr Vater immer gesessen hatte.

Wie gelähmt starrte sie auf den Arbeitsplatz. »Gibt es keinen anderen?«

Erst sah er sie fragend an, dann blitzte Verständnis in seinen Augen auf. »Ach ja, das war der Schreibtisch deines Vaters. Es ist leider kein anderer frei. Wenn du willst, kann ich aber …«

Wolff unterbrach ihn. »Entschuldigt, wenn ich euer Wiedersehen stören muss, aber wir haben zu arbeiten. Mir ist es völlig egal, wo sie sitzt, Hauptsache, wir können endlich los. Ich will nicht mehr Zeit als nötig verschwenden, auch wenn der Typ nirgendwo mehr hingeht. Wer weiß, wie lange er da schon sitzt.«

Dirk runzelte die Stirn. »Du musst mir nicht erklären, wie wir unseren Job zu machen haben. Trotzdem werden wir unsere neue Kollegin hier vernünftig einführen. Der Mann ist tot, eine Minute mehr oder weniger ist völlig egal. Und wenn dir das nicht passt, kannst du gern zum Boss gehen.

Viel Glück dabei. Ich glaube, er ist gerade nicht so gut auf dich zu sprechen.«

Unbehaglich trat Vanessa von einem Fuß auf den anderen. Offenbar war die Stimmung in ihrem neuen Team ziemlich angespannt. Das waren schlechte Voraussetzungen für eine gute Arbeit. Da sie sich an dem Anstarr-Wettbewerb nicht beteiligen wollte, ging sie zum Schreibtisch ihres Vaters – *ihrem* Schreibtisch – und legte die Aktentasche mit den wenigen Arbeitsmaterialien darauf. Da keine Zeit blieb, sie wegzupacken, nahm sie nur Polizeimarke, Block, Stift und Handy heraus und steckte sie in ihre Jackentasche.

Schnell trat sie zur Tür. »Ich bin bereit. Fahren wir mit einem Auto?«

Dirk wandte sich von seinem Kollegen ab und nickte. »Ja, es ist großräumig abgesperrt, deshalb sind die Parkplätze dort rar.«

Wolff stapfte an ihnen vorbei. »Wir sehen uns da.« Sein abschätziger Blick traf sie. »Sicher, dass Sie die Schuhe anlassen wollen?«

Verwirrt sah Vanessa auf ihre schlichten Stiefeletten mit Keilabsatz. »Ja, warum?«

»Weil wir zu einem Tatort fahren, nicht zu einer Modenschau.«

Hitze stieg in ihre Wangen. »Ich denke nicht …«

Dirk mischte sich ein. »Jetzt lass gut sein, Falk. Wir fahren in ein Lager, nicht ins Moor.«

»Wenn du das sagst.« Damit drehte Falk sich um und verließ den Raum.

Vanessa zuckte zusammen, als die Tür ins Schloss fiel.

Dirk berührte ihren Arm. »Nimm es nicht persönlich, Falk ist schon die ganze Zeit so mies drauf.« Er senkte die

Stimme, obwohl sie allein im Raum waren. »Könnte daran liegen, dass er nicht freiwillig hier ist. Er wurde von seinem Kommissariat nach einem Vorfall hierher zwangsversetzt. Eine Kollegin von ihm ist damals fast gestorben. Vor allem stört ihn aber, dass er hier nicht das Sagen hat.«

Das konnte Vanessa sich gut vorstellen. »Du leitest jetzt das Team?«

»Ja. Nachdem dein Vater …« Er brach ab und räusperte sich. »Ich bin am längsten in der Abteilung, da hat sich das so ergeben.«

»Ich verstehe.« Vanessa bemühte sich um ein Lächeln. »Keine Angst, ich werde dir keinen Ärger bereiten.« Im Moment wollte sie einfach nur wieder beruflich auf die Füße kommen. Danach könnte sie sich vielleicht in eine andere Abteilung versetzen lassen, in der die Erinnerungen nicht ganz so präsent waren.

»Das hatte ich auch nicht angenommen.« Dirk sah auf die Uhr und fluchte unterdrückt. »Mist, jetzt müssen wir aber wirklich los. Ich habe die KT angewiesen, die Leiche noch nicht zu entfernen. Ich will sie mir selbst ansehen, ein Gefühl dafür bekommen. Die sind bestimmt nicht glücklich, wenn wir sie noch länger in ihrer Arbeit behindern.«

Das klang logisch. Sie hatte früher schon mit der Kriminaltechnik zusammengearbeitet und großen Respekt vor deren Job. Sie würde ihn nicht machen wollen.

3

Nach einer kurzen Autofahrt erreichten sie das Gelände des Lagerhauses und stiegen aus dem Wagen. Das Gebäude war weiträumig abgesperrt. Auf dem Parkplatz stand ein Mann neben seinem Lastwagen. Er redete lautstark und gestikulierend auf einen Streifenpolizisten ein, der ihn daran hinderte, zu seiner Lagereinheit zu kommen. Anscheinend hatte er vorgehabt, sie heute zu räumen, und war deshalb ungehalten. Vanessa konnte ihn verstehen, aber Mordermittlungen gingen nun mal vor.

Sie betraten das kühle Gebäude, und Vanessa zog ihre Jacke enger um sich. Draußen war sie an diesem sonnigen Herbsttag etwas zu warm gewesen, doch im Lagerhaus lief die Klimaanlage auf Hochtouren. Falk erwartete sie bereits ungeduldig, seine Laune schien noch übler als vorher. Neben ihm stand ein untersetzter Mann, den er als Besitzer des Unternehmens vorstellte.

»Ich habe Herrn Vollmer bereits gebeten, uns alle Informationen über den Mieter der Lagereinheit zur Verfügung zu stellen. Offenbar war sie die letzten drei Monate an einen gewissen Achim Kunkel vermietet gewesen. Es ist auch eine Adresse mit Telefonnummer angegeben. Kunkel hat die Miete für diese Zeit im Voraus bezahlt, dann aber keine weiteren Zahlungen geleistet. Deshalb sollte die Einheit geöffnet werden, um den Inhalt zu bewerten. Der Mitarbeiter Gerald Kopinski hat das Schloss geknackt und die Leiche gefunden.«

»Okay, wir werden die Angaben überprüfen. Wo finden wir sie?« Gelassen wie immer sah Dirk seinen Kollegen an.

Der deutete den Gang entlang. »Dort hinten, wo die KT arbeitet.«

Vanessa blickte in die angegebene Richtung und erkannte mehrere in weiße Schutzanzüge gekleidete Personen. Die Kriminaltechnik war offenbar voll in ihrem Element.

»Gut, sehen wir uns das mal an.« Rasch strebte Dirk auf die Lagereinheit zu.

Vanessa folgte ihm und versuchte dabei, Falk zu ignorieren, der dicht neben ihr ging. Wenn er sie durch seine Größe einschüchtern wollte, würde ihm das nicht gelingen. Sie war zwar recht klein, hatte es aber gelernt, sich als Frau gegen ihre männlichen Kollegen genauso wie gegen Zeugen und Verdächtige durchzusetzen. Trotzdem war es ihr in dem engen Gang unangenehm, dass er ihr auf die Pelle rückte. Vor allem, weil sie seine Antipathie förmlich spüren konnte. Sie konnte sich seine Feindseligkeit überhaupt nicht erklären, denn sie waren sich nie zuvor begegnet. Sie war vielleicht nicht gerade ein Partykracher, aber bisher mit allen Kollegen gut zurechtgekommen. Es würde ihr die Arbeit sehr erschweren, wenn zu dem herausfordernden Job auch noch ein nörgelnder Kollege hinzukäme.

Deshalb versuchte sie ein freundliches Lächeln. »Wie gefällt es dir in der Einheit?«

Falk sah sie an, als hätte sie den Verstand verloren. »Was

soll das werden? Small Talk? Es ist megaaffengeil, okay? Wie in einer Scheißfamilie.«

Schockiert starrte sie ihn an. »Was ist denn mit dir los? Bist du immer so ein Arsch, oder liegt es an mir?«

Das brachte ihr ein verkniffenes Lächeln ein. »Beides.«

Wunderbar. Genau das, was sie jetzt brauchte. »Danke für deine Ehrlichkeit.«

»Die wirst du immer von mir bekommen.«

Noch etwas, auf das sie sich freuen konnte. Vanessa wollte ihn fragen, was er gegen sie hatte, aber in dem Moment kamen sie an. Rasch schlüpfte sie in einen der Plastik-Overalls sowie die Überschuhe und betrat dann hinter Dirk die Lagereinheit. Auf den ersten Blick sah sie so aus wie auf dem Foto: ein seltsamer, vollständig eingerichteter Raum. Der Sessel stand mit der Rückenlehne zum Eingang. Da sie wusste, was sie erwartete, zögerte Vanessa kurz. Falks Blick lag prüfend auf ihr, deshalb trat sie näher heran.

Seltsamerweise gab es überhaupt keinen Leichengeruch, in dem engen Raum hätte der extrem unangenehm sein müssen.

»Hat hier jemand gelüftet?«

Einer der Techniker drehte sich zu ihr um. »Nein, wieso?«

»Weil es überhaupt nicht nach Leiche riecht.«

Der Mann hob die Augenbrauen. »Das könnte daran liegen, dass es hier keine gibt.«

Mit dem Finger deutete Vanessa auf den Toten. »Und was ist das hier?«

Erstaunen malte sich auf dem Gesicht des KTlers ab. »Wie wir Ihrem Kollegen schon gesagt haben, ist das eine sehr gut gemachte Nachbildung. Der Staatsanwalt ist auch schon gegangen, nachdem er das festgestellt hatte.«

Langsam drehte Vanessa sich zu Falk um, der unbeteiligt dreinblickte. Natürlich hatte er sie voll ins Messer laufen lassen, anstatt ihr gleich zu erzählen, dass sie es nicht mit einer echten Leiche zu tun hatten. So ein Arsch! Mühsam unterdrückte Vanessa ihren Ärger und konzentrierte sich auf ihren Job. Denn auch wenn es hier keinen Toten gab, war es eindeutig etwas, das untersucht werden sollte.

Zu schade, dass die neue Kommissarin die Sache mit dem fehlenden Gestank bemerkt hatte, Falk hätte gern gesehen, wie sie auf den Anblick einer echten Leiche reagiert hätte. Vermutlich hätte sie sich schaudernd abgewandt und ihm und Dirk die ganze Arbeit überlassen. Er hatte sich über sie erkundigt, als es hieß, dass sie neu ins Team kommen würde. Es stand für ihn außer Frage, warum sie aufgenommen worden war, schließlich war ihr Vater der leitende Kommissar von KFI 1 gewesen, und er war im Dienst getötet worden. Wahrscheinlich hatte sie ihre Beziehungen spielen lassen und wurde jetzt aus Mitleid hier eingesetzt.

Angewidert verzog Falk den Mund. Er hasste es, wenn Leute nicht durch ihre Leistungen aufstiegen, sondern nur durch Vitamin B. Andere, die weniger gute Beziehungen hatten, blieben dagegen allzu oft auf der Strecke. Aber er würde ganz genau beachten, was die Lux tat, und dafür sorgen, dass sie nicht mit minderer Arbeit davonkam. Er lehnte sich gegen die Wand und fing einen bösen Blick von einer Technikerin auf, die gerade Spuren sicherte. Mit einem knappen Nicken in ihre Richtung entfernte er sich von der Wand und stellte sich so hin, dass er Lux' Reaktion auf den Anblick der Attrappe genau sehen konnte.

Sie ging um den Sessel herum und starrte lange darauf. Kein Wunder, Falk war im ersten Moment auch unsicher gewesen, weil die Attrappe so verdammt echt wirkte. Von den hervorstehenden künstlichen Adern auf den Händen bis hin zu kleinen Pigmentflecken unter der nachgeahmten Haut. Kein Wunder, dass der Angestellte gedacht hatte, er hätte es mit einer Leiche zu tun. Ihm wäre der Unterschied auch nicht auf den ersten Blick aufgefallen. Irgendjemand hatte sich sehr viel Mühe gegeben.

Offenbar ahnte Lux, dass sie genau beobachtet wurde, denn sie versteifte sich, während sie die imitierten Wunden aus der Nähe betrachtete. Zerfetztes Fleisch im Gesicht und an den Armen und vor allem die klaffende Wunde quer über den Hals waren selbst für ihn kein alltäglicher Anblick. Dazu kamen noch die Verletzungen an den Fingern. Das alles war von jeder Menge Blut umgeben. Der Erbauer hatte zumindest schon einmal Fotos von echten Wunden gesehen. Aber was sagte das aus? Dank Fernsehen und Internet konnte heutzutage jeder alles erfahren. Das machte seine Arbeit nicht gerade leichter. Andererseits konnte es gut sein, dass es eine ganz harmlose Begründung für dieses seltsame Szenario gab und sich der Fall damit von selbst erledigte.

Lux beugte sich weiter vor und betrachtete die Fake-Wunden genauer. »Wurde von dem ›Blut‹ schon eine Probe genommen? Ich finde, es sieht verdammt echt aus.«

Dafür bekam sie von Falk Pluspunkte, offenbar hatte sie tatsächlich vorher schon einmal eine Leiche von Nahem gesehen.

Dirk trat zu ihr und starrte ebenfalls darauf. »Das ist möglich. Aber warum sollte jemand echtes Blut benutzen? Je älter es wird, desto unschöner würde es auf der Puppe aussehen. Es wäre besser, etwas Haltbareres zu verwenden.«

»Ja, genau das ist die Frage.«

Vanessas Instinkt hatte in den letzten zwei Jahren brachgelegen, jetzt meldete er sich mit Nachdruck zurück. Irgendetwas stimmte hier nicht. Und zwar nicht nur deshalb, weil die ganze Szene verdammt makaber war. Etwas lauerte am Rande ihres Gedächtnisses, aber sie kam nicht darauf, was es war.

Als sie aufsah, stand Falk mit über der Brust gekreuzten Armen in der Nähe der Wand und ließ sie nicht aus den Augen. Es war, als würde er nur darauf warten, dass sie versagte. Oder als wäre das Ganze ein Test, um zu sehen, wie sie darauf reagierte, als hätte er die Attrappe eigenhändig dort postiert. Nein, das war Unsinn. Niemand würde sich solche Mühe geben, nur um sie scheitern zu sehen. Vanessa reckte das Kinn und erwiderte seinen herausfordernden Blick, bewirkte damit jedoch nur, dass er arrogant eine Braue hob. Verärgert drehte sie sich um. Es gab Wichtigeres als Falk Wolff, um das sie sich kümmern musste. Wenn er ein Problem mit ihr hatte, musste er damit leben. Aber sie würde eindeutig mit ihm darüber reden, dass er nicht sämtliche Informationen mit ihr geteilt hatte, obwohl er die Gelegenheit dazu gehabt hatte.

»Wir werden es auf jeden Fall untersuchen lassen.« Dirk gab einem der Techniker ein Zeichen, bevor er sich wieder an sie wandte. »Willst du dir noch irgendetwas genauer anschauen?«

»Nein, ich denke, das ist nicht nötig. Alles Weitere können wir auch in der Rechtsmedizin machen.« Sie stockte. »Oder wo auch immer die Attrappe hingebracht wird.«

»So einen Fall hatten wir noch nicht, ich weiß nicht genau, wie wir mit dem ›Opfer‹ vorgehen. Wahrscheinlich wird es mit den anderen Beweismitteln in die Räumlichkeiten der

KT gebracht und dort untersucht.« Dirk richtete seine Aufmerksamkeit auf den Techniker, der zu ihnen gestoßen war. »Von dem Blut muss eine Probe genommen werden.«

Der Mann nickte. »Wird gemacht.« Sofort begann er, etwas von dem roten Zeug abzukratzen.

Bevor Vanessa die Lagereinheit verließ, sah sie sich noch einmal in dem Raum um. Irgendetwas kam ihr seltsam vertraut vor, aber sie kam immer noch nicht darauf. Vielleicht ein Tatort, der so ähnlich ausgesehen hatte. Ein Ermordeter in einem Sessel war allerdings nicht gerade innovativ. Es könnte ebenso gut sein, dass sie die Szene in einem Buch gelesen hatte. Wenn, dann war es allerdings schon einige Zeit her, in den letzten Jahren hatte sie keine Thriller oder Krimis mehr in die Hand genommen. Da es ihr nicht einfiel, zog sie den Schutzanzug aus und folgte Dirk und Falk zu einem Büro, in dem ein Mann saß. Er wirkte ziemlich blass, die Hände hatte er im Schoß verkrampft.

Der Besitzer stellte ihn vor. »Das ist Gerald Kopinski, er hat die Lagereinheit geöffnet.«

Die Befragung war zügig beendet. Mehr als einen kurzen Bericht, wie er die Attrappe gefunden hatte, konnte er nicht zur Aufklärung des Falls beisteuern. Ärger zeichnete sich auf seinem Gesicht ab, als er seine Schilderung beendet hatte. »Welcher Idiot macht denn so was? Ich hätte fast einen Herzinfarkt bekommen, als ich die Leiche gesehen habe.«

Dirk nickte mitfühlend. »Das wissen wir noch nicht, aber wir werden es herausbekommen. Ich habe den Namen und die Anschrift bereits überprüfen lassen; offenbar sind beide falsch. Wir werden sie ermitteln müssen. Ist Ihnen sonst noch etwas aufgefallen? Haben Sie den Mieter der Einheit jemals gesehen?«

Kopinski hob die Schultern. »Nicht, dass ich wüsste. Er ist mir jedenfalls nicht bewusst aufgefallen.«

»Können Sie sich an ihn erinnern, Herr Vollmer?«

Der schüttelte sofort den Kopf. »Nein. Hier kommen und gehen so viele Gesichter, es ist unmöglich, sich alle zu merken. Aber wenn Sie ein Bild von ihm haben, das meinem Gedächtnis auf die Sprünge helfen könnte, wäre das hilfreich.«

Falk mischte sich ein. »Haben Sie hier Kameras installiert?«

»Nur auf dem Außengelände. Im Gebäude legen wir Wert auf Diskretion. Oder vielmehr unsere Kunden.«

Mist, also gab es keine Möglichkeit, den Mieter der Einheit schnell zu finden, wenn er falsche Angaben gemacht hatte. Sie konnten nur alle Außenbilder begutachten und hoffen, dass ihnen dabei etwas auffiel. Die Wahrscheinlichkeit war aber relativ gering.

Dirk stellte den Männern noch einige Fragen, aber es kam nichts heraus, das ihnen helfen würde. Da es sich nicht um eine echte Leiche handelte, ließen sie es dabei bewenden, um erst einmal die Informationen der KT abzuwarten. Wenn die kriminaltechnische Untersuchung etwas ergab, würden sie weiter ermitteln.

»Könnten Sie uns bitte informieren, wenn Ihnen noch etwas einfallen sollte? Oder vielleicht hat einer der anderen Mieter den von Einheit 113 gesehen. Es wäre nett, wenn Sie herumfragen könnten.«

Vollmer nickte sofort. »Kein Problem, ich schicke eine Mail an alle uns vorliegenden Adressen.«

»Danke.«

»Wann kann ich die Einheit wieder vermieten?«

»Wir melden uns bei Ihnen, wenn wir sicher sind, dass kein Verbrechen vorliegt.«

»An einer Puppe?«, fragte Vollmer verständnislos.

Dirk lächelte unverbindlich. »Aus ermittlungstaktischen Gründen kann ich dazu nichts sagen. Ich habe Ihre Nummer.«

Sie verabschiedeten sich und traten ins Freie.

»Das alles ist eine große Zeitverschwendung! Wir haben genug echte Fälle.« Falks Laune hatte sich offenkundig nicht gebessert.

Dirk starrte ihn genervt an. »Das mag sein. Aber wir kümmern uns um jeden Fall, der uns zugewiesen wird. So wie dieser. Zuerst einmal werden wir gewissenhaft überprüfen, ob dieser bizarren Nachbildung nicht ein echtes Verbrechen zugrunde liegt. Erst wenn ich sicher bin, dass es nicht so ist, wird der Fall zu den Akten gelegt. Wenn dir das nicht passt, beschwer dich bei Kordel. Aber geh mir nicht auf den Keks mit dem ewigen Genöle.«

»Ich sage ja nur, dass es keinen Grund gibt, den Fall zu dritt zu bearbeiten. Es reicht, wenn das einer von uns macht.«

»Meldest du dich etwa freiwillig?«

Falk verzog den Mund. »Ich dachte mehr an unseren Neuzugang. Erfahrungen sammeln und so.«

»Das ist nicht …«

»Ich kümmere mich gern darum. Auch wenn ich genug Erfahrung habe, danke schön.«

Erstaunt sah Falk sie an. Offenbar hatte er nicht damit gerechnet, dass sie zustimmen würde. Wenn möglich wurde seine Miene noch finsterer.

»Das musst du nicht, Vanessa. Ich weiß, wie gut du bist.«

Sie lächelte Dirk an. »Es macht mir wirklich nichts aus.

Bisher deutet nichts auf eine Straftat hin, wahrscheinlich lässt sich die Sache leicht aufklären.«

»In Ordnung. Dann trägst du alle relevanten Informationen zusammen, und wir besprechen jeden Morgen um acht unser weiteres Vorgehen und schauen, ob der Fall tatsächlich keine kriminaltechnische Relevanz hat. Die Staatsanwaltschaft wird sich erst dann dafür interessieren. Sind alle damit einverstanden?«

Vanessa stimmte zu, und auch Falk nickte knapp.

»Gut. Fahren wir, es warten noch andere Fälle auf uns.« Er hielt Falk am Arm fest, als der zu seinem Motorrad gehen wollte. »Und Falk, wenn du noch einmal wichtige Informationen zurückhältst, werde ich das melden.«

Der sah aus, als wollte er etwas Harsches erwidern, nickte dann aber nur erneut und stakste zu seiner Maschine.

Die Fahrt zurück zum Dienstgebäude verlief weitgehend schweigend. Irgendwann hielt Vanessa es nicht mehr aus. »Was hat Falk gegen mich? Ich wüsste nicht, dass ich ihm jemals etwas getan hätte. Ich kenne ihn nicht mal.«

»Er hat nichts gegen dich.«

Ungläubig sah Vanessa ihn an. »Nein? Das kam mir aber verdammt so vor. Er war nicht nur unfreundlich, sondern hat mich voll auflaufen lassen.«

Dirk schüttelte den Kopf. »Das hatte nichts mit dir zu tun. Ich habe noch keinen Menschen kennengelernt, den Falk mochte. Er behandelt alle so. Ignorier ihn einfach. Wenn man sich nicht aus der Ruhe bringen lässt, hört er irgendwann damit auf.«

»Na wunderbar.« Vanessa verzog den Mund. Sie wollte einfach nur ihre Arbeit machen, sich wieder eingewöhnen und Spaß daran haben. Mit einem Kollegen wie Falk würde das sehr schwer werden. »Danke für den Rat, ich werde ihn befolgen.«

»Gut so. Auch wenn es jetzt nicht so wirkt, Falk versteht was vom Job und hat einen guten Instinkt. Dank ihm konnten wir schon einige Fälle lösen.«

Immerhin etwas. »Hoffen wir, dass er sich beruhigt und mich akzeptiert.«

»Das wird er.« Dirk lächelte sie an. »Ich bin froh, wieder einen Lux im Team zu haben.«

Dankbarkeit und Trauer mischten sich in ihr. Es war klar, dass sie in Dirks Augen nur ein magerer Ersatz für ihren Vater war. Andreas Lux war nahezu eine Legende. Daneben wirkte sie wie eine blutige Anfängerin, die sich ihre Sporen erst noch verdienen musste. Es würde Jahre dauern, bis sie ähnlich gut war wie ihr Vater. Aber das war okay, sie war bereit zu lernen und all ihre Kraft in die Arbeit zu stecken. Momentan hatte sie keine Beziehung, und somit keine Ablenkung. Ihr letzter Freund war nicht sonderlich begeistert darüber gewesen, wie sehr sie sich durch den Tod ihres Vaters verändert hatte. Gerade mal einen Monat war er noch bei ihr geblieben, bevor er sich anderweitig orientiert hatte. In ihrem Schmerz hatte sie es kaum registriert. Es war nur ein weiterer Tiefschlag gewesen.

»Entschuldige, ich wollte dich nicht traurig machen.«

Vanessa tauchte aus ihren Gedanken auf. »Ich werde mich mit den Erinnerungen an ihn anfreunden müssen, wenn ich nun in diesem Team arbeite. Bisher hatte ich noch keine Zeit dafür, mich an den Gedanken zu gewöhnen, weil ich bis zu meinem Gespräch mit Kordel nicht wusste, wo ich eingesetzt werde.«

Erstaunt sah Dirk sie an. »Wirklich nicht? Wir wussten

das schon seit Längerem. Seltsam, dass er es dir nicht gesagt hat.«

»Wahrscheinlich wollte er meine Reaktion testen. Sehen, ob ich zusammenbreche, wenn er mich dorthin schickt, wo mich alles an meinen Vater erinnert.« Sie konnte sich nicht helfen, aber das nahm sie ihm übel.

Dirk hob die Schultern. »Möglich. Aber wir werden ihm zeigen, dass es die richtige Wahl war. Ich bin sicher, du bist eine gute Ergänzung des Teams. Manchmal fehlt uns alten Haudegen ein junger, frischer und vor allem weiblicher Blick auf einen Fall.«

Damit hatte er absolut recht. Auch in ihren früheren Teams war das so gewesen, und sie wusste, was sie konnte. »Ich werde mich bemühen.«

4

Vanessa versuchte zu ignorieren, dass ihr neuer Schreibtisch vorher der Platz ihres Vaters gewesen war. So konnte sie sich deutlich besser auf ihre Arbeit konzentrieren. Über die Platte verteilt lagen diverse Berichte, die die Kriminaltechnik herübergeschickt hatte. Sie fand es unpraktisch, dass diese Abteilung nicht auch in dem Gebäude am Waterlooplatz angesiedelt war, aber vermutlich war das dem begrenzten Platzangebot geschuldet. Die Labore und Aufbewahrungsstätten brauchten viel Raum, den es hier nicht gab. Glücklicherweise verteilte ein Hauspostdienst mehrmals am Tag oder nach Bedarf die Berichte und andere Dinge zwischen den Gebäuden.

Die Fotos vom »Tatort« waren ihr per Mail geschickt worden, und sie klickte sich langsam durch die Bilder. Jetzt entdeckte sie auch Details, die ihr bei dem kurzen Rundgang gar nicht aufgefallen waren. Wie sorgfältig die Attrappe zurechtgemacht worden war, von den leicht löchrigen Socken bis hin zur korrekt geschnittenen Frisur, die sich in der Untersuchung als Echthaarperücke herausgestellt hatte. Eines war extrem deutlich: Jemand hatte sich sehr viel Mühe gegeben, die Puppe einem Menschen nachzuempfinden. Bis hin zu den Leberflecken im Gesicht und dem Bauchansatz. Aber warum? Was brachte es ihm oder ihr, ein nachempfundenes Mordopfer in eine Lagereinheit zu setzen, wo es niemand sah?

Es musste viel Zeit und Geld gekostet haben, dazu kam noch die Raummiete. Sie konnte sich nicht vorstellen, dass das jemand nur zum Spaß gemacht hatte. Oder um jemanden zu erschrecken. Es musste einen anderen Hintergrund geben. Der konnte ganz banal sein, wie eine Filmrequisite, oder auch dunkleren Ursprungs. Vanessa machte sich eine Notiz, bei den bekannten Filmfirmen nachzufragen, ob jemand eine Leichenattrappe vermisste. Aber ihr Instinkt sagte ihr, dass das nicht die Erklärung war. Denn dazu passte nicht, dass die Anmietung mit Bargeld vorgenommen worden war und der Mieter einen falschen Namen und eine falsche Anschrift angegeben hatte. Normalerweise sollte so etwas bei der Anmietung überprüft werden, aber offenbar hatte es das *Storage Center* nicht so genau genommen.

Überhaupt passte einiges nicht zusammen. Warum gab sich jemand so viel Mühe, um dann die Miete nicht mehr zu zahlen? Außer er oder sie konnte es nicht mehr. Aber das würde sich wohl erst klären lassen, nachdem sie den Besitzer gefunden hatten. Falls es überhaupt dazu kam. Sollte sich herausstellen, dass kein Verbrechen vorlag, würden die Ermittlungen sofort eingestellt werden. Im Grunde wäre ihr das auch recht, denn sie wollte echte Fälle aufklären und nicht ihre Zeit und die Ressourcen der Abteilung verschwenden. Bis es aber so weit war, würde sie jedes Detail bewerten.

Noch einmal klickte sie durch die Fotos und stutzte, als sie eine Nahaufnahme der Hand des falschen Toten betrachtete. Der kleine Finger stand seltsam schräg zur Seite ab. Es wirkte aber nicht wie eine aktuelle Verletzung, sondern als wäre bereits alles verheilt. Sofern man bei einer Puppe davon reden konnte. Irgendetwas in ihrer Erinnerung sprang auf den Anblick an, aber sie kam nicht darauf, wo sie so etwas schon gesehen hatte. Es war keiner ihrer früheren Fälle gewesen, die hatte sie alle im Gedächtnis gespeichert. Sosehr sie auch grübelte, es fiel ihr nicht ein. Sie schob die Frage beiseite und las stattdessen den vorläufigen Bericht der Spurensuche. Offenbar gab es im gesamten Raum keinerlei Fingerabdrücke, abgesehen von einigen an der Tür, die von dem Angestellten des *Storage Center* stammten. Auch Haare oder Hautzellen waren nicht entdeckt worden. Damit gab es bisher keinerlei Hinweis auf den möglichen Erbauer der Attrappe.

Das war nicht sonderlich ermutigend, aber Vanessa las trotzdem weiter. Sie war gerade bei der Auflistung der Kleidung angekommen, als das Telefon auf ihrem Schreibtisch klingelte. Erschrocken zuckte sie zusammen und griff dann eilig nach dem Hörer. »Lux?«

Ein Moment der Stille entstand, dann erklang ein Räuspern. »Hier ist Petra Klimcke von KFI 5. Entschuldigung, der Name hat mich überrascht.«

»Ich bin Vanessa Lux, Andreas Lux war mein Vater.«

»Ich verstehe. Es tut mir sehr leid, Ihr Vater war ein guter Mann.«

Vanessa spürte einen Druck hinter ihren Augen und blinzelte ihn hastig weg. »Danke. Haben Sie Informationen für mich?«

»Ja, genau.« Jetzt klang die Stimme geschäftsmäßig. »Ich habe die rote Substanz an der Attrappe untersucht. Es ist eindeutig Blut, und das nicht wenig. Sowohl auf der ›Haut‹ als auch auf der Kleidung. Ich kann allerdings noch nicht sagen, von wem es stammt – oder von was. Es könnte sich auch um Tierblut handeln.«

Es war Blut! Das warf gleich ein anderes Licht auf den Fall. »Wie lange wird es etwa dauern, bis Sie Genaueres sagen können?«

»Einige andere Proben warten noch auf ihre Bearbeitung, also komme ich vermutlich frühestens morgen im Laufe des Tages dazu. Ich habe nur einen Kurztest gemacht, um zu sehen, ob wir uns überhaupt weiter damit beschäftigen müssen. Ganz offensichtlich ist es so. Ich habe ein paar Fotos gesehen, ganz ehrlich, wer so etwas macht, muss krank sein.«

»Oder hatte einen ganz bestimmten Grund, es so aussehen zu lassen. Und genau den werde ich herausfinden. Danke für die Infos.«

»Gern, ich melde mich, sobald ich mehr weiß. Einen kurzen Bericht schicke ich aber vorher schon.«

»Nochmals danke. Tschüss.« Vanessa legte den Hörer auf und starrte einen Moment lang vor sich hin.

Warum sollte jemand echtes Blut verwenden? Damit fiel ihre Theorie von der Filmrequisite endgültig durch. Selbst der genaueste Regisseur würde Kunstblut verwenden, schon aus hygienischen Gründen. Davon abgesehen sah Blut aus filmtechnischer Sicht nicht mehr wirklich gut aus, wenn es älter war.

Sie blickte durch den Raum zu Dirk. Der telefonierte gerade, deshalb beschloss sie, ihn nicht zu stören. Die Sache mit dem Blut konnte sie ihm auch noch sagen, wenn sie mehr darüber wusste. Sie wandte sich wieder den Berichten zu. Die ungewöhnliche Akribie passte so gar nicht dazu, die Mietzeit der Lagereinheit einfach auslaufen zu lassen. Sie mussten dringend den Mieter finden, um den Fall klären zu können. Nur war das ohne Namen und Anschrift ziemlich schwierig. Vielleicht konnten sie ihn mithilfe der Videos vom Parkplatz ermitteln. Doch das glich der berühmten Suche nach der Nadel im Heuhaufen.

Systematisch arbeitete sie sich durch die Stapel und schrieb sich die wichtigsten Erkenntnisse auf. Im Laufe des Tages kamen noch weitere Mappen und E-Mails dazu. Die Zeit verging so schnell, dass sie erstaunt aufblickte, als Dirk an ihren Schreibtisch trat, während er sich die Jacke anzog.

»Willst du gar nicht Schluss machen?« Belustigung schwang in seiner Frage mit.

Vanessa sah auf ihre Uhr und zuckte zusammen, als sie registrierte, wie spät es schon war. »Oh! Ich habe total die Zeit vergessen. Ja, ich gehe jetzt auch.« Sie schob die Mappen ordentlich zusammen und erhob sich.

»Hast du noch was herausgefunden?«

Sie nickte, während sie in ihre Jacke schlüpfte und in der Tasche nach ihrem Autoschlüssel tastete. »Ja, ein paar Details, aber noch nicht, wer der Mieter war. Die interessanteste Information ist sicher die, dass das Rote rund um die Wunden tatsächlich Blut ist. Es wird aber noch untersucht, ob es sich um Menschen- oder Tierblut handelt. Das Ergebnis sollte ich morgen bekommen.«

Dirk schwieg einen Moment. »Ich hatte zwar gesagt, dass du den Fall übernimmst, war allerdings davon ausgegangen, dass du mir wichtige Erkenntnisse sofort meldest.«

Hitze stieg in ihre Wangen, doch sie hielt seinem Blick stand. »Tut mir leid, du warst gerade am Telefon, und dann war ich so beschäftigt, dass ich es vergessen habe. Kommt nicht wieder vor.«

Langsam nickte Dirk. »Gut. Ich habe hier schon einen einsamen Wolf und brauche keinen zweiten. Ich erwarte morgen früh einen vollständigen Bericht.«

Fast lautlos stöhnte Vanessa auf. Jetzt durfte sie sich auch noch die Nacht um die Ohren schlagen, um alles noch einmal durchzugehen und ihre Notizen aufzubereiten. »Natürlich.« Wieder sah sie auf die Uhr. »So, nun muss ich aber wirklich los, ich habe meiner Mutter versprochen, zum Essen zu kommen.«

Etwas wie Traurigkeit huschte über Dirks Gesicht. »Grüß Marion schön von mir.«

Vanessa hatte vergessen, dass Dirk ihre Mutter kannte. Natürlich, er hatte schließlich fünfzehn Jahre mit ihrem Vater zusammengearbeitet. Sie glaubte allerdings nicht, dass ihre Mutter nach dem Tod ihres Mannes noch Kontakt zu seinen Kollegen gehabt hatte.

Sie lächelte Dirk an. »Das werde ich, danke. Wir sehen uns morgen.«

»Ja. Einen schönen Abend.« Damit drehte Dirk sich um und verließ das Büro.

Vanessa blickte ihm hinterher und bemerkte dabei, dass Falk ihr Gespräch beobachtet hatte. Sein Gesichtsausdruck war so finster wie immer, deshalb konnte sie nicht deuten, was er davon hielt. Besonders davon, dass Dirk ihn als einsamen Wolf bezeichnet hatte. Sie hätte ihn eher einen Miesepeter genannt. Was vermutlich auch nicht gut ankommen würde.

Amüsiert packte sie rasch die Unterlagen zusammen und schwang sich den Riemen ihrer Aktentasche über die Schulter. Sie fuhr den PC herunter und verließ mit einem knappen Nicken in Falks Richtung ebenfalls das Büro. Auf dem

Gang war es ruhig, ein Zeichen dafür, wie spät es schon war. Eiligen Schrittes verließ sie das Gebäude und überquerte den Parkplatz. Bedrohliche Regenwolken türmten sich am Himmel auf, und sie war froh, in ihren Wagen zu kommen, bevor die ersten Tropfen fielen. Ihre Tasche warf sie auf den Beifahrersitz.

Vanessa ließ den Motor an und fuhr langsam vom Parkplatz. Der Regen trommelte auf das Dach ihres Kleinwagens, während sie aus der Stadt zum Haus ihrer Eltern fuhr, in dem ihre Mutter nach dem Tod ihres Vaters allein lebte. Noch immer schmerzte es, das Gebäude zu betreten und zu wissen, dass Andreas Lux nicht mehr da war. Genauso weh tat es, den Kummer in der Miene ihrer Mutter zu sehen. Falten hatten sich in ihren Mundwinkeln gebildet. Bis vor zwei Jahren hatte Vanessa sie nur fröhlich und lachend erlebt, das Glück hatte in ihren Augen gelegen. All das war nach dem Mord an ihrem Vater vorbei gewesen. An dem Tag hatte Vanessa nicht nur ihren Vater verloren, sondern auch die Mutter, die sie ihr ganzes Leben gekannt hatte.

Früher eine selbstständige Frau, war Marion nach dem Tod ihres Mannes immer bedürftiger geworden. Vanessa fuhr regelmäßig zu ihr, aber sie hatte gelernt, dass es nicht gut für sie war, wenn sie ihr altes Zuhause zu oft besuchte. Auch wenn der Mord an ihrem Vater etwas in ihr getötet hatte, musste sie doch ihr Leben weiterführen und lernen, mit dem Verlust zurechtzukommen. Manchmal hatte sie deshalb ein schlechtes Gewissen, aber sie konnte es nicht ändern, wenn sie nicht wieder im Elend versinken wollte. Es hatte sie zwei harte Jahre gekostet, sich daraus hervorzuarbeiten und weiterzumachen.

Ihren Wagen parkte sie in der Auffahrt, dann nahm sie ihre Tasche und sprintete zum Haus. Sie brauchte nicht zu klingeln, die Tür öffnete sich, als sie die Stufen erreicht hatte. Im schummrigen Licht und nass vom Regen wirkte das rot verklinkerte Gebäude düsterer als normalerweise. Die Außenjalousien waren bereits heruntergezogen. Ein Anblick, der Vanessa noch mehr deprimierte. Früher hatten lediglich die dünnen Gardinen ein wenig Sichtschutz geboten. Doch ihre Mutter war seit dem Mord so ängstlich, dass sie die Rollläden herabließ, sobald es dämmerte. Dabei war ihr Vater gar nicht hier gestorben, und die Wahrscheinlichkeit war gleich null, dass es der Mörder auf ihre Mutter abgesehen haben könnte. Vielleicht wäre alles anders gekommen, wenn der Täter gefunden worden wäre und jetzt im Gefängnis sitzen würde.

Mit einem tiefen Seufzer betrat Vanessa das Haus und spürte sofort, wie die Wände näher rückten. Marion hatte sich die langen Haare ordentlich aufgesteckt und trug eine schicke Bluse. Immerhin, was das anging, hatte sie sich schnell wieder gefangen.

»Hallo Mama.« Sie umarmte ihre Mutter und merkte, wie schmal sie geworden war. Tränen traten in ihre Augen, doch Vanessa zwinkerte sie schnell weg.

»Was kommst du denn so spät? Ich habe mir Sorgen gemacht.«

»Tut mir leid, ich war so in die Arbeit vertieft, dass ich völlig die Zeit vergessen habe.«

»Haben sie dich wieder Berichte schreiben lassen?«

Absichtlich ließ Vanessa ihre Mutter in dem Glauben, dass sie weiterhin in der Verwaltung arbeitete. Sie konnte sich gut vorstellen, wie Marion reagieren würde, wenn sie erfuhr, dass sie wieder Mordfälle bearbeitete, und noch dazu in der alten Abteilung ihres Vaters. Damit wäre das Drama vorprogrammiert.

»Unter anderem.« Schnell wechselte sie das Thema. »Und was hast du heute so gemacht?«

Marion ging in Richtung des Esszimmers vor ihr her. »Ich habe hier alles auf Vordermann gebracht und anschließend das Essen vorbereitet. Du glaubst gar nicht, wie viel Arbeit so ein großes Haus macht.«

Heimlich verdrehte Vanessa die Augen. Wie oft hatte sie das schon in den letzten zwei Jahren gehört? Doch ihr Vorschlag, in eine Wohnung umzuziehen, stieß bei ihrer Mutter regelmäßig auf taube Ohren. »Hast du deine Freundinnen mal wieder getroffen?«

»Nein, die sind immer so beschäftigt.«

Was daran liegen konnte, dass die meisten Jobs hatten oder zumindest Hobbys, die sie auch ab und an aus dem Haus führten. »Brauchst du Hilfe mit dem Garten?«

»Momentan nicht, danke. Der Nachbarsjunge kommt hin und wieder rüber und mäht den Rasen.« Der Hauch eines Lächelns klang in ihrer Stimme mit. »Er spart auf sein erstes Mofa.«

»Ist Tim schon alt genug dafür?«

Marion drehte sich zu ihr herum. Sie zog die Augenbrauen hoch. »Er wird bald schon sechzehn. Wenn du öfter hier wärst, wüsstest du das.«

Wieder das gleiche Lied. »Mutter, ich bin so oft hier, wie ich kann. Das weißt du.« Sie stellte ihre Tasche auf einen Sessel. »Wollen wir jetzt essen? Ich muss nachher noch arbeiten.«

Marion verzog das Gesicht, als sie die dicken Akten sah.

»Genau wie dein Vater. Der hat auch immer Arbeit mit nach Hause geschleppt.«

Ein Stich fuhr durch Vanessas Herz. »Und du mochtest es, wie ernst er seinen Beruf nahm und wie gut er darin war.«

Es dauerte einen Moment, bevor ihre Mutter antwortete. »Ja. Auch wenn ich mir oft wünschte, dass er etwas mehr Zeit für andere Dinge gehabt hätte.«

Vanessa legte ihre Hand auf den Arm ihrer Mutter. »Ich weiß.« In ihrer Kindheit waren öfter geplante Ausflüge ausgefallen, wenn ihr Vater gerade einen wichtigen Fall gehabt hatte. Mehr als einmal war sie furchtbar enttäuscht gewesen, auch wenn ihre Bewunderung immer überwogen hatte.

Marion straffte den Rücken und hob das Kinn. »Setz dich schon mal, ich bringe das Essen.«

»Kann ich dir helfen?«

»Nein, lass nur, es ist nichts mehr zu tun.« Ihre Miene wurde weicher. »Ruh dich ein wenig aus, du wirkst angespannt.«

Seufzend ließ Vanessa sich auf einen Stuhl sinken. »Danke.«

Ihre Mutter kam kurz darauf mit dem Essen zurück, und Vanessa aß mit großem Appetit. Sie hatte gar nicht bemerkt, wie hungrig sie war. Kein Wunder, schließlich hatte sie vergessen, mittags etwas zu essen. So konnte sie immerhin Marion eine Freude machen, die zufrieden zusah, wie ihre Tochter den Auflauf in sich hineinschaufelte. Schließlich war Vanessa satt und lehnte sich zurück.

»Das war lecker.«

Marion lächelte sie an. »Freut mich.« Sie erhob sich und stellte die Teller zusammen. »Möchtest du Nachtisch? Ich habe Zitronensorbet gemacht.«

Vanessa rieb über ihren Bauch. »Ich fürchte, dafür bin ich zu voll.«

»Ich kann es dir mitgeben. Hier wird es nur schlecht.«

»Das wäre super.« Sie liebte Zitronensorbet und war dankbar, dass ihre Mutter daran gedacht hatte. »Kann ich dir jetzt helfen?«

»Ich mach das schon.«

Vanessa sah auf die Uhr. Eigentlich müsste sie sich auf den Heimweg machen, aber ihre Mutter freute sich immer so über Gesellschaft, dass sie es nicht übers Herz brachte, gleich nach dem Essen aufzubrechen. Als Marion in der Küche war, stand Vanessa auf und ging langsam durch den Raum. Überall hingen Fotos an der Wand, von ihr, aber auch von ihren Eltern. Vom Hochzeitsfoto bis hin zu diversen Urlauben waren sämtliche Erinnerungen festgehalten worden. Auch solche, die Vanessa lieber verdrängte, weil sie zu sehr schmerzten.

Vor der Tür zum ehemaligen Arbeitszimmer ihres Vaters blieb sie stehen. Zögernd stieß Vanessa sie auf und ging hinein. Beinahe glaubte sie, Andreas' Präsenz immer noch zu spüren. Wie oft hatte sie ihn hier gesehen? Schon als Kind hatte sie zu seinen Füßen gespielt, während er an seinem antiken Schreibtisch saß und über Akten brütete.

Vanessa schaltete das Licht an. Seit dem Tod ihres Vaters nutzte ihre Mutter den Raum als Handarbeitszimmer, auf dem Sessel in der Ecke lag eine wunderschöne, wenn auch noch nicht fertiggestellte Häkeldecke. Mit den Fingerspitzen strich sie darüber, dann erlag sie der Versuchung und setzte sich an den Schreibtisch. Beide Hände legte sie flach auf das Holz.

»Willst du ihn haben?«

Erschrocken sah Vanessa auf. »Wen?«

»Den Schreibtisch. Ich brauche ihn nicht und …« Marion brach ab, ihr Gesicht verzerrte sich. Tief holte sie Luft. »Er erinnert mich immer an deinen Vater, wenn ich ihn ansehe.«

»Ja, mich auch.« Vanessa fuhr die Maserung im Holz nach. »Wenn du ihn wirklich nicht mehr willst, nehme ich ihn gern. Aber ich möchte ihn dir nicht wegnehmen.«

Marion rang mit sich, dann nickte sie entschlossen. »Ich möchte, dass du ihn bekommst.«

»Danke.«

»In den Schubladen sind noch alte Unterlagen. Ich weiß nicht, was ich damit machen soll. Es scheint, als gehörten sie zu irgendwelchen Fällen. Ich wollte deinen Vater nicht reinreiten, indem ich jemanden von der Polizei frage, ob sie sie wiederhaben wollen. Vielleicht kannst du sie dir ansehen und dann entscheiden, was damit passieren soll.«

»Mache ich. Wahrscheinlich sind es nur Kopien.«

Vanessa öffnete eine Schublade. Das hatte sie kurz nach seinem Tod auch schon getan, doch damals hatte sie nur schnell hineingesehen und nicht die Nerven gehabt, sich näher mit dem Inhalt zu beschäftigen. Sie zog eine Mappe heraus und schlug sie auf. Ein Schreck durchfuhr sie, als gleich obenauf ein Foto von einer Leiche lag. Schnell klappte sie den Deckel wieder zu, damit ihre Mutter es nicht sah. »Hast du vielleicht noch Umzugskartons? Dann nehme ich die Sachen mit und sehe sie mir in Ruhe an.«

»Bestimmt auf dem Dachboden, ich schaue mal eben nach.«

Vanessa wollte sie zurückrufen, ließ es dann aber. Marion war froh, etwas zu tun zu haben, und es würde sie bestimmt erleichtern, wenn Vanessa den Schreibtisch so schnell wie möglich räumte und abholen ließ. Als ihre Mutter den Raum verlassen hatte, klappte sie die Mappe wieder auf. Sie konnte sich erinnern, dass sie sich damals die Fotos auch angesehen hatte, aber so kurz nach dem Mord an ihrem Vater hatte es sie zu sehr belastet, die Opfer des Serienkillers zu sehen. Auch jetzt zog sich ihre Kehle zusammen. Trotzdem blätterte sie weiter.

Beim vorletzten Foto stockte ihr der Atem. Sie zog es heraus und hielt es ins Licht. Es gab keinen Zweifel. Das war ein Foto von ihrem Fundort im *Storage Center*! Aber wie konnte das möglich sein? Diese Bilder lagen hier seit zwei Jahren. Trotzdem drehte sie das Foto um, auf der Suche nach einem Datum. Es gab keines, wahrscheinlich war es nur der Ausdruck einer Digitalaufnahme. Noch einmal sah sie genauer hin und bemerkte die Unterschiede. Der Raum hatte richtige Fenster und wirkte etwas wohnlicher. Krimskrams stand in den Regalen des Schranks. Aber die Leiche mit dem Sessel war eine genaue Nachbildung. Oder vielmehr war ihr Tatort es.

Ihr Magen rumorte plötzlich, und sie klappte die Mappe wieder zu. Ihre Finger zitterten, und ihr Herz klopfte viel zu schnell. Das durfte nicht wahr sein …

5

Es war Vanessa extrem schwergefallen, gegenüber ihrer Mutter die gruselige Entdeckung zu verbergen. Aber sie hatte die restliche Zeit dort durchgestanden und war nun endlich auf dem Weg nach Hause. Der Karton mit den Akten stand neben ihr auf dem Beifahrersitz, und Vanessas Blick wanderte immer wieder dorthin. Sie musste sich ganz einfach geirrt haben, es konnte gar nicht sein, dass ihr Vater ein Foto der heute gefundenen Attrappe in seinen Akten hatte. Wo hätte es herkommen sollen? Das Blut war noch relativ frisch gewesen, auf keinen Fall hatte die nachempfundene Leiche länger als ein paar Tage in der Lagereinheit gesessen.

Was sie wieder zu der Frage brachte, wie ein mindestens zwei Jahre altes Foto von der Attrappe existieren konnte und warum ihr Vater es in der Akte hatte. Es sei denn … Jegliches Blut verließ ihren Kopf. Vanessa trat aufs Gas, um noch schneller nach Hause zu kommen. Wenn ihre Vermutung stimmte, dann war der Fall gerade noch komplizierter geworden. Sie schoss in ihre Parklücke, schnappte sich den Karton und ihre Tasche und rannte beinahe zum Haus. Fluchend hantierte sie mit dem Schlüssel, bis sie die Haustür geöffnet hatte, und lief eilig die Treppen ins Obergeschoss zu ihrer Wohnung hinauf.

Ihre Hand zitterte, als sie die Tür aufschloss. Rasch trat sie in den dunklen Flur und schob die Tür zu. Mit dem Ellbogen bediente sie den Lichtschalter, und das Deckenlicht flammte auf. Vanessa stellte die Kiste auf den Boden und warf ihre Tasche in den Garderobenschrank. Ein lautes Poltern ließ sie zusammenzucken. Mist, ihr Handy! Rasch kramte sie es aus der Tasche und überprüfte, ob es heil geblieben war. Es schien ordnungsgemäß zu funktionieren, erleichtert steckte sie es in ihre Hosentasche und griff dann wieder nach dem Karton. Sie trug ihn in ihr Arbeitszimmer und stellte ihn neben den Schreibtisch.

Einen Moment lang betrachtete sie ihn, dann drehte sie sich abrupt um und verließ das Zimmer. Zuerst wollte sie sich ein wenig frisch machen und auch ihre Unterlagen aus der Tasche holen, um die Fotos vergleichen zu können. Außerdem brauchte sie dringend etwas zu trinken. Zuerst wollte sie nach einem Bier greifen, entschied sich dann aber doch für Cola. Wenn sie noch arbeiten musste, brauchte sie einen klaren Verstand, außerdem machte Alkohol sie nur müde. Obwohl es bei der Vorstellung, sich die Tatortfotos genauer ansehen zu müssen, verlockend schien, sich vorher zu betäuben.

Ihr Vater hatte damals nächtelang über diesen Fotos und Berichten gebrütet, es hatte ihn sehr belastet, den Mörder nicht rechtzeitig stoppen zu können, bevor er weitere Opfer tötete. Aber schließlich war es seinem Team doch gelungen, den Serienkiller zu fassen. Trotzdem hatten drei Menschen – zwei Männer und eine Frau – ihr Leben auf unendlich brutale Weise verloren. In einem Zeitraum von zwei Monaten waren die Opfer mit unzähligen Schnitten gefoltert und dann getötet worden. Sie mussten furchtbar gelitten haben, während das Leben langsam aus ihnen wich. Es war eine der brutalsten Mordserien gewesen, die Hannover jemals erlebt hatte. Die Berichterstattung der Presse hatte die Panik innerhalb der Bevölkerung noch gesteigert – auch durch die effektheischende Bezeichnung »Klingen-Killer« – und einen extremen Druck auf die Ermittler ausgeübt. Deshalb hatten alle aufgeatmet, als sie schließlich einen Durchbruch erzielt hatten. Der Täter saß inzwischen seit über zwei Jahren im Gefängnis, was es für sie noch unerklärlicher machte, warum jetzt eine Nachbildung eines seiner Opfer auftauchte.

Da Vanessa es doch nicht schaffte, sich ein wenig Ruhe zu gönnen, holte sie ihre Akten und setzte sich damit an den Schreibtisch. Sie trank einen Schluck Cola und schlug die Akte auf. Das Foto von der Attrappe im Sessel legte sie auf die rechte Seite und suchte dann die Unterlagen im Karton durch, bis sie das passende Tatortfoto fand. Sie legte es links neben das andere und betrachtete beide. Es handelte sich eindeutig um dieselbe Person. Der Sessel und die Kleidung waren nahezu identisch, die Pose ebenso.

Aus der Schublade holte sie eine Lupe und atmete tief durch, bevor sie das Gesicht des Toten genauer betrachtete. Ihre Kehle schnürte sich zusammen, als sie das Entsetzen sah, das sich selbst im Tod noch in der Miene des Opfers spiegelte. Getrocknetes Blut aus den Wunden bedeckte die Haut und war auf das Hemd getropft. Obwohl sie schon vieles gesehen hatte, fragte sie sich doch immer wieder, wie man einem Menschen – oder auch Tier – so etwas antun konnte. Irgendetwas musste beim Täter nicht stimmen, wenn er dazu fähig war. Vor allem sah das hier nicht aus wie eine

Tat im Affekt, etwas, bei dem der Mörder nicht oder nur vermindert steuerungsfähig war, sondern wie eine geplante Tat, für die sich jemand viel Zeit gelassen hatte. Das Opfer war auf keinen Fall schnell gestorben, so viel stand fest. Der schriftliche Bericht von damals würde das sicher bestätigen.

Mit einem tiefen Atemzug wandte Vanessa sich dem Foto von der Attrappe zu. Obwohl sie genau wusste, dass es keine Leiche zeigte, lief es ihr eiskalt über den Rücken. Die Wunden waren exakt gleich angeordnet, das Blut genau so verteilt wie beim Original. Selbst der entsetzte Gesichtsausdruck war identisch. Es gehörte eine unglaubliche Kunstfertigkeit dazu, die Realität so nachbilden zu können. Vor allem aber musste der Erbauer entweder die Leiche selbst als Vorlage gehabt haben oder sehr gute Fotos. Ihres Wissens waren damals keine Fotos der Opfer an die Öffentlichkeit gelangt, aber sie würde es herausfinden. Wenn dem nicht so war, musste derjenige in direktem Kontakt zum Täter selbst stehen, oder jemandem, der mit der Tat zu tun hatte.

Was fast unmöglich war, denn der Mörder saß im Gefängnis, und das Verbrechen war vor etwa zweieinhalb Jahren geschehen. Bei der Nachbildung war jedoch frisches Blut verwendet worden, es gab also jemanden, der sich vor wenigen Tagen damit beschäftigt hatte. Warum? Die Morde lagen lange zurück, es gab überhaupt keinen Grund, jetzt noch einmal auf sie aufmerksam zu machen. Oder doch? Und warum tauchte die Nachbildung gerade jetzt, an ihrem ersten Arbeitstag in der Einheit ihres Vaters auf? Sofort schüttelte Vanessa den Kopf. Das musste Zufall sein, es konnte niemand von ihrer Versetzung wissen. Außerdem hatte sie nie etwas mit den Ermittlungen zu tun gehabt.

Vanessa schob die beiden Fotos weiter nach oben und

nahm sich dann die dazugehörigen Berichte vor. Bereits nach kurzer Lektüre bestätigte sich ihr Eindruck, dass das Opfer langsam und methodisch zu Tode gequält worden war. Die Autopsie ergab gleichmäßige Schnitte mit geringer Tiefe, die äußerst schmerzhaft waren, aber nicht tödlich. Keine der vielen Verletzungen war so schwer gewesen, dass das Opfer daran gestorben wäre. Nur eine einzige, nämlich der Schnitt über seine Kehle, hatte dazu geführt, dass er innerhalb kürzester Zeit verblutet war. Hatte der Täter zu dem Zeitpunkt keine Lust mehr gehabt und die Sache nur noch beenden wollen? Es sah so aus.

Sie musste unbedingt die Rechtsmedizinerin bitten, sich die Attrappe anzusehen. Laut Bericht hatte Dr. Cleve damals die Leiche untersucht, und es würde Vanessa interessieren, ob sie noch weitere Übereinstimmungen fand, zum Beispiel bei der Art der Klinge oder der Ausführung.

Sie lehnte sich in ihrem Schreibtischstuhl zurück, dessen Rückenlehne quietschend protestierte. Eine Sache konnte sie nicht verstehen: Dirk hatte den Klingen-Killer-Fall mit ihrem Vater zusammen bearbeitet, wieso war ihm die Ähnlichkeit mit der Attrappe oder zumindest der Art der Verletzungen nicht aufgefallen? Natürlich sah er vermutlich täglich Leichen, aber so etwas wie diese Tat blieb doch sicher länger im Gedächtnis. Und selbst wenn er einige Details vergessen hatte, hätte er doch zumindest eine vage Erinnerung haben müssen. Sogar sie hatte ein komisches Gefühl gehabt, wahrscheinlich hatte sie sich unterbewusst daran erinnert, schon einmal einen ähnlichen Tatort gesehen zu haben.

Doch Dirk hatte überhaupt nichts zu erkennen gegeben. Er hatte es behandelt, als wäre es ein ganz normaler Fall, noch dazu ohne Leiche und damit nicht so wichtig wie

»richtige« Fälle. Andererseits hatte er ungehalten reagiert, dass sie ihn nicht sofort über ihre Erkenntnisse unterrichtet hatte. Gut, sie hatte noch nie mit ihm zusammengearbeitet, vielleicht war das einfach seine Art, bis es gesicherte Informationen gab. Und vielleicht hatte er die Nachbildung gar nicht richtig gesehen. Wenn sie sich recht erinnerte, hatte er seitlich gestanden und gar nicht mehr richtig hingeschaut, nachdem der Techniker gesagt hatte, dass es sich um keine echte Leiche handelte. Sie würde ihn morgen darauf ansprechen, wenn sie noch weitere Informationen gesammelt hatte. Dies war ihr erster Fall im Team, und sie wollte ihn so gewissenhaft wie möglich behandeln. Egal ob es nun eine echte Leiche gab oder nicht.

Um Dirk am nächsten Morgen die geforderte Zusammenfassung liefern zu können, schrieb sie einen vorläufigen Bericht, der aber noch keinen Zusammenhang zu dem Serienkillerfall herstellte. Zuerst wollte sie sämtliche Fakten zusammentragen, bevor sie so etwas schriftlich äußerte. Im Gespräch konnte sie Dirk dann auf die Ähnlichkeit hinweisen und mit ihm das weitere Vorgehen besprechen. Zufrieden, ihre nächsten Schritte geplant und alles so gut wie möglich vorbereitet zu haben, schaltete Vanessa die Schreibtischlampe aus und verließ dann das Arbeitszimmer.

Jetzt brauchte sie dringend eine heiße Dusche, um all die Widerlichkeiten des Mordes abzuwaschen. Vanessa ging ins Bad, schlüpfte aus ihrer Kleidung und stellte sich unter die Dusche. Erst ließ sie das Wasser auf ihren Hinterkopf trommeln, dann drehte sie sich um und hielt ihr Gesicht unter den Duschkopf. Die Tropfen sprühten ihr entgegen. Trotzdem konnten sie die Bilder in ihrem Kopf nicht ganz vertreiben. Von dem Toten, aber auch von ihrem Vater nicht.

6

Falk sah auf, als sich die Tür zum Büro öffnete und die Neue hereinstöckelte. Ein Blick auf ihre hochhackigen Schuhe ließ ihn die Augen verdrehen. Warum kam sie mit solchen Knöchelbrechern zur Arbeit? Vielleicht wollte sie ihre geringe Körpergröße ausgleichen oder dachte, dass damit ihre weiblichen Attribute besser zur Geltung kamen und sie eine Sonderbehandlung erhielt. Bei ihm konnte Goldlöckchen damit nicht rechnen. Er war immun gegen solche Tricks. Für ihn zählte einzig die Leistung. Wenn er sich mit Frauen treffen wollte, ging er in eine Kneipe.

Immerhin war sie gestern den Rest des Tages still gewesen, nachdem sie den Auftrag bekommen hatte, sich um den Fall im *Storage Center* zu kümmern. Die ganze Zeit hatte sie an ihrem Schreibtisch gesessen, völlig in ihre Unterlagen vertieft. Vielleicht hatte sie aber auch heimlich am PC gezockt, woher sollte er das wissen. Wobei es ja noch nicht mal ein Fall war, ohne Leiche.

»Guten Morgen!« Ihre Stimme klang betont fröhlich.

Falk biss die Zähne zusammen und brummte etwas als Erwiderung. Offenbar war sie auch noch ein Morgenmensch, ein weiterer Minuspunkt. Er wollte morgens einfach nur drei bis sechs Tassen Kaffee trinken und in Ruhe gelassen werden. Während er so tat, als wäre er völlig in den Fall eines getöteten Obdachlosen vertieft, beobachtete er unter gesenkten Lidern heraus, wie die Kommissarin ihm einen genervten Blick zuwarf und dann ihre Aktentasche auspackte. Offenbar hatte sie tatsächlich sämtliche Unterlagen mit nach Hause genommen. Ganz sicher zum Sammeln von Fleißpunkten, Dirk war für so etwas empfänglich, besonders da es sich um die Tochter seines heiligen Partners handelte.

Wie zu erwarten, stand Hanke sofort auf und empfing Lux mit einem warmen Lächeln. Komisch, als er selbst vor fast einem Jahr in die Abteilung gekommen war, hatte der Kommissar anders reagiert. Hanke hatte sofort deutlich gemacht, wer das Kommando hatte und dass er es nicht dulden würde, wenn Falk in seinem Team einen solchen Stunt abzog, wie bei seiner letzten Arbeitsstelle. Auf so etwas reagierte er allergisch, deshalb hatte Falk nicht gezögert, seinem neuen Partner klarzumachen, dass er ihm gar nichts zu sagen hatte. Kein Wunder, dass sie nie wirklich warm miteinander geworden waren. Falk machte seine Arbeit und versuchte, allen anderen so weit wie möglich aus dem Weg zu gehen.

Seitdem wartete er auf seine erneute Versetzung, doch es war nichts geschehen. Anscheinend hatte er Dirk noch nicht genug genervt. Eigentlich erstaunlich. Inzwischen hatte er sich tatsächlich ein wenig an das Team gewöhnt, das aus etlichen Kommissaren bestand. Er wusste, wie jeder tickte und wie er am wenigsten belästigt wurde. Doch nun war diese Neue aufgetaucht, und er sah ihr jetzt schon an, dass sie Ärger machen würde. Das machten diese aufgepimpten

Tussis immer, besonders wenn sie dann noch glaubten, Sonderrechte geltend machen zu können. Jede Wette, dass sie ständig ihren Vater erwähnen würde, um sich damit Mitleidspunkte zu holen.

Soweit er das mitbekommen hatte, war Dirk damals dabei gewesen, als Andreas Lux tödlich verwundet worden war, und hatte ihn nicht retten können. Allein schon deswegen würde er wahrscheinlich dessen Tochter bevorzugt behandeln und ihr alles durchgehen lassen. Von Falk konnte Vanessa das nicht erwarten, er würde sie ausschließlich nach ihrer Arbeit beurteilen. War die nicht zufriedenstellend, würde er sie genauso behandeln wie jeden anderen unfähigen Polizisten. An erster Stelle kamen die Opfer, die Suche nach dem Täter und die Verhinderung weiterer Straftaten.

»Kommst du auch zur Besprechung?«

Falk sah auf. Es war ihm gar nicht aufgefallen, dass Dirk sich zu ihm umgewandt hatte. »Welche Besprechung?« In seinem Kalender stand kein Termin.

»Wir hatten doch gestern ausgemacht, dass wir uns jeden Tag die neuesten Erkenntnisse im Fall der Leichenattrappe ansehen und dann entscheiden, ob die Sache weiterverfolgt wird.«

Falk stieß einen tiefen Seufzer aus. »Ich halte das immer noch für Zeitverschwendung. Wir haben genug echte Mordfälle zu bearbeiten.«

»Und die werden auch weiterhin Priorität haben, aber ich finde den Fall zumindest interessant genug, um ihn nicht sofort zu verwerfen.« Dirk schloss Vanessa in die Unterhaltung ein. »Oder bist du da anderer Meinung?«

»Nein, auf keinen Fall. Haben wir ein Besprechungszimmer, oder wollen wir das hier erledigen?«

Dirk zog sich einen Stuhl heran und setzte sich. »Bleiben wir erst mal hier, so viele Erkenntnisse wird es ja vermutlich noch nicht geben.«

Eine Falte erschien zwischen Vanessas Augenbrauen, offenbar war sie nicht ganz damit einverstanden, doch sie widersprach nicht. Stattdessen blickte sie Falk direkt an. »Kommst du hier rüber, oder muss ich durch den ganzen Raum schreien?«

Ungern. Doch Falk hielt den Mund, nahm sich einen Stuhl und trug ihn zu Lux' Schreibtisch. »Leg los.«

Vanessa presste die Lippen zusammen, dann nahm sie sich ein Klemmbrett und begann, die bisherigen Erkenntnisse vorzutragen. Dabei saß sie auf ihrem Schreibtisch, ein Bein schwang nervös hin und her. Die Bewegung war beinahe hypnotisch, und Falk hatte Mühe, ihren Ausführungen zu folgen. Doch dann ruckte sein Kopf hoch.

»Sagtest du, es ist echtes Blut?«

»Ja. Ich habe eine Analyse beauftragt, um festzustellen, ob es Menschen- oder Tierblut ist. Ich hoffe, heute ein Ergebnis dazu zu bekommen.«

Das war ein interessantes Detail. Natürlich gab es einige Möglichkeiten, wie der Attrappenbauer an Blut gekommen sein könnte, aber warum sollte er sich die Mühe machen? Das war tatsächlich ungewöhnlich. Trotzdem handelte es sich nur um eine Nachbildung, nicht um eine Leiche. Wenn sie viel Zeit hätten, könnten sie sich mit so etwas beschäftigen, aber die hatten sie nicht.

Falk zuckte mit den Schultern. »Selbst wenn es welches ist, macht es noch keinen Mordfall daraus.«

Lux sah ihn scharf an. »Das ist mir durchaus bewusst. Ich finde es trotzdem wichtig, herauszufinden, ob diese Inszenierung mit irgendeinem alten oder zukünftigen Fall in Verbindung steht.«

»Wie das? Hältst du es für eine Vorschau auf ein Verbrechen? Ich kann mir nicht vorstellen, dass sich jemand solche Mühe macht. Was hätte er oder sie davon? Meiner Meinung nach ist das nur jemand mit einer äußerst kranken Fantasie, der zu viel Zeit hat. Oder es ist tatsächlich ein Requisit von einem Theaterstück oder so. Hast du dazu schon nachgeforscht?«

»Ich bin dabei. Zuerst muss ich alle Fakten darüber zusammentragen. Vielleicht bringt uns auch die Analyse des Blutes weiter.« Sie wandte sich an Dirk. »Ich halte es für wichtig, die Sache weiterzuverfolgen.«

Hanke nickte langsam. »Warten wir die Blutanalyse und auch die Ergebnisse der Spurensicherung noch ab. Aber wenn sich dadurch nichts ergeben sollte, legen wir den Fall zu den Akten.«

Lux wirkte, als wollte sie protestieren. »In einer Sache hat Falk recht: Es hat sich jemand sehr viel Mühe gegeben. Ich kann mir nicht vorstellen, dass derjenige dann die Miete der Lagereinheit einfach auslaufen lässt, ohne sich darum zu kümmern. Entweder hat ihn also etwas daran gehindert, sie zu verlängern, oder es war Absicht. Der Erbauer wollte, dass wir sein Werk finden.«

Falk schnaubte. »Das ist jetzt aber sehr weit hergeholt. Warum sollte er oder sie das wollen?«

»Ich habe keine Ahnung, aber ich werde es herausbekommen.« Vanessa klappte ihr Klemmbrett zu. Es wirkte, als wollte sie noch etwas sagen, doch dann schien sie sich dagegen zu entscheiden. »Habt ihr weitere Fragen dazu? Oder eigene Ideen? Punkte, denen ich nachgehen sollte?«

Hanke erhob sich. »Ich denke, du hast alles im Griff. Gute Arbeit, Vanessa. Wenn die Blutanalyse reinkommt, sag Bescheid. Oder wenn sonst etwas ist, das wir sofort wissen sollten. Ansonsten treffen wir uns morgen wieder zur selben Zeit.«

Falk stöhnte innerlich auf, doch er wusste, dass ein Protest sinnlos war. Schweigend nahm er den Stuhl und kehrte zu seinem Schreibtisch zurück. Er hatte einen wirklichen Fall zu lösen, sollten seine Kollegen sich doch damit aufhalten.

Vanessa blickte Falk nach und fragte sich, was er eigentlich gegen sie hatte. Egal was sie tat, es war ihm immer anzumerken, dass er nicht damit einverstanden war. Es sollte ihr nichts ausmachen, sie war nicht auf sein Wohlwollen angewiesen, aber sie wollte ordentliche Arbeit leisten, und das ging am besten, wenn das gesamte Team zusammenhielt.

»Kümmere dich nicht darum, er wird schon noch kapieren, dass du jetzt im Team bist.«

Vanessa lächelte Dirk an. »Hoffentlich bald. Es wird langsam etwas ermüdend.«

»Du hast gute Arbeit geleistet. Wie gesagt, wenn es etwas Neues gibt, das dir wichtig erscheint, sag mir sofort Bescheid.«

Sie öffnete den Mund, um Dirk nach dem Serienkillerfall zu fragen, doch wieder erwähnte sie ihn nicht. Wirklich verstehen konnte sie das nicht, denn es wäre ganz natürlich, Dirk darauf anzusprechen, schließlich hatte er den Fall damals bearbeitet. Aber sie konnte sich nicht überwinden, eine ungeprüfte Idee herauszuposaunen. Sie käme sich dämlich vor, wenn sie sich geirrt hatte. Doch wenn sie ganz ehrlich war, lag es vor allem daran, dass Dirks Reaktion sie erstaunt hatte. Sie hatte die Fotos präsentiert und alle Fakten zur Auffindesituation geschildert, und darauf hingewiesen, dass alles extrem realistisch ausgeführt wurde. Dirk hatte mit keiner Wimper gezuckt. So als wüsste er das alles schon, ohne darüber sprechen zu wollen.

Aber das konnte nicht sein. Warum sollte er das tun? Er hatte den Serienkillerfall bearbeitet, es müsste in seinem Interesse sein, möglicherweise neue Informationen dazu auszuwerten. Wobei es dann wiederum interessant war, wie energisch er darauf bestand, dass sie ihn sofort informierte, wenn sie noch etwas herausfand. Oder sie bildete sich das alles nur ein, weil sie grundsätzlich misstrauisch war und nach ihrer Auszeit krampfhaft versuchte, wieder den Anschluss in ihrer Karriere zu finden?

Vanessa lehnte sich in ihrem Stuhl zurück und schloss kurz die Augen. Sie musste die Sache ruhig und besonnen angehen. Weder waren zu schnelle Rückschlüsse nützlich noch ein Ausschluss jeglicher ungewöhnlicher Gedanken. Ihr Vater hatte sie gelehrt, immer offen zu bleiben und einen Fall von allen Seiten zu betrachten. Genau das würde sie jetzt tun. Egal wohin die Indizien sie führten oder wie seltsam sie ihr auch schienen. Am besten recherchierte sie erst einmal, ob es ähnliche Fälle mit Attrappen schon gegeben hatte und ob sie irgendwelche Ähnlichkeiten zu ihrem aufwiesen. Sie öffnete die Augen und blickte direkt in Falks. Offenbar hatte er sie schon einige Zeit beobachtet.

Herausfordernd hob sie eine Augenbraue. Sie dachte manchmal mit geschlossenen Augen nach, war das etwa ein Verbrechen? Als er sich zuerst abwandte, beschloss sie, das als gutes Zeichen zu nehmen, und vertiefte sich in ihre Recherchen.

Nach einer kurzen Mittagspause stieg sie einige Stunden später eilig die restlichen Treppen in den ersten Stock hinauf und atmete einmal tief durch, bevor sie die Tür zum Teambüro öffnete. Bisher hatte sie lediglich herausgefunden, dass keine Theater- oder Filmproduktion eine Attrappe vermisste, ein paar Anfragen standen noch aus. Falk hatte die Füße auf seinen Schreibtisch gelegt und telefonierte, als sie eintrat. Nach einem Blick in ihre Richtung nahm er die Füße vom Tisch, drehte sich um und sprach weiter.

»Nein, ich sehe nicht ein, dass ich darauf warten soll. Ich weiß, dass der Tote ein Obdachloser ist, trotzdem ist es wichtig, herauszufinden, woran er gestorben ist. Mir ist bewusst, dass er keine Familie hat, die Druck ausüben könnte, deshalb übernehme ich das hiermit. Morgen früh will ich den Autopsiebericht vorliegen haben, sonst werde ich wirklich ungemütlich.«

Vanessa wusste, dass sie ihn anstarrte, aber sie konnte es nicht ändern. Sie hätte nicht gedacht, dass sich gerade Falk so für einen Obdachlosen einsetzen würde. Es passte gar nicht zu seiner üblichen griesgrämigen Art. Andererseits kannte sie ihn nicht gut genug, um das wirklich beurteilen zu können. Auf jeden Fall machte es ihn ihr deutlich sympathischer.

Offenbar hatte der Gesprächspartner dagegen etwas einzuwenden, denn Falk setzte sich aufrechter hin. »Sie wollen sich nicht mit mir anlegen, Schröder. Ich bin niemand, der sich mundtot machen lässt. Es ist mir völlig egal, welche Beziehungen Sie haben. Machen Sie einfach Ihre Arbeit, und lassen Sie mich in Ruhe.« Falks Stimme war leise, der drohende Unterton aber nicht zu überhören.

Vanessa zuckte zusammen, als der Telefonhörer mit einem Knall auf der Gabel landete. Bevor sie sich anderweitig beschäftigen konnte, traf Falks Blick ihren. Wut schwelte deutlich sichtbar in seinen Augen. Vanessas Mund wurde trocken.

Sie hob das Kinn, um ihm zu zeigen, dass sie sich nicht einschüchtern ließ. »Probleme?«

»Nur die üblichen.«

Da er das nicht weiter ausführte, zuckte Vanessa mit den Schultern und kümmerte sich um ihren eigenen Fall. Es war ärgerlich, denn sie hätte gern mit Falk über seinen Fall geredet. Ihr fehlte der Austausch, der in ihrer früheren Abteilung stattgefunden hatte. Dabei kamen ihr oft gute Ideen, und manchmal brachte genau das den gewünschten Durchbruch. Aber sie würde sich gerade Falk ganz sicher nicht aufdrängen, der sie mit jeder Geste und Bemerkung förmlich anschrie, ihn in Ruhe zu lassen.

Deshalb schloss sie die Schublade auf und holte ihre Unterlagen heraus. Sie blätterte durch ihre Notizen und wählte dann die Nummer von KFI 5. Nervös spielte sie mit ihrem Kugelschreiber, während sie darauf wartete, dass jemand abnahm.

»KFI 5, Klimcke hier.«

»Hallo, hier ist Vanessa Lux. Gibt es schon ein Ergebnis zu der Blutuntersuchung von unserer Attrappe?«

»Ja, das habe ich gerade reinbekommen. Es ist eindeutig menschliches Blut.«

Vanessas Herz begann schneller zu klopfen. Ihre Vorahnung war richtig gewesen! »Ich würde gern eine DNA-Analyse machen lassen, damit wir herausfinden, von wem das Blut ist. Wenn es keinen Treffer geben sollte, wäre es wichtig, zu wissen, ob das Blut von einem Mann oder einer

Frau ist, und alles, was sich sonst noch darüber herausfinden lässt. Alles, was uns hilft, herauszufinden, ob es doch ein Opfer gibt.«

»Gebe ich gleich in Auftrag. Es kann nur sein, dass es etwas nach hinten geschoben wird, wenn andere Aufträge reinkommen, die dringlicher sind.«

»Ich verstehe. Danke.«

»Kein Problem. Die Attrappe ist übrigens zur Rechtsmedizin geschickt worden. Hatten Sie das veranlasst?«

»Ja, ich wollte, dass sie noch mal angesehen wird. Auch dafür danke.«

»Ich melde mich dann, wenn ich Ergebnisse habe.«

»Perfekt, bis dann.« Langsam legte Vanessa den Hörer auf. Als sie aufsah, traf ihr Blick Falks.

»Das Blut war menschlich?« Es schien, als hätte er aufmerksam zugehört.

»Ja. Ich lasse es jetzt weiter untersuchen, vielleicht finden wir noch heraus, von wem es stammt.«

»Wahrscheinlich ist es eine Blutspende oder so. Ansonsten wird sich ja wohl niemand freiwillig so viel Blut abzapfen lassen. Oder denkst du, dass wir noch eine richtige Leiche finden?«

»Nein, vermutlich nicht.«

Falk beugte sich vor. »Interessant. Warum nicht?«

Weil die Leiche bereits vor über zwei Jahren gefunden worden war und das Blut ganz sicher nicht von ihr stammte, dafür war es zu frisch. »Was hätte jemand davon, so eine Attrappe zu erstellen, wenn er eine echte Leiche hat? Wenn er oder sie jemanden schockieren wollte, ginge das besser mit einem Toten.«

Falk neigte leicht den Kopf. »Stimmt. Aber wer weiß

schon, was solche Leute wirklich für Motive haben. Ich bin auf jeden Fall gespannt auf die Auflösung.«

Da er gerade zugänglich schien, lächelte Vanessa ihn an. »Ich auch. Es ist wichtig, die Herkunft der Attrappe herauszufinden, das spüre ich.«

Falks Mund verzog sich. »Weibliche Intuition?«

Sofort verschwand jegliche positive Regung gegenüber ihrem Kollegen. »Professionelle Erfahrung.« Vanessa atmete tief durch. »Wenn du möchtest, dass wir hier gut zusammenarbeiten, solltest du dir solche sexistischen Sprüche sparen.«

»Wer sagt, dass ich das will?«

Der Drang, diesem Arschloch den Locher an den Kopf zu werfen, wurde mit jeder Sekunde stärker, doch Vanessa beherrschte sich mühsam. Es wäre verschwendete Mühe, Falk ändern zu wollen. Offenbar hatte er vor, sich ihr gegenüber immer wie der letzte Neandertaler zu benehmen. Sollte er doch, wenn er Spaß daran hatte. Sie würde sein Spielchen nicht mitspielen. Es gab Wichtigeres zu tun.

Ohne eine Erwiderung wandte sie sich ihrem Monitor zu und rief die Überwachungsvideos auf. Da das Blut so frisch gewesen war, begann sie am Tag des Auffindens der Attrappe und arbeitete sich rückwärts durch das Material.

7

Je länger Vanessa die Videos betrachtete, desto desillusionierter war sie. Es gab ein ständiges Kommen und Gehen, selbst wenn der Attrappenbauer dabei war, wäre es nahezu unmöglich, ihn so zu ermitteln. Niemand trug etwas mit sich herum, das nach einem menschlichen Körper aussah, oder ein Behältnis mit Blut. Aber vermutlich könnte Letzteres auch einfach in einer Tasche oder einem Rucksack transportiert worden sein. Vanessas Augen brannten, doch sie konnte sich nicht dazu durchringen, aufzugeben.

Sie blinzelte und verpasste fast ein bekanntes Gesicht. Abrupt setzte sie sich auf. Was machte Dirk dort im *Storage Center*, zwei Tage, bevor die Attrappe gefunden wurde? Und warum hatte er das nicht schon längst erwähnt? Er musste doch wissen, dass sie ihn dort entdecken würde. Oder hatte sie sich das nur eingebildet? Rasch setzte sie das Video einige Sekunden zurück und betrachtete noch einmal die Szene. Ja, das war eindeutig Dirk Hanke. Vanessa erstellte eine Bildschirmkopie und druckte das Standbild auf dem gemeinsamen Drucker aus.

Sie ging zu dem Tisch, der auf der anderen Seite des Raumes stand, und war froh, dass Dirk noch nicht zurückgekehrt war. Sein Besuch im *Storage Center* war bestimmt völlig harmloser Natur gewesen, doch die Tatsache, dass er es nicht mal in einem Nebensatz erwähnt hatte, kam Vanessa seltsam vor. Und warum hatte er nichts zu der Ähnlichkeit vom Serienkilleropfer gesagt?

Vanessa legte den Ausdruck in ihre Mappe und blickte auf die Uhr. In einer halben Stunde wurde sie in der Gerichtsmedizin erwartet. Diese war im Institut für Rechtsmedizin der Medizinischen Hochschule angesiedelt, einige Kilometer entfernt im Osten der Stadt. Da sie keine Lust hatte, weiter Falks geringschätzigen Blicken ausgeliefert zu sein, legte sie die Mappe und alle weiteren wichtigen Unterlagen, die sie nicht brauchte, in die Schublade ihres Schreibtischs. Vanessa überprüfte, ob sie ihr Tablet und einen Block dabeihatte, dann schloss sie die Schublade ab und schlang sich den Riemen ihrer Tasche über die Schulter.

»Ich bin jetzt für etwa eine oder anderthalb Stunden außer Haus, falls Dirk mich sucht.«

Falk sah auf. »Wo gehst du hin?«

»Etwas überprüfen.« Damit verließ sie das Büro, bevor er weitere Fragen stellen konnte. Es gefiel ihr nicht, ihre Kollegen in Unkenntnis zu lassen, aber sie hatte keine Lust auf Diskussionen. Sie war mit dem Fall betraut worden, und sie würde ihn so bearbeiten, wie sie es für richtig hielt. Jedenfalls bis sie von Kordel den Befehl erhielt, die Akte zu schließen. Das wollte sie aber nicht, solange noch so viele Fragen offen waren.

Leise zog Vanessa die Tür hinter sich zu und eilte dann die Treppe hinunter zur Tiefgarage, in der sie diesmal ihr Auto geparkt hatte. Sie öffnete die Fahrertür und warf ihre Tasche auf den Beifahrersitz. Nachdem sie sich ins Auto geschwungen hatte, atmete sie einen Moment lang durch. Dann lächelte sie. Die gleichförmige Arbeit in der Verwaltung hatte sie geradezu erstickt. Zu der Zeit war es das Richtige für sie gewesen, aber jetzt merkte sie, wie sehr ihr die deutlich abwechslungsreichere Arbeit als Kommissarin gefehlt hatte. Auch wenn das manchmal in Stress ausartete, sie würde es nicht anders haben wollen.

Zufrieden startete sie den Motor und fuhr aus der Tiefgarage. Mitten am Tag war der Verkehr dichter als morgens, aber er führte zu keinen größeren Verzögerungen. Bald fuhr sie mitten durch die Eilenriede und genoss den Anblick der dichten Vegetation am Rand der Schnellstraße. Fast wünschte sie, sie könnte durch den Stadtwald schlendern, doch dazu reichte die Zeit nicht. Jetzt wartete eine unechte Leiche auf sie, und hoffentlich die Antwort auf die Frage, ob es sich bei der Attrappe wirklich um eine Nachbildung des Serienkilleropfers Stefan Krampnagel handelte. Damit konnte sie dann Dirk konfrontieren und erreichen, dass dieser Fall ernst genommen wurde, auch wenn es kein Mord war.

Wenige Minuten später bog sie auf den Parkplatz hinter dem Gebäudekomplex des Rechtsmedizinischen Instituts ein und stellte ihren Wagen ab. Glücklicherweise war sie früher schon hier gewesen, sonst hätte sie im Gewirr der Gänge sicher nicht auf Anhieb die Abteilung für forensische Medizin gefunden. Nachdem sie sich am Empfang angemeldet hatte, wurde sie zu den Obduktionsräumen im Untergeschoss geschickt, wo Dr. Cleve sie treffen würde.

Obwohl sie keine Leiche sehen würde, kam Nervosität in ihr auf. Die Pathologen hatten ihre größte Hochachtung, weil sie sich den ganzen Tag mit Toten umgeben konnten und es trotzdem irgendwie schafften, außerhalb der Arbeit ein ganz normales Leben zu führen. Vanessa könnte das nicht. Ihr Job als Kommissarin war schon hart genug, sie schaffte es nicht immer, sich von den Opfern und grauenhaften Taten zu distanzieren. Doch sie war widerstandsfähiger, als sie aussah.

Ihre Absätze klapperten über den gefliesten Boden. Normalerweise störte sie das nicht weiter, aber in der Gegenwart von Toten und ihren Angehörigen bemühte sie sich, das Geräusch etwas zu dämpfen. Deshalb schlich sie beinahe bis zur Tür und klopfte zögernd an.

»Herein!«

Sie öffnete die Tür und blickte sich in dem klinisch möblierten Raum um. Weiß gekachelte Wände gingen in grau gemusterten Boden über, dazwischen standen stählerne Obduktionstische, an den Wänden waren Regale für alle möglichen Utensilien angebracht. Mit einer Faltwand ließ sich der Raum weiter unterteilen, derzeit stand sie allerdings offen. Erst jetzt bemerkte sie die Frau, die im Kittel auf der anderen Seite des Raumes stand und nun auf sie zukam. Trotz ihrer hohen Absätze war die Pathologin in flachen Schuhen noch einen Kopf größer als Vanessa.

»Hallo, ich bin Vanessa Lux, wir hatten vor Jahren schon einmal miteinander zu tun.«

Dr. Cleve lächelte sie an, während sie ihre Hand schüttelte. »Ich erinnere mich.« Sofort wurde sie wieder ernst. »Es tut mir sehr leid wegen Ihres Vaters, ich hatte öfter mit ihm zu tun und habe ihn sehr geschätzt.«

»Danke.« Vanessa räusperte sich und wechselte rasch das Thema. »Ist die Attrappe bei Ihnen angekommen?«

Cleves Gesicht verdunkelte sich. »Ja, und ich habe sie mir auch schon angesehen. Ich weiß nicht, wie krank man sein muss, um so etwas herzustellen und dann auch noch menschliches Blut zu verwenden.«

»Dann denken Sie auch nicht, dass es ein makabrer Scherz ist oder jemand die Attrappe als Filmrequisite oder Ähnliches benutzt hat?«

Die Pathologin schüttelte den Kopf. »Auf keinen Fall.« Sie winkte Vanessa, ihr zu einem der Tische zu folgen. Vanessa zog das Laken zurück und enthüllte die Attrappe. Sie war entkleidet worden und offenbarte nun, dass die Bereiche, die verdeckt gewesen waren, deutlich weniger lebensecht gefertigt wurden. Die Proportionen stimmten zwar, aber anstelle von Haut oder einem wie Haut wirkenden Material war einfacher Stoff verwendet worden. Irgendwie wirkte das Ganze damit noch gruseliger.

Dr. Cleve zog den Stoff zurück, wo sie einen Einschnitt gemacht hatte. »Wie Sie sehen, ist der Körper fest mit Füllmaterial gestopft. Darunter liegt aber ein Skelett.«

»Ein echtes?«

»Nein, wenn ich tippen sollte, ist es eines von denen, die man im Biologieunterricht verwendet. Das werde ich aber noch genauer untersuchen.«

Vanessa atmete heimlich aus. »Okay. Was lässt Sie dann denken, dass es sich um etwas anderes als einen Scherz handelt?«

Cleve schob ihre Brille hoch. »Zum einen, wie akkurat alles gestaltet ist. Auf den ersten Blick sieht es tatsächlich wie eine Leiche aus. Jedenfalls im bekleideten Zustand.«

»Das finde ich auch.«

»Dann die Tatsache, dass es sich um echtes menschliches Blut handelt. Das würde wohl keiner aus Jux machen oder bei einer Requisite verwenden, das wird sehr unschön, wenn es eintrocknet. Und wer so mit echtem Blut umgeht, ist meiner Meinung nach sowieso krank.«

Dem konnte Vanessa nur zustimmen. Aber es war noch nicht das, was sie hören wollte. »Was sagen Sie zu der Art der Schnitte?«

»Bei einer echten Leiche würde ich jetzt sagen, sie wurden dazu benutzt, zu quälen, nicht zu töten. Bis auf den einen offensichtlich.« Sie schwieg kurz. »Was mich jedoch wirklich nervös macht, ist die Tatsache, dass es sich um eine detailgetreue Kopie eines früheren Opfers handelt.« Ihr Blick schärfte sich, als Vanessa nicht darauf reagierte. »Offenbar haben Sie das schon vermutet.«

»Ich habe ein Foto vom letzten Opfer des Serienkillers gesehen, und mir sind die Ähnlichkeiten sofort aufgefallen. Aber ich war nicht an dem Fall beteiligt, deshalb wollte ich die Bestätigung von jemandem, der die Leiche damals selbst gesehen hat.«

»Und das konnten Sie nicht gleich sagen?«

»Ich wollte, dass Sie sich ein unvoreingenommenes Urteil bilden.«

Dr. Cleve nickte. Sie ging zu einem kleinen Schreibtisch und holte eine Aktenmappe. Einen Moment lang blätterte sie darin, dann zog sie eine schematische Darstellung eines menschlichen Körpers heraus, auf der sich lauter Striche und Zahlen befanden. »Ich habe damals sämtliche Wunden und Schnitte dokumentiert, weil ich sie mit denen der anderen Opfer vergleichen wollte. Das hilft uns jetzt.« Sie holte ein Messwerkzeug aus ihrer Kitteltasche und beugte sich über die Attrappe. »Nehmen wir die Wunde an der Wange. Vier Zentimeter lang und zwischen drei Millimetern oben und fünf unten tief.« Sie deutete auf den Zettel. »Was steht dort?«

Vanessa sah nach, ihr Mund wurde trocken. »Exakt dasselbe.«

»Genau so ist es mit allen Wunden. Irgendjemand hat sich extrem viel Mühe gegeben, alles genau so aussehen zu lassen wie beim Original.« Sie legte das Messgerät beiseite. »Auch die Art der Klinge scheint die gleiche zu sein wie bei dem Mord. Sie sollten mit Dirk Hanke darüber sprechen, er hat den Fall mit Ihrem Vater zusammen bearbeitet. Wenn jemand jedes Detail kennt, dann er. Er war damals sehr … engagiert, den Täter zu fassen.«

»Was wollten Sie eigentlich sagen?«

Die Pathologin sah sich um und senkte die Stimme. »Besessen. Aber das wäre unfair. Es war ein schwieriger Fall, der allen sehr viel abgefordert hat. Hanke und Ihr Vater haben Tag und Nacht daran gearbeitet, damit es nicht noch weitere Opfer gab. Sie haben jeden Rückschlag sehr persönlich genommen. Aber so ist das wohl bei guten Ermittlern. Wir waren auf jeden Fall alle heilfroh, als nach zwei Monaten endlich der Täter aus dem Verkehr gezogen wurde. Solche Fälle haben wir hier nicht allzu oft.«

Das konnte Vanessa sich vorstellen. »Was glauben Sie, warum taucht diese Attrappe jetzt auf? Ich habe es nachgeprüft, der verurteilte Mörder sitzt noch im Gefängnis.«

»Ich habe ehrlich keine Ahnung. Und glücklicherweise ist das auch nicht mein Job.« Dr. Cleve blickte noch einmal auf die Attrappe. »Ich beneide Sie nicht darum.«

»Vielen Dank für Ihre kurzfristige Hilfe.«

Dr. Cleve lächelte sie an. »Ich gebe zu, ich war neugierig. Aber jetzt muss ich mich tatsächlich wieder den echten Opfern widmen.«

»Natürlich. Danke für Ihre Zeit.«

»Was passiert jetzt mit der Attrappe?«

»Ich denke, ich lasse sie wieder abholen und noch weiter untersuchen. Danach wird sie dann wohl in die Asservatenkammer kommen.«

»Ich hoffe wirklich, dass wir es nicht mit einem Nachahmungstäter zu tun haben, der sich in die Sache hineinsteigert.«

Vanessa schnitt eine Grimasse. »Bloß nicht. Bis bald, Doktor.« Sie ging zur Tür.

»Hoffentlich nicht zu bald! Ich mag es, wenn es hier etwas ruhiger ist, und ihr bringt immer Leichen mit.«

8

Falk trat durch die Glastür in das kühle Innere des Gebäudes und nahm die Sonnenbrille ab. Einen Moment lang wartete er, bis sich seine Augen an die relative Dunkelheit des Gangs gewöhnt hatten, und ging dann den engen Flur entlang. Vermutlich verschwendete er nur seine Zeit, und das nervte ihn. Trotzdem musste er es wenigstens versuchen. Die Leiche des Obdachlosen hatte verschiedene Verletzungen aufgewiesen, die darauf hindeuteten, dass es kein natürlicher Tod war. Obwohl das auch möglich war, mit über sechzig und als starker Trinker war seine Leber sicher nicht mehr in bestem Zustand gewesen.

Klappernde Absätze kamen ihm entgegen. Falk verzog das Gesicht. Das Geräusch erinnerte ihn an seine neue Koll… – und tatsächlich kam Vanessa Lux um die Ecke gesegelt und lief fast in ihn hinein.

»Ups, tut mir leid, ich …« Vanessa hob den Kopf, ihre Augen weiteten sich. »Was tust du denn hier?«

»Ich habe hier eine Leiche liegen. Die Frage ist eher, warum du hier bist. Soweit ich weiß, bearbeitest du keinen Fall mit einer Leiche.«

An ihrem Gesichtsausdruck konnte er ablesen, dass sie

darüber nicht sprechen wollte. »Ich hatte hier zu tun. Und jetzt muss ich los. Bis später.«

Falk sah ihr nach, als sie sich mit großen Schritten von ihm entfernte. Erstaunlich, wie sie das mit den hohen Absätzen hinbekam. Kopfschüttelnd drehte er sich wieder um und setzte seinen Weg fort. Nur kurz klopfte er an der Tür des Obduktionsraumes, dann drückte er die Klinke herunter, ohne auf eine Antwort zu warten.

»He…« Mit verkniffener Miene drehte sich Dr. Cleve zu ihm um. Als sie ihn erkannte, entspannte sie sich. »Ich hätte wissen müssen, dass du das bist, Falk. Sonst traut sich niemand unangemeldet hier rein.«

Langsam ging er auf sie zu und grinste. »Ich kann gar nicht verstehen, warum.«

Julias Augenbraue zuckte nach oben. »Wirklich nicht? Ich kann gut mit Skalpellen umgehen.«

»Und mit einigen anderen Dingen, ich weiß.« Als er sie umarmen wollte, trat sie rasch einen Schritt zurück und hob die Hände. »Du möchtest mit deinen sauberen Klamotten nicht in die Nähe meines Kittels kommen.«

»Ich wollte dich nur ordentlich begrüßen.«

Sie schnaubte abschätzig. »Ich weiß genau, was du willst. Langsam solltest du wissen, dass Schmeicheleien dich nicht weiterbringen.«

»Ich dachte, ich könnte es versuchen.« Falk wurde ernst. »Es ist wirklich wichtig, zu wissen, ob der Obdachlose an natürlichen Ursachen gestorben ist, Julia. Wenn er ermordet wurde, muss ich den Täter so schnell wie möglich finden.«

»Du weißt, dass Schröder dafür zuständig ist. Du musst warten, bis er Zeit dafür hat.«

»Dann bekomme ich vielleicht im nächsten Jahr die Ergebnisse. Schröder sortiert die Fälle bekanntlich nicht nur nach Dringlichkeit, sondern auch nach sozialem Status, oder ob jemand da ist, der Druck macht.«

Julia verzog den Mund. »Du solltest mich gut genug kennen, dass ich sie garantiert nicht nach sozialem Status sortiere.«

»Genau deshalb spreche ich ja mit dir und nicht noch einmal mit ihm.« Frustriert fuhr Falk durch seine Haare. »Es nervt mich, wenn ich in einem Fall nicht weiterkomme.«

»Ich weiß, und es tut mir wirklich leid. Deine Leiche kommt dran, wenn wir alle davor eingelieferten obduziert haben. Wir machen, so schnell wir können. Und ich werde mich sofort bei dir melden, wenn es ein Ergebnis gibt.«

Falk nickte. »Danke. War eigentlich Vanessa Lux bei dir? Ich bin ihr eben auf dem Gang begegnet.«

Neugierig blickte Julia ihn an. »Kennst du sie?« Dann schlug sie sich vor die Stirn. »Ach klar, sie ist ja in der gleichen Abteilung wie du.«

»Sie wurde ganz neu in unser Team versetzt. Wegen ihres Vaters, nehme ich an.« Offenbar schaffte er es nicht ganz, seine Miene neutral zu halten.

»Du findest es nicht gut, vermute ich. Warum?«

Falk zuckte mit den Schultern. »Weil ich nicht mit jemandem zusammenarbeiten will, der nur wegen seiner Beziehungen oder aus Mitleid den Job bekommen hat. Und deshalb jetzt eine Sonderbehandlung erwartet.«

Erstaunen malte sich auf Julias Zügen ab. »Ich habe sie natürlich nur kurz gesehen, aber ich hatte auch früher schon ein oder zwei Mal mit ihr zu tun. Bisher ist sie mir immer äußerst kompetent vorgekommen, und vor allem bedeuten ihr die Opfer etwas.«

»Sie war die letzten Jahre im Verwaltungsdienst, sie ist psychisch weiterhin angeschlagen. Ich glaube nicht, dass sie dem gewachsen ist. Selbst wenn sie früher mal gut war, heißt das nicht, dass sie es jetzt noch ist.«

Julia schüttelte den Kopf. »Was ist mit dir los? Du bist unglücklich über die Zwangsversetzung, das verstehe ich, aber lass das nicht an anderen aus.«

Falk presste seine Lippen zusammen. Julia sollte wissen, dass das ein Tabuthema war und sie es besser nicht ansprach. »Ich muss zurück. Du meldest dich, wenn die Autopsie fertig ist, ja?«

»Natürlich. Mach's gut, Falk.« In ihrer Stimme klang Enttäuschung mit.

Er schätzte sie sehr, als Medizinerin und auch als Freundin, deshalb ärgerte ihn ihr unausgesprochener Tadel. »Du auch. Bis bald.«

Als er gerade die Tür öffnen wollte, hielt ihre Stimme ihn zurück. »Vielleicht solltest du mal mit Vanessa über den Fall sprechen, dann wirst du merken, dass sie mehr draufhat, als du ihr zugestehst.«

Falk drehte sich noch einmal zu ihr um. »Welchen Fall meinst du? Den mit der Attrappe? Es gibt nicht mal eine richtige Leiche, verdammt!«

»Doch, die gibt es. Aber mehr sage ich dazu nicht. Sprich mit deiner Kollegin, Falk.«

Ohne eine Antwort verließ er den Obduktionsraum und schloss die Tür leise hinter sich. Er hasste es, gesagt zu bekommen, wie er zu denken oder sich zu verhalten hatte. Und das wusste Julia auch genau. Bisher hatte sie darauf verzichtet, deshalb verstanden sie sich so gut. Gut, das könnte auch an der kurzen Affäre liegen, die sie vor Jahren gehabt hatten.

Aber sie war eine der wenigen, deren Meinung wirklich für ihn zählte. Scheiße.

Falk verließ das Gebäude, setzte sich auf seine Maschine und gab Gas. Mehr als alles andere brauchte er jetzt den Rausch der Geschwindigkeit, um sich wieder abzuregen.

Zurück im Büro schrieb Vanessa die neuen Erkenntnisse auf. Nachdem Dr. Cleve ihre Vermutung bestätigt hatte, gab es keinen Grund mehr, Dirk die Ermittlungsergebnisse vorzuenthalten. Im Gegenteil, wenn sie ihm jetzt nichts sagte, würde er mit Sicherheit ungehalten reagieren. Vermutlich würde er das sowieso schon, schließlich hatte er verfügt, dass sie ihm sämtliche wichtigen Erkenntnisse sofort meldete. Aber sie brauchte erst noch einen Moment, um sich zu sammeln, nachdem sie Falk in der Rechtsmedizin begegnet war. Die Begegnung war so unerwartet gewesen, dass sie wieder nicht richtig reagiert hatte. Aber verdammt, irgendetwas an ihm cckte jedes Mal bei ihr an. Sie musste dringend souveräner werden.

Zuerst war es jedoch wichtiger, ihre Erkenntnisse so plausibel rüberzubringen, dass der Fall weiterverfolgt wurde. Die Verbindung zum Serienkillerfall war offensichtlich, und wenn durch neue Ermittlungen möglicherweise weitere Beweise gefunden wurden, würde sich die Arbeit lohnen. Sie blickte auf, als sich die Bürotür öffnete und Falk hereingestürmt kam. Es sah nicht so aus, als hätte sich seine Laune seit ihrer letzten Begegnung wesentlich gebessert. Seine schwarzen Haare standen zu allen Seiten in die Höhe, was vermutlich am Motorradhelm lag, den er jetzt auf das oberste Regalbrett hinter ihm stellte.

Mit beiden Händen fuhr er durch seine Haare, erreichte

damit aber nur, dass sie noch wilder in die Höhe standen. Es hätte fast sympathisch gewirkt, wenn er Vanessa dabei nicht so finster angestarrt hätte. Da er nichts sagte, wandte sie sich wieder dem Bericht zu. Allerdings litt ihre Konzentration erheblich darunter, dass sie seinen Blick weiterhin auf sich spürte. Schließlich hielt sie es nicht mehr aus.

»Was?«

»Julia sagte, es gäbe in deinem Fall eine richtige Leiche.«

»Julia?« Natürlich wusste sie, wen er meinte, aber sie hatte weder Lust, es ihm leicht zu machen, noch wollte sie darauf antworten.

Falk verschränkte die Arme über der Brust. »Dr. Cleve. Ich gehe davon aus, dass sie nicht von der Attrappe gesprochen hat. Wen meinte sie?«

Vanessa tippte mit ihrem Stift auf den Block, während sie überlegte, was sie ihm sagen sollte. Schließlich nickte sie. »Die gibt es. Ich schreibe gerade den vorläufigen Bericht, wenn Dirk kommt, werde ich euch sagen, was ich herausgefunden habe.«

Falk grinste sie an. »Hast du Angst, dass ich dir die Show stehle, wenn du mir etwas verrätst?«

Langsam zählte sie bis fünf, um nicht hitzig zu antworten. »Bilde dir nichts ein. Ich habe bloß keine Lust, alles zweimal zu erzählen. Du wirst deine Neugier sicher noch ein paar Minuten bezähmen können, oder?«

Ein Muskel in seiner Wange zuckte, während er sie anstarrte. Dann wandte er sich wortlos seiner Arbeit zu. Wunderbar, das war klasse gelaufen. Sehr professionell. Ihr Vater wäre ganz sicher stolz auf sie. Gerade einmal zwei Tage war sie hier und hatte sich bereits einen ihrer Kollegen zum Feind gemacht und es geschafft, das Arbeitsklima zu vergiften. Falk hatte natürlich kräftig daran mitgewirkt, trotzdem hätte sie über den Dingen stehen müssen. Sie war neu hier. Wenn sie ernst genommen werden wollte, musste sie auch dementsprechend handeln. Aber verdammt, seine Art nervte sie tierisch.

Vanessa schrieb den Bericht fertig, dann bereitete sie die verschiedenen Beweisstücke vor, damit sie alles schnell zur Hand hatte. Denn es war klar, dass sowohl Dirk als auch Falk ihr nicht einfach so glauben würden. Nur gut, dass sie sich aus der Datenbank ein Tatortfoto vom Mord an Stefan Krampnagel ausgedruckt hatte, denn es würde sicher nicht gut ankommen, wenn herauskam, dass ihr Vater Kopien der Unterlagen zu Hause aufbewahrt hatte. Sie wollte nicht direkt lügen, aber wenn möglich versuchen, diesen Umstand nicht zum Thema zu machen.

Um sich abzulenken, ging Vanessa noch einmal die Informationen zu dem verurteilten Serienmörder Christian Sander durch. Das Foto in seiner Akte zeigte einen gut aussehenden Mann von zweiunddreißig Jahren, auf keinen Fall stellte sie sich so einen Serienkiller vor. Aber sie wusste, wie sehr das Äußere täuschen konnte, in ihrer Zeit als Kommissarin hatte sie das schon oft erlebt. Deshalb legte sie das Foto zur Seite und wandte sich den schriftlichen Informationen zu. Sander war Arbeitskollege des ersten Todesopfers gewesen und während der Ermittlungen zuerst nicht verdächtigt worden. Erst als dann eine Verbindung zu einem anderen Opfer entdeckt wurde, hatten Dirk und ihr Vater ihn in die Liste der Verdächtigen aufgenommen. Schließlich war er aufgrund von DNA-Beweisen verhaftet und auch verurteilt worden, da er kein stichhaltiges Alibi hatte.

Er war die ganze Zeit bei seiner Aussage geblieben: Es

war alles ein Missverständnis, er hatte nichts mit den Taten zu tun. Er hatte kein Motiv, diese Menschen zu töten. Er kannte sie höchstens dem Namen nach. Und er wusste nicht, wie seine DNA an die Beweisstücke gekommen war, es musste sich um einen Fehler der Ermittler handeln. Das Gericht hatte ihm nicht geglaubt und ihn schließlich zu lebenslanger Haft verurteilt. Ohne die genauen Hintergründe zu kennen, konnte Vanessa nicht beurteilen, ob hier der wahre Täter verurteilt worden war oder ob es sich um einen Justizirrtum handelte. Aber im Hinblick darauf, dass nun eine Attrappe eines Opfers aufgetaucht war, sollte das vermutlich noch einmal untersucht werden.

9

Während er ihrem Bericht gelauscht hatte, war Dirks Miene immer düsterer geworden. »Ich wünschte, du hättest früher mit mir darüber gesprochen. Du weißt sicher von deinem Vater, wie hart wir an dem Klingen-Killer-Fall gearbeitet haben. Der Mörder sitzt seitdem im Gefängnis, es kann gar nicht sein, dass diese Attrappe in Zusammenhang mit dem Fall steht.«

Vanessa nickte. »Ich habe auch nicht gesagt, dass der Verurteilte etwas damit zu tun hat. Nur, dass die Attrappe eindeutig in allen Details dem ermordeten Stefan Krampnagel nachempfunden ist. Bis hin zur Länge und Breite der einzelnen Wunden. Dr. Cleve bestätigt das, und sie ist auch der Meinung, dass der Fertiger die Leiche gesehen haben muss. Allein anhand von Fotos – die nie in der Presse erschienen sind – hätte er das nicht machen können.«

»Dann hat Sander also die Attrappe angefertigt, bevor er verhaftet wurde.«

»Das kann sein, nur wie ist sie dann in die Lagereinheit gelangt? Und wer hat die Wunden mit frischem Blut präpariert? Er war es jedenfalls nicht, denn er sitzt noch im Gefängnis, wie du schon sagtest.«

»Eben, und deshalb halte ich das alles für Zeitverschwendung. Hättest du mich früher einbezogen, hätte ich dir das gleich gesagt. Ich dachte eigentlich, wir waren uns einig, dass du mich über wichtige Entwicklungen sofort informierst.«

»Ja, und das habe ich hiermit getan. Ich musste ja erst überprüfen, ob ich mit meiner Vermutung richtigliege.«

Falk mischte sich ein. »Wie bist du überhaupt auf den Zusammenhang gekommen?«

»Ich hatte das Gefühl, dass ich den Mann schon mal gesehen hatte. Deshalb habe ich mir alte Fälle angesehen und den Serienkillerfall entdeckt.« Gut, so ganz entsprach das nicht den Tatsachen, aber es war nah genug dran.

Dirk blickte sie scharf an. »Einfach so, hm?«

Vanessa bemühte sich, ruhig zu bleiben. »Ja. Ich habe in alle Richtungen ermittelt, aber durch die Verwendung echten Blutes erschien mir ein Zusammenhang mit einem Verbrechen am wahrscheinlichsten. Und die Wunden passten am besten zum Serienkillerfall.«

»Wissen wir schon, von wem das Blut ist?«

Vanessa schüttelte den Kopf. »Ich habe eine DNA-Analyse in Auftrag gegeben, das kann aber noch bis morgen dauern.«

»Okay. Ich will das Ergebnis sofort haben.«

»Alles klar. Ich habe mir auch die Überwachungsvideos vom *Storage Center* angesehen. Es ist leider nicht zu erkennen, wer zu Lagereinheit 113 gehört. Bisher konnte ich niemanden sehen, der die Attrappe oder das Blut dort hingebracht hat, aber ich kann noch weiter suchen.«

»Ich denke nicht, dass das etwas bringt. Wahrscheinlich erkennt man darauf sowieso niemanden.«

»Nun, dich habe ich jedenfalls erkannt.«

Es war so still, dass man eine Nadel hätte fallen hören können. Dann schlug im Gebäude eine Tür zu, und der Bann brach.

Dirks Gesichtsfarbe wirkte äußerst ungesund. »Wie bitte?«

»Du warst vor zwei Tagen im *Storage Center*.«

»Und?«

Vanessa hob die Schultern. »Eine reine Feststellung. Ich habe mich lediglich gewundert, dass du das gar nicht erwähnt hast, weder, als wir dort waren, noch irgendwann danach.«

»Falk, geh eine rauchen.«

Irritiert sah der seinen Kollegen an. »Ich rauche nicht.«

Dirk schnaubte. »Geh bitte kurz raus.«

»Ungern.«

Dirk richtete seinen Ärger gegen Falk. »Verdammt noch mal, beweg deinen Arsch! Das war keine Bitte.«

Es sah aus, als wollte Falk dagegen protestieren, aber schließlich zuckte er nur mit den Schultern. »Wie du willst. Ich mache fünf Minuten Pause, dann komme ich wieder.«

»Danke.«

Falk warf ihr einen fast mitleidigen Blick zu, bevor er wortlos den Raum verließ.

Irgendwie machte es sie nervös, mit Dirk allein zu sein, obwohl sie genau wusste, dass Falk sie sowieso nie unterstützt hätte. Aber sie stand zu dem, was sie gesagt hatte, auch wenn sie es vielleicht etwas sensibler hätte formulieren können.

Schwerfällig ließ Dirk sich wieder auf den Stuhl fallen, der unter seinem Gewicht protestierend quietschte. »Was sollte das? Verdächtigst du etwa mich?«

»Nein, natürlich nicht.«

»Warum stellst du mir dann die Frage wegen des Lagers? Es ist doch völlig unerheblich, dass ich dort war.«

Vanessa beugte sich vor. »Für den Fall ja, vermutlich. Aber ich verstehe nicht, warum du nichts davon gesagt hast, vor allem, wenn du in der Zeit da warst, in der du vielleicht dem Menschen begegnet bist, der die Attrappe dort gelagert hat. Du könntest ein Zeuge sein.«

Dirk rieb über seine schütter werdenden Haare. »Daran habe ich gar nicht gedacht.«

»Ich aber, deshalb habe ich nachgefragt.« Sie zögerte kurz. »Und wenn wir schon dabei sind, so ganz verstehe ich auch nicht, warum du das Opfer nicht erkannt hast. Du hast mit meinem Vater den Serienkillerfall bearbeitet, ich kann mir nicht vorstellen, dass du bei der Attrappe nicht zumindest das Gefühl hattest, so etwas schon mal gesehen zu haben.«

»Ich frage mich, warum ich plötzlich im Mittelpunkt deiner Ermittlungen zu stehen scheine.«

»Ich versuche nur, gute Arbeit zu leisten. Und dazu gehört auch, alles zu hinterfragen, was nicht ganz ins Bild passt. Das habe ich von meinem Vater gelernt. Jeden Stein umzudrehen, keine Spur unbearbeitet zu lassen.«

Dirk öffnete den Mund, schloss ihn dann aber wieder und schüttelte den Kopf. »Was kann ich dagegen sagen, wenn du eine von Andreas' Weisheiten zitierst? Die einfache Wahrheit ist, die Sache ist schon mehrere Jahre her, und ich habe seitdem so viele Opfer gesehen, dass ich das so nicht mehr auf dem Schirm hatte. Davon abgesehen habe ich ehrlich gesagt auch nicht genau hingeschaut, nachdem der Techniker sagte, es handele sich um eine Attrappe. Aber jetzt interessiert mich schon, wie du wirklich darauf gekommen bist. Ganz sicher nicht, indem du alte Fälle überprüft hast.«

Vanessa zögerte, entschied sich dann aber doch für die Wahrheit. »Das war Zufall. Ich habe im alten Schreibtisch meines Vaters Unterlagen entdeckt. Darunter war auch ein Foto des Opfers, das genau so aussah wie die Attrappe.«

»Das ist ja wirklich ein irrer Zufall. Sind es Originalunterlagen oder Kopien?«

»Kopien. Ich wusste nicht, was ich damit machen sollte, vermutlich war es nicht korrekt, dass mein Vater sie zu Hause hatte, vor allem nachdem der Fall schon gelöst war.«

»Nein, das war es nicht. Am besten vernichtest du alles. Hast du einen Reißwolf? Wenn nicht, gib mir die Papiere, dann kümmere ich mich darum.«

Auf keinen Fall wollte sie die Unterlagen hergeben, bevor sie sie nicht eingehend studiert hatte. »Ich mache das schon, danke.«

Dirk zuckte mit den Schultern. »Wie du willst.« Er richtete sich auf. »Haben wir jetzt alle Unklarheiten aufgelöst? Ich möchte hier im Team arbeiten und nicht noch mehr Probleme bekommen, als ich mit Falk sowieso schon habe. Wenn du eine Frage hast, komm direkt zu mir, dann versuche ich, das aufzuklären.«

»Okay.«

»Dein Vater und ich haben damals hart an dem Fall gearbeitet, es war nicht leicht. Die Angehörigen, Politiker und Presse, alle wollten einen Täter. Wir haben Tag und Nacht hier gesessen und das Rätsel schließlich gelöst. Auf keinen Fall möchte ich, dass der mögliche Zusammenhang zwischen der Attrappe und dem Klingen-Killer-Fall an die Öffentlichkeit gelangt. Oder auch nur an die Kollegen, solange wir nicht völlig sicher sind, dass es sich nicht nur um einen makabren Scherz handelt. Ich möchte dich deshalb bitten, deine Ermittlungen mit der nötigen Diskretion durchzuführen. Schau dir den alten Fall an, vor allem die Parallelen zur Attrappe, aber sag bis auf Weiteres nur mir, was du herausgefunden hast.«

»In Ordnung. Was meinst du, woher jemand wissen konnte, wo genau sich die Schnitte an Krampnagels Körper befanden?«

»Vielleicht hat jemand die Autopsieunterlagen in die Hände bekommen. Ich werde im Archiv nachsehen, ob dort noch alles vorhanden ist. Der Fall hat damals hohe Wellen geschlagen. So etwas gab es bei uns seit Jahrzehnten nicht mehr. Oder es hat jemand von den Ermittlern darüber geredet.«

Wohl sicher nicht in solchem Detail, dass die Attrappe dabei herausgekommen wäre. »Sagst du mir dann Bescheid, ob alle Unterlagen noch vorhanden waren?«

»Ja, natürlich. Arbeite du weiter daran, herauszufinden, von wem das Blut war, vielleicht kommen wir damit weiter.«

Vanessa schob ihre Unterlagen zusammen. »Das mache ich. Soll ich dir den Bericht zuschicken?«

»Nein, lass mal. Es reicht, wenn du mir am Ende alles zusammen übergibst.«

»Alles klar.«

Ohne Vorwarnung wurde die Tür geöffnet, und Falk betrat den Raum. »Fertig mit der intimen Besprechung? Ich muss weiterarbeiten.«

Seltsamerweise war Vanessa froh, ihn zu sehen. Es war bestimmt Rekord, sich schon nach so kurzer Zeit dermaßen in die Nesseln zu setzen, noch dazu bei jemandem, der mit ihrem Vater befreundet gewesen war.

Dirk funkelte Falk an. »Ja. Ich mache jetzt Feierabend.«

Falk und Vanessa sahen ihm schweigend zu, während er seine Jacke anzog, die Aktentasche nahm und schließlich wortlos das Büro verließ.

»Herzlichen Glückwunsch, das war ein fulminanter Einstieg in den neuen Job.« Falk klang amüsiert.

»Ach, halt doch den Mund!« Vanessa brauste selten auf, aber Falk brachte nur das Beste in ihr hervor.

Falk grinste sie offen an. »Unwahrscheinlich.«

Vanessa widerstand dem Drang, ihm etwas an den Kopf zu werfen, und zwang sich dazu, sich wieder auf ihre Unterlagen zu konzentrieren. Während sie die letzten Informationen in ihren Bericht eintippte, spürte sie Falks Blick auf sich.

»Du willst echt nichts zu dem sagen, was eben vorgefallen ist? Es kommt ja schließlich nicht jeden Tag vor, dass jemand einen Kollegen praktisch beschuldigt, etwas mit einem Fall zu tun zu haben.«

Vanessa richtete sich gerade auf. »Ich habe nichts dergleichen getan! Es war lediglich eine ganz normale Nachfrage.«

»Hmhm. Auf jeden Fall war Dirks Reaktion interessant. Genauso wie darauf, dass er die Attrappe nicht erkannt hat.«

Es dauerte einen Moment, bis Vanessa schaltete. »Hast du etwa gelauscht?«

»Natürlich. Ihr habt laut genug gesprochen, es ist ja nicht meine Schuld, wenn ich das auf dem Gang hören konnte. Dirk hat lediglich gesagt, ich soll rausgehen, nicht, wohin genau.«

Sie schüttelte den Kopf. »Ich werde in Zukunft daran

denken, dass du nichts von der Respektierung der Privatsphäre hältst.«

»Tu das. Davon mal abgesehen betraf das einen Fall, und ich hätte gar nicht erst hinausgeschickt werden dürfen. Ich dachte mir nur, es wird mehr dabei herauskommen, wenn Dirk denkt, er wäre mit dir allein, sonst hätte ich gar nicht mitgespielt.«

Falk sah eindeutig mehr, als er sollte, darauf würde sie achten müssen.

»Übrigens stimmt es nicht, dass er deine Versetzung in diese Abteilung unterstützt hat. Als Kordel es verkündet hat, wirkte Dirk, als würde ihn der Schlag treffen. Erst als er gemerkt hat, dass es Kordel damit ernst war, hat er schließlich widerwillig zugestimmt. Er hätte auch gar nichts dagegen machen können. Ich nehme mal an, es hat mit dem Schuldgefühl zu tun.«

Immer mehr hatte Vanessa den Eindruck, in einer anderen Realität gelandet zu sein. Es tat überraschend weh, zu erfahren, dass Dirk sie nicht im Team hatte haben wollen. »Welches Schuldgefühl?«

»Dein Vater ist gestorben, als sie zusammen im Einsatz waren, oder?«

Stumm nickte sie, ihre Kehle war wie zugeschnürt.

»Er konnte die Tat weder verhindern noch deinen Vater retten, deshalb das Schuldgefühl. Wahrscheinlich muss er jeden Moment daran denken, wenn er dich sieht.«

»Das ist umgekehrt genauso.«

Falk hob den Daumen. »Die idealen Bedingungen für ein gut funktionierendes Team. Ich habe keine Ahnung, was Kordel sich dabei gedacht hat.«

»Vor allem mit dir als totalem Teamplayer dazwischen.«

»Absolut, das kann nur schiefgehen.«

Langsam drang die Wut wieder durch ihren Schmerz. »Danke für das Vertrauen. Ich bin bei der Arbeit äußerst professionell, und ich bin sicher, dass Dirk das auch hinbekommt. Wenn du darauf hoffst, dass ich gehe, kannst du lange warten.«

Einen Moment lang sah er sie prüfend an. »Wir werden sehen. Auf jeden Fall wird es ganz sicher nicht langweilig in nächster Zeit.«

Vanessa befürchtete, dass er damit recht behielt. So, wie Dirk reagiert hatte, bekam er vermutlich einen Tobsuchtsanfall, wenn er erfahren sollte, dass sie keineswegs vorhatte, die Unterlagen ihres Vaters zu vernichten. Stattdessen würde sie sie sich erneut vornehmen und jede Information herausziehen, die ihr wichtig erschien. Diese Attrappe hatte mit dem Fall von damals zu tun, dessen war sie hundertprozentig sicher. Und sie würde herausfinden, wer und was dahintersteckte.

Um Falk zu verwirren, lächelte sie ihn an. »Dann schlage ich vor, dass du dich gut anschnallst, damit du nicht vom Karussell fällst.«

Zufrieden über seinen verdutzten Gesichtsausdruck speicherte sie die Datei ab, kopierte sie auf ihren USB-Stick und steckte ihn zusammen mit ihren Unterlagen ein. Es würde ein weiterer arbeitsamer Abend werden.

10

Erschöpft ließ Vanessa die Aktentasche auf den Boden fallen und stieß die Tür mit dem Fuß zu. Es war erstaunlich, wie sehr die Arbeit sie schlauchte, früher hatte sie dafür gelebt und jeden Tag als neues Abenteuer empfunden. Vermutlich lag es an der Konstellation des Falls, der Verbindung zum Klingen-Killer-Fall und der Tatsache, dass sie sich mit Dirk Hanke auseinandersetzen musste. Zu viele Erinnerungen an ihren Vater, dessen Tod sie immer noch nicht ganz verarbeitet hatte. Sie war diese Art der Herausforderung nicht mehr gewöhnt, in der Verwaltung hatte sie stets pünktlich Feierabend gemacht, und das Aufregendste war fehlender Kaffee gewesen. Wahrscheinlich musste sie sich erst wieder an den Knochenjob gewöhnen, mit unregelmäßigen Zeiten und vor allem mit der Verantwortung.

Nachdem sie sich kurz erfrischt und Wohlfühlklamotten angezogen hatte, nahm sie die Pappschachtel mit chinesischem Essen, das sie unterwegs mitgenommen hatte, und zog sich mit ihren Akten auf die Couch zurück. Die Unterlagen von ihrem Vater holte sie dazu und begann, sie methodisch durchzuarbeiten. Während sie mit der Gabel in den gebratenen Nudeln stocherte, studierte sie die Liste der Beweise. Ihr Vater hatte einige Zeilen unterstrichen und Notizen am Rand gemacht. Ihr Herz stolperte, als sie die vertraute Schrift sah. Mit dem Finger strich sie darüber und lächelte traurig. Wie oft hatten sie oder ihre Mutter darüber geflucht, dass man sein Gekritzel kaum entziffern konnte?

Sie hielt das Papier näher an die Augen, um im schummrigen Licht besser lesen zu können. Die Gabel stockte auf halbem Weg zu ihrem Mund. Nein, das konnte nicht sein! Vanessas Herz begann, schneller zu klopfen, als sie die Anmerkung noch einmal las.

Sander wirklich Täter? Beweise nicht … Überprüfen! Fundort ungenau. Weitere … notwendig. Reine Indizien.

Hatte ihr Vater gar nicht geglaubt, dass sie den wahren Täter verhaftet hatten? Leider stand kein Datum dabei, sodass sie nicht wusste, zu welchem Zeitpunkt er seine Zweifel geäußert hatte. Anscheinend war das Gericht der Anklage gefolgt und hatte Sander zu lebenslanger Haft verurteilt. Dementsprechend mussten auch die Beweise stichhaltig gewesen sein. Vielleicht war das hier also nur eine Momentaufnahme, von der sie noch nicht einmal alles entziffern konnte. Allerdings schienen die aufgeführten Beweise mit denen in der Datenbank übereinzustimmen. Weitere waren offenbar nicht aufgetaucht. War Sander also verurteilt worden, obwohl ihr Vater als leitender Ermittler nicht von seiner Schuld überzeugt war?

Möglich war es vermutlich. Aber die Kommissare urteilten nicht über die Verbrecher, sie sammelten nur die Beweise für deren Täterschaft. Normalerweise würde sie nicht weiter darüber nachdenken, der Fall war abgeschlossen, der Täter in Haft. Nur war jetzt eine Attrappe aufgetaucht, die den eigentlich gelösten Fall wieder ins Licht zerrte. Wenn Sander der alleinige Mörder war, wo kam dann die Attrappe her? Saß Sander unschuldig seit zwei Jahren im Gefängnis? Oder gab es einen Mittäter, der damals übersehen worden war?

Möglich war auch eine ganz andere Lösung, auf die sie derzeit nicht kam. Auf jeden Fall musste alles noch mal genau untersucht werden, um zu klären, inwiefern die Attrappe mit den Morden zusammenhing. Sie konnte sich jetzt schon vorstellen, wie begeistert Dirk davon wäre. Deshalb behielt sie es vermutlich besser erst einmal für sich, bis sie das Ergebnis der Blutanalyse bekommen hatte. Sie machte ein Foto der Notiz mit ihrem Handy.

Wovon sie sich bisher kein Bild machen konnte, war Christian Sander. Auf dem Foto wirkte er wie ein normaler, attraktiver Mann, der mitten im Leben stand. Das Motiv für die Taten, das ihm nachgesagt wurde, erschien ihr wenig plausibel. Er hatte sich über Mitarbeiter von anderen Firmen geärgert, die nur locker mit seinem Unternehmen verbunden waren, und sie deshalb bestialisch ermordet? Das passte irgendwie nicht. Zumal offenbar kein Zeuge gefunden wurde, der wirklich schlüssig hätte berichten können, dass Sander sie jemals bedroht hatte.

Bei Krampnagel war nicht einmal nachgewiesen worden, dass Sander ihn überhaupt jemals persönlich getroffen hatte. Er arbeitete in einer Firma, die die Buchhaltung für das Unternehmen erledigte, das Sander beschäftigte. Segetal Bauservice, Sanders Arbeitgeber, hatte den großen Auftrag, bei Pertat Solutions ein Gebäude zu sanieren, dem Unternehmen, das die ersten beiden Opfer Maria Keller und Henning Peters beschäftigte. Sie hatten beide etwas mit dem Auftrag zu tun gehabt, genauso wie Sander. So waren die Ermittler auch auf ihn gekommen.

Möglich, dass er ein Serienkiller war und seine Opfer auf diese Weise gefunden hatte. Genauso möglich war es aber auch, dass er mit alldem nichts zu tun hatte. Oder es gab einen ganz anderen Grund, warum gerade diese Personen ausgewählt worden waren. Allerdings waren keine weiteren Verbindungen zwischen den Opfern gefunden worden. Sie lebten in unterschiedlichen Gegenden, kauften in verschiedenen Läden ein, besuchten nicht dieselben Clubs. Auch vom Alter und ihrer sonstigen Lebenssituation waren sie sehr unterschiedlich.

Vanessa richtete sich auf. Eine Sache konnte sie noch erledigen: ins Gefängnis gehen und mit Sander persönlich reden. Zwar glaubte sie nicht, dass er es ihr sagen würde, wenn er wirklich der Mörder war, aber vielleicht konnte sie so herausfinden, wie er tickte. Und ob es eine Möglichkeit gab, dass er etwas mit der Attrappe zu tun hatte. Sie machte sich eine Notiz, mit der Gefängnisleitung darüber zu sprechen.

Akribisch bereitete sie den Besuch in der JVA Celle vor, damit ihr nichts entging oder sie etwas vergaß. Wenn Sander überhaupt mit ihr redete. Da sie ihn schlecht eines aktuellen Verbrechens beschuldigen konnte, wäre es reine Freundlichkeit von ihm, mit ihr zu sprechen. Sie würde sicher kurzfristig einen Termin bekommen, wenn sie angab, dass es einen aktuellen Fall gab, der möglicherweise in Zusammenhang mit den Taten damals stand. Sie rieb sich die brennenden Augen. Für heute hatte sie genug gearbeitet, sie brauchte jetzt ein wenig stumpfsinnige Unterhaltung.

Vanessa packte ihre Unterlagen zusammen und schaltete den Fernseher an. Zufrieden lehnte sie sich zurück und aß den Rest ihres kalt gewordenen Essens, während sie eine Actionkomödie anschaute. Genau das Richtige, um sich von ihrem realen Leben abzulenken.

Das schrille Klingeln ihres Handys riss sie aus einem unruhigen Schlaf. Stöhnend vergrub sie ihren Kopf unter dem Kissen. Sie hasste es, nachts geweckt zu werden. Aber sie konnte es auch nicht ignorieren, es könnte ja die Dienststelle sein. Blind griff sie nach dem Handy, zog es unter das Kissen und sah aufs Display. Es war die Nummer ihrer Mutter. Abrupt setzte sie sich auf. Marion würde sie nur nachts um drei Uhr anrufen, wenn etwas passiert war. Vanessa nahm das Gespräch an und hielt das Handy ans Ohr.

»Mutter? Ist etwas passiert?«

»Ich glaube, hier ist jemand am Haus!« Marion flüsterte so laut, dass sie eigentlich auch normal reden könnte.

Vanessa atmete erleichtert auf, dass ihre Mutter zumindest nicht krank oder verletzt war. »Was meinst du damit? Hat jemand geklingelt? Das ist sicher nur ein Streich.«

»Nein, eben nicht. Aber irgendwer läuft am Haus entlang. Das Außenlicht ist angegangen.«

»Beruhige dich, es ist sicher nur ein Tier, das den Sensor ausgelöst hat.«

»Der Sensor hängt auf Brusthöhe, welches Tier ist denn bitte so groß und kommt in meinen Garten?«

Da das gesamte Grundstück mit hohen Zäunen umgeben war, hatte ihre Mutter recht. »Wahrscheinlich nur ein Vogel oder so. Hast du denn etwas gesehen oder gehört?«

»Nein, aber ich habe trotzdem das Gefühl, dass da jemand ist. Kannst du nicht vorbeikommen?«

»Es ist mitten in der Nacht!«

»Bitte, Nessa. Ich fürchte mich und bin hier ganz allein. Wenn dein Vater hier wäre …«

Ergeben schloss Vanessa die Augen. Wie könnte sie Nein sagen, wenn ihre Mutter Angst hatte? Da wäre die Erinnerung an den Verlust ihres Vaters gar nicht mehr nötig gewesen. »Ich komme. Es dauert aber ein paar Minuten. Wenn du doch noch jemanden siehst, ruf die Polizei, okay?«

»J…ja. Bitte beeil dich.«

»Bis gleich.« Vanessa sprang aus dem Bett und warf sich ihre Klamotten über. Zwar glaubte sie nicht, dass wirklich jemand um das Haus ihrer Mutter schlich – zumal es da auch nicht viel zu stehlen gab –, aber sie wollte nicht, dass Marion sich unnötig lange Sorgen machte. Das Handy schob sie in ihre Jackentasche, griff sich auf dem Flur Wohnungs- sowie Autoschlüssel und war innerhalb von zwei Minuten aus dem Haus.

Dank der nächtlich leeren Straßen kam Vanessa in Rekordzeit bei ihrem Elternhaus an. Rasch stieg sie aus dem Wagen und lief auf das Haus zu. Ihre Hand ruhte dabei auf dem Griff des Elektroschockers in ihrer Jackentasche. Ihre Dienstwaffe lag sicher im Tresor der Dienststelle, Vanessa würde sie nie mit nach Hause nehmen. Eine eigene Waffe hatte sie sich nicht angeschafft, weil sie sich nicht vorstellen konnte, jemals außerhalb des Jobs auf einen Menschen zu schießen. Und selbst dort würde sie gern darauf verzichten. Glücklicherweise mussten sich Kommissare nur selten mit Waffengewalt verteidigen, bisher war sie immer so zurechtgekommen.

Sie klopfte an die Tür. »Mama? Ich bin es.«

Die Tür schwang auf, und Marion zog sie ins Haus. Sofort schloss sie die Tür wieder und schob mehrere Riegel vor.

»Meinst du nicht, dass du übertreibst?«

Vehement schüttelte Marion den Kopf. »Nein! Irgendjemand ist da draußen, ich weiß es genau. Kurz nachdem wir telefoniert haben, ist wieder das Außenlicht angegangen. Und ich glaube, ich habe ein Schaben gehört.«

Vanessa berührte sanft ihren Arm. »Komm schon, beruhige dich erst mal. Warum setzt du dich nicht ins Wohnzimmer, während ich nachsehe, ob da draußen etwas ist?«

Die Augen ihrer Mutter waren weit aufgerissen. »Und wenn dir etwas geschieht? Ich könnte das nicht noch einmal ertragen!«

»Mir passiert schon nichts, keine Angst. Wir sind in einem ruhigen Wohngebiet. Ist hier jemals irgendetwas geschehen?«

»Natürlich, vor ein paar Jahren hat jemand in ein Auto eingebrochen!«

»Siehst du, es gibt gar keinen Grund, warum jemand in dein Haus einsteigen sollte. Das Risiko würde kein Einbrecher eingehen, wenn er weiß, dass jemand zu Hause ist.« Und ihre Mutter war quasi immer da.

Marion wirkte unschlüssig. »Meinst du?«

»Ja, auf jeden Fall. Aber damit du beruhigt bist, gehe ich jetzt ums Haus und sehe nach.« Und dann konnte sie hoffentlich wieder nach Hause in ihr Bett. Sie musste morgen früh raus und brauchte dringend noch ein paar Stunden Schlaf.

»Also gut, wenn du meinst, dass das ungefährlich ist …«

»Ganz sicher. Wo ist das Außenlicht angegangen?«

Marion deutete zur Nordseite des Hauses. »Ich habe es vom Schlafzimmer aus gesehen.«

»Ich bin gleich wieder da.« Vanessa trat aus dem Haus und hörte, wie ihre Mutter die Tür hinter ihr wieder verriegelte. Mit einem stummen Seufzer machte Vanessa sich auf den Weg. Sie hatte immer gehofft, dass Marion irgendwann die Angst verlor, aber es sah eher so aus, als würde sie sich immer mehr hineinsteigern. Wenn das so weiterging, ging sie irgendwann vermutlich gar nicht mehr vor die Tür. Und das mit gerade mal Ende fünfzig.

Vanessa schob die Gedanken beiseite und konzentrierte sich darauf, herauszufinden, wer oder was den Sensor ausgelöst hatte. Mit der Taschenlampe aus ihrem Auto ging sie den schmalen Plattenweg am Haus entlang. Durch den hellen Lichtkegel wirkte die Umgebung noch düsterer, aber Vanessa weigerte sich, sich deshalb unwohl zu fühlen. Wie oft war sie in ihrer Kindheit und Jugend hier schon entlanggelaufen? Das Haus war immer ihr sicherer Hafen gewesen, ein Ort, an dem ihr nichts geschehen konnte. Zumindest bis zum Tod ihres Vaters.

Heftig schüttelte sie den Kopf. Was zum Teufel war los mit ihr? Es musste an ihrer Müdigkeit liegen, dass sie ständig abschweifte, anstatt sich auf ihre Aufgabe zu konzentrieren. Langsam ging sie um das Haus herum und zuckte zusammen, als der Scheinwerfer aufflammte. Der Sensor funktionierte offenbar einwandfrei. Vanessa blickte sich im nun erleuchteten Garten um, konnte aber nichts entdecken. Wie erwartet. Selbst wenn hier irgendetwas gewesen war, hatte das Licht es bestimmt schon vertrieben. Trotzdem suchte sie alles sorgfältig ab, damit ihre Mutter beruhigt war.

Gerade als sie umdrehen wollte, sah sie einen Fußabdruck im Beet vor der Hauswand. Er war eindeutig größer, als dass er von ihrer Mutter sein könnte. Zudem achtete Marion peinlich auf ihre Beete. Konnte es wirklich sein, dass sich jemand hier nachts herumgetrieben hatte? Oder war der Nachbarsjunge beim Rasenmähen versehentlich aufs

Beet getreten? Diese Erklärung erschien ihr deutlich wahrscheinlicher. Trotzdem leuchtete sie mit der Taschenlampe die im Dunkeln liegende Hauswand ab. Am Rollladen fand sie einen tiefen Kratzer. Stirnrunzelnd betrachtete sie ihn genauer. Er befand sich genau dort, wo ein Einbrecher versuchen würde, ihn aufzuhebeln. Ihr schlechtes Gefühl verstärkte sich. Könnte tatsächlich jemand versucht haben, ins Haus einzudringen?

Von der Lage her handelte es sich um das Fenster des ehemaligen Arbeitszimmers ihres Vaters. Hatte jemand gehofft, dort Wertgegenstände zu finden? Aber wer kam auf die Idee, einen Rollladen aufzubrechen, wenn er nicht mal wusste, was sich dahinter befand. Reiner Zufall? Vielleicht ein Junkie, der ein paar Euro brauchte? Möglich war es, aber Vanessa glaubte es nicht so recht. Zumal er sich dann wahrscheinlich ein Haus ausgesucht hätte, das nicht so gut gesichert war. Auf jeden Fall konnte sie ihre Mutter jetzt nicht allein lassen. Zu Dokumentationszwecken machte sie mit dem Handy Fotos vom Fußabdruck und den Einbruchspuren.

Mit vor Müdigkeit schmerzenden Knochen überprüfte sie schließlich den Rest des Hauses und kehrte dann zur Eingangstür zurück. Ihre Mutter öffnete sie sofort.

»Und? Hast du etwas gefunden?«

Vanessa schob die Tür hinter sich zu und verschloss sie dann sorgfältig. »Einen Fußabdruck im Beet. Kannst du dir den erklären? War jemand gestern oder vorgestern in deinem Garten?«

»Nein, nicht dass ich wüsste.« Marion wrang die Hände. »Also war wirklich jemand da?«

»Es sieht so aus. Hast du zufällig vorher mal Kratzer an der Außenjalousie vom Arbeitszimmer gesehen?«

»Nein, aber ich sehe sie auch immer nur von innen. Ich gehe nicht mehr aus dem Haus, wenn ich sie heruntergelassen habe.« Bittend sah sie Vanessa an. »Kannst du hierbleiben? Wenn dieser Typ wiederkommt …«

»Natürlich. Und morgen rufe ich gleich jemanden an, der eine Alarmanlage installiert. Damit bist du geschützt, und ein Einbrecher würde es sich zweimal überlegen, ob er bei dir einsteigen will.«

Besorgt sah Marion sie an. »Meinst du wirklich, das ist nötig?«

»Vermutlich nicht, aber da du hier allein wohnst und ich auch nicht immer zu Hause bin, würde es mich beruhigen. Sowie ein Alarm ausgelöst wird, geht die Info an die Polizei, und es ist sofort jemand hier, der die Sache überprüft.«

»Also gut.« Ihre Mutter hob das Kinn und riss sich sichtbar zusammen. »Ich mache dir dann mal dein Bett fertig.«

»Das kann ich auch selbst machen, Mama. Geh einfach wieder schlafen, ich kümmere mich hier um alles.«

Marion zögerte noch. »Wenn du meinst … Ich gebe dir Bettwäsche aus dem Schrank.«

»Danke.« Vanessa folgte ihrer Mutter und nahm die Bettwäsche entgegen. »Gute Nacht, schlaf schön.«

Ein schwaches Lächeln war die Antwort. »Es ist gut, dich im Haus zu wissen.«

Vanessa unterdrückte das automatische schlechte Gewissen. Schon seit vielen Jahren stand sie auf eigenen Füßen und würde mit zweiunddreißig Jahren ganz sicher nicht wieder in ihr Elternhaus ziehen. Ihretwegen, aber auch damit ihre Mutter nicht noch mehr von ihrer Selbstständigkeit verlor.

Mit der Bettwäsche im Arm stieß sie die Tür zu ihrem ehemaligen Schlafzimmer auf. Es war immer noch so wie früher, nur dass die persönlichen Gegenstände fehlten. Seit ihrem Auszug war es als Gästezimmer genutzt worden, Bett, Schrank und Schreibtisch waren ihr aber altvertraut. Es würde seltsam sein, wieder hier zu schlafen, an die gleiche Decke zu blicken, die gleichen Geräusche zu hören wie früher. Sich daran zu erinnern, wie ihr Vater sie als Kind ins Bett gebracht und ihr etwas vorgelesen hatte. Aber für eine Nacht würde es gehen.

Nachdem sie das Bett bezogen hatte, zog sie ihre Jeans aus und schlüpfte unter die Decke. Selbst der Duft des Waschmittels erinnerte sie an ihre Kindheit. Mit einem tiefen Seufzer starrte sie so lange an die Decke und zählte die kleinen Sterne, die dort noch klebten, bis ihr die Augen zufielen.

11

Den ganzen Tag lang konnte Vanessa die Müdigkeit nicht abschütteln. Außerdem war sie abgelenkt, weil sie gleichzeitig den Einbau der Alarmanlage bei ihrer Mutter koordinieren musste. In der Helligkeit sah man den Fußabdruck noch deutlicher, genauso wie die Kratzer an der Außenjalousie. Es hatte eindeutig jemand versucht, sie aufzuhebeln. Glücklicherweise kannte sie eine zuverlässige Firma, mit deren Inhaber sie befreundet war. Thorsten hatte sich sofort bereit erklärt, den Einbau noch heute vorzunehmen. Das erleichterte sie ungemein, denn eine weitere Nacht wollte sie nicht bei ihrer Mutter verbringen.

Sie verhielt sich total undankbar, das war ihr bewusst. Morgens hatte Marion sie geweckt, auf dem Tisch stand ein leckeres Frühstück, und ihre Mutter hatte nicht pausenlos geredet, was Vanessa morgens nicht vertrug. Trotzdem war ihr alles zu viel gewesen. Die Sorge um ihre Mutter, die Abwesenheit ihres Vaters, die Verpflichtung, die das mit sich brachte. Nicht zum ersten Mal wünschte sie sich Geschwister, mit denen sie die Freude, aber auch die Verantwortung hätte teilen können. Aber es war so, wie es war, und sie musste sich damit arrangieren.

Im Laufe des Tages hatte sie die Rückmeldung von Petra Klimcke bekommen, dass die DNA-Analyse keinen Treffer ergeben hatte. Es handelte sich um das Blut eines unbekannten Mannes, mehr war über die Identität nicht herauszufinden. Damit steckte sie wieder in einer Sackgasse. Dirk drängte weiter darauf, die Ermittlungen einzustellen, die Zeit lief ihr davon. Wenn sie ihn nicht überzeugen konnte, so lange weiterzuermitteln, bis sie ohne Zweifel festgestellt hatten, dass die Attrappe nichts mit dem Serienkillerfall zu tun hatte, sondern nur das Produkt eines Mitläufers oder ein makabrer Scherz war, würde der Fall geschlossen werden. Und das wäre ihrer Meinung nach ein schwerer Fehler. Beschwören konnte sie es nicht, aber ihr Gefühl sagte ihr, dass etwas dahinterstecken musste. Niemand gab sich diese Mühe nur für ein wenig Spaß oder den Kick. Es musste Wochen oder Monate gedauert haben, die Attrappe herzustellen. Ganz zu schweigen von dem nicht nur finanziellen Aufwand, die Materialien zu besorgen.

»Hast du heute irgendwas?«

Dirks Frage drang in ihre Gedanken. Abrupt setzte sie sich auf. »Nein, tut mir leid, ich bin ein wenig abgelenkt. Bei meiner Mutter hat heute Nacht anscheinend jemand versucht, einzubrechen.«

»Oh, das tut mir leid. Geht es Marion gut?«

»Ja, sie ist ein wenig durcheinander, aber es ist ihr nichts passiert. Ich lasse gerade eine Alarmanlage installieren, damit so etwas nicht noch einmal passiert.«

Dirk nickte. »Das ist eine gute Idee. Man kann nie vorsichtig genug sein.« Er sah auf die Uhr. »Warum machst du nicht Feierabend? Deine Mutter braucht dich jetzt sicher dringender.«

»Aber der Fall …«

»Der ist auch morgen noch da, und schließlich geht es nicht um einen Toten. Da macht ein Tag mehr oder weniger auch nichts aus. Außerdem haben wir momentan sowieso keinen weiteren Anhaltspunkt, richtig?«

Vanessa zögerte. »Nein.«

»Siehst du. Die Attrappe wird auch morgen noch da sein und darauf warten, dass du ihre Geheimnisse entschlüsselst.«

Damit hatte er vermutlich recht. »Okay, danke. Nach der kurzen Nacht bin ich auch ein wenig müde.«

»Völlig verständlich.« Dirk winkte zur Tür hin. »Geh schon. Schönen Feierabend!«

Rasch packte Vanessa ihre Unterlagen zusammen, zog den USB-Stick heraus, auf dem sie weitere Informationen aufbewahrte, und schob ihn in ihre Tasche. Dankbar lächelte sie Dirk zu. »Danke, dir auch. Bis morgen dann.« Erleichtert schloss sie die Tür hinter sich.

Da sie keine Lust hatte, auf den Fahrstuhl zu warten, lief sie die Treppe hinunter. Sie hatte die Wahrheit gesagt, allerdings nicht erwähnt, dass sie heute noch einen Termin hatte. Darüber wollte sie auch auf keinen Fall mit Dirk reden, denn er würde es sicher nicht gutheißen, wenn sie auf eigene Faust ins Gefängnis fuhr und dort mit Christian Sander redete. Vielleicht ging sie damit einen Schritt zu weit, aber sie wollte einfach alle Möglichkeiten ausschöpfen. Zwar glaubte sie nicht, dass der verurteilte Mörder ihr wahrheitsgemäß antworten würde, wenn er wirklich etwas mit der Attrappe zu tun hatte, aber normalerweise war sie ziemlich gut darin, zu erkennen, ob jemand log oder etwas verheimlichte.

Während der Fahrt zur Justizvollzugsanstalt in Celle, in der die zu lebenslänglicher Haft Verurteilten aus ganz Niedersachsen und Bremen untergebracht waren, rief Vanessa ihre Mutter an, um ihr zu sagen, dass sie erst abends kommen würde. Marion klang deutlich fröhlicher als sonst und schien ganz begeistert zu sein, gleich mehrere Leute bewirten zu können, während sie die Sensoren der Alarmanlage an allen Türen und Fenstern installierten.

Beruhigt, dass ihre Mutter beschäftigt und vor allem nicht allein war, beendete Vanessa das Gespräch und legte sich ihre Fragen für Sander zurecht. Er hatte zwar dem Termin zugestimmt, aber alles hing davon ab, dass er überhaupt mit ihr über den Fall reden würde. Denn dazu war er nicht verpflichtet, schließlich war er kein dringend Tatverdächtiger, und eigentlich gab es noch nicht einmal ein Verbrechen. Es war nicht illegal, eine Attrappe in einem Lagerraum aufzubewahren. Doch selbst wenn es ein Verbrechen wäre, ein besseres Alibi als eine Gefängniszelle gab es einfach nicht. Dementsprechend war sie auf seine Mithilfe angewiesen. Wenn sie ehrlich war, hatte sie bisher zwar schon mit einigen Mördern zu tun gehabt, aber noch nie mit jemandem, der mehrere Menschen geplant und bestialisch getötet hatte. Auf den Fotos hatte Sander völlig normal gewirkt, nett, freundlich, sogar sympathisch. Würde seine wirkliche Natur zu erkennen sein, nachdem er zwei Jahre eingesperrt verbracht hatte?

Vanessa erledigte die Formalitäten am Eingang der JVA und erhielt eine Besucherplakette. Auf ihren Wunsch wurde sie zum Büro des Gefängnisleiters Hugenot gebracht. Der wirkte erst nicht sehr erfreut, mit einer Kommissarin sprechen zu müssen, doch er rang sich zu einem höflichen Lächeln durch.

»Was kann ich für Sie tun, Frau Lux?«

»Ich bin wegen Christan Sander hier. Ich treffe mich gleich

mit ihm, würde aber von Ihnen gern noch vorher wissen, ob er Kontakte nach draußen hat. Hatte er in letzter Zeit Besuch? Schickt oder empfängt er Briefe, hat er telefoniert?«

Bereits während sie sprach, schüttelte Hugenot den Kopf. »Nein, in den zwei Jahren hatte er bis auf seinen Anwalt keinerlei Besuch. Briefe bekommt und schreibt er nicht, und die Telefonate gehen auch nur zu seinem Anwalt.«

Vanessa hatte gehofft, dass sich das Auftauchen der Attrappe so erklären lassen würde. »Können Sie mir sonst etwas über Sander erzählen? Macht er Ärger? Hat er Probleme, sich einzufügen? Wie verhält er sich gegenüber den anderen Gefangenen und den Wärtern?«

Der Gefängnisleiter dachte einen Moment lang nach. »Ich kann mich an keine Begebenheit erinnern, in der er Ärger verursacht hätte. Sander ist allgemein sehr zurückhaltend und pflegt keine Kontakte zu den anderen Gefangenen. Er hält sich an alle Regeln.« Hugenot ging zu einem Aktenschrank und zog nach einigem Suchen eine Akte heraus. Eine Weile blätterte er darin, dann sah er auf. »Wie gesagt, keine Vorkommnisse. Wir haben deutlich auffälligere Insassen als Sander.«

Wieder eine Sackgasse. Andererseits brachte es trotzdem eine Erkenntnis: Es gab einen Täter, der offenbar unabhängig von Sander agierte und trotzdem internes Wissen über den Mord besaß.

»Vielen Dank, Herr Hugenot.«

Neugierig sah er sie an. »Warum interessiert Sie Sander so? Ich wüsste nicht, wie er mit einem aktuellen Verbrechen in Verbindung stehen könnte. Oder geht es um einen alten Fall?«

Unverbindlich lächelte sie ihn an. »Ich möchte nur etwas

überprüfen. Wahrscheinlich hat es wirklich nichts mit ihm zu tun.«

»Wir achten hier sehr darauf, dass es keine illegalen Kontakte nach draußen gibt.«

Glaubte er wirklich, dass das möglich war? So etwas geschah ständig, auch in den besten Gefängnissen. Es war völlig unmöglich, die Gefangenen vollkommen abzuschotten. Außer man steckte sie in strengste Einzelhaft und dazu noch ohne direkten Kontakt zu einzelnen Wärtern.

»Wie gesagt, es ist nur eine Überprüfung, ich werfe Sander nichts vor.« Noch nicht.

»Gut, gut.« Hugenot nickte. »Haben Sie noch weitere Fragen? Ich muss wieder an die Arbeit.«

»Nein, das war alles, vielen Dank.« Sie gab Hugenot die Hand und verließ dann sein Büro.

Ein Wärter führte sie anschließend zu einem Vernehmungszimmer. Diese wurden sonst meist von Anwälten genutzt, die mit ihren Mandanten vertrauliche Gespräche führen wollten, oder wenn polizeiliche Vernehmungen anstanden. Sie war jedenfalls froh, nicht in dem normalen Besucherzimmer zu sein, in dem andere Gefangene zur gleichen Zeit ihre Angehörigen empfingen. Nervös setzte sie sich auf den Stuhl und blickte zur Tür. Ihre Tasche hatte sie am Eingang in einem Schließfach lassen müssen, deshalb trug sie nur ihre Aktenmappe und einen Stift bei sich, die sie vor sich auf den Tisch legte.

Sie drehte den Kopf, als sich die Tür öffnete und Sander von einem Wachmann begleitet eintrat. Trotz der blauen Anstaltskleidung wirkte er nicht wie ein gebrochener Mann. Sein Blick lag die ganze Zeit auf ihr, seine Augenbrauen waren zusammengekniffen. Offenbar gefiel es ihm nicht, eingesperrt zu sein. Vanessa hob das Kinn. Sein Problem. Hätte er nicht drei Menschen ermordet, wäre er jetzt nicht hier.

Sander setzte sich auf den Stuhl ihr gegenüber, der Wachmann stellte sich schräg hinter ihm auf, um zur Not eingreifen zu können. Sander blickte ihn mit hochgezogenen Augenbrauen an. »Müssen Sie nicht draußen warten?«

Der Wachmann zuckte mit den Schultern. »Da dies kein Anwaltsgespräch oder eine offizielle Vernehmung ist, hielt der Direktor es für angemessen, dass ich dabei bleibe.«

Sander presste die Lippen zusammen, wandte sich aber wieder zu Vanessa um. Eingehend musterte er sie.

Vanessa räusperte sich. »Guten Tag, ich heiße Vanessa Lux. Ich bin Kommissarin und …«

Seine Augen verengten sich, und er unterbrach sie. »Der einzige Grund, warum ich zugestimmt habe, überhaupt mit Ihnen zu sprechen, ist Ihr verdammter Name. Tun Sie also nicht so, als säßen wir beim Kaffeeklatsch. Wir sind in einem Scheißgefängnis!«

Vanessa zwang sich, ruhig zu bleiben. »Das ist mir bewusst. Warum hat mein Name Sie dazu bewogen, mit mir zu sprechen?«

Sander beugte sich vor, weshalb sich der Wärter unruhig bewegte. »Ein Andreas Lux hat mich damals verhaftet. Ich nehme an, Sie sind verwandt?«

Auf keinen Fall würde sie ihm zeigen, dass sie sich in seiner Nähe unwohl fühlte, besonders, wenn er ihr zu nah kam. »Er war mein Vater.«

Eine Regung blitzte in seinen Augen auf und verschwand ebenso schnell wieder. »Sie können sich vorstellen, dass ich nicht gerade vor Trauer zusammengebrochen bin, als ich gehört habe, dass er tot ist.«

Vanessa versuchte, nicht auf seine Worte zu reagieren, vermutlich wollte er genau das erreichen. »Damit hatte ich auch nicht gerechnet.«

»Und was tun Sie nun hier? Wollen Sie überprüfen, ob Ihr Vater ganze Arbeit geleistet hat?« Noch immer klang er feindselig.

»Nein. Ich bin hier, weil etwas entdeckt wurde, das vielleicht mit Ihrem Fall in Zusammenhang steht.«

Interesse trat anstelle der Wut in sein Gesicht. »Und das wäre?«

Wortlos schob Vanessa ihm das Foto der Attrappe zu. Sander beugte sich darüber und studierte es genau. Vanessa konnte ihm nicht ansehen, was er dachte. War er entsetzt? Gleichgültig? Erregt? Seine Körpersprache verriet nichts darüber.

Schließlich blickte er auf, seine Miene wirkte neutral. »Ist das eine Leiche?«

»Eigentlich müssten Sie sie erkennen, schließlich war dieser Mann Ihr Opfer.«

Sofort kehrte der Ärger in seine Augen zurück. »Mir wurden damals Fotos von Leichen gezeigt, die ich alle nie zuvor gesehen habe. Ich kann mich nicht erinnern, ob diese dabei war.«

»Wollen Sie damit sagen, dass Sie immer noch behaupten, diese Menschen nicht ermordet zu haben?«

Sanders Finger färbten sich weiß, so fest presste er seine Hände auf die Tischplatte. »Ich behaupte es nicht, es ist die Wahrheit. Und ja, darauf beharre ich immer noch. Ich habe weder diesen Typen dort …«, er deutete auf das Foto, »… noch sonst jemanden getötet. Ich hatte gar keinen Grund dazu.«

»Das Gericht sah das offenbar anders, sonst wären Sie nicht hier.« Davon abgesehen hatte er nachweislich durch seine Arbeit Kontakt zu den Ermordeten gehabt, wenn auch vielleicht nicht persönlich. Es war interessant, dass er so tat, als würde er die Personen nicht kennen.

Der Verurteilte lehnte sich zurück und verschränkte die Arme über der Brust. »Dafür habe ich Ihrem Vater und seinem feinen Kollegen Hanke zu danken.«

»Ich bin sicher, sie haben korrekt und ausgiebig ermittelt.«

Sander schnaubte abschätzig. »Ja, natürlich. Sie haben irgendwann festgestellt, dass sie es nicht schafften, den wirklichen Täter zu finden Deshalb haben sie sich auf mich gestürzt und dafür gesorgt, dass ich trotz mangelnder Beweise verurteilt wurde. Saubere Arbeit.«

Vanessa runzelte die Stirn. »Wollen Sie damit sagen, dass die Ermittlungen fehlerhaft waren?«

Das brachte ihr ein Lachen ein. »Nein, ich sage damit, dass ich gezielt als Sündenbock ausgewählt wurde.«

Etliche Täter versuchten, sich auf diese Art herauszureden, deshalb reagierte Vanessa nicht darauf. Sie würde es aber auf jeden Fall im Hinterkopf behalten, sollten sie nicht herausfinden, von wem die Attrappe erstellt wurde. »Um auf Ihre Frage von vorhin zurückzukommen: Nein, es ist keine Leiche.«

Erneut starrte Sander auf das Foto. »Nicht? Sieht aber verdammt tot aus.«

»Es handelt sich hierbei um eine Attrappe, die vor zwei Tagen aufgefunden wurde. Sie ist in allen Details einem der Opfer nachempfunden. Wissen Sie etwas darüber?«

Genervt sah er sie an. »Wenn ich nicht einmal etwas über

den Toten weiß, woher sollte ich denn bitte etwas über eine Attrappe wissen? Und falls Sie es noch nicht gemerkt haben: Ich sitze seit zwei Jahren hier in diesem Käfig. Ich kann gar nichts damit zu tun haben.«

Vanessa steckte das Foto wieder ein. »Sie persönlich nicht, aber das heißt ja nicht, dass Sie nicht trotzdem etwas darüber wissen könnten. Vielleicht haben Sie die Attrappe beauftragt.«

»Ja, klar. Ich habe mal eben irgendwo angerufen und gesagt, sie sollen eine lebensechte Nachbildung eines Mordopfers erstellen. Warum hätte ich das tun sollen? Selbst wenn ich der Mörder wäre – was ich nicht bin –, dann hätte das für mich doch keinerlei Vorteil. Ich bin lebenslang eingesperrt, wenn nicht irgendwann ein Wunder geschieht und mein Fall neu aufgerollt wird. Was mein Anwalt übrigens seit zwei Jahren erfolglos versucht.« Er schüttelte den Kopf. »Also nein, ich kann Ihnen nicht dabei helfen. Und will es auch nicht, wenn Sie nur hierherkommen, um mich erneut zu beschuldigen. Genau so wie Ihr Vater damals.«

Das hatte sie auch nicht erwartet, aber trotzdem war Vanessa enttäuscht. Sie hatte weder nützliche Informationen erhalten noch wirklich ein Gefühl für Sander entwickelt. Sie konnte weder sagen, ob er schuldig, noch, ob er unschuldig war. Da ihr Vater ihn als Täter ermittelt hatte, tendierte sie zu Ersterem.

Vanessa packte ihre Sachen zusammen und stand auf. »Schade. Danke für Ihre Bereitschaft, mit mir zu reden.«

Sander hob die Schultern. »Es war eine Abwechslung. Davon gibt es hier wenig genug, besonders in Form von gut aussehenden Frauen.«

Hitze stieg in ihre Wangen, sie drehte sich rasch zur Tür

und klopfte gegen das Metall. Gerade als sie von außen geöffnet wurde, schabten Sanders Stuhlbeine über den Boden.

»Lux.«

Zögernd drehte sie sich zu ihm um. »Ja?«

»Mal angenommen, ich wäre der Täter. Glauben Sie wirklich, ich wäre so dumm, etwas, das den Opfern gehörte, in meiner Mülltonne zu deponieren? Sie sollten sich mal fragen, wie die Beweise dort hingekommen sind. Dann finden Sie vielleicht auch heraus, wer für Ihre Attrappe verantwortlich ist.«

Vanessa sah ihm nach, während er vom Wärter hinausgebracht wurde. Im Prozess hatte er bereits ausgesagt, dass ihm die Beweise untergeschoben worden waren, aber es war als Schutzbehauptung gewertet worden. Wer hätte auch etwas davon, ihn als Mörder verhaften zu lassen, wenn er es nicht war? Ganz sicher nicht die Kommissare, die gegen ihn ermittelten. Vielleicht aber der wahre Täter. Könnte Christian Sander eine Strohpuppe sein, und der wahre Täter lief noch frei herum? Das könnte tatsächlich erklären, wieso plötzlich eine Nachbildung eines der Opfer auftauchte. Aber warum sollte der Serienkiller wieder auf sich aufmerksam machen, wenn er bei den Ermittlungen ungeschoren davongekommen war? Wäre eine Leiche aufgetaucht, hätte sie vermutet, dass der Täter sich nicht mehr beherrschen konnte und wieder töten *musste*. Die Attrappe dagegen diente dazu, jemanden auf die Morde aufmerksam zu machen. Und das ergab für sie keinen Sinn.

Nachdenklich folgte Vanessa dem Wärter zum Ausgang. Sie nahm ihre Tasche aus dem Schließfach, stopfte Mappe und Stift hinein und verließ das Gebäude durch die Sicherheitsschleuse.

12

Ein Geräusch riss Vanessa aus dem unruhigen Schlaf, in den sie gefallen war, nachdem sie von ihrer Mutter zurückgekehrt war. Sie hielt den Atem an und lauschte. Zuerst dachte sie, sie hätte es sich eingebildet, doch dann kam es wieder: ein leises Knarren, wie es der alte Holzboden im Flur von sich gab, wenn jemand darüber ging. Abrupt setzte Vanessa sich auf. Sie lebte allein in der Wohnung, auf keinen Fall sollte mitten in der Nacht ein Fremder darin herumlaufen. Zwar hatte ihre Mutter einen Schlüssel, aber sie würde niemals einfach so auftauchen, ohne vorher anzurufen. Schon gar nicht nachts.

So leise wie möglich schlug Vanessa ihre Decke zurück und schob die Beine aus dem Bett. Vielleicht irrte sie sich auch, das Haus war alt, deshalb gab es hin und wieder seltsame Geräusche. Schaben auf dem Dachboden, ein Dröhnen oder Pfeifen aus den Rohren. Manchmal knackte es auch, wenn die alten Balken sich setzten. Sie hatte ein gutes Schloss in die Tür einbauen lassen, eigentlich sollte sich niemand Zutritt verschaffen können. Sie würde nachsehen und feststellen, dass niemand hier war, danach konnte sie hoffentlich wieder in Ruhe schlafen.

Sie holte den Elektroschocker aus der Schublade, schlich auf Zehenspitzen zur Zimmertür und schob sie langsam auf. Der Flur lag im Dunkeln, nur vom großen Wohnzimmerfenster drang das Licht einer Straßenlaterne herein. Die Wohnungstür schien geschlossen zu sein, es war keine Beschädigung zu erkennen. Also handelte es sich wirklich um einen falschen Alarm.

Ein wenig erleichtert atmete Vanessa auf, blieb aber weiterhin wachsam. Vermutlich würde sie sich gleich dumm vorkommen, aber besser so herum, als wirklich einen Eindringling anzutreffen. Vorsichtig schlich sie weiter, den Flur entlang bis zur Küche. Auch dort war alles dunkel und niemand zu sehen. Da sie sich nicht vorstellen konnte, dass jemand einbrach, um etwas in ihrem Badezimmer zu suchen, ging sie daran vorbei zum Arbeitszimmer. Die Tür war geschlossen, was Vanessa stutzig machte. Sie konnte sich nicht erinnern, sie abends zugemacht zu haben. Aber möglich wäre es.

Den Elektroschocker in der rechten Hand drückte sie mit der linken langsam die Klinke herunter. Als die Tür leise quietschte, hielt sie automatisch den Atem an. Wenn jemand im Raum war, hatte sie sich gerade verraten. Deshalb riss sie die Tür das letzte Stück auf und sprang in den Raum, den Taser erhoben. Das Arbeitszimmer lag im Dunkeln, alles war ruhig. Langsam kam sie sich ziemlich blöd vor, mitten in der Nacht auf der Suche nach einem Einbrecher durch ihre Wohnung zu rennen. Als sich weiterhin nichts rührte und sie auch niemanden sehen konnte, ließ sie den Elektroschocker langsam sinken.

Um ganz sicherzugehen, ließ sie die Hand zum Lichtschalter gleiten. Doch plötzlich wurde sie mit Wucht getroffen und stürzte rückwärts in den Flur. Ihr Kopf kollidierte schmerzhaft erst mit dem Türrahmen und anschließend mit dem Holzboden. Einen Moment lang blieb sie betäubt liegen. Laute Schritte erklangen vom Flur. Den Elektroschocker hatte Vanessa verloren und tastete nun danach, doch sie konnte ihn nicht finden. Mühsam rappelte sie sich auf und blickte in Richtung des Flüchtenden. Noch immer war es dunkel, sie konnte nur vage Umrisse erkennen, als der Einbrecher die Tür aufriss und im Hausflur verschwand. Irgendetwas trug er unter dem Arm.

»Halt!« Nur ein raues Krächzen drang aus ihrer Kehle.

Mühsam stemmte sie sich hoch und taumelte, als sie einen Schritt zur Tür hin machte. Sie stützte sich an der Wand ab und bewegte sich langsam vorwärts, bis sie den Lichtschalter ertastete. Das Licht flammte auf, und Vanessa blinzelte in die plötzliche Helligkeit. Der Flur war leer, die Wohnungstür stand weit offen. So schnell wie möglich ging sie dorthin und blickte in den Hausflur. Er war dunkel, keine Schritte waren zu hören. Offenbar hatte der Einbrecher das Haus bereits verlassen. Verdammt!

Mit zitternden Händen schloss Vanessa die Tür und schob den Riegel vor. Es musste ein Profi gewesen sein, wenn es ihm gelungen war, ihre hochwertigen Schlösser offenbar völlig lautlos, und ohne sie zu beschädigen, zu knacken. Das machte sie fast noch nervöser. Warum sollte so einer gerade bei ihr einbrechen? Sie hatte keine großen Wertsachen hier. Und die wenigen Gegenstände, die mehr als ein paar Hundert Euro wert waren, befanden sich nicht in ihrem Arbeitszimmer. Aber offenbar hatte er dort ganz gezielt etwas gesucht.

Nachdem Vanessa sich vergewissert hatte, dass ihre Wohnung bestmöglich gesichert war, bewegte sie sich vorsichtig zum Arbeitszimmer und blickte in den dunklen Raum. Sie zögerte, bevor sie nach dem Lichtschalter tastete und ihn betätigte. Die Deckenstrahler leuchteten auf und tauchten den Raum in helles Licht. Es schmerzte in ihren Augen, das Dröhnen in ihrem Kopf verstärkte sich. Ihre Kehle zog sich zusammen, als sie den roten Fleck am Türrahmen sah. Vorsichtig strich sie mit den Fingern über ihren Kopf und zuckte zusammen, als sie die empfindliche Stelle berührte. Ihre Finger waren danach rot vor Blut.

Mist, sie hatte gehofft, mit einer Beule davonzukommen. Ein Blick nach unten bestätigte ihr, dass das Blut auch auf ihr Nachthemd getropft war und weitere Tropfen eine Spur über den Boden zogen. Ihr wurde schummrig, und sie hielt sich rasch am Türrahmen fest. Vermutlich sollte sie sich besser hinsetzen und ihre Wunde versorgen, aber sie musste vorher wissen, was der Einbrecher mitgenommen hatte.

Ihre Vorahnung bestätigte sich, als sie mit einem Blick auf den Schreibtisch feststellte, dass die Mappe mit den Unterlagen ihres Vaters über den Serienkillerfall nicht mehr darauf lag. Nein! Schneller, als es mit ihrer Kopfverletzung ratsam war, lief sie zum Schreibtisch und öffnete die Schubladen. Vielleicht hatte sie die Unterlagen weggepackt und erinnerte sich nur nicht mehr daran. Doch sosehr sie auch suchte, die Mappe blieb verschwunden. Es ärgerte sie, die Unterlagen nicht mehr zu haben, doch noch mehr schmerzte es sie, dass die Notizen ihres Vaters weg waren. Durch sie hatte sie eine Verbindung zu ihm gespürt, die sie in den zwei Jahren seit seinem Tod vermisst hatte. Er hatte diese Papiere berührt, über ihnen gegrübelt, genau so wie sie auch.

Die Unterlagen selbst konnte sie sich jederzeit bei der Arbeit neu kopieren, aber es wäre nicht dasselbe. Es wäre kein Kaffeefleck auf einer Seite, keine Knicke, keine Kringel oder Unterstreichungen. Es wäre nur Papier, ohne eine Geschichte. Vanessa nahm ein Taschentuch aus der Box auf dem Schreibtisch und presste es gegen die Wunde. Der Schmerz konkurrierte mit dem in ihrem Inneren.

Nach einem letzten Blick auf den leeren Schreibtisch drehte sie sich um und verließ das Zimmer. Glücklicherweise hatte ihr Laptop noch in einer der Schubladen gelegen, und sie ging davon aus, dass ihr USB-Stick sich noch in ihrer Arbeitstasche befand. Da sie die Seiten mit den Notizen fotografiert hatte, waren sie wenigstens nicht ganz verloren. Trotzdem konnte sie nicht begreifen, warum jemand in ihre Wohnung einbrach und gerade diese Unterlagen stahl. Vielleicht war es Zufall gewesen, aber sie konnte es sich nicht vorstellen. Die Frage war nur: Woher wusste überhaupt jemand, dass sie diese Unterlagen besaß? Und was bezweckte er mit diesem Diebstahl? Es waren nur Kopien gewesen mit ein paar handschriftlichen Notizen.

Ihre Unruhe verstärkte sich. Außer ihr wussten nur zwei Personen von den Unterlagen: ihre Mutter und Dirk Hanke. Da Marion ganz sicher nicht bei ihr einbrechen würde und Dirk die Unterlagen jederzeit selbst einsehen konnte, blieb nur noch derjenige, der auch die Attrappen erschaffen hatte. Ein kalter Schauer lief über ihren Rücken. Wie sollte der Täter oder die Täterin in ihre Wohnung gelangt sein? Vor allem, woher wusste er davon, dass sie an den Untersuchungen beteiligt war und hier Unterlagen liegen hatte? Sie hatte niemandem außerhalb des Kommissariats davon erzählt. Aber alles andere ergab keinen Sinn. Kein normaler Einbrecher würde ganz gezielt die Unterlagen über den Fall mitnehmen.

Sie blieb stehen, als ihr ein Gedanke kam: Hatte Falk etwas

davon erfahren, als er an der Tür gelauscht hatte? Aber auch hier war die Frage, warum er dann bei ihr einbrechen sollte. Mal ganz davon abgesehen, dass ihre Kollegen Polizisten waren, die ganz genau wussten, dass ein Einbruch ein schweres Verbrechen war. So etwas würden sie nicht riskieren.

Was sagte es über sie aus, dass sie überhaupt auf die Idee kam, einen Kollegen zu verdächtigen? Der Gedanke gefiel ihr absolut nicht. Da ihr sonst niemand einfiel, der ein Interesse an den Unterlagen zu einem abgeschlossenen Fall haben könnte, gab sie für den Moment auf. Gleich morgen früh würde sie Thorsten anrufen, damit er auch bei ihr eine Alarmanlage einbaute oder zumindest die Tür so sicherte, dass niemand außer ihr hineinkommen konnte. Vanessa stockte in der Bewegung. Hatte der vereitelte Einbruch bei ihrer Mutter etwa auch etwas mit den Unterlagen zu tun? Offenbar war das Arbeitszimmer ihres Vaters das Ziel gewesen – sofern der Täter gewusst hatte, welcher Raum hinter dem Fenster lag. Das konnte gar kein Zufall sein, dass innerhalb von zwei Tagen jemand versuchte, ins Haus ihrer Eltern einzusteigen, und es jetzt jemandem gelungen war, bei ihr einzubrechen. Der Täter wusste deutlich mehr über sie, als ihr lieb war.

Im Bad versuchte Vanessa, die Blutung der Wunde zu stillen, schrubbte das Blut von ihrer Haut und klebte dann ein Pflaster darauf, um die Kompresse an Ort und Stelle zu halten. Noch immer war ihr schwindelig, und es half nicht gerade, das Blut zu sehen. Normalerweise war sie nicht so empfindlich, aber der Angriff in ihrer Wohnung hatte sie aufgerüttelt. Der scharfe Schmerz wich einem dumpfen Pochen.

Zumindest schien alles so weit okay, dass sie keinen Krankenwagen rufen musste. Wenn möglich, versuchte sie solche Dinge zu vermeiden. Sie konnte sich noch gut daran erinnern, wie sie ins Krankenhaus gerast war, als ihr Vater damals eingeliefert worden war. Aber es war schon zu spät gewesen, er war längst tot, als sie ankam. Sie hatte darauf bestanden, ihn zu sehen, weil sie einfach nicht glauben konnte – und glauben wollte –, dass Andreas Lux tot war. Ihn so zu sehen, bleich und starr, hatte sie zutiefst erschüttert. Doch anstatt trauern zu können, musste sie sich um ihre Mutter kümmern, die bei der Nachricht komplett zusammengebrochen war.

Und das gab den Ausschlag. Vanessa wollte nicht, dass Marion von dem Einbruch und ihrer Verletzung erfuhr, es würde sie nur aufregen und am Ende noch tiefer in ihre Isolation treiben. Das wollte Vanessa auf jeden Fall verhindern. Also würde sie keinen Arzt aufsuchen, solange es ihr nicht deutlich schlechter ging. Eine kleine Beule am Kopf sollte sie selbst auskurieren können. Jetzt war einer dieser Momente, in denen sie sich nach jemandem sehnte, mit dem sie ihr Leben teilte und der immer für sie da war. Stattdessen ging sie wie immer allein ins Bett und versuchte, eine Schlafposition zu finden, in der ihr nichts weh tat. Es war unmöglich.

13

Falk wusste, dass er sie anstarrte, aber er konnte es nicht ändern. Vor ein paar Minuten war Vanessa in das Büro getreten und tat seitdem so, als wäre nichts geschehen. Doch das war ganz offensichtlich nicht der Fall, sonst hätte sie kein blaues Auge und keine Schwellung an der Schläfe. Wenn er sich nicht irrte, war sogar Schorf an ihrem Haaransatz zu erkennen. Wer auch immer das gewesen war, hatte ganze Arbeit geleistet. Schließlich konnte er sich nicht mehr zurückhalten.

»Mit wem hast du dich geprügelt, und wie sieht er oder sie jetzt aus?« Feingefühl war noch nie seine Art gewesen.

Vanessas Kopf ruckte hoch, und sie schnitt eine Grimasse. »Kannst du etwas leiser reden? Ich habe mörderische Kopfschmerzen.«

Falk lehnte sich in seinem Stuhl zurück. »Das war keine Antwort.« Netterweise senkte er ein wenig die Stimme.

»Vielleicht will ich nicht darüber reden?«

»Du bist hier bei der Polizei. Wenn du so auftauchst, musst du damit rechnen, danach gefragt zu werden, was passiert ist. Wurdest du überfallen?«

Vanessa seufzte tief auf. »Wenn du es unbedingt wissen

musst, ich war tollpatschig und bin im Dunkeln gegen den Türrahmen gelaufen.«

Das machte Falk hellhörig. »Du weißt schon, dass das die Standardausrede von Frauen ist, die von ihren Männern verprügelt werden, oder?«

»Bei mir ist es aber die Wahrheit, zumal ich weder einen Mann noch einen Freund habe. Können wir die Sache jetzt abhaken, bitte? Ich habe viel zu tun, und du sicher auch.« Sie versuchte ein Lächeln. »Aber danke, dass du dich um mich sorgst.«

Falk hätte widersprechen können, aber er schwieg. Sie sah schon schlimm genug aus, es wäre gemein, ihr die Illusion zu nehmen, dass er ein netter Kerl war. Während sie ihren Kram auspackte – was hatten Frauen eigentlich immer alles in ihren Taschen? –, ging er den Autopsiebericht des Obdachlosen durch, der endlich geschickt worden war. Hin und wieder sah er unauffällig hinüber. Ob Vanessa merkte, dass sie ständig leise Schmerzlaute von sich gab? Normalerweise hätte er ihr empfohlen, zu einem Arzt zu gehen, aber da sie ganz offensichtlich nicht über ihre Verletzungen sprechen wollte, ließ er es. Er war ziemlich sicher, dass Dirk das erledigen würde, wenn er eintraf.

Stirnrunzelnd blickte Falk auf die Uhr. Wo blieb Hanke? Normalerweise wäre er schon längst anwesend. Vielleicht hatte er letzte Nacht ein heißes Date gehabt. Er grinste. Seit er hier war, hatte er nicht mitbekommen, dass Dirk jemals Frauenbesuch gehabt hätte. Aber er könnte sich täuschen, vielleicht war Dirk einfach nur sehr diskret. Genau genommen war es Falk auch völlig egal, was seine Kollegen in ihrer Freizeit taten. Er hatte bloß keine Lust, dass es Auswirkungen auf ihre Arbeit hatte. So wie Vanessa aussah, würde sie heute sicher kaum einen klaren Gedanken fassen können. Und er selbst ließ sich auch davon ablenken, was ihn noch mehr ärgerte.

Entschlossen wandte Falk sich wieder dem Autopsiebericht zu. Wie er schon vermutet hatte, war der Obdachlose, dessen richtiger Name noch nicht bekannt war, nicht einfach an den Folgen seiner Alkoholsucht gestorben, sondern war vor seinem Tod schwer verprügelt und getreten worden. Innere Verletzungen hatten schließlich zu seinem Tod geführt. Solche Fälle lösten in Falk eine unheimliche Wut aus, auf die feigen Schweine, die sich an hilflosen Menschen vergriffen, aber auch auf die Betroffenen selbst, die ihr Leben einfach so wegwarfen, weil der Alkohol wichtiger war als alles andere. Erinnerungen überschwemmten ihn, aber er drängte sie eisern zurück.

Falk blickte auf, als sich die Tür öffnete. Dirk kam herein und ließ die Tür hinter sich zufallen. Oh, oh, das war kein gutes Zeichen, genauso wenig wie der Gesichtsausdruck seines Kollegen. Nach dem Blick zu urteilen, den Dirk Vanessa zuwarf, war sie offenbar der Grund für seinen Unmut. Oder würde ihn abbekommen. Fast könnte sie ihm leidtun. Wenn Dirk über ihren Zustand überrascht war, ließ er es sich nicht anmerken. Das war seltsam, normalerweise hätte er sich sofort nach ihrem Wohlergehen erkundigt.

Stattdessen trat er dicht vor ihren Schreibtisch und verdeckte Falk damit den Blick auf Vanessa. »Was hast du dir dabei gedacht?« Dirk bemühte sich, die Stimme leise zu halten, sie drang aber trotzdem bis zu Falks Schreibtisch.

»Wobei genau?« Ein seltsamer Unterton lag in Vanessas Stimme.

»Du warst bei Sander und hast mit ihm geredet!«

»Ja, und? Ich versuche, Informationen darüber zu bekommen, wo die Attrappe herkommt, darüber hatten wir doch geredet. Und es ist mein Job.«

»Ich bin der Teamleiter hier, Vanessa, und deshalb hast du dich mit mir abzusprechen, wenn du solche Aktionen planst. Wenn du das nicht akzeptieren kannst, ist es vielleicht besser, wenn du dich in eine andere Abteilung versetzen lässt.«

Dirk hatte eindeutig die Samthandschuhe ausgezogen. Falk rollte mit dem Stuhl ein Stück nach rechts, um Vanessa wieder sehen zu können. Ihre Wangen waren gerötet, die Augen glitzerten kampflustig. Es beeindruckte ihn, dass sie sich nicht unterkriegen ließ.

»Natürlich bist du der Teamleiter, das hat auch niemand bezweifelt. Du hast mir den Job übertragen, herauszufinden, was es mit der Attrappe auf sich hat, und genau das tue ich. Mir das jetzt vorzuwerfen ist völlig unlogisch. Du solltest froh sein, dass ich meinen Job so ernst nehme.«

»Davon gehe ich aus, sonst wärst du gar nicht hier. Was mich stört, sind deine Alleingänge. Bevor du so etwas tust, wie einen Serienmörder im Gefängnis zu besuchen, solltest du mit mir darüber reden. Ich habe dir inzwischen mehrfach gesagt, dass ich erwarte, dass du mich über neue Erkenntnisse informierst. Hattest du überhaupt vor, mir von deinem Besuch im Gefängnis zu erzählen?«

Vanessa hob ihr Kinn. »Natürlich, ich habe ihn in meinem Bericht erwähnt und auch meinen Eindruck beschrieben.«

Dirk schüttelte den Kopf. »Wie gesagt, es geht darum, dass du mich vorher informierst und keine Alleingänge veranstaltest.«

»Was hättest du gesagt, wenn ich es dir vorher erzählt hätte?«

»Dass es völlig unnütz ist. Selbst wenn Sander etwas mit der Attrappe zu tun hätte – was ich nicht glaube –, würde er es nie zugeben.«

Vanessa schwieg einen Moment. »Ich fand es nützlich. Ich wollte einen Eindruck von Christian Sander bekommen, und das habe ich.«

»Was genau soll dir der bringen? Er sitzt im Gefängnis, und das für sehr lange Zeit. Er wird niemanden mehr umbringen.«

»Das ist mir bewusst.« Sie begann, weiter ihre Tasche auszupacken. »Wenn das jetzt alles ist, möchte ich mit der Arbeit beginnen.«

Es sah so aus, als wollte Dirk noch etwas sagen, aber schließlich wandte er sich abrupt um und stolzierte zur Tür. Deutlich war ihm seine schwelende Wut anzusehen. Er erwischte Falk beim Starren und herrschte ihn an. »Was glotzt du denn so? Hast du zu wenig Arbeit?«

Falk hob die Hände. »Lass mich da raus.«

Das brachte ihm einen weiteren bösen Blick ein.

»Vanessa, ich will in fünf Minuten den Bericht haben.«

Sie zuckte mit keiner Wimper. »Kein Problem.«

So ungern er es auch zugab, ihre Fähigkeit, mit Druck umzugehen, imponierte Falk. Allerdings war es ziemlich dumm, ihren einzigen Verbündeten im Team zu verärgern.

Falk wartete, bis Dirk den Raum verlassen hatte, bevor er Vanessa ansprach. »Hältst du dein Vorgehen wirklich für klug?«

Sie blickte ihn scharf an. »Was meinst du damit?«

»Wir haben noch nicht mal eine Leiche, und wir wissen

nicht, wer die Attrappe dort hingesetzt hat und warum. Es ist ja löblich, dass du versuchst, mehr darüber herauszufinden, aber ich finde, du schießt deutlich übers Ziel hinaus.«

»Würdest du das auch denken, wenn ich keine Frau wäre? Oder würdest du dann einsehen, dass ich nur meine Arbeit mache?«

Irritiert sah er sie an. »Was hat das denn damit zu tun? Mir ist es völlig egal, was oder wer du bist.«

»Ja? Ich hatte eher den Eindruck, dass du es vom ersten Moment an auf mich abgesehen hattest.«

»Darauf musst du dir nichts einbilden, ich finde jeden scheiße, der hier einfach so auftaucht und denkt, er hätte eine Sonderbehandlung verdient.«

Vanessa verschränkte die Arme über der Brust. »Ich habe echt keine Ahnung, wovon du redest.«

»Wirklich nicht? Du findest es normal, dass du vom Verwaltungsdienst einfach so ins erste Mordermittlungsteam vom ZKD versetzt wirst und nicht erst mal in einem anderen Team, einer anderen Abteilung anfängst wie wir anderen auch?«

Das brachte ihm ein Schnauben ein. »Erkundige dich erst mal über mich, bevor du deine Pfeile verschießt. Zwar hätte ich auch nicht erwartet, gerade in diesem Team zu landen, aber ganz sicher nicht, weil ich nicht kompetent genug bin.«

Falk zog beide Augenbrauen hoch. »Du glaubst also nicht, dass es wegen deines Vaters war?«

Vanessa schwieg einen Moment lang. »Ich kann dir nicht sagen, welche Beweggründe Kordel hatte, mich hier einzusetzen. Aber ich habe ganz sicher keine Sonderbehandlung erwartet oder erbeten. Ich bin hier, um einen guten

Job zu machen, so wie wir alle. Ich weiß, was ich kann, und hoffe, es bald unter Beweis zu stellen.«

»Indem du in einem toten Fall herumstocherst? Ich frage mich ja, warum du dich so in die Sache reinhängst. Hast du sie selbst angeleiert, um dich wichtig zu machen, oder willst du damit einen Fehler deines Vaters kaschieren?«

Dass er zu weit gegangen war, erkannte er daran, dass sich ihr Gesicht rot färbte und eine solche Wut aus ihren Augen blitzte, dass er eigentlich tot hätte umfallen müssen. »Wirfst du mir im Ernst vor, ich hätte das alles inszeniert? Warum hätte ich das tun sollen? Ich wusste nicht mal, dass ich in dieses Team kommen würde! Und soweit ich weiß, hat mein Vater keinen Fehler begangen. Hast du andere Informationen? Dann solltest du damit herausrücken.« Als er nichts dazu sagte, ging sie um ihren Tisch herum und baute sich vor seinem auf. »Also hast du keine, das habe ich mir gedacht. Ich erwarte, dass du diese Anschuldigung nie wiederholst, sonst werde ich das melden. Ist das angekommen?«

Die Frau hatte eindeutig Feuer, wenn sie genug gereizt wurde. »Mach, was du willst. Ich wollte dir nur einen Tipp geben, der dir das Leben hier einfacher gemacht hätte. Wenn du weiterhin bei jeder Gelegenheit mit Dirk aneinandergeraten willst, ist das dein Problem.«

»Du bist ja so mitfühlend, ich kann es kaum fassen.« Vanessa stützte sich mit beiden Händen auf seinen Schreibtisch und beugte sich vor. »Behalte deine *Tipps* nächstes Mal für dich, wenn du nichts zu sagen hast, das den Fall voranbringt.«

Es brachte nichts, offenbar wollte Vanessa ihn nicht verstehen. Aber er hatte keine Lust mehr, sich darüber zu unterhalten. Er würde weiter alles beobachten und seine eigenen Schlüsse ziehen.

Als er nichts weiter sagte, starrte sie ihn noch einmal verärgert an, dann wandte sie sich abrupt um und kehrte zu ihrem Schreibtisch zurück. Dort öffnete und schloss sie die Schubladen dermaßen rabiat, dass Falk befürchtete, der Tisch würde zusammenbrechen.

Dirk schien sich immer noch nicht völlig beruhigt zu haben, als er mehrere Minuten später mit leiser Stimme den Bericht einforderte. Konzentriert erzählte Vanessa von ihrem Besuch im Gefängnis und dem Eindruck, den Sander bei ihr hinterlassen hatte. Dabei hielt sie jegliche Vermutungen ihrerseits zurück, um ihn nicht weiter zu reizen.

»Und was schließt du jetzt daraus?«

»Das kann ich noch nicht sagen, dafür müsste ich mich noch eingehender mit dem Klingen-Killer-Fall beschäftigen. Der Direktor sagte, dass Sander keinerlei Kontakt nach außen hatte – außer zu seinem Anwalt. Das bedeutet für mich, dass er entweder mit der Sache nichts zu tun hat oder andere Wege kennt. Da die Attrappe nicht nur so aussieht wie eines der damaligen Opfer, sondern auch die Schnitte exakt so angeordnet sind, frage ich mich, ob Sander vielleicht damals nicht allein gearbeitet hat, sondern zumindest einen Mitwisser hat. Oder ob er später jemanden informiert hat, aber das erklärt nicht die Exaktheit der Schnitte. Eine weitere Möglichkeit wäre, dass Sander nicht der Täter war und der wahre Mörder noch in Freiheit ist.«

Dirks Miene wirkte wie versteinert. »Sander ist der Täter, das wurde damals zweifelsfrei bewiesen. Also schlag dir das aus dem Kopf. Der Direktor wurde von mir instruiert und sagt mir sofort Bescheid, wenn irgendjemand versucht, Sander zu kontaktieren. Wie du gesehen hast, funktioniert es. Die wahrscheinlichste Lösung ist, dass jemand an die Unterlagen zu dem Fall gekommen ist und die Attrappe den Fotos und Berichten nachempfunden hat. Ein schlechter Scherz.«

»Das wäre eine Möglichkeit, aber ich halte sie für die unwahrscheinlichste.«

Eine Ader schwoll auf Dirks Stirn an. »Der Klingen-Killer-Fall wurde damals von unserem Team aufgeklärt, der Täter sitzt im Gefängnis. Ende der Geschichte. Und da wir hier keine Leiche haben, wurde nun schon genug Zeit verschwendet. Ab sofort wirst du Falk dabei helfen, den Tod des Obdachlosen aufzuklären. Ich erwarte, dass du genauso viel Energie hineinsteckst wie in die Attrappe.«

»Aber …«

»Das war keine Bitte, Vanessa.«

Alles in ihr strebte danach, die Sache auszudiskutieren, aber sie konnte Dirk ansehen, dass er nicht mit sich reden lassen würde. Sollte er doch glauben, dass sie den Fall ad acta legte, sie konnte immer noch in ihrer Freizeit weiterrecherchieren. »Wie du meinst.« Demonstrativ schob sie die Seiten ihres Berichts zusammen und legte sie auf ihren Tisch. »Dann brauche ich die Akten des anderen Falls.«

»Werde ich eigentlich nicht gefragt?« Falk sah nicht glücklich aus. »Ich habe den Fall im Griff und brauche keine Hilfe.«

Dirk sah ihn finster an. »Ich muss aber jetzt nicht ständig mit euch beiden diskutieren, oder? Vanessa ist dir zugeteilt, bis ein neuer Fall reinkommt, den sie bearbeiten kann. Wenn euch das nicht passt, geht zu Kordel und beschwert euch.«

Falk schnitt eine Grimasse und ging zu seinem Platz zurück. Offenbar war damit für ihn die Sache erledigt. Wunderbar, sie freute sich schon riesig darauf, mit ihm an einem Fall zu arbeiten. Nachdem auch Dirk zu seinem Schreibtisch zurückgekehrt war, steckte sie schnell die Unterlagen in ihre Tasche und schloss lautlos die Schreibtischschublade. In der Pause würde sie sich die Unterlagen des Klingen-Killer-Falls aus dem Archiv holen und neu kopieren. Vielleicht fand sie dort auch noch Hinweise, die ihr Vater nicht zu Hause aufbewahrt hatte. Vermutlich sollte sie Dirks Anweisung folgen und die Sache ruhen lassen, aber das konnte sie nicht, nachdem ihre Neugier geweckt war und sich ihr schlechtes Gefühl nach dem Gefängnisbesuch noch verstärkt hatte. Erst wenn sie ganz sicher war, dass die Attrappe ein harmloser Scherz war und nicht direkt mit den Morden in Zusammenhang stand, würde sie ihre Ermittlungen aufgeben.

Schließlich blickte sie zu Falk hinüber. »Kannst du mir bitte die aktuellen Unterlagen zu deinem Fall geben und mir sagen, wie weit du bist?«

Falk wirkte, als würde er sich lieber die Adern aufschlitzen, aber schließlich gab er seufzend nach. »Ich schicke dir die Dateien zu. Lies sie durch, und dann können wir darüber reden, wie es weitergeht.«

»Okay, danke.«

Vanessa öffnete die eingehende Mail und vertiefte sich dann in die Unterlagen. Innerhalb kürzester Zeit war sie völlig in das furchtbare Schicksal des Obdachlosen vertieft und vergaß alles andere um sich herum. Sie konnte jetzt besser verstehen, warum Falk momentan wenig fröhlich gestimmt war.

14

Nach einem weiteren fruchtlosen Versuch, Zeugen für den Überfall auf den Obdachlosen zu finden, kehrte Vanessa zwei Tage später ins Büro der KFI 1 zurück. Nachdem sie sich mehrere Stunden in den schmuddeligen Gassen herumgetrieben hatte, war sie erschöpft und benötigte dringend eine Dusche. Vor allem aber machten ihr die Schicksale der Menschen, die dort lebten, zu schaffen. Sie alle kannten Bernie, aber niemand wusste mehr über ihn als den Namen, den er sich selbst gegeben hatte, und wo sein bevorzugter Schlafplatz gewesen war. Im Winter hatte er wohl hin und wieder in einer Notunterkunft übernachtet oder sich eine warme Mahlzeit geholt, aber dort war er seit Monaten nicht mehr gesehen worden.

Mit dem Ellbogen stieß sie die Tür auf und blieb abrupt stehen, als sie sah, dass neben Dirk auch Reiner Kordel anwesend war. Sofort beschleunigte sich ihr Puls in der Befürchtung, dass Dirk seine Drohung wahr gemacht und ihren Vorgesetzten informiert hatte. Sie waren in ein intensives Gespräch vertieft, verstummten jedoch, als Vanessa den Raum betrat. Sie schloss die Tür leise hinter sich, nickte den beiden Männern zu und ging zu ihrem Platz. Wenn sie nicht wollten, dass sie mithörte, hätten sie sich einen anderen Raum für ihr Gespräch suchen sollen.

»Gut, dass Sie da sind, Frau Lux. Es gibt einen neuen Fall.«

Interessiert ging sie zu Dirks Schreibtisch hinüber. »Was für einen?«

Seltsamerweise wirkte Dirk ein wenig blass, aber sie konnte sich kaum vorstellen, dass es an einem Fall lag. Nicht nach allem, was er in seiner Laufbahn schon gesehen hatte.

Kordel drückte ihr eine Mappe in die Hand. »In einer anderen *Storage*-Anlage ist eine weitere Attrappe gefunden worden. Zuerst wurde eine andere Dienststelle informiert, die für den Ort des Fundes zuständig ist, doch als sich herausstellte, dass wir einen ähnlichen Fall bearbeiten, wurde die Zuständigkeit an uns weitergeleitet.«

Das schlechte Gefühl in ihr verstärkte sich. »Handelt es sich um die Nachbildung einer existierenden Person?«

»Genau das soll Ihr Team herausfinden. Machen Sie sich gleich an die Arbeit, und versuchen Sie, die Presse ganz herauszuhalten. Die Sache schreit geradezu nach einer reißerischen Artikelserie, besonders wenn sie Wind von dem ersten ›Opfer‹ kriegen. Offenbar läuft hier irgendein Verrückter herum, der lebensechte Attrappen von angeblichen Mordopfern so platziert, dass sie aufgefunden werden.«

Nicht nur angeblichen, sondern ganz realen, dachte Vanessa, sagte es aber nicht. »In Ordnung, ich fahre gleich los.« Sie blickte zu Dirk. »Kommst du mit?«

»Fahr schon mal vor, ich komme gleich nach.«

Es kam ihr seltsam vor, dass sie nicht zusammen fuhren, aber sie sagte nichts dazu. »Ist Falk informiert?«

»Ja, er fährt dorthin.«

Vanessa überprüfte ihre Tasche und steckte dann die Mappe dazu. »Bis später.«

Diesmal nahm sie den Fahrstuhl in die Tiefgarage und nutzte die Zeit, einen Blick in die Mappe zu werfen. Beim Anblick des Gesichts in Großaufnahme musste sie sich anlehnen, weil ihre Knie nachgaben. Diesmal handelte es sich um eine Frau, ehemals vermutlich gut aussehend, doch im Tod war ihr Gesicht zu einer Grimasse verzerrt. Vanessa brauchte nicht in die alten Akten zu sehen, um zu wissen, dass es sich diesmal nicht um ein Opfer des Serienkillers handelte. Sie erinnerte sich inzwischen an jedes einzelne Gesicht. Oder zumindest war es kein bekanntes Opfer des Mörders. Hatte er vielleicht noch mehr Menschen auf dem Gewissen, die nicht gefunden worden waren? Oder agierte der Attrappenbauer völlig unabhängig davon und nahm sich verschiedene Mordopfer vor, die nichts miteinander zu tun hatten? Das mussten sie so schnell wie möglich herausfinden.

Das dezente »Pling« des Fahrstuhls riss sie aus ihren Überlegungen. Schnell stopfte sie die Mappe zurück und ging eilig auf ihr Auto zu. Wenn möglich, parkte sie nah am Ausgang, damit sie nicht so viel Zeit verlor. Vanessa warf ihre Mappe auf den Beifahrersitz und startete den Motor. Das ungute Röhren erinnerte sie daran, dass sie den Wagen schon lange zur Werkstatt bringen sollte, jedoch nie die Zeit dafür fand.

Zügig, aber immer noch gerade so innerhalb der Geschwindigkeitsvorgaben, fuhr sie zum zweiten Fundort. Diesmal handelte es sich um ein anderes *Storage*-Gebäude am Rand der Stadt. Sie könnte wetten, dass die Einheit wieder von jemandem angemietet worden war, der überhaupt nicht existierte. Aber vielleicht hatten sie Glück, und es gab diesmal irgendwelche Spuren, die sie weiterbrachten. Irgendetwas musste der Hersteller ja auch damit bezwecken, wenn er sich solche Mühe gab und die Attrappen dann finden ließ.

Vanessa parkte auf dem weitläufigen Gelände außerhalb der Absperrungen und strebte dann auf den Eingang zu. Aus den Augenwinkeln sah sie Falks Motorrad und seufzte innerlich. Hoffentlich wurde das keine Wiederholung der letzten Besichtigung eines Lagerraums. Andererseits hatten Falk und sie sich während der Bearbeitung des Obdachlosenfalls eigentlich ganz gut verstanden. Falk hatte ihr seine bisherigen Ermittlungsergebnisse gegeben, und sie hatten sich danach abgesprochen, wer welche Aufgaben erledigen würde. Das hatte überraschend gut geklappt und war deutlich zivilisierter abgelaufen als ihre bisherigen Zusammentreffen. Deshalb hatte sie die Hoffnung, dass ihre weitere Zusammenarbeit zumindest auf professioneller Ebene gut laufen würde.

Vanessa betrat das Gebäude und ließ sich von einem Polizisten den Weg zum Fundort der Attrappe zeigen. Das Team der Kriminaltechnik war beinahe fertig. Zögernd betrat sie die Lagereinheit, die eine ähnliche Größe besaß wie die erste, und blickte sich gründlich um. Diesmal handelte es sich um die Nachbildung eines Schlafzimmers, eindeutig von einer Frau bewohnt. Die Möbel waren modern in Hochglanzoptik, das gewaltige Bett mit edler Satinbettwäsche bezogen und von einem blass roséfarbenen Baldachin gekrönt. An den Wänden hingen geschmackvolle männliche Aktfotografien.

Auf den ersten Blick wirkte alles völlig normal – wenn man davon absah, dass ein Schlafzimmer nichts in einer Lagereinheit zu suchen hatte. Doch je näher sie dem Bett kam, desto gruseliger wurde es. Sie nickte Falk zu, der sich gerade mit einem der Techniker unterhielt, blieb aber nicht stehen. Ihr stockte unwillkürlich der Atem, als sie die Attrappe von Nahem sah. Wieder wirkte sie so echt, dass sie nur bei ganz genauem Hinsehen von einer Leiche zu unterscheiden war. Ihre Arme waren mit Seidentüchern an den Bettrahmen gefesselt, wodurch es eher so wirkte, als wäre hier das Sexspiel gründlich schiefgegangen. Die Frau trug ein teuer wirkendes Nachthemd, das gerade noch ihre Scham bedeckte. Die dünnen Träger waren zerrissen, eine Brust enthüllt.

Das Laken war zerwühlt und mit Blut bespritzt. Unter ihrem Körper hatte sich eine Blutlache gebildet. Vanessa strich vorsichtig mit ihrem handschuhbekleideten Finger über einen der Flecken. Er färbte sich leicht rötlich, das hieß, dass die Attrappe hier noch nicht lange liegen konnte. Zumindest nicht mit frischem Blut. Sie könnte wetten, dass es wieder echtes war. Ein Schauder lief durch ihren Körper, als sie die vielen Wunden betrachtete, die den Körper und das Gesicht der Frau verunstalteten. Wie schon bei Stefan Krampnagel schien es, als wäre das Opfer lange gequält worden, bevor der entscheidende Todesstoß kam; in diesem Fall sah es so aus, als wäre eine Wunde in Herznähe tiefer als die anderen.

Der Attrappe war das herzlich egal, aber wenn diese Nachahmung wieder auf einer wahren Tat beruhte, gab es irgendwo ein richtiges Opfer, das sicher längere Zeit furchtbar gelitten hatte. Hoffentlich irrte Vanessa sich, und es gab keine ermordete Frau. Anhand der Perfektion der Attrappe würde sie darauf tippen, dass es sich um den gleichen Ersteller handelte wie bei der ersten Nachbildung.

Falk stellte sich neben sie und blickte ebenfalls auf das Opfer hinab. »Welcher kranke Arsch macht so was?«

Wenn sie das nur wüsste! »Ich habe keine Ahnung, aber wir sollten ihn so schnell wie möglich finden. Und herausfinden, ob es diese Frau wirklich gibt.«

»Es sieht so aus, als hättest du mit der ersten Attrappe recht gehabt.«

Vanessa sah ihn von der Seite an, ein Muskel zuckte in seiner Wange. »Ich wünschte, es wäre nur ein Scherz oder eine Filmrequisite gewesen. Gibt es schon Informationen?«

»Einen Namen und eine Adresse für den Mieter der Lagereinheit. Ich wette, beides ist wieder gefälscht.«

»Vermutlich. Wie wurde sie entdeckt?«

»Das Schloss der Einheit war geknackt, deshalb hat einer der Mitarbeiter nachgesehen. Er hat den Schreck seines Lebens bekommen, schätze ich.«

Sehr wahrscheinlich. »Denkst du auch, dass das Schloss absichtlich aufgebrochen wurde, damit die Attrappe gefunden wird?«

Diesmal blickte er sie direkt an. »Konnte wohl nicht bis zum Ende des Monats warten.«

Und dafür musste es einen Grund geben. »Wir sollten besser schnell herausfinden, was hier los ist.«

»Ja. Die KT nimmt von allem Proben und sucht weiter nach Spuren. Ein Foto von der Attrappe ist gemacht, damit können wir in den Datenbanken nach einer Übereinstimmung suchen. Vielleicht haben wir Glück und finden etwas.« Er klang nicht so, als glaubte er daran.

»Hast du genug gesehen?«

»Ganz ehrlich, wenn ich nie wieder so einen kranken Scheiß sehen muss, ist das noch zu früh.«

Dem konnte sie nur zustimmen. Nach einem letzten Blick wandte sie sich zur Tür um. Dort sprach sie einen der Techniker an. »Können Sie die Attrappe bitte nach Ihrer Untersuchung in die Rechtsmedizin zu Dr. Cleve bringen lassen?«

Seine Augenbrauen hoben sich. »Seit wann untersucht die Cleve etwas anderes als Leichen?«

Ärger stieg in ihr auf. »Das muss Sie nicht interessieren.«

Vanessa meinte, etwas wie ein genuscheltes »Zicke« zu hören, als der Mann sich wegdrehte. Sie war sehr versucht, ihm kräftig in den Hintern zu treten, aber sie konnte sich gerade noch beherrschen. Zu ihrer Überraschung packte Falk seinen Arm.

»Etwas mehr Respekt gegenüber Dr. Cleve und Kommissarin Lux, Bernd.«

Der Techniker hatte immerhin den Anstand, zu erröten. »Tut mir leid. Wird erledigt.«

Vanessa lächelte Falk an. »Danke.«

Der hob nur die Schultern und ging dann vor ihr aus der Lagereinheit. Diesmal ließ sie sich von seiner Art nicht irritieren, sondern folgte ihm schnell. Nebeneinander gingen sie weiter.

»Wo ist eigentlich Dirk? Ich hätte erwartet, dass er schon längst hier aufgetaucht wäre.«

Das fragte sie sich auch. »Er war noch im Gespräch mit Kordel, als ich ging, eigentlich wollte er nachkommen.«

Falk gab einen undefinierbaren Laut von sich und verfiel wieder in Schweigen. Aber das war okay, damit konnte sie arbeiten.

15

Die Besprechung fand diesmal im großen Sitzungsraum statt, neben den Kommissaren war auch Petra Klimcke von der Kriminaltechnik anwesend, ebenso wie Dr. Cleve von der Rechtsmedizin. Der Leiter des ZKD würde später noch hinzustoßen, damit sie ihn auf den neuesten Stand bringen konnten.

Dirk ergriff das Wort. »Danke, dass ihr so kurzfristig kommen konntet. Ihr wisst alle, dass es bisher nur um eine Attrappe geht, eine Leiche ist nicht gefunden worden, und es kann auch gut sein, dass überhaupt keine existiert.«

Vanessa musste sich beherrschen, um ihrem Kollegen nicht gleich zu widersprechen. Diesmal konnte Dirk nicht wieder die Tatsachen ignorieren, nicht wenn vielleicht ein Menschenleben auf dem Spiel stand.

»Was haben wir bisher an Informationen darüber gesammelt?« Fragend blickte er Falk und Vanessa an.

Vanessa nickte Falk zu, dass er beginnen sollte.

»Heute Morgen wurde wieder eine sehr realistische Ganzkörperattrappe eines Mordopfers in einer Lagereinheit gefunden. Sie war an ein Bett gefesselt, der ganze Lagerraum war einem Schlafzimmer nachempfunden. Die Einheit wurde laut der Angaben des Betreibers vor anderthalb Monaten angemietet und im Voraus bezahlt. Sie wurde heute von einem Mitarbeiter betreten, da in der Nacht das Schloss geknackt worden war.« Falk sah auf. »Wir gehen davon aus, dass dies absichtlich geschehen ist, damit die Attrappe gefunden wurde.«

Vanessa übernahm. »Wahrscheinlich wollte der Attrappenbauer nicht warten, bis die Mietdauer abgelaufen ist und die Einheit geöffnet wird.« Und das machte ihr Sorgen. Warum hatte er es so eilig? Musste er einen bestimmten Zeitplan einhalten?

Dirk runzelte die Stirn. »Aber was hätte er oder sie davon? Nur für den kurzzeitigen Kick, dass jemand die Attrappe entdeckt und sich gruselt? Das ist sehr viel Aufwand für nichts.«

»Vielleicht will er uns damit etwas sagen. Oder uns zu etwas auffordern.«

»Du meinst, er spricht mit der Polizei und will, dass wir ihn fangen? Wir sind nicht in einem Film. Die meisten Täter wollen nicht gefunden werden und geben keine extra Hinweise oder wedeln mit einer Flagge.« Noch immer schien Dirk nicht besonders glücklich mit ihr zu sein.

Vanessa ließ sich dadurch nicht beeindrucken. »Im ersten Fall hat jemand noch einen oder zwei Tage, bevor die Mietdauer auslief, Blut über die Wunden gegossen. Das war in diesem Fall auch so, das Blut war frisch. Wie würdest du das denn deuten?«

»Lasst uns jetzt erst mal sämtliche Fakten sammeln, spekulieren können wir später noch.«

Sofort nahm Falk den Faden wieder auf. »Wie bei der ersten Attrappe sind Name und Anschrift der anmietenden

Person falsch. Und es gibt keine Kameras, die die einzelnen Lagerräume überwachen. Zudem wurde wahrscheinlich absichtlich eine Einheit gewählt, deren Gang kaum frequentiert wird. Wir werden noch die Mieter der anderen Lagerräume befragen, aber ich befürchte, es wird nicht viel herauskommen, zumal die Anlage auch nachts betreten werden kann.« Falk blickte auf seine Notizen. »Auch der Betreiber der Anlage und seine Mitarbeiter können sich nicht an den Mieter der Einheit 33 erinnern.«

»Dabei hätte es auffallen müssen, wenn er dort ein ganzes Schlafzimmer hineinbugsiert und auch noch aufbaut. Es ist seltsam, dass davon niemand etwas mitbekommen hat.«

»Wie gesagt, wir werden noch weitere Mieter befragen, vielleicht hat doch jemand etwas gesehen oder gehört.« Falk nickte Vanessa zu.

»Nach Absprache mit Dirk habe ich die alten Unterlagen vom Klingen-Killer-Fall geprüft, da die erste Attrappe optisch und auch von den Verletzungen her einem der Opfer nachempfunden wurde. Diese Attrappe ähnelt im Gegenteil zur ersten keinem der damaligen Opfer. Zumindest keinem, das gefunden und demselben Täter zugeordnet wurde.« Vanessa hängte eine Großaufnahme vom Gesicht des Opfers an die Magnetpinnwand. »Ich überprüfe gerade in verschiedenen Datenbanken und im Internet, ob diese Frau real existiert hat oder nicht. Bisher habe ich noch nichts gefunden.«

»Dann ist sie vielleicht nur der kranken Fantasie entsprungen«, warf Dirk ein.

»Das ist möglich, wahrscheinlich ist jedoch, dass sie genauso real ist wie das erste Modell.«

Dirk schüttelte den Kopf. »Aber dann würden wir sie doch zuordnen können!«

»Nicht, wenn das Opfer bisher noch nicht gefunden wurde. Wurden damals sämtliche Taten des Klingen-Killers aufgedeckt?«

»Ich bin so sicher, wie man in einem solchen Fall nur sein kann. Sander hat geschwiegen, und weitere Opfer wurden nie entdeckt.« Dirk rieb über seine schütteren Haare. »Es kann ja auch sein, dass derjenige verschiedene Mordopfer nachempfindet. Es muss gar keine Verbindung zu unserem damaligen Fall geben.«

»Dazu kann Dr. Cleve vielleicht etwas sagen. Sie konnte sich beide Attrappen ansehen.«

Die Rechtsmedizinerin nickte. »Gern. Bei der ersten Attrappe hatte ich festgestellt, dass sämtliche Schnitte genau so ausgeführt wurden wie auch beim Mordopfer. Es war sozusagen eine exakte Kopie der Verletzungen, der Blutungen und so weiter. Das kann ich mangels eines realen Opfers bei der zweiten Attrappe natürlich nicht sagen.« Sie stand auf und deutete auf verschiedene Wunden am Körper der zweiten Attrappe. »Aber es gibt Charakteristika, die darauf hinweisen, dass es bei beiden der gleiche Täter war. Eher flache Schnitte, lang ausgeführt, ohne viel Kraftaufwand. Gemacht, um zu quälen, nicht um zu töten. Genau kann ich es nicht sagen, aber ich tippe auf die gleiche Art von Messer, die auch bei der ersten verwendet wurde.«

»Nun ja, ich denke, es ist klar, dass nicht zwei Irre herumlaufen, die aufwendige Attrappen fertigen und in Lagereinheiten stecken.«

Dr. Cleve neigte den Kopf in Dirks Richtung. »Das stimmt. Da es sich aber bei der ersten Attrappe um eine genaue Nachbildung eines Mordopfers handelt, ist es quasi die gleiche Vorgehensweise wie beim Klingen-Killer-Fall.«

»Der Erbauer könnte jedoch auch die Art auf eine Attrappe übertragen haben, die überhaupt nichts damit zu tun hat, oder? Einfach weil es ihm gefallen hat.«

»Das ist selbstverständlich möglich.« Die Rechtsmedizinerin räusperte sich. »Es gibt allerdings eine Sache, die sich von der ersten Attrappe unterscheidet. Die weiblichen Geschlechtsorgane wurden korrekt modelliert, bei der männlichen Attrappe wurde darauf verzichtet.«

»Was genau meinen Sie damit?«

»Die Brüste haben Sie alle gesehen, aber es gibt auch eine Scheide mit allem, was dazugehört. Sie wurde aus einem elastischen Material gefertigt, dadurch ist sie prinzipiell ›nutzbar‹.«

Falk wirkte angewidert. »Du meinst, der Täter hat es mit der Puppe getrieben?«

»Das kann ich nicht mit Bestimmtheit sagen, ich habe keine Samenspuren oder sonstige DNA gefunden. Es gibt Latexrückstände, aber die können auch durch die Herstellung entstanden sein.«

Vanessa versuchte, ihren Ekel nicht zu zeigen. »Das ist etwas Neues, den Opfern des Serienmörders wurde keine sexuelle Gewalt angetan. Allerdings kann das auch an der Art der Opfer liegen. Zwei waren Männer, das andere Opfer eine sechsundfünfzigjährige Frau. Diese Attrappe ist eindeutig jung und attraktiv, vielleicht hat der Täter deshalb seine Vorgehensweise geändert.«

Falk nickte zustimmend. »Auch die Inszenierung hat eindeutig einen sexuellen Unterton. Das Schlafzimmer, die Pose der Frau, es scheint fast, als hätte der Erbauer eine Fantasie ausgelebt.«

Das war auch ihre Vermutung. In der Beziehung unterschied sich die Szenerie stark von den früheren. Nur konnten sie daraus jetzt noch nicht ableiten, was genau das bedeutete.

Nachdenklich kaute Vanessa an ihrer Unterlippe. »Die Frage bleibt dann aber bestehen, ob diese Frau real existiert und ob sie in Gefahr ist oder nicht. Oder ob sie bereits tot ist und nur noch nicht entdeckt wurde.«

Dirk nickte. »Versuchen wir, sie zu finden. Das hat oberste Priorität.«

Falk wandte sich an Petra Klimcke. »Wie sieht es bei der KT aus?«

»Wir sind noch dabei, sämtliche Spuren zu prüfen. Auf jeden Fall kann ich jetzt schon sagen, dass es sich wieder um echtes Blut handelt, ich habe es gleich ins Labor geschickt und lasse jetzt noch prüfen, ob es sich um menschliches handelt und ob es mit dem vorherigen identisch ist.« Sie blickte auf ihren Block. »Wir haben ein paar Fingerabdrücke und Haare gefunden und versuchen, einen Treffer zu bekommen. Bei der Bettwäsche handelt es sich um handelsübliche Ware der besseren Kategorie. Keine Chance, da etwas nachzuverfolgen.«

Das hatte Vanessa fast vermutet. »Lässt sich feststellen, wann die Bettwäsche auf den Markt gekommen ist? Wenn sie neuer ist, könnten wir damit vielleicht ausschließen, dass es sich um ein ursprüngliches Opfer des Serienmörders handelt.«

Klimcke machte sich eine Notiz. »Ich werde es überprüfen.«

Die Tür öffnete sich, und Reiner Kordel betrat den Sitzungsraum. »Entschuldigen Sie die Verspätung.« Er setzte sich an das Kopfende des Tisches. »Womit haben wir es hier zu tun?«

Dirk fasste die bisherigen Erkenntnisse knapp für ihren Vorgesetzten zusammen, der danach eine Weile schwieg. Er wirkte alles andere als glücklich.

»Christian Sander ist noch im Gefängnis, richtig?«

»Ja, seit er vor zwei Jahren verurteilt wurde. Er kann also die Attrappen nicht selbst hergestellt und arrangiert haben.«

Kordel rieb über sein Gesicht. »Also haben wir es mit einem Nachahmungstäter zu tun?«

»Das wissen wir nicht. Es ist unwahrscheinlich, dass ein Unbeteiligter so detaillierte Informationen über die Morde und Opfer bekommen hat. Es muss jemand sein, den Sander eingeweiht hat oder der etwas mit dem Fall zu tun hatte. Oder jemanden kennt, der daran mitgewirkt hat.« Dirk schüttelte den Kopf. »Aber ich kann mir nicht vorstellen, dass das jemand von uns getan hat. Es waren damals alle sehr engagiert und haben alles gegeben, um den Täter dingfest zu machen. Natürlich werde ich sofort überprüfen, ob es ein Informationsleck gibt.«

»Ich erinnere mich noch an den Fall.« Kordel setzte seine Brille ab und presste die Finger an den Nasenrücken. »Okay, ich denke, wir sind uns einig, dass dieser Fall etwas mit dem Klingen-Killer-Fall von damals zu tun hat. Jetzt müssen wir herausfinden, was, und ob die Attrappen nur dazu da sind, uns auf den Plan zu rufen, oder ob sie der Auftakt zu einer weiteren Mordserie sind.«

Dirk richtete sich auf. »Auf jeden Fall kann es nicht der originale Serienkiller sein, da der ja noch im Gefängnis sitzt. Und ich kann mich auch nicht erinnern, dass er durch besondere kunsthandwerkliche Geschicklichkeit aufgefallen wäre.«

»Das muss überprüft werden. Wir sollten noch einmal

durch seine archivierten Sachen gehen und sehen, ob uns dort etwas ins Auge sticht. Finden wir heraus, ob es ein reales Opfer gibt. Setzen Sie dafür jeden ein, der entbehrlich ist. Schauen Sie sich im Umfeld der ersten Morde um, vielleicht erhalten wir dort eine Spur. Auf keinen Fall möchte ich noch einmal eine solche Panikmache erleben wie damals. Also behalten Sie die Details des Falls für sich, und erwähnen Sie bloß nirgends das Wort Serienmörder. Das war letztes Mal ein Spießrutenlauf, und der Druck war immens.«

Genau deshalb war Dirk so dagegen gewesen, dass sie in diese Richtung ermittelte. Einerseits konnte sie ihn verstehen, andererseits half es aber auch nichts, den Kopf in den Sand zu stecken und zu hoffen, dass es vorüberging. Irgendwie hingen der Klingen-Killer-Fall und diese Attrappen zusammen, und sie mussten herausfinden, womit sie es zu tun hatten, und zwar sehr schnell, um zu verhindern, dass es möglicherweise weitere Opfer gab. Selbst wenn es ein Nachahmungstäter war, fand er wahrscheinlich Gefallen an dieser Art der Verstümmelung von Körpern, und es konnte gut sein, dass er irgendwann zu echten Menschen wechselte, weil ihm die Attrappen nicht mehr den nötigen Kick gaben. Hoffentlich irrte sie sich.

»Hanke, halten Sie mich auf dem Laufenden, wie die Ermittlungen vorangehen. Wenn Sie Unterstützung brauchen, stelle ich Ihnen so viele Beamte wie möglich zur Verfügung.« Kordel erhob sich. »Ich denke, ich muss nicht betonen, wie wichtig es ist, dass wir keinen Fehler machen.«

Vanessa beugte sich vor. »Wir sollten versuchen, noch mehr von Sander herauszubekommen. Auch wenn er die Attrappen nicht selbst hergestellt hat, könnte es sein, dass er etwas darüber weiß.«

Kordel verzog den Mund. »Vermutlich wird er sich freuen, wenn wir ihn um Hilfe bitten. Hanke sagte, dass Sie schon mit Sander geredet haben, deshalb würde ich vorschlagen, dass Sie das weiterhin übernehmen. Offenbar spricht er mit Ihnen, das sollten wir ausnutzen.«

Vanessa nickte. »In Ordnung.«

»Aber achten Sie darauf, ihm nicht zu viele Informationen zu geben. Ich habe keine Lust, dass er sich daran aufgeilt.« Röte stieg in seine Ohren. »Entschuldigen Sie die Ausdrucksweise.« Sein Blick schloss Dr. Cleve mit ein.

»Natürlich.«

»Gut, dann setze ich auf Ihre gute Zusammenarbeit und hoffe, dass dieser Fall bald aufgeklärt wird.« Kordel nickte in die Runde und verließ den Raum.

Einen Moment lang herrschte Schweigen, dann hievte sich Dirk in die Höhe. »Okay, gehen wir die Sache mal an. Falk, Vanessa, wir besprechen im Anschluss noch unser Vorgehen. Fünf Minuten Pause.«

Ein schneller Blick auf die Uhr zeigte Vanessa, dass sie heute garantiert nicht pünktlich Feierabend machen konnte. Aber das war ihr egal, wenn dafür der Fall endlich ernst genommen wurde.

16

Falk eilte Julia hinterher, die bereits am Fahrstuhl stand. Die Rechtsmedizinerin drehte sich zu ihm um, als sie ihn kommen hörte, und lächelte ihm zu. »Konntest du dich doch loseisen?«

Vor ihr blieb er stehen. »Nur für die von Dirk genehmigten fünf Minuten. Er mutiert immer mehr zum Sklaventreiber.«

»Wahrscheinlich steht er unter Stress. Kein Wunder, sollte es jetzt tatsächlich eine neue Entwicklung im Klingen-Killer-Fall geben.«

Falk lehnte sich mit der Schulter an die Wand. »Ich nehme an, das war damals ein großes Ding?«

»Natürlich. Glücklicherweise gibt es in Hannover sonst kaum jemals solche Fälle, und dieser war wirklich besonders brutal. Es hat alle Beteiligten viele Nerven und schlaflose Nächte gekostet.«

»Dich auch?«

Das brachte ihm ein Stirnrunzeln ein. »Denkst du, mir geht so was nicht an die Nieren, nur weil ich jeden Tag mit Toten zu tun habe?«

Wunderbar, jetzt hatte er sie verletzt, ohne es zu wollen. Deshalb beeilte er sich, seine Bemerkung richtigzustellen.

»Auf keinen Fall. Ich war mir nur nicht sicher, inwieweit du damals involviert warst.«

Ihre Miene entspannte sich wieder. »Ich war an den Autopsien der Opfer beteiligt. Wir haben sie zu zweit durchgeführt, damit wir nichts übersehen.«

»Was würdest du sagen, sehen die Schnitte in den Attrappen genauso aus wie damals bei den Opfern? Hat Sander sie ausgeführt?«

Julia zögerte. »Wie ich schon sagte, sie stimmen von Größe und Tiefe her genau überein bei der ersten Attrappe.«

»Aber?«

Julia sah sich rasch um und senkte dann die Stimme. »Ich kann es nicht beschwören, aber ich habe das Gefühl, dass die Schnitte mit weniger Schwung gemacht wurden. So als hätte der Mann am Messer keinen wirklichen Spaß daran gehabt, sondern nur eine Aufgabe erfüllt. Oder als versuchte er, sie möglichst exakt auszuführen.«

»Und bei den Leichen war das anders?«

»Ja, zumindest hatte ich den Eindruck. Zwar waren fast alle Schnitte nicht besonders tief, aber irgendwie …« Sie zuckte mit den Schultern. »Ich kann es nicht genau beschreiben. Es kam mir vor, als wären sie mit mehr Schwung ausgeführt worden. Allerdings kann es auch einfach am Material liegen, oder eben daran, dass die Attrappen nicht dasselbe im Täter auslösen, weil es keine echten Menschen sind und es um nichts geht.«

Das war interessant. »Also können es demnach zwei verschiedene Täter sein?«

»Absolut. Besonders, falls die Attrappen jetzt erst hergestellt wurden, schließlich sitzt der Mörder noch hinter Gittern.«

»Du hältst Sander also für den damaligen Täter?«

Julia hob die Schultern. »Das ist nicht meine Baustelle, sondern eure.«

»Ja, aber mich interessiert deine Meinung.«

Einen Moment lang schwieg sie. »Ich kann es wirklich nicht sagen. Da er nicht auf frischer Tat ertappt wurde und es auch nichts von ihm gab, was ich damals hinsichtlich der Schneidetechnik hätte vergleichen können, habe ich keine Grundlage für eine fundierte Meinung. Ihr könnt ihn ja mal in Fleisch schneiden lassen und es mir bringen, dann kann ich vielleicht mehr darüber sagen.«

Falk musste grinsen. »Das wird wohl eher nicht passieren.«

»Dann kann ich dir auch nicht wirklich helfen, fürchte ich.«

Er stieß sich von der Wand ab. »Das hast du schon. Deine Meinung interessiert mich immer.«

Das brachte ihm ein Lächeln ein. »Alter Schmeichler. Aber danke.« Sie wurde wieder ernst. »Vielleicht solltest du dich mal ernsthaft mit Vanessa Lux unterhalten. Sie hat gute Instinkte und weiß, was sie tut.«

»Das werde ich zwangsläufig, schließlich arbeiten wir zusammen an diesem Fall. Zumindest solange es noch einer ist. Vielleicht bleibt es bei der Attrappe, und es gibt kein richtiges Opfer. Der Fall wird eingestellt, und wir können unserer normalen Arbeit nachgehen.«

Julia wiegte den Kopf hin und her. »Zu wünschen wäre das, aber irgendetwas sagt mir, dass die Sache noch lange nicht vorbei ist. Jemand, der sich so viel Mühe gibt, hat ein Ziel. Ein wenig Aufmerksamkeit der Polizei wird ihm oder ihr vermutlich nicht reichen.«

»Vielleicht hättest du doch Kommissarin werden sollen.«

Julia lachte auf und drückte auf den Fahrstuhlknopf. »Bloß nicht, mir reicht es, das zu deuten, was in Fleisch und Blut vor mir liegt.« Der Fahrstuhl erreichte das Stockwerk mit einem dezenten Klingeln, die Türen öffneten sich. »Wenn du noch weitere Fragen zum Fall oder dem von damals hast, melde dich gern.«

»Das mache ich. Schönen Feierabend.«

»Dir auch, obwohl ich befürchte, der wird nicht so bald eintreten. Dirk schaut schon ganz grimmig.«

Mit einem Seufzer drehte Falk sich um und sah seinen Kollegen in der Tür zum Besprechungszimmer stehen. Offenbar waren die fünf Minuten abgelaufen. Rasch holte er sich eine neue Wasserflasche und kehrte dann in den Raum zurück.

Die Frau war in keiner Datenbank zu finden gewesen, weder als Vermisste noch als Opfer oder gesuchte oder verurteilte Verbrecherin. Offenbar war sie polizeilich noch ein unbeschriebenes Blatt. Während von anderen weiter im Internet nach ihr gesucht wurde, hatte Vanessa am nächsten Tag den Auftrag, noch einmal mit Sander zu reden. Immerhin bestand die Möglichkeit, dass er die Frau kannte. Vielleicht war die zweite Attrappe auch einer Frau nachempfunden, die sich zumindest in seinem Umfeld bewegte. Wenn er nicht selbst dahintersteckte, würde das womöglich auf den Erbauer deuten. Wenn sie ehrlich war, wollte sie aber vor allem seine Reaktion auf das Foto sehen. Die würde ihr viel darüber verraten, ob er etwas mit den Taten zu tun hatte oder nicht.

Vanessa hatte wieder sehr schnell einen Termin bekommen, den sie mit den neuen Erkenntnissen und einer möglichen Mitwisserschaft von Sander begründet hatte. Allerdings hatte Sander darauf bestanden, dass sie allein kommen musste. Falk war darüber nicht sehr erfreut, eigentlich hatte er mitgehen wollen. Aber solange sie Sander kein Verbrechen vorwerfen konnten, waren sie darauf angewiesen, dass er freiwillig mit ihnen sprach. Wenn der Preis darin bestand, allein mit ihm zu reden, war sie dazu bereit.

Ein Phantomzeichner saß bereits daran, das Gesicht der Frau ohne die Wunden und die Verzerrungen des Todes darzustellen, damit sie es herumzeigen oder zur Not auch in den Medien veröffentlichen konnten, um herauszufinden, ob die Frau wirklich existierte. So gaben sie kein Täterwissen heraus, das später die Ermittlungen verfälschen konnte. Wenn möglich, wollten sie aber ohne Einschaltung der Medien ermitteln, wer die Frau war und ob sie noch lebte. Wenn jemand davon Wind bekommen sollte, dass es einen Nachahmer des Serienkillers gab – und sei es nur anhand von Attrappen –, würde das einen größeren Aufruhr verursachen.

Sie konnte sich noch gut daran erinnern, wie groß der Wirbel vor zwei Jahren gewesen war. Die Reporter hatten sich mit immer blutrünstigeren Vermutungen übertroffen und jeden, der mit dem Fall zu tun hatte, ans Licht gezerrt. Ihr Vater war davon nicht begeistert gewesen, es hatte ihn genervt, durch die Berichterstattung als desinteressiert und inkompetent dargestellt zu werden. Bezogen auf die gesamte Polizei natürlich, aber Andreas Lux hatte das sehr persönlich genommen. Während dieser Zeit hatte er noch länger gearbeitet als sonst schon, selbst an den Wochenenden.

Vanessa konnte seine Hingabe zum Job besser nachvollziehen, und sie war unheimlich stolz darauf gewesen. Was nicht hieß, dass sie ihn nicht vermisst hatte, wenn er in seine

Arbeit eintauchte. Noch schlimmer war es, dass er kurz darauf gestorben war und die verlorene Zeit nie wieder nachgeholt werden konnte. Das war ihr größtes Bedauern: nicht die Gelegenheit genutzt zu haben, solange es noch ging. Nichts davon war zu ändern, und Vanessa musste lernen, es zu akzeptieren. Doch in Momenten wie diesen kam es unweigerlich wieder hoch.

Tief holte sie Luft und verließ ihren Wagen. Ein wenig mulmig war ihr, Christian Sander wiederzubegegnen, weil sie ihn nicht einschätzen konnte. War er wirklich ein eiskalter Mörder oder ein Unschuldiger, der das Pech gehabt hatte, in den Fokus der Ermittlungen zu rücken? Aber damit konnte sie sich jetzt nicht befassen, zuerst ging es darum, die Existenz der Frau zu klären. Wenn sie dabei mehr über den Verurteilten erfuhr, umso besser.

Ungeduldig ließ sie alle Maßnahmen in der Strafvollzugsanstalt über sich ergehen und wurde wieder zum Vernehmungszimmer geführt. Der Wachmann blieb diesmal vor der Tür stehen. Ein Mann saß bereits im Raum, den sie nicht kannte. Er trug einen schicken Anzug, ein lederner Aktenkoffer stand neben seinen glänzenden Schuhen. Als sie hereinkam, erhob er sich.

»Frau Lux? Mein Name ist Herrndorf, ich bin der Anwalt von Christian Sander.«

Vanessa gab ihm zögernd die Hand und zog sie dann schnell wieder zurück. »Vanessa Lux. Ich wusste nicht, dass ein Anwalt zugegen sein würde. Wir beschuldigen Ihren Mandanten keines Verbrechens.«

Er lächelte unangenehm. »Noch nicht. So wie die Sache beim letzten Mal gelaufen ist, werde ich diesmal nichts riskieren.«

Aus seiner Sicht konnte sie das verstehen, für sie war es aber sehr lästig. Allein könnte sie versuchen, Sander zum Reden zu bringen, sein Anwalt würde das sicher nicht zulassen.

»Ich bin sicher, das ist unnötig.«

»Das werde ich entscheiden. Und so wie es mit Ihrem Vater und seinem Partner gelaufen ist, vertraue ich erst einmal niemandem.«

Interessiert sah Vanessa ihn an. »Soweit ich weiß, wurde Ihr Mandant rechtmäßig überführt, angeklagt und verurteilt. Wollen Sie etwas anderes behaupten?«

»Ich behaupte gar nichts. Die Polizei hatte sich aus unerfindlichen Gründen auf Sander eingeschossen und alles getan, um ihn schuldig aussehen zu lassen.«

Vanessa zog die Augenbrauen hoch. »Das ist eine schwere Anschuldigung. Warum haben Sie dazu keine Untersuchung veranlasst?«

Wut blitzte in seinen Augen auf. »Das habe ich, aber der Antrag wurde bereits nach kurzer Zeit abgeschmettert. Versuchen Sie mal, zu beweisen, dass falsche Beweismittel untergeschoben wurden. Das ist so gut wie unmöglich.«

»Wer sollte das getan haben und warum?«

»Das Warum ist offensichtlich: um eine Verurteilung zu erzielen und der Öffentlichkeit schnell einen Täter zu präsentieren. Wer – das ist die große Frage. Entweder die Polizei aus oben genanntem Grund, oder der wahre Täter hat es so aussehen lassen, als hätte mein Mandant die Morde begangen, um selbst nicht in Verdacht zu geraten.«

Die erste Möglichkeit hielt sie für ausgeschlossen, ihr Vater war ein sehr gewissenhafter Kommissar gewesen. So etwas hätte er nie zugelassen, erst recht nicht, wenn dadurch ein Mörder weiter auf freiem Fuß blieb. Die zweite allerdings könnte erklären, warum jetzt die Attrappen auftauchten.

»Zu schade, dass Sie das nicht beweisen können.«

Sein Mund verzog sich. »Wir werden die Sache beobachten, und wenn wir feststellen, dass es eine Möglichkeit gibt, das Urteil anzufechten, werden wir das tun.«

»Machen Sie das. Wenn Sander unschuldig ist, sollte er keinen Tag länger als nötig im Gefängnis sitzen. Doch wenn er es ist …« Sie brach ab, als sich die Tür öffnete und der Gefangene in den Raum geleitet wurde. Irgendetwas an ihm schien anders. Er ging aufrechter, Entschlossenheit stand in seiner Miene. Woran es lag, konnte sie nicht genau sagen, aber vielleicht witterte er nach dem Gespräch mit seinem Anwalt Morgenluft und hoffte, freizukommen.

»Kommissarin Lux, ich dachte nicht, dass ich Sie so schnell wiedersehen würde. Konnten Sie schon herausfinden, was es mit der Attrappe auf sich hat?«

Er setzte sich wieder auf die eine Seite des Tisches, sein Anwalt nahm neben ihm Platz, Vanessa ihm gegenüber.

»Wie ich sehe, haben Sie sich schon Verstärkung geholt.«

Sander blickte kurz zu seinem Anwalt, dann nickte er. »Hätten Sie das nicht an meiner Stelle?«

»Vermutlich schon, auch wenn es unnötig ist, da wir Sie nicht beschuldigen.«

»Aus meiner Sicht ist es nur eine Frage der Zeit. So war es beim letzten Mal auch. *Nur ein paar Fragen, Herr Sander.* Und schon saß ich ein paar Tage später in Untersuchungshaft. Nein danke, noch mal mache ich das nicht mit.«

»Ganz wie Sie wollen. Warum haben Sie eigentlich verhindert, dass mein Kollege mitkommt? Er hatte ebenfalls nichts mit Ihrem Fall damals zu tun.«

Sander legte den Kopf schräg. »Ich wollte keine Ablenkung, wenn ich mit Ihnen rede. Sie haben doch keine Angst vor mir, oder?« Sein direkter Blick war herausfordernd.

»Nein. Sollte ich etwa?«

»Auf keinen Fall. Ich genieße Ihre Gesellschaft hier in der Einöde. Glauben Sie mir, Sie sind ein sehr willkommener Anblick.«

Ihr war bewusst, dass er sie nur provozieren wollte, deshalb ging sie nicht darauf ein. Stattdessen öffnete sie ihre Mappe und schob ihm das Bild der zweiten Attrappe zu. »Kennen Sie diese Frau?« Die Augen hielt sie weiterhin auf ihn gerichtet, um keine Nuance seiner Reaktion zu verpassen.

Sein Blick saugte sich förmlich an dem Foto fest, doch seine Miene blieb völlig ausdruckslos. Das war seltsam. Normalerweise hätte ihm entweder Entsetzen oder Zufriedenheit anzusehen sein müssen. Zumindest wäre das die normale menschliche Reaktion gewesen. Hier jedoch war gar nichts. So als würde er jede Emotion in sich festhalten, damit sie nicht nach außen drang. Oder er war völlig empathielos und das Opfer ihm egal. Als er aufblickte, glaubte sie den Hauch einer Emotion in seinen Augen zu sehen, doch Vanessa konnte sie nicht deuten.

»Und, kennen Sie sie?«

»Nein. Wer ist sie? Ist sie tot?«

»Es ist eine Attrappe, so wie die andere, die ich Ihnen neulich gezeigt hatte. Ich hatte gehofft, dass Sie mir vielleicht sagen können, wer die Frau ist, damit wir überprüfen können, was mit ihr passiert ist.«

Seine Augenbrauen schoben sich zusammen. »Offenbar haben Sie beim letzten Mal nicht zugehört. Ich habe mit diesen Morden nichts zu tun, weder damals noch heute. Woher sollte ich diese Frau also kennen?« Seine Finger färbten sich weiß, so fest presste er sie auf die Tischplatte.

Ruhig sah Vanessa ihn an. »Da die Morde in Ihrem Umfeld begangen wurden, hätte es ja sein können, dass diese Frau ebenfalls in einer der drei betroffenen Firmen Segetal Bauservice, Pertat Solutions oder Acoutec Services gearbeitet hat oder Sie sie auf anderem Weg kennengelernt haben. Schade.« Sie steckte das Foto in die Mappe zurück.

Sanders Blick folgte der Bewegung. »Ich habe in einer großen Architekturfirma gearbeitet, mit über dreihundert Angestellten. Ich kann unmöglich jeden Einzelnen kennen. Erst recht nicht das Personal von irgendwelchen Firmen, mit denen wir Geschäfte gemacht haben.«

»Damit haben Sie wohl recht. Danke für Ihre Zeit.« Vanessa erhob sich.

»Wie, das war es schon?«

Innerlich lächelte sie zufrieden. »Ja, von meiner Seite schon. Außer Sie wollten noch über irgendetwas reden, das mit dem Fall zu tun hat? Dann höre ich sehr gern zu.«

Der Anwalt mischte sich ein. »Wie mein Mandant schon mehrfach sagte, hat er mit den Morden nichts zu tun und natürlich auch nichts mit diesen seltsamen Attrappen, da er hier einsitzt. Anstatt hier unsere Zeit zu verschwenden, sollten Sie sich lieber darum kümmern, dass der wahre Täter gefunden wird und Herr Sander endlich freikommt.«

»Sie können mir glauben, dass wir alles dafür tun werden, der Sache auf den Grund zu gehen.«

Sander nickte langsam. »Sagen Sie mir dann Bescheid, wenn Sie etwas herausfinden sollten, das auf einen anderen Täter deutet?« Hoffnung leuchtete aus seinen Augen.

Vanessa zögerte. »Wenn sich herausstellen sollte, dass die

Taten zusammenhängen und somit auch ein anderer Täter für die damaligen Morde infrage kommen könnte, ja, dann werden Sie informiert. Ich habe kein Interesse daran, dass jemand unschuldig im Gefängnis sitzt, während ein Mörder frei draußen herumläuft.«

Sanders Lächeln verwandelte sein gesamtes Gesicht, er wirkte geradezu sympathisch. »Danke. Sie sind die erste Kommissarin, der ich das wirklich glaube.«

Rasch klaubte sie ihre Unterlagen auf. »Kann ich mit Ihrer weiteren Kooperation rechnen?«

»Natürlich. Alles, was hilft, den wahren Täter zu fassen – und mich aus dem Gefängnis befreit.«

Sie konnte nur abwarten, was er möglicherweise beizutragen hatte, und dann entscheiden, ob sie ihn einbeziehen würde oder nicht. Jetzt wünschte sie fast, Falk wäre dabei gewesen und sie könnte sich mit ihm über Sanders Reaktion – oder vielmehr die fehlende – unterhalten.

17

Als Vanessa im Büro ankam, war sie immer noch nicht sicher, wie sie Sanders Verhalten deuten sollte. Er wollte aus dem Gefängnis raus, das war klar, und versuchte deshalb, seine Reaktionen zu verschleiern. Normalerweise hätte er aber beim Anblick des Fotos zumindest kurz zusammenzucken müssen. Sie selbst hatte im Job schon viel gesehen, und trotzdem konnte man ihr bestimmt die Empfindungen ansehen, wenn jemand ihr eine blutüberströmte Leiche präsentierte. Offenbar hatte er seine wahre Emotion so stark unterdrückt, dass er gar nicht mehr reagiert hatte.

Falk war gerade dabei, sich zu strecken, als Vanessa die Tür öffnete. Schnell ließ er die Arme sinken und setzte sich auf. »Und, was Neues von unserem Lieblingskiller?«

Vanessa verzog den Mund. »Ich habe ganz sicher keine Lieblinge unter den Mördern.«

»Aber er mag dich offenbar, sonst hätte er nicht bereits zweimal mit dir geredet. Ich glaube, Dirk ist schon ganz eifersüchtig.«

»Haha, sehr witzig.« Vanessa ließ sich auf ihren Stuhl fallen. »Wo ist er überhaupt?«

»Besprechung mit Kordel. Sie haben Angst, dass die Sache

die Runde macht und wir bald von Presseanfragen überschüttet werden.«

Das war eine ernst zu nehmende Gefahr. Es gab immer wieder Fälle, deren Auflösung von der Berichterstattung erschwert wurde. »Hoffentlich kriegen sie das in den Griff. Das Letzte, was wir jetzt brauchen, ist ein Journalist, der die alten Fälle wieder aufwärmt. Wenn es sich hier um einen Trittbrettfahrer handelt, dann genießt er sicher die Aufmerksamkeit.«

»Vermutlich.« Falk strich mit der Hand durch seine zerzausten Haare. »Aber zurück zur Sache: Hat Sander was gesagt?«

Vanessa berichtete von dem Treffen, während sie in ihrer Tasche kramte und schließlich die Unterlagen hervorzog. »Ich glaube, mit dem Anwalt werden wir keine Freude haben. Herrndorf, kennst du ihn?«

Falks Gesichtszüge verhärteten sich. »Ich hatte schon mit ihm zu tun, ja. Ein sehr unangenehmer Zeitgenosse.«

Am liebsten hätte Vanessa mehr darüber erfahren, in welchem Zusammenhang Falk auf den Anwalt getroffen war, aber jetzt war anderes wichtiger. »Ich kann das Gefühl nicht abschütteln, dass Sander wusste, wer die Frau ist. Er hat sich zu sehr bemüht, keinerlei Reaktion zu zeigen. Entweder hat er was damit zu tun, oder er hatte vorher schon mit ihr Kontakt. Ich kann mich natürlich auch irren, und es ist ihm völlig egal, wenn er ein scheinbares Mordopfer sieht.«

»Solche Typen soll es geben, aber sie sind eher selten. Normalerweise hätte er entweder Entsetzen gezeigt, Trauer oder Freude. Irgendwas.«

Vanessa nickte zustimmend. »Das denke ich auch. Deshalb sollten wir mit dem Phantombild zum ehemaligen Arbeitgeber von Sander fahren und uns dort umhören. Und wenn das nichts bringt, noch zu den anderen Firmen, bei denen die Opfer arbeiteten. Oder hast du eine bessere Idee, wie wir die Frau schnell finden?«

»Leider nicht.« Er hob einen Zettel hoch. »Hier ist das Phantombild. Damit sollte die Frau erkannt werden.«

Es sah tatsächlich sehr lebensecht aus, der Zeichner hatte ganze Arbeit am Computer geleistet. Am schwierigsten war es sicher gewesen, die Mimik wiederherzustellen. »Ja, da bin ich sicher. Was meinst du, gibt es diese Frau?«

»Ich könnte es mir gut vorstellen. Die Frage ist nur, ob sie im gleichen Zustand sein wird, wenn wir sie finden, oder ob nur jemand seine kranke Fantasie ausgelebt hat.«

Vanessa unterdrückte einen Schauder. »Hoffen wir auf Letzteres. Ich für meinen Teil möchte keine weitere Mordserie hier erleben.«

Neugierig sah er sie an. »Damals hast du aber nicht an dem Fall gearbeitet, oder?«

»Nein, aber durch meinen Vater habe ich einiges mitbekommen und auch den Druck, unter dem die Ermittler standen. Der Bürgermeister hat dem Polizeipräsidenten gesteckt, wie unzufrieden er über die mangelhaften Ergebnisse war und dass endlich der Täter überführt werden sollte. Der hat das natürlich direkt nach unten weitergegeben. Es war keine schöne Zeit, vor allem nicht für die Opfer und ihre Familien. Auch sie haben eine Aufklärung gefordert, um ein wenig Ruhe finden zu können.« Das war für ihren Vater am schwersten gewesen, das Leid der Angehörigen zu sehen und ihnen keinen Täter liefern zu können. »Alle Fälle einer Mordkommission sind schwer zu ertragen, aber es ist noch einmal etwas ganz anderes, wenn man weiß, es könnte jederzeit das nächste Opfer auftauchen. Es ist ein Wettlauf gegen die Zeit, und viel zu oft sind wir die Verlierer.«

»Sander wurde doch relativ zügig geschnappt, ich glaube, es waren nur drei Monate, oder?«

»Sogar etwas weniger, aber es sind drei Menschen gestorben – von denen wir wissen. Es wurde nie geklärt, ob es vielleicht noch mehr Opfer gab, die nur nicht gefunden wurden.«

»Die wären doch bisher schon aufgetaucht. Irgendwann hätte jemand einen seltsamen Geruch aus der Nachbarwohnung gemeldet, oder es wäre jemandem aufgefallen, dass ein Hausbewohner nicht mehr gesehen wurde.«

Vanessa hob die Schultern. »Vermutlich, aber sicher bin ich mir nicht, vor allem nachdem diese Attrappen aufgetaucht sind.«

Falk stand auf und überragte sie um sicher zwanzig Zentimeter. »Finden wir es heraus.«

Sie blickte auf ihre Armbanduhr. »Meinst du, wir treffen da heute noch jemanden an?«

»Versuchen können wir es. Zumindest einen Pförtner, Hausmeister oder so was. Die werden uns ja vielleicht auch sagen können, ob sie die Frau kennen.«

»Du hast recht, je eher wir es herausfinden, desto besser.« Sie blickte zu Dirks Schreibtisch. »Ich lege Dirk einen Zettel hin, wo wir sind.« Zwar war er deutlich weniger auf Konfrontationskurs, seit die zweite Attrappe gefunden wurde, doch sie wollte nichts riskieren.

»Nimm deine Tasche gleich mit, wer weiß, wie lange das dauert, danach machen wir Feierabend.« Als sie zögerte, hob er die Augenbrauen. »Oder willst du hier die Nacht durchmachen? Spar dir das dafür auf, wenn es wirklich hoch hergeht. Nachts können wir sowieso nichts ausrichten, weil wir niemanden antreffen. Davon abgesehen läuft die Internetsuche weiter. Es ist anscheinend nicht so einfach, eine junge blonde Frau zu finden, wenn man kein vernünftiges Foto als Vergleich hat, zumindest nicht automatisch, das heißt, es muss immer jemand dabeisitzen, der die Treffer überprüft.«

Vanessa lachte. »Schon überredet. Davon abgesehen nehme ich *immer* meine Tasche mit.«

Falk beäugte sie skeptisch. »Was hast du da überhaupt alles drin? Wechselkleidung? Minikühlschrank? Prinzessinnenfön?«

»Was auch immer Letzteres sein soll, ich habe nichts davon in meiner Tasche. Und es geht dich auch gar nichts an.«

Falk zog die Jacke über und nahm seinen Helm. »Irgendwann werde ich es herausfinden.«

»Träum weiter.« Nachdem sie alles, was sie brauchen würde, in ihre Tasche geworfen hatte, inklusive mehrerer Kopien der Phantomzeichnung, legte sie die Nachricht auf Dirks Schreibtisch und folgte Falk zur Tür.

Zwanzig Minuten später kam Vanessa bei Segetal Bauservice an, wo Sander gearbeitet hatte. Falk war mit dem Motorrad vorgefahren und hatte anscheinend die ein oder andere Verkehrsregel missachtet, anders war nicht zu erklären, wie er schon hier sein konnte. Rasch ging sie auf ihn zu. Er lehnte an einer Säule und blickte mehr als deutlich auf ihre Schuhe. Vanessa ignorierte seine offenkundige Missbilligung.

»Irgendwann erwischt dich mal einer.«

Seine Augenbrauen hoben sich. »Wobei?«

»Bei deiner Raserei. Oder hast du noch andere Leichen im Keller versteckt?«

»Die eine oder andere.« Lässig richtete er sich auf. »Einige Wagen stehen noch auf dem Parkplatz, vielleicht haben wir Glück und treffen jemanden an, der uns weiterhelfen kann.«

»Hoffentlich.« Neben ihm ging Vanessa in das Gebäude und steuerte direkt auf die Frau zu, die mit gesenktem Kopf hinter einem Tresen saß. Als sie näher kamen, blickte die Empfangsdame von ihrer Zeitschrift auf und schob sie rasch beiseite.

»Guten Tag, kann ich Ihnen helfen?«

Vanessa hielt ihre Dienstmarke hin. »Das hoffen wir. Mein Name ist Lux, und ich suche eine junge Frau.«

»Ich weiß nicht, ob ich Ihnen *dabei* helfen kann.«

Falk stützte sich mit einem Ellbogen auf den Tresen und lächelte charmant. »Sie kennen hier doch sicher jeden, der ein und aus geht, oder?«

»Nun ja, kennen ist zu viel gesagt, aber ich denke, dass ich fast jeden schon einmal gesehen habe, der hier arbeitet.«

»Perfekt!« Falk blickte zu Vanessa, die die Phantomzeichnung aus ihrer Tasche holte.

Vanessa legte sie auf den Tresen direkt vor die Frau. »Haben Sie diese Frau schon mal gesehen?«

Lange betrachtete sie das Bild und schüttelte dann den Kopf. »Nein, nicht, dass ich mich erinnern kann. Wenn sie hier arbeiten würde, wüsste ich das. Es kann natürlich sein, dass sie schon einmal als Besucherin hier war und ich vielleicht gerade nicht im Dienst oder sie einfach übersehen habe.« Sie sah zu Falk auf. »Es tut mir leid, dass ich Ihnen nicht weiterhelfen kann.«

Wieder lächelte er ihr zu – und das ging Vanessa langsam auf die Nerven. »Das macht nichts, jetzt wissen wir immerhin, dass sie hier nicht angestellt ist. Vielen Dank.«

Vanessa nahm das Bild wieder an sich. »Ja, danke für Ihre Hilfe. Einen schönen Abend noch.« Während sie die Phantomzeichnung in ihre Tasche steckte, ging sie bereits in Richtung Ausgang.

Vor dem Gebäude holte Falk sie ein. »Was ist denn mit dir los?«

»Gar nichts.«

Er baute sich vor ihr auf. »Das glaube ich nicht. Ist dir irgendetwas aufgefallen?«

»Außer, dass du dich total eingeschleimt hast? Nichts.«

Überrascht sah er sie an. »Ich war nur höflich.«

Ja, ganz offensichtlich war er zu jeder Frau höflich, nur zu ihr nicht. »So nennt man das inzwischen?«

»Es schadet nicht, freundlich zu den Leuten zu sein, dann bekommt man meist auch schnellere Ergebnisse.«

Das musste *er* gerade sagen! »Willst du damit etwa andeuten, dass ich nicht freundlich bin?«

Er zögerte. »Du bist höflich, aber du wirkst immer sehr ... effizient.«

Das schmerzte mehr, als sie zugeben mochte. Aber warum interessierte es sie überhaupt, was jemand über sie sagte, der sie vom ersten Moment an nur angefeindet hatte? Vanessa versuchte, sich nichts anmerken zu lassen. »Wir sollten uns vielleicht aufteilen, damit wir noch jemanden in den Firmen antreffen. Ich nehme Acoutec Services, dort war Krampnagel beschäftigt.« Es war durchaus möglich, dass der damals Ermordete ein Kollege der Frau war, deren Nachbildung sie gefunden hatten. Vanessa reichte Falk eines der Phantombilder.

Falk schwieg einen Moment und nahm dann die Zeichnung entgegen. »Okay. Hast du dein Diensthandy dabei?«

Vanessa wühlte in ihrer Tasche und schnitt dann eine Grimasse. »Nein, das hängt noch am Ladekabel im Büro.«

»Dann gib mir deine Privatnummer. Wenn einer von uns was erfährt, rufen wir an. Deal?«

»Ja, natürlich.« Sie diktierte ihm die Nummer.

Falk tippte die Zahlen in sein Handy und rief Vanessa dann an. »Jetzt hast du meine Nummer auch. Falls wir die Frau nicht finden, sehen wir uns morgen im Büro.«

»Alles klar. Bis dann.«

Vanessa hob kurz die Hand, dann strebte sie zum Parkplatz. Irgendetwas hatte Falk an sich, das sie ständig auf die Palme brachte. Dabei rühmte sie sich normalerweise für ihre ruhige und besonnene Art. Sie musste eindeutig lernen, besser mit ihm umzugehen und sich nicht über alles aufzuregen. Kopfschüttelnd warf Vanessa ihre Tasche auf den Beifahrersitz und fuhr los. Je schneller sie diesen Tag – und den Fall – beenden konnten, desto besser.

18

Einige Minuten später kam Vanessa bei dem Gebäudekomplex an, in dem Stefan Krampnagel gearbeitet hatte. Das fünfstöckige Gebäude, in dem Acoutec Services seine Büros hatte, war erst in den letzten zehn Jahren gebaut worden, dementsprechend modern wirkte alles. Die tief stehende Sonne spiegelte sich in der gläsernen Fassade und ließ Vanessa blinzeln. Rasch tauchte sie in das kühle Innere ein und blieb einen Moment stehen, um sich zu orientieren und ihre Augen an die dunklere Umgebung zu gewöhnen. Dann sah sie den gläsernen Kasten, in dem ein Mann in Uniform saß, wahrscheinlich der Pförtner.

Argwöhnisch blickte er ihr entgegen, es hätte sie nicht gewundert, wenn er unter dem Tisch bereits nach seiner Waffe tasten würde. Deshalb zog sie sofort ihre Dienstmarke heraus und hielt sie ihm hin. Zwar schien ihn das auch nicht völlig zu beruhigen, aber vielleicht nahm er seinen Job einfach nur sehr ernst. »Guten Abend, mein Name ist Lux. Ich hätte eine Frage, die möglicherweise eine Ihrer Mitarbeiterinnen betrifft.«

»Da kann ich Ihnen nicht helfen, ich darf keine Informationen über das Personal herausgeben.«

Vanessa zog die Augenbrauen hoch. »Auch nicht an die Polizei?«

»Auch dann nicht. Wenden Sie sich bitte an jemanden vom Management.«

»Können Sie mir sagen, wie ich dort hinkomme?«

»Es ist niemand mehr aus der oberen Etage im Haus.«

Mit Mühe schaffte sie es, ihre Ungeduld nicht ganz so deutlich zu zeigen. »Ist denn sonst jemand im Haus, mit dem ich sprechen könnte? Aus der Personalabteilung?«

»Moment, ich sehe nach. Am besten wäre es aber, wenn Sie morgen früh wiederkommen würden.«

»Hören Sie, es ist eine wichtige Polizeiangelegenheit, die nicht aufgeschoben werden kann. Möglicherweise hängt ein Menschenleben davon ab.«

Er blätterte in einer Liste. »Ist ja gut, ich sehe schon nach.« Eine Weile schwieg er, dann deutete er mit dem Finger auf einen Eintrag. »Frau Höltken müsste noch da sein. Eine der Vorstandssekretärinnen.«

»Das klingt gut. Könnten Sie mir sagen, wie ich zu ihr komme?«

Er nahm den Telefonhörer auf. »Moment, ich bitte sie, herunterzukommen. Die Vorstandsetage darf von Fremden ohne Aufforderung nicht betreten werden.«

»Gut, danke.« Vanessa verdrehte innerlich die Augen. Was glaubte der Pförtner, was sie dort tun würde? Irgendwelche Geheimnisse klauen? Aber solange sie überhaupt mit jemandem sprechen konnte, würde sie sich zurückhalten. Zu gern hätte sie gesehen, ob Falk es auch geschafft hätte, den grimmigen Pförtner zu bezirzen. Der Gedanke brachte sie zum Lachen. Schnell verdeckte sie es durch ein dezentes Husten.

Der Mann warf ihr einen scharfen Blick zu, sprach dabei aber in den Hörer. »Karoly hier. Entschuldigen Sie bitte die Störung, Frau Höltken, hier ist eine Dame von der Polizei, die eine Frage hat. Es ist wohl dringend. Vom Vorstand ist niemand mehr im Haus, also …« Er brach ab und nickte. »Ja, das ist nett, danke.« Sanft legte er den Hörer auf und wandte sich wieder an Vanessa. »Sie kommt sofort runter.«

»Danke.« Vanessa deutete auf die Sofaecke ein paar Meter weiter. »Ich warte dort.«

Sie glaubte, ihn etwas murmeln zu hören, aber es war ihr egal. Langsam machte es sich bemerkbar, dass sie den ganzen Tag auf den Beinen war. Eine kurze Pause würde ihren schmerzenden Füßen guttun. Falk würde jetzt einen Spruch über ihre Schuhe machen, aber auch das war ihr egal. Sie fühlte sich gut damit, und dafür nahm sie gern ein paar unbequemere Momente in Kauf.

Überraschend schnell trat eine elegant gekleidete Frau aus dem Fahrstuhl. Die Haare hatte sie raffiniert aufgesteckt, durch eine dezente Brille musterte sie Vanessa neugierig. Sofort stand Vanessa auf und ging auf sie zu. Im Vergleich zu ihrer kühlen Eleganz kam sie sich vor, als hätte sie in ihrer Kleidung geschlafen.

»Guten Tag, mein Name ist Lux. Danke, dass Sie sich kurz Zeit genommen haben.«

Frau Höltken schüttelte ihre Hand. »Gern. Worum geht es denn? Herr Karoly sagte, es wäre dringend.«

»Ja.« Vanessa zeigte ihr das Phantombild. »Ich bin auf der Suche nach dieser Frau. Wissen Sie zufällig, ob sie hier arbeitet?«

Die Sekretärin schob ihre Brille zurecht und blickte lange auf das Bild. »Warum suchen Sie sie?«

»Wir wollen nur sicherstellen, dass es ihr gut geht. Also kennen Sie sie?« Unwillkürlich hielt Vanessa den Atem an.

»Die Frau sieht aus wie eine unserer Angestellten, Lena Rudnick. Sie arbeitet in der Akquise.«

Ja, endlich kamen sie weiter! »Wann haben Sie sie zuletzt gesehen?«

Frau Höltken nahm ihre Brille ab. »Oh, das weiß ich gar nicht genau. Vor ein paar Tagen? Aber Herr Karoly kann uns sicher sagen, ob sie noch im Haus ist.«

Der Pförtner sah wieder in seiner Anwesenheitsliste nach. »Frau Rudnick, sagten Sie? Die ist nicht im Haus. Sie hat sich heute Morgen krankgemeldet.«

Das war gar nicht gut. »Haben Sie ihre Adresse?«

»Die können wir nicht herausgeben, der Datenschutz …«

Frau Höltken unterbrach den Pförtner. »Die Adresse kann nur in der Personalabteilung abgefragt werden, und da ist jetzt niemand mehr. Ich fürchte, Sie müssen bis morgen früh warten.«

»Ich werde die Adresse auch so herausbekommen, danke für Ihre Hilfe. Einen schönen Abend noch.«

»Sagen Sie uns Bescheid, wenn etwas mit Frau Rudnick sein sollte?«

»Natürlich. Ich hoffe aber, dass sie wohlauf ist.«

Vanessa eilte aus dem Gebäude und zog ihr Telefon heraus. Stumm fluchte sie, weil sie die Nummer der polizeilichen Adressauskunft natürlich nicht auf ihrem Privathandy gespeichert hatte. Deshalb wählte sie die Dienststellennummer und ließ sich verbinden. Nach einigen Minuten hatte sie eine Adresse – praktischerweise war der Name nicht alltäglich, und es gab nur eine Lena Rudnick in Hannover. Jetzt konnte sie nur noch hoffen, dass sie auch wirklich in der Stadt wohnte. Nicht, dass Vanessa eine völlig andere Frau aufschreckte. Aber das Risiko musste sie eingehen.

Rasch wählte sie Falks Nummer und gab ihm die Adresse durch. Glücklicherweise saß er noch nicht auf dem Motorrad, so konnten sie ein Treffen vor Lenas Wohnhaus verabreden. Es dauerte einige Minuten, bis sie in der Wohngegend ankam, in der das Mietshaus lag. Diesmal schien sie vor Falk da zu sein, jedenfalls konnte sie ihn nirgends sehen. Vanessa suchte einen Parkplatz und stieg aus. Gerade als sie zur Haustür ging, hörte sie ein Motorrad um die Ecke kommen. Sie war froh, dass Falk offenbar wieder jegliche Geschwindigkeitsbegrenzungen ignoriert hatte. Ihr Gefühl sagte ihr, dass sie keine Sekunde zu verlieren hatten. Vanessa presste die Hand auf den Magen und atmete tief durch. Das hier war ihr Job, sie konnte das.

Als Falk bei ihr eintraf, hatte sie sich wieder im Griff.

»Hast du schon geklingelt?«

»Nein, ich wollte auf dich warten.«

Er nickte. »Gut so.« Mit einer Hand griff er in die Jacke und zog seine Pistole heraus. »Wo ist deine?«

»Im Tresor der Dienststelle.«

»Da liegt sie gut.«

Vanessa ignorierte ihn und drückte auf den Klingelknopf. Mit angehaltenem Atem wartete sie auf eine Reaktion. Es kam nichts. Auch nach mehrmaligem Klingeln blieb die Tür geschlossen. »Entweder ist sie nicht da, oder tatsächlich krank, oder …« Tot. Wenn das Szenario in der Lagereinheit zeigte, wo sie gestorben war, dann vermutlich in ihrem Schlafzimmer.

Falk beugte sich vor und klingelte woanders.

»Ja?« Eine weibliche Stimme drang durch die Sprechanlage.

»Guten Tag, ich bin Kommissar Wolff. Könnten Sie uns bitte hereinlassen, wir haben Grund zu der Annahme, dass Ihrer Nachbarin etwas passiert sein könnte.«

»Oh Gott, wirklich? Natürlich, kommen Sie herein.« Ein Summen ertönte, und Vanessa schob die Haustür auf.

Eine Wohnungstür im Erdgeschoss öffnete sich einen Spaltbreit. »Können Sie sich ausweisen?«

Falk hielt ihr seinen Dienstausweis hin. »Danke fürs Aufmachen.«

Sie liefen die Treppe hinauf bis ins Dachgeschoss zu Lena Rudnicks Wohnung. Dort klingelten sie erneut, aber es öffnete niemand. Vanessa klopfte an die Tür. »Frau Rudnick? Hier ist die Polizei, öffnen Sie bitte.«

Wieder keine Reaktion. Es herrschte eine beinahe gespenstische Stille, die Vanessa einen Schauer über den Rücken jagte. »Was machen wir, wenn sie nicht öffnet? Es wird sicher niemand anders einen Schlüssel haben.«

»Doch.« Die Stimme kam von der Treppe her.

Vanessa ging auf die ältere Frau zu, die dort stand. »Haben Sie einen Schlüssel? Wir sind von der Polizei.«

»Das habe ich gehört, sonst wäre ich nicht heraufgekommen. Wenn Frau Rudnick im Urlaub ist, dann kümmert sich ihre Nachbarin um die Pflanzen.« Sie deutete auf die Tür zur Linken.

»Danke, dann versuchen wir es dort. Sie sollten jetzt besser in Ihre Wohnung zurückkehren.« Vanessa ging zur Nachbarwohnung und klingelte.

Es dauerte einen Moment, bis sich die Tür einen Spaltbreit öffnete. Eine junge Frau blickte hindurch. »Ja?«

Vanessa hielt ihren Ausweis hoch. »Polizei, Lux ist mein Name. Ihre Nachbarin sagte, dass Sie einen Schlüssel zur Wohnung von Frau Rudnick haben. Wir müssen nachsehen, ob alles in Ordnung ist.«

»Ich weiß nicht ...« Sie warf einen furchtsamen Blick auf Falk.

»Haben Sie in den letzten Tagen etwas von Frau Rudnick gehört, sie gesehen?«

»Ja, das war ...« Ihre Augenbrauen schoben sich zusammen. »Vor zwei Tagen. Ihr Bad liegt neben meinem Schlafzimmer.«

»Bei der Arbeit hat sie sich krankgemeldet, wissen Sie etwas darüber?«

»Nein, als ich sie das letzte Mal gesehen habe, war sie gesund. Oder zumindest konnte man ihr nichts ansehen. Glauben Sie, Lena könnte in Schwierigkeiten sein?«

Vanessa versuchte, eine diplomatische Antwort zu finden. »Wir hoffen es nicht, aber es wäre möglich. Deshalb müssen wir so schnell wie möglich herausfinden, ob Frau Rudnick in ihrer Wohnung ist.«

»Ich kann nachsehen ...«

»Nein!« Vanessa senkte ihre Stimme. »Es ist besser, wenn wir erst nachsehen.«

Die Nachbarin sah sie mit großen Augen an. »Ist Lena etwas Schlimmes passiert?«

»Das wissen wir nicht. Aber wir müssen jedes Risiko für Frau Rudnick und Unbeteiligte ausschließen.«

»Moment.« Die junge Frau verschwand in ihrer Wohnung und tauchte wenig später mit einem Schlüssel wieder auf. Ihre Hand zitterte, als sie ihn Vanessa überreichte. »Ich hoffe, es geht Lena gut.«

»Danke. Wir sagen Ihnen gleich Bescheid, wenn wir mehr wissen. Schließen Sie am besten die Tür, wir klingeln dann.« Wenn sie eines nicht brauchten, dann Zivilpersonen, die während eines Einsatzes in Gefahr gerieten.

Die Nachbarin nickte und schloss die Tür. Vanessa trat näher zu Falk und senkte die Stimme. »Sollten wir Verstärkung anfordern?«

»Willst du wirklich warten, bis die hier ist? Ich glaube nicht, dass Gefahr besteht. Entweder ist sie gar nicht da, oder es geht ihr gut, oder sie ist schon tot. Oder es ist gerade in diesem Moment jemand dabei, sie zu töten, und wir verschwenden wertvolle Zeit mit Diskutieren.«

Das war ein Argument, das sie nicht von der Hand weisen konnte. »In Ordnung.« Sie steckte den Schlüssel ins Türschloss, Falk stand mit gezogener Waffe neben ihr.

»Schließ auf, und dann bleib hinter mir.«

Da nur er eine Pistole hatte, folgte sie seinem Befehl. Mit einer Hand wühlte sie in ihrer Tasche, bis sie die kleine Dose mit Tränengas fand. Nicht viel, aber immerhin etwas, sollten sie auf einen Eindringling stoßen. Sie ignorierte Falks Augenverdrehen und betrat nach ihm die Wohnung. Es war alles dunkel, kein Geräusch war zu hören. Ihr Herz klopfte schneller. Ein unangenehmer Geruch stieg in ihre Nase, und ihr Magen zog sich zusammen. Sie waren zu spät gekommen.

19

Als Erstes nahm Falk den Geruch wahr. Vanessa hatte ihn ganz offensichtlich auch bemerkt. Ihre Lippen waren fest zusammengepresst, Blässe breitete sich in ihrem Gesicht aus. Er drehte sich wieder um und holte unauffällig noch einmal tief Atem, bevor er weiter in die Wohnung vordrang. Das Schlafzimmer war nicht schwer zu finden, es gab nur zwei Zimmer, und die Tür zum Wohnraum stand offen. Vanessa blieb hinter ihm, als er die Türklinke ganz am äußersten Ende anfasste, um keine Spuren zu verwischen. Eine Sekunde zögerte er und versuchte, sich auf das vorzubereiten, was er jetzt sehen würde. Dann drückte er die Klinke hinunter und schob die Tür auf. Hinter ihm ertönte ein unterdrückter Laut. Mit der Waffe im Anschlag blickte Falk sich im Raum um und senkte sie, als er sicher war, dass ihnen niemand auflauerte. Erst dann sah er zum Bett hinüber und schnitt eine Grimasse.

Durch die Attrappe waren sie schon darauf vorbereitet gewesen, was sie erwarten würde, aber es in echt zu sehen und zu wissen, dass die Frau – Lena – vor ihrem Tod unsäglich gelitten hatte, war noch einmal etwas anderes. Er brauchte nicht zu überprüfen, ob sie noch lebte. Vermutlich war sie bereits in der Nacht oder sogar einen Tag vorher gestorben, das würde die Rechtsmedizin untersuchen müssen. Falk zog sein Handy heraus und machte ein paar Fotos, damit sie schon etwas hatten, womit sie arbeiten konnten, bevor die Kriminaltechnik mit ihren Untersuchungen fertig war.

Da sie hier sonst nichts mehr tun konnten, wenn sie keine Spuren zerstören wollten, gab er Vanessa ein Zeichen, und sie zogen sich auf den Flur zurück. Genauso vorsichtig schloss er die Tür wieder. Einen Moment lang standen sie im düsteren Flur und sahen sich nur stumm an.

Falk räusperte sich. »Scheiße.«

Das erweckte Vanessa offenbar aus ihrer Erstarrung. »Ich hätte es vielleicht anders ausgedrückt, aber ja, so ist es. Wir sollten Dirk Bescheid geben und die Spurensicherung herbeordern. Und der Staatsanwalt muss auch informiert werden, denn diesmal ist es eine echte Leiche. Ich denke, Dr. Cleve wird sich den Fundort ebenfalls ansehen wollen.«

»Davon gehe ich aus. Willst du, oder soll ich?«

Vanessa schob die Hand in ihre Tasche, zog sie aber gleich wieder heraus. »Da ich mein Diensthandy vergessen habe, solltest du das vielleicht übernehmen.« Sie warf einen Blick zur Schlafzimmertür. »Was meinst du, wie lange ist sie schon tot? Hätten wir sie retten können, wenn wir schneller hier gewesen wären?«

Falk hob die Schultern. »Heute sicher nicht, aber davor – wer weiß. Julia wird uns das sicher sagen können, wenn sie die Obduktion vorgenommen hat.« Vanessa wirkte so geknickt, dass er leicht ihren Arm berührte. »Wir haben alles versucht, mehr konnten wir nicht tun.«

Vanessa nickte leicht. »Ja, vermutlich. Ich hätte mir nur ein anderes Ergebnis gewünscht.«

»Wir sind nicht für das verantwortlich, was dieser Verrückte tut, Vanessa. Wenn wir damit anfangen, macht uns der Job kaputt. Was nicht heißt, dass wir unsere Arbeit nicht so gut wie möglich erledigen sollten. Und dass es nicht trotzdem schmerzt, wenn man zu spät kommt.«

Sie stieß einen tiefen Seufzer aus. »Du hast recht. Ich muss noch lernen, mir nicht immer alles so zu Herzen zu nehmen. Man sollte glauben, dass ich das mit den Jahren schon irgendwann hinbekommen hätte. Aber das ist nicht dein Problem, entschuldige. Willst du jetzt anrufen? Dann gehe ich schon mal raus und spreche mit der Nachbarin. Vielleicht hat sie ja irgendwas mitbekommen, das den Zeitraum eingrenzt oder einen Hinweis auf den Täter gibt.«

»Alles klar. Ich warte hier auf die Kollegen.« Nicht, dass er nicht lieber draußen wäre, aber er musste dafür sorgen, dass niemand den Tatort betrat, der nicht befugt war. Und vielleicht konnte er sich dabei auch noch ein wenig umsehen und schon mal einen Eindruck gewinnen.

»Okay, bis später.« Vanessa schenkte ihm etwas, das wohl als Lächeln durchgehen sollte, aber einfach nur müde und desillusioniert wirkte.

Falk wartete, bis die Tür hinter ihr ins Schloss fiel, dann holte er sein Handy heraus und rief Dirk an. Dessen Reaktion zeigte deutlich, warum Vanessa ihm gern die Aufgabe überlassen hatte.

»Ihr seid da einfach so reinmarschiert und habt weder Verstärkung gerufen noch mich informiert? Seid ihr jetzt völlig bescheuert?«

Falk hielt das Telefon ein Stück vom Ohr weg. »Nein, wir sind nur einer Spur nachgegangen. Die Wahrscheinlichkeit, hier noch einen Täter vorzufinden, war äußerst gering, zumal wir ja nicht wussten, ob Lena Rudnick überhaupt etwas geschehen war.«

»Das tut nichts zur Sache. Ich bin der Leiter in diesem Fall und bestimme, wie vorgegangen wird. Oder wollt ihr die Verantwortung übernehmen, wenn euretwegen jemand zu Schaden kommt oder der Fall versemmelt wird?«

»Soweit ich weiß, ist immer noch jeder im Team selbst für seine Arbeit verantwortlich, also spiel dich nicht so auf. Willst du jetzt hierherkommen, oder sollen wir uns um alles kümmern?«

»Natürlich komme ich!«

»Gut. Vielleicht kannst du dann vorher das Spurensicherungsteam informieren und für eine Absperrung des Tatorts sorgen. Und dem Staatsanwalt Bescheid sagen.«

»Sonst noch was?«

Falk ignorierte den Sarkasmus. »Nein, ich glaube, das war alles.« Schnell beendete er die Verbindung und wählte dann Julias Nummer. Die Rechtsmedizinerin war vermutlich schon im wohlverdienten Feierabend, aber er war sich fast sicher, dass sie sich den Tatort selbst ansehen wollte. Entgegen vielen Filmen war es in Deutschland nicht Usus, dass Rechtsmediziner sich die Leichen bereits vor Ort ansahen, sondern normalerweise erst, wenn sie in die Rechtsmedizin gebracht wurden. Von Julia wusste er aber, dass sie bei besonderen Fällen – und das war dieser ganz sicher – gern zuerst einen Eindruck der gesamten Auffindesituation bekam, bevor die Leiche bei ihr auf dem Tisch landete.

Lena Rudnick war nicht nur auf eine besonders unschöne Weise gestorben, sondern es kam auch noch die Verbindung zum Klingen-Killer-Fall von vor zwei Jahren dazu. Das machte die ganze Situation äußerst ungewöhnlich und auch heikel, schließlich saß der angebliche Täter in Haft. Es würde ziemlichen Wirbel verursachen, wenn die Presse davon Wind bekam. Sie konnten nur versuchen, es so lange wie möglich geheim zu halten. Rasch wählte er Julias Nummer und berichtete ihr von dem Fund. Wie erwartet versprach sie, sofort zu kommen. Falk steckte das Handy wieder weg und begann, sich den Rest der Wohnung anzusehen.

Vanessa holte noch einmal tief Luft, bevor sie bei der Nachbarin klingelte. Diese öffnete sofort, wahrscheinlich hatte sie hinter der Tür gestanden und gewartet. Anscheinend konnte sie es Vanessas Miene ansehen, denn ihre Augen weiteten sich und füllten sich mit Tränen.

»Oh nein. Sagen Sie mir, dass Lena nichts passiert ist!«

»Kann ich reinkommen? Es ist besser, wenn wir drinnen sprechen.«

Die junge Frau zögerte einen Moment, dann öffnete sie die Tür weiter und ließ Vanessa eintreten. Sowie sie die Tür hinter ihr geschlossen hatte, fragte sie erneut. »Was ist nun mit Lena? Geht es ihr nicht gut?«

»Es tut mir leid, das sagen zu müssen, aber Lena Rudnick ist tot.«

Die Nachbarin biss auf ihre Lippe, während die Tränen überliefen. »Ich habe es geahnt. Wie kann das passieren? Hatte sie einen Unfall? Oh Gott, warum bin ich nicht rübergegangen und habe nach ihr gesehen?«

Beruhigend legte Vanessa ihre Hand auf den Arm der Frau. »Es ist gut, dass Sie das nicht getan haben. Ich kann leider im Moment nicht mehr dazu sagen, und es ist auch wichtig für die Ermittlungen, dass Sie keine Informationen an andere weitergeben.«

»Ich … ich verstehe. Dann ist sie nicht an einer natürlichen Ursache gestorben?«

»Nein. Aber bitte verstehen Sie, dass ich mehr dazu nicht sagen kann. Wäre es möglich, dass ich Ihnen ein paar Fragen stelle? Vielleicht haben Sie etwas gesehen oder gehört, das uns helfen kann.«

»Natürlich. Kommen Sie herein, ich muss mich dringend setzen.« Sie führte Vanessa in ein gemütliches Wohnzimmer und ließ sich dort wie eine alte Frau auf das Sofa sinken. »Ich kann es immer noch nicht glauben. Lena war so … lebendig. Auf jeder Party dabei, stets gut gelaunt.«

Vielleicht war genau das ein Grund, warum sie dem Täter aufgefallen war. Aber noch war es zu früh für solche Spekulationen, besonders auch im Hinblick auf den früheren Fall. Vanessa holte Block und Stift heraus und begann mit der Befragung.

Als sie einige Minuten später Schritte und Stimmen von vielen Personen aus dem Hausflur hörte, klappte Vanessa den Block zu. »Vielen Dank für Ihre Mithilfe. Wenn ich später noch Fragen habe, würde ich noch einmal auf Sie zukommen. Ist das in Ordnung?«

»Alles, was hilft, um Lenas Tod aufzuklären. Was auch immer ihr passiert ist, sie hat es nicht verdient.«

Dem konnte Vanessa nur zustimmen. »Wir bleiben in Kontakt, Frau Kinkel.«

Vanessa trat auf den Flur und fand sich mitten im Gewusel der Kriminaltechniker wieder, die gerade einen großzügigen Bereich um die Wohnung von Lena Rudnick absperrten. Hinter ihr fiel die Tür ins Schloss. Vor der Wohnungstür traf sie Falk und Dirk, die sich leise unterhielten. Vanessa stellte sich zu ihnen.

Finster blickte Dirk sie an. »Wo hast du gesteckt?«

»Ich habe schon mal die Aussage der direkten Nachbarin aufgenommen. Wenn ich hier nicht gebraucht werde, würde ich mit den anderen Nachbarn weitermachen. Besonders die eine ältere Frau erschien mir sehr aufmerksam. Wenn jemand etwas mitbekommen hat, dann sie.«

»Wir kriegen noch weitere Mitarbeiter zugeteilt, um ein Ermittlungsteam zu bilden. Die Verbindung zum Klingen-Killer-Fall stellt uns vor einige Herausforderungen. Wir müssen alles abgleichen und herausfinden, wie der Täter an die Informationen kommen konnte. Die genauen Abläufe und Opferbeschreibungen wurden nie in der Presse genannt.«

Falk mischte sich ein. »Vielleicht hat einer von denjenigen, die die Opfer damals aufgefunden haben, geredet? Oder sogar Fotos gemacht?«

»Es hat bestimmt niemand die Wunden genau nachgemessen, um sie jetzt für die Attrappen zu verwenden. Aber es gibt ja eine ganz einfache Erklärung.«

Dirk starrte Vanessa an. »Welche?«

»Damals ist nicht der richtige Täter verurteilt worden.«

Einen Moment lang herrschte tiefste Stille, dann brauste Dirk auf. »Willst du damit sagen, wir hätten nicht richtig ermittelt?«

»Nein, ganz und gar nicht. Ich weiß, wie gewissenhaft ihr damals vorgegangen seid. Aber es ist die einzige logische Erklärung, wie jetzt wieder eine genauso zugerichtete Leiche auftauchen kann – die ganz sicher nicht mehr als einen Tag tot ist, wahrscheinlich sogar weniger.«

»Willst du unbedingt das Andenken deines Vaters beschmutzen? Denn das tust du, wenn du weiter solchen Unsinn verbreitest.« Angespannt sah er sich um. »Wir reden im

Büro weiter. Ich habe keine Lust, dass der Staatsanwalt etwas von deinen halb garen Theorien mitbekommt. Im Moment behandeln wir diesen Mordfall wie jeden anderen auch. Wir sammeln alle Fakten und suchen dann den Täter.«

Ja, nur dass Dirk die einzig sinnvolle Lösung überhaupt nicht in Betracht ziehen wollte. Er war eindeutig befangen, und das würde ihre Arbeit an diesem Fall extrem erschweren. Davon würde sie sich aber nicht aufhalten lassen. Es war ihr erster Fall seit ihrer Rückkehr aus dem Verwaltungsdienst, und sie würde ihn lösen. Egal ob mit Dirks Hilfe oder ohne. »Wie du meinst.«

Dirk wirkte, als wollte er noch etwas sagen, doch dann nickte er nur und verschwand in der Wohnung.

Falk schüttelte den Kopf. »Du rufst in ihm nur das Beste hervor.«

Vanessa stützte die Hände in die Seiten. »Soll ich etwa still bleiben, wenn mir ein Zusammenhang auffällt? Du könntest ja auch mal was dazu sagen.«

»Ich bin da ganz neutral und warte auf die Ergebnisse der Spurensicherung und der Rechtsmedizin. Dann sehen wir ja, ob es sich um denselben Täter handelt wie damals. Bis dahin mache ich einfach nur meine Arbeit und sammele Informationen.«

Es war klar, dass Falk sich aus der Sache heraushielt. Wahrscheinlich hoffte er noch, dass sie falschlag und damit gleich wieder aus dem Team flog. Aber darauf konnte er lange warten. Sie würde diesen Fall lösen, egal, was sie dafür tun oder gegen wen sie dabei ankämpfen musste. Das hatte das Opfer verdient. Wortlos wandte sie sich von Falk ab und ging in die Wohnung zurück, um zu sehen, ob die Spurensicherung erste Erkenntnisse hatte.

20

Die Untersuchung dauerte bis in die Nacht, deshalb war Vanessa entsprechend müde, als sie sich am nächsten Morgen in der Gerichtsmedizin einfand, wo die Autopsie von Lena Rudnick stattfinden würde. Falk hatte angeboten, allein hinzugehen, doch Vanessa hatte abgelehnt. Zum einen wollte sie sich nicht hinterher sagen lassen, eine Frau könnte so etwas nicht ertragen, und zum anderen – der wichtigere Punkt – wollte sie die Informationen so schnell wie möglich aus erster Hand. Und bei Bedarf auch Fragen stellen, wenn ihr etwas nicht ganz klar war. Zwar konnten das Falk und Dirk genauso gut, zumindest bei Letzterem war sie aber nicht sicher, dass er wirklich zu hundert Prozent die Aufklärung des Falls wollte. Denn wenn herauskam, dass sie es mit dem gleichen Täter wie damals zu tun hatten, wusste sie nicht, wie Dirk reagieren würde. Und das gefiel ihr gar nicht. Sie wollte ihm vertrauen, so wie es früher ihr Vater getan hatte.

Bevor sie den Obduktionsraum betrat, atmete sie noch einmal tief durch. Obwohl sie nicht extrem empfindlich war, wohnte sie Autopsien nicht gern bei. Da sie Stimmen hörte, öffnete sie diesmal, ohne zu klopfen, die Tür und betrat den

Raum. Die Leiche lag bereits auf dem Seziertisch, Dr. Cleve und der zweite Rechtsmediziner Dr. Schröder streiften gerade ihre Handschuhe über, während der Präparator die Instrumente vorbereitete. Skalpelle, Sägen, Spreizer und diverse andere Gerätschaften lagen auf einem metallenen Beistelltisch.

Auf einem zweiten Tisch in der Nähe lag die Attrappe, als solche nur dadurch zu erkennen, weil das Nachthemd entfernt worden war und sich an den vorher nicht sichtbaren Stellen wieder Stoff anstelle der hautähnlichen Oberfläche befand. Wie schon zuvor bei der ersten Attrappe fand Vanessa sie dadurch fast noch gruseliger. Schnell wandte sie sich ab und inspizierte den Rest des Raumes.

Falk stand bereits neben der Leiche und blickte diese mit einem Gesichtsausdruck an, den Vanessa nicht recht deuten konnte. Eine Mischung aus Mitleid und Abscheu vielleicht? Als Vanessa sich ihm näherte, setzte er eine unbeteiligte Miene auf. »Guten Morgen. Was kann es als Tagesstart Schöneres geben als eine Autopsie.« Die Ironie war unüberhörbar. »Der Staatsanwalt fand das wohl ebenfalls und hat sich entschuldigen lassen.«

»Ich könnte mir auch etwas Besseres vorstellen. Aber wir haben uns den Job ja ausgesucht.« Obwohl er sie manchmal eine Nacht kostete oder mit ihrem Privatleben kollidierte. Nicht, dass sie momentan eines hatte.

»Das stimmt allerdings. Habe ich gestern noch was verpasst?« Falk war früher gegangen, weil er einen privaten Termin gehabt hatte, den er nicht verschieben konnte.

»Nichts Wesentliches. Dirk ist auch nicht allzu lange geblieben, hat aber vorher noch mehrmals betont, dass er heute alle Ergebnisse bekommen will.«

»Toll, bloß kein Druck.« Falk sah zu den Rechtsmedizinern hinüber, die ihre Vorbereitungen abgeschlossen hatten und jetzt zum Tisch traten. »Hurra, die Show beginnt.«

Jeder reagierte anders auf das, was er bei einer Autopsie zu sehen bekam, dies schien Falks Art zu sein, damit klarzukommen. Vanessa neigte eher dazu, immer stiller zu werden, je weiter die Autopsie fortschritt und je weniger die Leiche an den Menschen erinnerte. Es kam ihr pietätlos vor, jemanden so methodisch auseinanderzunehmen, aber es gehörte dazu, wenn sie die Verbrechen aufklären wollten. Den Toten schadete es nicht mehr, und ihre Angehörigen würden sie so nicht zu Gesicht bekommen. Es zählte nur, den Täter zu finden und zur Rechenschaft zu ziehen.

Dr. Cleve wandte sich zu ihnen um. »Guten Morgen. Sind alle da, die an der Autopsie teilnehmen möchten oder sollen?«

»Von unserer Seite aus, ja. Ihr könnt loslegen.«

Die Rechtsmedizinerin verdrehte die Augen. »Wir sind hier nicht im Wilden Westen, Cowboy. Dr. Schröder wird die Autopsie vornehmen, während ich Messungen der Schnittwunden durchführe, sie mit der Attrappe vergleiche und das Protokoll schreibe. Louise Huong wird die Präparation der Organe übernehmen.« Sie blickte zu ihrem Kollegen und fuhr fort, als er nickte. »Gut, dann fangen wir jetzt an.« An den Kragen ihres Kittels heftete sie sich ein Mikrofon, das Aufnahmegerät verschwand in der Tasche. Sie nannte die Namen der Anwesenden und gab eine erste äußere Beschreibung der Toten und der einzelnen Wunden ab, die sowohl von einem Messer als auch von den Fesseln und einem Knebel stammten.

Akribisch wurde jede einzelne Wunde vermessen, ihre

Lage in eine Grafik eingezeichnet und fotografiert, um dann das Gleiche auch noch einmal bei der Attrappe zu machen. Außerdem wurden die Wunden präpariert, um vom Stichkanal auf die Waffe schließen zu können.

»Ein großes Messer mit glatter Schnittkante, sehr scharf. Wie erwartet sind die Schnitte eher flach ausgeführt, nur einer von ihnen war tödlich.« Dr. Cleve deutete auf den Stich ins Herz. »Der Täter wusste genau, wo er ansetzen musste, um sein Ziel zu treffen.«

War Lena froh gewesen, es endlich hinter sich zu haben? Vanessa blickte auf die Handgelenke und runzelte die Stirn, als sie die dünnen blutverkrusteten Striemen sah. »Können die Stofffesseln solche Wunden hinterlassen haben?«

Die Rechtsmedizinerin schüttelte den Kopf. »Nein, auf keinen Fall. Die Wunden sehen aus wie von Plastikkabelbindern. Das Interessante dabei ist, dass sie auf der Attrappe nicht vorhanden sind.«

»Warum sollte sich jemand die Mühe machen, alles genau gleich zu gestalten, und dann lässt er ein solches Detail weg?«

»Vielleicht passte es nicht zu seiner Inszenierung. So wie die Attrappe und auch die Leiche im Bett drapiert wurden, gibt es einen starken sexuellen Unterton. Das Fesseln mit Tüchern oder Ähnlichem ist bei gewissen Sexpraktiken sehr beliebt. Aber kein Mörder würde auf die Idee kommen, so etwas bei seinem Opfer zu versuchen, die Wahrscheinlichkeit, dass es sich losreißt, wäre viel zu hoch. Kabelbinder sind da viel praktischer, egal, was man tut, man kann sich nicht selbst davon befreien.«

Vanessa verzog den Mund. Der Täter ging offenbar sehr kühl und kalkuliert vor, dafür sprachen auch die flachen

Schnitte. »Aber warum fehlen diese Wunden dann bei der Attrappe? Haben sie sein Gesamtbild gestört?«

»Entweder das, oder er wusste noch nicht, was für Wunden davon verursacht werden, deshalb hat er sie nicht modelliert.«

Falk mischte sich ein. »Wie kann er das nicht gewusst haben? Er konnte es doch sehen.«

»Nein, das konnte er nicht, weil er die Attrappe vor dem Tod der jungen Frau erstellt hat.«

Einen Moment lang senkte sich völlige Stille über den Raum. Dann räusperte Falk sich. »Bist du sicher?«

»Ja, Lena Rudnick starb in den letzten vierundzwanzig Stunden. Die Attrappe wurde früher entdeckt, und das Blut auf ihr war noch ein wenig älter. Damit steht für mich zweifelsfrei fest, dass erst die Attrappe erstellt wurde und dann das Opfer nach ihrem Vorbild ermordet wurde.«

Ein kalter Schauder überlief Vanessa. Das war ja noch schlimmer als andersherum. »Vielleicht wurde das Opfer auch so lange am Leben gehalten, bis die Attrappe fertig war.«

»Das denke ich eher nicht. Die Verletzungen sind alle ungefähr in einem Zeitraum von einer Stunde geschehen. Die Attrappe zu fertigen hat sicher sehr lange gedauert.«

Falk trat zu der Attrappe, starrte auf sie hinab und wechselte schließlich zur Leiche. »Woher wusste er dann die Feinheiten, wie zum Beispiel den Leberfleck dort neben der Brust? Das ist ja nichts, was ein Fremder mal eben so im Vorbeigehen sieht.«

Dr. Cleve hob die Schultern. »Das herauszufinden ist eure Sache. Ich kann nur aus medizinischer Sicht sagen, wie der zeitliche Ablauf war. Und gab es nicht eine Aussage, dass

Lena Rudnick noch von jemandem gesehen wurde, als die Attrappe bereits im Lagerraum war?«

»Ja, das stimmt. Vor zwei Tagen war sie ganz normal bei der Arbeit, nur gestern hatte sie sich krankgemeldet.«

Zufrieden nickte Dr. Cleve. »Wie ich es mir dachte. Übrigens gibt es einige Details, die deutlich weniger akribisch nachempfunden wurden als bei der ersten Attrappe.«

Vanessa zog ihren Block heraus. »Welche sind das?«

»Zum Beispiel die Schnitte. Sie sind schon ungefähr an der gleichen Stelle, allerdings nicht immer ganz exakt. Auch die Tiefe variiert bei einigen Wunden. Vor allem aber die Menge an Blut und die Ausbreitung stimmen häufig nicht überein. Das liegt wahrscheinlich daran, dass der Täter nicht wissen konnte, wie viel Blut sie verliert und welchen Weg es nimmt. Zudem hat sie sich wahrscheinlich bewegt, während die Attrappe still lag. Auch anatomisch ist nicht alles hundertprozentig gleich. Vermutlich hatte der Täter nur Fotos oder Videos von ihr. Die Brust ist bei der Attrappe zum Beispiel etwas größer geraten als das Original. Ich werde alle Abweichungen auflisten und sie euch dann schicken.«

»Danke, das wird uns weiterhelfen.«

Falk räusperte sich. »Bei der Attrappe hattest du gesagt, es wäre möglich, dass er sexuellen Verkehr mit ihr hatte. Wie sieht es bei dem Opfer aus?«

»Abschließend kann ich das jetzt noch nicht sagen, dafür sind genauere Untersuchungen notwendig.« Dr. Cleve sah sich die Genitalregion der Leiche an. »Auf den ersten Blick würde ich aber vermuten, dass es durchaus möglich ist. Ich werde außerdem Proben nehmen, auch wenn ich fürchte, dass der Täter zu schlau war, um sein Sperma zu hinterlassen.«

Vanessa drehte sich der Magen um. Sie wusste nicht, was schlimmer war, nur ermordet zu werden oder vor dem Mord auch noch vergewaltigt zu werden. Auf jeden Fall mussten sie sämtliche Nachbarn befragen, ob sie etwas gehört hatten. So ein Verbrechen konnte in einem Mehrparteienhaus eigentlich nicht unbemerkt passiert sein. An ihren Armen waren heftige Abwehrspuren zu sehen, sicher hatte sie auch geschrien.

»War sie geknebelt? Oder gibt es Spuren, dass sie betäubt wurde?«

»Eine Blutuntersuchung läuft bereits.« Dr. Schröder beugte sich über die Leiche und betrachtete den Bereich um den Mund genauer. »Die Mundwinkel sind leicht eingerissen, es kann gut sein, dass sie ein Stück Stoff oder ein Tuch im Mund hatte, das hinterher entfernt wurde.«

Vanessa versuchte, sich vorzustellen, welche Panik Lena empfunden haben musste. In ihrem Schlafzimmer, dem Ort, wo sie sicher sein sollte, überfallen, geknebelt und ans Bett gefesselt zu werden und hilflos ertragen zu müssen, was der Mörder ihr antat. »Also ist die Wahrscheinlichkeit hoch, dass die Nachbarn nichts mitbekommen haben. Ich hatte schon mit der direkten Nachbarin gesprochen nebenan, sie hat wohl nichts gehört und gesehen.«

Dr. Schröder wirkte etwas ungeduldig. »Wir sollten jetzt weitermachen, bei dieser Leiche haben wir viel zu tun. Es werden natürlich die üblichen toxikologischen Tests vorgenommen. Wenn sie betäubt wurde, sie etwas getrunken oder Drogen konsumiert hatte, werden wir das herausfinden. Die Todesursache dürfte in diesem Fall keine Frage sein, wie meine Kollegin schon erklärt hat.« Als niemand etwas sagte, nickte er. »Gut, dann fangen wir jetzt mit der inneren

Besichtigung an, nachdem alle oberflächlichen Wunden dokumentiert wurden.«

Das war der Teil, auf den Vanessa gut verzichten konnte. Vor allem, weil er – ihrer Meinung nach – in einem so klaren Fall gar nicht nötig wäre. Für die Tätersuche interessierte nicht, wie viel die Organe wogen oder ob es Hinweise auf irgendwelche Krankheiten gab. Vor allem aber fand sie es entwürdigend, wenn die Leiche wie ein Stück Vieh aufgeschnitten wurde. Natürlich hatte das alles einen Sinn und war vor allem nach der Strafprozessordnung auch so vorgeschrieben. Dennoch konnte sie es nur schwer mit ansehen.

Umso erleichterter war sie, als nach schier unendlicher Zeit die Leiche endlich wieder mit einer groben Naht geschlossen wurde. Jetzt sah Lena Rudnick der lebensfrohen jungen Frau überhaupt nicht mehr ähnlich, die sie wenige Tage zuvor noch gewesen war. Selbst Falk war ungewöhnlich schweigsam, als sie schließlich die Räume der Rechtsmedizin verließen. Draußen hob Vanessa das Gesicht zur Sonne und atmete tief ein. Auch wenn es einen Luftstrom im Obduktionssaal gab, der die Gerüche wegleitete, blieb doch immer etwas zurück.

»Geht es dir gut?«

Ihre Augen flogen auf, und sie wappnete sich für einen sarkastischen Kommentar. »So gut es einem gehen kann, wenn man gerade einer Autopsie beigewohnt hat.«

Zu ihrer Überraschung hob sich Falks Mundwinkel. »Sehr wahr.« Er zog etwas aus der Jackentasche und hielt es ihr hin. »Kaugummi?«

Erst jetzt merkte sie, wie ausgetrocknet ihr Mund war. Sie zog einen Streifen heraus. »Danke, das kann ich gut gebrauchen.«

»Gesünder als Rauchen.« Falk steckte sich auch einen in den Mund. »Was hältst du von der ganzen Sache?«

Nachdenklich wiegte sie den Kopf. »Von der Art der Verletzungen passt es sowohl zu der ersten Attrappe als auch zu den Opfern des Serienkillers. Ich finde es aber seltsam, dass diesmal offenbar die Attrappe vor dem Mord gefertigt wurde. Warum sollte der Mörder so etwas tun? Bei der ersten Attrappe hätte ich gesagt, dass es ein ganz penibler Mensch sein muss, der Wert auf größte Genauigkeit legt. Bei dieser Attrappe ist zwar die Nachbildung selbst wunderbar gelungen, aber die Wunden wirken gerade im Vergleich irgendwie … schlampig.«

»Vielleicht hatte er wenig Zeit dafür. Oder es liegt wirklich nur daran, dass er diesmal kein Vorbild hatte. Er musste improvisieren und konnte nicht vorhersehen, wie die Schnitte aussehen würden.«

Vanessa wickelte ihren Kaugummi aus. »Die Frage ist: Warum dann überhaupt noch eine Attrappe? Bei Stefan Krampnagel könnte man sagen, dass der Täter den Mord damit noch einmal nachempfinden konnte. Aber bei Lena Rudnick ist das nicht so.«

»Vielleicht ein Ritual zur Vorbereitung oder so.« Falk hob die Schultern. »Wer weiß, was sich so ein krankes Hirn dabei denkt. In diesem Fall könnte die Attrappe einfach nur den Zweck haben, die Polizei auf den Plan zu rufen.«

»Das ist aber sehr viel Aufwand, um uns aufmerksam zu machen.«

»Wie gesagt: krankes Hirn. Fragen wir den Täter einfach, wenn wir ihn haben.«

Was sie zu einem Problem führte, denn eigentlich saß der Serienkiller bereits im Gefängnis und konnte den Mord an

Lena Rudnick auf keinen Fall begangen haben. »Ich hoffe, wir finden ihn schnell. Wer weiß, ob er jetzt nicht Blut geleckt hat und so weitermacht.«

Falk schnitt eine Grimasse. »Das wäre ganz übel. Aber offenbar scheint dieser Typ ja Gefallen daran gefunden zu haben, wenn er nach den Attrappen jetzt auch noch Menschen so zurichtet. Einen weiteren Serienkiller können wir echt nicht gebrauchen.«

Darin stimmte sie voll mit ihm überein. »Oder er hat es schon immer getan und sich nur für einige Zeit ruhig verhalten, weil ein anderer für seine Taten verhaftet wurde.«

»Du glaubst also immer noch, dass Sander nicht der Serienmörder ist?«

Vanessa ignorierte den ungläubigen Unterton. »Ich weiß nicht, ob Sander damals fälschlich verurteilt wurde. Aber diesen Mord hat er hundertprozentig nicht begangen. Und da der genau nach dem Muster der damaligen Taten abgelaufen ist – mit Ausnahme der Attrappe –, sollten wir schnell herausfinden, ob es sich um einen Nachahmer handelt oder der wahre Mörder all die Jahre frei herumgelaufen ist.«

»Viel Spaß dabei, das Dirk klarzumachen. Er wird alles andere als begeistert sein. Und der Staatsanwalt vermutlich erst recht nicht.«

Das konnte sie sich lebhaft vorstellen. »Glaubst du, ich bin das? Schließlich war mein Vater einer derjenigen, die Christian Sander verhaftet haben. Aber es ist mir wichtiger, einen Mörder zu fassen. Mein Vater würde das auch so sehen. Und wenn Dirk ein guter Kommissar ist, wird er genauso denken. Es geht nicht um unsere eigenen Eitelkeiten, sondern um den Schutz möglicher weiterer Opfer und um Gerechtigkeit für die Toten und ihre Angehörigen.«

Falk sah sie entsetzt an. »Verdammt, du bist eine Idealistin!«

Das brachte sie zum Lachen. »In manchen Dingen ja, vermutlich. Im Grunde bin ich aber Realistin. Und überhaupt, wer war das noch, der darauf bestanden hat, dass der Fall des Obdachlosen genauso behandelt wird wie der einer Universitätsprofessorin?«

»Das war etwas anderes.« Er klang nicht ganz überzeugend.

»Ach ja, warum?«

Falk nuschelte etwas in seinen nicht vorhandenen Bart. »Ist ja egal. Ich gehe davon aus, dass niemand begeistert sein wird, wenn wir anfangen, in einem abgeschlossenen Fall herumzuwühlen.«

»Nein, vermutlich nicht. Aber wir werden es überleben.«

Falk seufzte tief auf. »Hoffentlich.«

21

Wie Falk vermutet hatte, war Dirk nicht sonderlich begeistert, als sie wenig später mit dem vorläufigen Bericht der Autopsie ins Büro kamen. Da auch Kordel an der Besprechung teilnahm, hielt er sich aber zurück. So ungern Falk es zugab, Vanessa hatte völlig recht, es gab eindeutig eine Verbindung zu den früheren Fällen – und sei es nur, dass jemand die Verbrechen nachempfand. Das hieß, sie mussten sämtliche Beweise, Zeugen und Verdächtige von damals noch einmal durchackern, um Parallelen zu finden, und eventuell etwas, das übersehen wurde. Natürlich wurde damit auch die Arbeit der zuständigen Kommissare noch einmal neu bewertet, aber das musste Dirk jetzt einfach ertragen.

»Wir müssen mit Hochdruck daran arbeiten, um sicher festzustellen, ob es sich um einen Nachahmungstäter handelt oder ob damals der Falsche verhaftet wurde. Wir nehmen die Ermittlungen im Fall Sander wieder auf. Der Staatsanwalt hat das zur Toppriorität erklärt. Wolff, Lux, überprüfen Sie noch einmal sämtliche Erkenntnisse, die damals zur Verhaftung von Christian Sander geführt haben. Vielleicht haben wir etwas übersehen. Oder es gibt jetzt neue Spuren. Hanke, Sie haben weiterhin die Koordination im neuen Fall.«

Dirks Gesicht rötete sich, Ärger leuchtete aus seinen Augen. »Warum arbeite ich nicht am alten Fall? Ich kenne ihn schließlich in- und auswendig!«

»Genau deshalb. Wir brauchen einen frischen Blick, und Ihre Kollegen waren beide damals nicht dabei. Ich gehe davon aus, dass Sie zur Verfügung stehen, wenn sie Fragen dazu haben.«

Es war offensichtlich, dass Dirk am liebsten abgelehnt hätte, doch dann nickte er. »Natürlich. Aber ich bin sicher, es gibt nichts Neues zu finden. Wir sind damals sehr gründlich jeder einzelnen Spur nachgegangen. Sander ist der Täter, garantiert.«

»Das kann ja sein, nur ist Sander immer noch im Gefängnis, und jetzt gibt es ein neues Opfer, das nach dem gleichen Muster getötet wurde.« Vanessa machte eine kleine Pause. »Es bleibt aber die Frage, woher der jetzige Täter diese internen Informationen hat, reiner Zufall kann es jedenfalls nicht sein, dass sich die Verletzungen so gleichen und es eine Attrappe zu einem der alten Opfer und dem neuen gibt.«

Dagegen konnte Dirk nichts sagen. »Auf jeden Fall müssen wir sehr vorsichtig vorgehen, denn es darf nicht so aussehen, als würden wir Sander nicht für den Täter halten. Wenn das an die Öffentlichkeit gerät, werden wir gevierteilt. Und Sander kommt hinterher auf freien Fuß, das darf auf keinen Fall geschehen, dieser Mann ist extrem gefährlich.«

Es sah aus, als wollte Vanessa etwas dazu sagen, doch sie hielt sich zurück. Interessant. Hatte sie einen ganz anderen Blick auf Sander als Dirk? Er sollte selbst mit diesem Typen sprechen, um sich ein Bild davon zu machen, ob der ein eiskalter Killer war oder ein Justizopfer. Noch tendierte Falk zu Ersterem.

»Ich erwarte von jedem, der an diesem Fall beteiligt ist, dass er oder sie den Mund hält. Also auch kein Wort zu Freunden, Ehepartnern oder sonstigen Unbeteiligten. Sie werden nur an mich berichten, und ich entscheide dann, ob und wann die Öffentlichkeit mit einbezogen wird.« Kordel sah sie über dem Rand seiner Brille an. »Verstanden?« Alle nickten gleichzeitig. »Gut. Diesmal müssen wir dafür sorgen, dass der Täter sofort gefasst wird, bevor es noch weitere Opfer gibt.«

»Vielleicht ist er ja mit dem einen zufrieden und hört auf.«

Skeptisch sah Kordel Falk an. »Glauben Sie das wirklich? Ich fürchte, er hat Blut geleckt und fängt gerade erst an.«

Das wäre die schlechteste Variante, aber durchaus möglich.

Dirk mischte sich ein. »Wir werden jeden Stein umdrehen, bis wir ihn gefunden haben.«

»Gut. Informieren Sie mich, wenn es Neuigkeiten gibt. Die Berichte möchte ich ebenfalls bekommen.«

»Wird gemacht.«

Kordel erhob sich und sah sie alle noch einmal der Reihe nach an. »Sie sind gute Kommissare, ich zähle darauf, dass die Ermittlungen bald erfolgreich sind.«

Einen Moment lang herrschte Stille, als er den Raum verlassen hatte. Dann räusperte Dirk sich. »Dann machen wir uns wohl an die Arbeit. Ich hole mir erst mal einen Kaffee, das wird noch ein langer Tag. Sonst noch jemand einen?«

Falk hob die Hand. »Einmal ohne alles, bitte.«

»Für mich nicht, danke.« Vanessa deutete auf die Wasserflasche auf ihrem Tisch. »Von zu viel Kaffee bekomme ich Magengeschwüre.«

»Alles klar, bin gleich wieder da.«

Falk wartete, bis Dirk die Tür hinter sich geschlossen hatte. »Was wolltest du vorhin sagen?«

Ein wachsamer Ausdruck legte sich über ihr Gesicht. »Wann?«

»Als Dirk sagte, Sander sollte auf keinen Fall wieder freikommen und wäre sehr gefährlich.«

»Du bist sehr aufmerksam.«

»Berufskrankheit.« Abwartend sah er sie an.

Schließlich seufzte sie. »Ich weiß nicht, ob Sander wirklich der Täter ist. Bisher hatte ich den Eindruck, dass er vor allem wütend ist, im Gefängnis zu sitzen. Er beteuert seine Unschuld.«

»Wie so viele andere Schuldige.«

Vanessa nickte. »Ja. Es kann auch sein, dass ich mich irre, aber zusammen mit der Tatsache, dass wir es jetzt mit einem neuen Mordfall nach dem gleichen Muster zu tun haben, frage ich mich, ob nicht etwas an seiner Aussage, er wäre unschuldig, dran ist. Er behauptet, die Beweise wären ihm untergeschoben worden.«

»Auch das ist nicht neu.«

»Nein.« Vanessa zögerte. »Ich glaube, mein Vater war sich auch nicht ganz sicher, ob Sander wirklich der Richtige ist.«

Falk hob die Augenbrauen. »Hat er das gesagt?«

»Da er vor einiger Zeit gestorben ist, nein, natürlich nicht.« Ihre Stimme klang rau.

Falk zuckte innerlich zusammen. »Tut mir leid, so meinte ich das nicht. Hat er damals etwas dazu gesagt?«

»Nein, er hat nicht mit mir darüber im Detail geredet. Ich habe ihn zu der Zeit auch kaum gesehen, weil er so viel zu tun hatte und ich auch ausgelastet war. Hinterher hatte ich den Eindruck, dass er das alles einfach nur vergessen will, und habe ihn nicht mehr darauf angesprochen. Und dann …« Sie brach ab und schluckte schwer. »… war er plötzlich nicht mehr da, und der Fall war nicht mehr wichtig.«

Das konnte er sich lebhaft vorstellen. Wenn seine Eltern sterben würden, würde er das sicher auch nicht einfach so wegstecken. »Wie kommst du dann darauf, dass dein Vater Sander nicht für den Täter hielt?«

»Ich habe alte Fallakten von ihm gefunden – Kopien natürlich –, auf denen er ein paar Notizen gemacht hatte.«

Falks Augenbrauen schossen in die Höhe. »Die hätte er nie zu Hause aufbewahren dürfen.«

»Das ist mir bewusst!« Sie senkte die Stimme. »Deshalb habe ich bisher auch nichts davon gesagt. Auf jeden Fall vermute ich, dass er sich nicht sicher war, was die Verhaftung von Sander betrifft.«

»Aber hätte er dann nicht etwas gesagt? Also offiziell? Es geht ja schließlich um das Leben eines Mannes.«

»Ich weiß es nicht. Ich glaube schon, bin mir aber nicht sicher. Anscheinend hat er nichts gesagt, jedenfalls habe ich keine Notizen gefunden. Vielleicht war er am Ende auch davon überzeugt, dass sie den richtigen Täter gefasst haben. Sander selbst behauptet, es wären ihm Beweise untergeschoben worden. Aber natürlich konnte er das auch nicht beweisen.«

»Weißt du, wie viele Täter das sagen? Nur ein Bruchteil davon wird damit recht haben.«

»Stimmt. Aber hier haben wir einen Fall, bei dem plötzlich wieder Leichen – oder vielmehr eine Leiche – auftauchen. Von daher sollten wir unbedingt überprüfen, ob er vielleicht doch die Wahrheit sagt. Ich halte es nicht für unmöglich, dass ihm der wahre Täter, wenn es einen gibt, die Beweise untergeschoben hat, um von sich selbst abzulenken. Das wäre eine gute Möglichkeit, um unbemerkt zu verschwinden.«

Falk rieb über sein Kinn, während er darüber nachdachte. »Ja, nur warum sollte er jetzt wieder auf sich aufmerksam machen? Er hätte zumindest die Stadt wechseln sollen, in der Hoffnung, dass es niemand mit den alten Fällen hier in Verbindung bringt.«

»Vielleicht hat es ihn gewurmt, dass jemand anders die ›Anerkennung‹ für die Morde bekommt. Es wurde ausführlich in den Zeitungen darüber berichtet, und auch, wie schlau Sander vorgegangen ist und wie sehr er die Polizei an der Nase herumgeführt hat. Möglicherweise hat der Täter erst gedacht, es wäre eine gute Idee, im Nachhinein wurde er aber immer unzufriedener, dass niemand ihn erwähnt.«

»Oder er hat es nicht länger geschafft, sich zurückzuhalten und nicht mehr zu morden.«

Vanessa verzog den Mund. »Auch möglich. Oder er war verreist oder eingesperrt und ist erst jetzt wieder zurück. Wir sollten klären, ob es Verbrecher gibt, die ungefähr zur Zeit der Morde ins Gefängnis kamen und erst vor ein paar Wochen wieder freigelassen wurden.«

Falk machte sich eine Notiz. »Auf jeden Fall. Vielleicht findet Julia auch noch etwas, das uns weiterhilft.«

Es war Vanessa anzusehen, dass ihr etwas auf der Zunge lag, doch sie nickte nur. »Wir müssen diesen Täter unbedingt erwischen, bevor er noch weitere Menschen tötet. Ich habe das Gefühl, dass er gerade erst anfängt.«

Dem konnte er nur zustimmen. Der ganze Fall schrie förmlich »Serienmörder«, von den Attrappen bis hin zur Ausführung der Tat. »Man muss schon sehr skrupellos sein, wenn man mit dem Vorsatz in eine Wohnung eines Mehrfamilienhauses eindringt, einen Menschen über einen Zeitraum von vermutlich einer Stunde zu quälen und zu ermorden. Ich hätte Angst gehabt, dass einer von den Nachbarn etwas mitbekommt und die Polizei ruft.«

»Besonders, wenn es so aufmerksame Nachbarn gibt wie in diesem Haus. Entweder war er sehr unauffällig, oder er ist nachts in das Haus eingedrungen, als alle schliefen. Und das offenbar sehr leise. Wenn wir den Todeszeitpunkt haben, werden wir das hoffentlich genauer wissen. Wenn es nachts war, bleibt aber noch eine Frage.«

»Welche?«

Vanessa schob eine Haarsträhne hinter ihr Ohr. »Wenn Lena bereits tot war, wer hat sie dann bei der Arbeit krankgemeldet? Wir sollten auf jeden Fall mit den Arbeitskollegen sprechen und klären, ob sie sich vorher anders benommen hat, ob sie etwas über einen Stalker oder Ähnliches berichtet hat. Das ist nämlich noch eine Besonderheit in diesem Fall: Das neue Opfer stammt aus dem gleichen Personenbereich wie die drei früheren. Als würde jemand eine Liste abarbeiten.«

Die Frage war nur, ob es sich um Sanders Liste handelte oder ob er eigentlich nur ein weiteres Opfer war. Auf jeden Fall musste der Täter all diese Personen genau beobachten, um zu wissen, wo sie arbeiteten, welche Gewohnheiten sie hatten, wann sie allein zu Hause waren. Bei einem der früheren Opfer, Maria Keller, waren genau die drei Stunden abgepasst worden, die ihr Mann alle zwei Wochen abends mit seiner Skatrunde verbrachte. Auch dort zeigte sich eine Abgebrühtheit, die nur wenige Täter besaßen.

»Leider können wir nicht vorhersehen, wer als Nächstes auf der Liste steht.«

Vanessa schaute unglücklich drein. »Nein. Ich verstehe jetzt, warum mein Vater damals so gehetzt wirkte.«

So ein Fall war für jeden Kommissar und auch alle anderen Ermittler eine Belastung. Falk hatte schon einige schwierige Fälle bearbeitet, aber dieser hier war dank der früheren Taten ungewöhnlich komplex. Und es gab auch noch eine weitere Komponente: Vanessa Lux. Es konnte gar kein Zufall sein, dass der Fall genau dann wieder auftauchte, als sie ihre Arbeit hier begann. Irgendwo musste es einen Zusammenhang geben. Hatte der Täter sie all die Jahre beobachtet? Aber warum? Ihr Vater war tot, und sie hatte damals noch nicht für das ZKD gearbeitet. Die Frage war, ob sie etwas damit zu tun hatte, dass der Fall wieder ans Licht gezerrt wurde. Dazu würde auch passen, dass sie offenbar Akten von ihrem Vater hatte. Er würde sie im Auge behalten, zur Sicherheit.

22

Als Vanessa an diesem Abend nach Hause kam, sah sie alles nur noch verschwommen, so müde war sie. Für den nächsten Tag war ein weiteres Gespräch mit Christian Sander eingeplant, diesmal hochoffiziell und wieder in Gegenwart seines Anwalts. Das war kein Termin, auf den sie sich freute. Vor allem, weil sie nicht wusste, was sie glauben konnte. Es sprach einiges dafür, dass er unschuldig sein könnte, gleichzeitig konnte es aber auch genauso gut sein, dass er die Morde begangen hatte und sie es jetzt mit einem Nachahmungstäter zu tun hatten. Wenn Sander allerdings nicht der Täter war, würde das bedeuten, dass ihrem Vater ein Fehler unterlaufen war. Und das gefiel ihr gar nicht. Sie konnte sich nicht vorstellen, dass das Team jemanden verhaftet hätte, von dessen Schuld sie nicht hundertprozentig überzeugt waren. Und doch deuteten seine Notizen genau das an.

Vanessa straffte die Schultern. Sollte es so sein, würde sie die entsprechenden Schritte tätigen, um die Untersuchung neu aufzurollen. Das würde vermutlich als einer der größten Justizirrtümer in die Geschichte eingehen, aber damit mussten sie dann leben. Auf keinen Fall würde sie zulassen, dass ein Unschuldiger im Gefängnis saß, nur um das Andenken ihres Vaters zu schützen. Sie hatte keine Ahnung, was das für ihre Mutter bedeuten würde, doch auch darauf konnte sie keine Rücksicht nehmen. Als Kommissarin war sie der Wahrheit verpflichtet, und alles andere musste dahinter zurückstehen. Sie hatte fast das Gefühl, als würde Dirk das nicht so sehen. Es war auffällig, wie heftig er reagierte, sowie jemand in Betracht zog, dass Sander nicht der Täter war. Dabei sollte ihm genauso – wenn nicht noch mehr – daran gelegen sein, den wahren Täter zu ermitteln.

Vanessa schloss ihre Wohnungstür auf und blieb abrupt stehen. Irgendetwas war anders. Vorsichtig schob sie die Tür weiter auf und suchte in ihrer Tasche das Pfefferspray. Nicht, dass ihr das helfen würde, wenn es jemand mit einer richtigen Waffe auf sie abgesehen hatte. Nach den Geschehnissen vor ein paar Tagen, die deutlich schlimmer hätten ausgehen können, war sie dennoch lieber vorsichtig. Sie konnte selbst nicht genau sagen, was sie störte, es war eher ein Gefühl, als wäre jemand in der Wohnung gewesen. Der Geruch! Es roch eindeutig nach Zwiebeln, und die kamen in ihrem Speiseplan nicht vor. Sämtliche Fenster waren geschlossen, der Duft konnte also auch nicht von draußen stammen.

Außerdem war die Tür zum Arbeitszimmer zu, die sie garantiert offen gelassen hatte. Sie ließ grundsätzlich sämtliche Türen offen stehen. Die anderen Zimmer schienen unberührt. War der Kerl von neulich etwa zurückgekommen? Doch er hatte die Unterlagen bereits, warum sollte er noch einmal an den Tatort zurückkehren? Ihre Finger schlossen sich fester um das Spray, während sie sich der Tür näherte. Mit der anderen Hand zog sie das Handy aus der Tasche und gab die Notrufnummer ein. Noch einmal würde sie sich nicht überraschen lassen.

Langsam, damit die Bodendielen nicht knarrten, trat sie vor die Tür und legte die Hand auf die Klinke. Sie hatte ein Gefühl von Déjà-vu, das beinahe unwirklich schien. Sie drückte die Klinke lautlos herunter und schob die Tür ein Stück weit auf. Vorsichtig blickte sie durch den Spalt, bereit, jederzeit zurückzuspringen und sich zur Wehr zu setzen. Was sie sah, ließ sie einen Moment erstarren, dann schob sie die Tür ganz auf. Anstelle ihres alten Schreibtischs stand dort der Tisch ihres Vaters in all seiner Pracht. Wie zum Teufel war er hierhergekommen? Sie ließ sich auf den Stuhl sinken und strich mit den Händen über die polierte Platte. Mit dem Zeigefinger fuhr sie die Einkerbungen nach, die ihr Vater im Laufe der Zeit dort hinterlassen hatte. Natürlich war der Schreibtisch viel zu groß für ihr kleines Arbeitszimmer, aber es fühlte sich richtig an, dass er bei ihr war. Sie konnte die Präsenz ihres Vaters beinahe spüren.

Nach ein paar Minuten nahm sie ihr Handy wieder auf und drückte die Schnellwahl für ihre Mutter. Ungeduldig wartete sie, bis Marion sich meldete.

»Lux.«

»Hallo Mama. Wie kommt Papas Schreibtisch in meine Wohnung?«

Marion lachte kurz auf. »Auf dem üblichen Wege: Ich habe ein Umzugsunternehmen beauftragt und ihnen dann die Tür geöffnet. Oder dachtest du, ich hätte ihn selbst die Treppen hochgetragen?«

»Natürlich nicht. Ich hatte nur nicht damit gerechnet, dass er plötzlich hier steht. Wo ist mein alter Schreibtisch jetzt?«

»Ich habe ihn hier ins Arbeitszimmer gestellt. Er ist deutlich kleiner, und ich kann ihn für meine Nähmaschine nutzen.« Sie schwieg kurz. »Er birgt keine schmerzhaften Erinnerungen für mich.«

Vanessas Herz zog sich zusammen. »Das kann ich verstehen. Dann danke ich dir für den schönen Schreibtisch. Ich freue mich, etwas von Papa in der Wohnung zu haben.«

»Ich habe früher immer zu Andreas gesagt, dass an dem Tisch bereits so viele Verbrechen aufgeklärt wurden – oder zumindest darüber gebrütet wurde –, dass man die Unterlagen nur noch darauflegen muss und die Fälle lösen sich von selbst. Du solltest es mal ausprobieren.«

Vanessa musste lachen. »Das werde ich sicher. Ich kann die Erfahrung des Tisches momentan gut gebrauchen.«

»Wieso? Du arbeitest doch noch in der Verwaltung. Oder musst du da jetzt neuerdings auch Fälle lösen?«

Wütend auf sich selbst schloss Vanessa die Augen. »Um ehrlich zu sein, arbeite ich jetzt wieder als Kommissarin.«

Einen Moment lang herrschte Stille. »Ich wusste doch, dass da was im Busch ist, so wie du dich in letzter Zeit benommen hast. Du warst immer abgehetzt und müde. Und dass du Unterlagen mit nach Hause genommen hast! Warum hast du mir nichts davon gesagt?«

Vanessas schlechtes Gewissen wuchs. »Ich wollte nicht, dass du dir Sorgen machst.«

»Du weißt, dass ich das immer mache, egal wo du arbeitest. Bist du in deiner alten Dienststelle?«

Es wäre einfacher, Ja zu sagen, aber Vanessa brachte es nicht über sich, ihre Mutter noch einmal anzulügen. »Nein, ich bin zum ZKD gewechselt. Tatsächlich arbeite ich jetzt mit Dirk Hanke zusammen. Ich soll dich von ihm grüßen.«

»Du bist bei KFI 1? Hältst du es für klug, wieder Mordfälle zu bearbeiten? Nachdem dein Vater gestorben war …«

Vanessa unterbrach sie schnell. »Ich bin wieder bereit, richtig zu arbeiten. Es ist das, was ich gut kann.«

»Das konnte Andreas auch, und jetzt ist er tot. Ich möchte nicht noch jemanden begraben müssen.«

Es schnitt Vanessa ins Herz, den Kummer in der Stimme ihrer Mutter zu hören. »Das wirst du nicht. Die Arbeit eines Kommissars ist normalerweise überhaupt nicht gefährlich.«

»Ja, das habe ich schon einmal gehört. Ich hoffe, du weißt, was du tust.«

»Das tue ich. Bitte freu dich für mich, dass ich wieder die Arbeit machen kann, die mich erfüllt. Und jetzt muss ich auflegen, es war ein langer Tag, und ich habe noch nichts Vernünftiges gegessen.«

Eine kleine Pause trat ein. »Ich habe dir Essen in den Kühlschrank gestellt, du brauchst es nur in der Mikrowelle zu erwärmen. Gute Nacht.«

»Mama …« Vanessa verstummte, als ein Klicken ertönte. Ihre Mutter hatte aufgelegt. Das war ja wunderbar gelaufen. Hatten andere Kommissare eigentlich auch solche Probleme? Nach der Anzahl der Scheidungen zu urteilen, vermutlich. Wahrscheinlich sollte sie froh sein, dass sie nicht verheiratet war oder eine Familie hatte, die durch ihre Arbeit belastet wurde.

Einen Moment lang blickte sie noch auf den Schreibtisch, dann erhob sie sich mit einem Stöhnen und machte sich auf die Suche nach dem Essen. Während sie es in der Mikrowelle erhitzte, schickte sie einen stummen Dank an ihre Mutter. Es war keine Selbstverständlichkeit, dass jemand für seine zweiunddreißigjährige Tochter kochte und ihr das Essen dann auch noch portionsgerecht in den Kühlschrank stellte. Und sie liebte ihre Mutter. Es war nur manchmal so verdammt anstrengend, seit ihr Vater gestorben war. Aber was jammerte sie hier rum, ihre Mutter hatte ihren Mann verloren und musste von einem auf den anderen Tag allein leben. Vanessa konnte sich nur vorstellen, wie furchtbar das sein musste, wenn man vorher fünfunddreißig Jahre zusammen verbracht hatte.

Das Klingeln der Mikrowelle riss sie aus ihren trüben Gedanken. Vorsichtig holte sie den dampfenden Behälter heraus und schnupperte daran. Himmlisch. Kein Vergleich zu der Tiefkühlpizza, die sie sich aus Bequemlichkeit gemacht hätte. Zufrieden ging sie mit einem Teller ins Wohnzimmer und begann, während des Essens die Befragung von Christian Sander vorzubereiten. Diesmal würde es kein lockeres Gespräch sein, sondern eine korrekte Befragung, an der auch Falk teilnehmen würde. Da es jetzt eine Leiche gab, die eine Verbindung zu den Verbrechen darstellte, für die er verurteilt worden war, konnte er nun offiziell befragt werden.

Natürlich hatten sie keine große Handhabe, wenn er keine Aussagen machte, denn es war klar, dass er Lena Rudnick nicht ermordet haben konnte. Damit konnte ihm kein direktes Verbrechen vorgeworfen werden, solange sie nicht beweisen konnten, dass er mit jemandem draußen zusammenarbeitete. Und wie sollte das möglich sein? Sein Anwalt würde ja wohl kaum so dumm sein, Anweisungen zur Ausführung von Morden an jemanden weiterzuleiten. Obwohl das durchaus auch schon vorgekommen war. Hoffentlich verstand Sander, dass es in seinem Interesse war, mit ihnen zu kooperieren und so eventuell sogar das Verfahren neu aufrollen zu lassen. Allerdings würden sie dann wieder bei null anfangen müssen, und ein Mörder wäre über zwei Jahre auf freiem Fuß gewesen. Eine furchtbare Vorstellung.

23

»Wird das jetzt zur Dauereinrichtung? Mein Mandant hat Besseres zu tun, als ständig zu Ihrer Verfügung zu stehen.« Herrndorf lief bereits bei der Begrüßung zu ganz großer Form auf.

»Was denn? Fernsehen? Auf der Pritsche liegen und an die Decke starren?« Falk konnte den Anwalt offenbar genauso wenig ab wie sie, doch es würde ihnen nicht helfen, wenn er offen feindselig agierte. Deshalb stieß sie ihm unauffällig in die Seite.

Vanessa lenkte die Aufmerksamkeit des Anwalts auf sich. »Es ist im Interesse Ihres Mandanten, mit uns zu kooperieren. Wenn er es allerdings besser findet, zu schweigen und möglicherweise deshalb noch etliche Jahre mehr im Gefängnis zu verbringen, als er müsste, dann kann er es gleich sagen.«

Der Anwalt schnaubte. »Ich soll wirklich glauben, dass Sie das Beste für Christian Sander im Sinn haben? So wie damals?«

»Nein, wir versuchen, einen Mörder zu fassen, sonst nichts. Aber wenn uns Informationen von Ihrem Mandanten helfen, ihn zu finden, bevor er noch einmal tötet, wird das wohlwollend vermerkt.«

»Was für ein Haufen …« Er brach ab, als sich die Tür öffnete und Sander hereingeführt wurde.

Der Gefangene wirkte anders als bei ihren vorherigen Treffen, sein Gang war energischer, sein Kinn hatte er gehoben, Entschlossenheit leuchtete aus seinen Augen. Sanders Blick blieb an Vanessa hängen, und er betrachtete sie einen Moment lang, bevor er Falk ins Visier nahm. Seine Miene verdüsterte sich.

»Was macht *der* hier?«

»*Der* ist Kommissar Wolff, mein Kollege. Wir bearbeiten zusammen den Fall.«

Sanders Mundwinkel hob sich zu einem unangenehmen Grinsen. »Zwei Kommissare, die wegen einer Attrappe ermitteln. Es muss echt wenig zu tun sein bei euch.«

»Lassen Sie das unsere Sorge sein. Können wir dann jetzt beginnen?« Falk verlor eindeutig die Geduld.

»Setzen wir uns.« Vanessa deutete auf die Stühle rund um den Tisch.

Glücklicherweise folgte Sander ihrem Vorschlag sofort. Er verschränkte seine Finger auf der Tischplatte und beugte sich vor. »Sagen Sie mir jetzt, warum Sie mich wieder besuchen? Nicht, dass ich Sie nicht gern ansehe und Ihr Parfüm rieche, aber ich hätte gedacht, dass Sie genug anderes zu tun haben.« Er ignorierte Falk völlig und redete mit Vanessa, als wäre sie allein.

»Es gab eine neue Entwicklung in unserem Fall, über die wir mit Ihnen reden wollen.«

Seine Augenbrauen hoben sich. »Wie Sie sehen können, sitze ich hier drin, und ich sagte schon, dass ich mit Ihrem Fall nichts zu tun habe. Ich wüsste nicht, was es da zu besprechen gibt.«

Falk wollte etwas sagen, doch Vanessa trat ihm leicht gegen das Bein, um ihn davon abzuhalten. Die Befragung würde sicher besser laufen, wenn Falk nicht auf jede Provokation reagierte.

Vanessa räusperte sich. »Unser Fall hat sich zu einem Mordfall gewandelt, deshalb sind wir hier.« Sie zog ein Foto von Lena Rudnick heraus, auf dem sie lächelte. »Ich hatte neulich schon gefragt, ob Sie diese Frau kennen, allerdings hatte ich damals noch kein richtiges Foto von ihr. Deshalb frage ich jetzt noch einmal: Sind Sie sicher, dass Sie Lena nicht kennen?«

Sander betrachtete das Bild einen Moment lang und schüttelte dann den Kopf. »Nein, tut mir leid, ich kann mich nicht erinnern, die Frau schon einmal gesehen zu haben.«

Vanessa beobachtete seine Reaktion genau. »Sind Sie sicher? Sie arbeitete bei Acoutec Services. Soweit ich weiß, hatten Sie mit der Firma geschäftlich zu tun.«

»Ja, und? Ich hatte mit etlichen Firmen zu tun, das heißt aber nicht automatisch, dass ich jeden Mitarbeiter dort kannte. Acoutec Services macht die Buchhaltung für Segetal Bauservice, ich hatte vielleicht mit drei Menschen zu tun, und das auch nur per Mail oder Telefon. Keiner davon war diese Frau.« Er deutete auf das Foto. »Sie sieht nett aus, ich würde mich sicher an sie erinnern, wenn sie mir begegnet wäre.«

Leider hatte er damit recht, dass es nicht üblich war, in einer Firma jeden Mitarbeiter zu kennen. Das war damals auch in diesem speziellen Fall bestätigt worden. Es war nicht nachzuweisen gewesen, dass Sander das letzte Opfer Stefan Krampnagel gekannt oder schon einmal mit ihm zu tun gehabt hatte. Mit den ersten beiden hatte er allerdings wegen eines Bauprojekts zusammengearbeitet, genau deshalb war er ins Visier der Ermittler geraten. Tatsächlich waren Mails gefunden worden, in denen sich Henning Peters nicht gerade positiv über Sander geäußert hatte. Dirk und ihr Vater hatten gemutmaßt, dass Sander so gekränkt gewesen war, dass er den Mann gequält und getötet hatte. Vanessa wäre es lieber, sie hätten ein paar handfeste Beweise gehabt, nicht nur einen Haufen Mutmaßungen, Motive und möglicherweise zufällige Indizien. Der einzige wirkliche Beweis waren die Gegenstände, die in Sanders Mülltonne gefunden worden waren. Sie waren den Opfern eindeutig zugeordnet worden, auch dank deren Fingerabdrücken und den Aussagen von Verwandten. Es handelte sich dabei um einen auffälligen Armreif von Maria Keller, ein mit Werbung verziertes Scotch-Glas von Krampnagel und eine gemusterte Krawatte von Henning Peters.

»Sie glauben mir nicht? Vielleicht sollten Sie dann mal darüber nachdenken, dass ich hier im Gefängnis sitze und diese Frau – wenn ich Ihre Andeutungen richtig verstehe – bis vor Kurzem noch sehr lebendig war. Ich habe sie also ganz sicher nicht getötet, das können hier sehr viele Menschen bezeugen.«

»Wir haben auch nie gesagt, dass Sie Lena getötet haben. Uns geht es darum, herauszufinden, ob es einen Zusammenhang zwischen den Fällen damals und dem neuesten Mord gibt.« Falk klang deutlich genervt.

»Ich wüsste nicht, wie ich Ihnen da weiterhelfen sollte. Ich hatte schon mit den Fällen damals nichts zu tun.«

»Wenn es wirklich so ist, sollte es in Ihrem Interesse sein, uns zu helfen, möglichst viele Informationen zu sammeln, die auf den Täter weisen.«

Der Anwalt schaltete sich ein. »Mein Mandant wird ganz

sicher nichts sagen, das möglicherweise dazu genutzt wird, ihn zu belasten. Er hat damals mit der Polizei kooperiert, und dafür haben sie ihn verhaftet und ihm Beweise untergeschoben.«

»Die Beweise waren ziemlich eindeutig.«

Sander beugte sich vor, Röte überzog seine Wangen. »Glauben Sie wirklich, ich wäre so dumm, irgendetwas, das mich mit den Morden in Verbindung bringen würde, in die Mülltonne vor meinem Haus zu werfen, wenn die Polizei bereits hinter mir her ist? Dann hätte ich auch gleich ein Geständnis unterschreiben können. Ich habe schon damals gesagt, dass ich keine Ahnung habe, wie diese Dinge in meine Mülltonne gekommen sind. Ich war es ganz sicher nicht.«

»Und was glauben Sie, wer es war? Hat der Mörder Sie als Sündenbock auserkoren und alles so gedreht, dass Sie in Verdacht geraten?«

Wut stand in Sanders Augen. »Möglich. Ich glaube aber eher, dass die Kommissare dringend einen Täter überführen mussten, und da sie keine Beweise gegen mich hatten, haben sie einfach ein paar bei mir abgeladen und dann ganz zufällig gefunden. Welche bessere Art kann es geben, einen Fall schnell zu lösen? Man sucht sich jemanden, der ins Profil passt und kein Alibi vorweisen kann, und dreht die Beweise so, dass sie auf ihn als Täter hinweisen. Voilà.«

Das ließ Vanessa nicht auf sich sitzen. »Was hätten sie davon, wenn dann der Täter noch auf freiem Fuß wäre und weiter morden würde?«

»Keine Ahnung, das müssen Sie sie schon selbst fragen. Oder in dem Fall einen von ihnen. Hanke hatte es von Anfang an auf mich abgesehen. Ich traue ihm absolut zu, Beweise platziert zu haben.«

Falk setzte sich auf. »Das ist eine schwere Anschuldigung. Sie sollten sich gut überlegen, ob Sie dabei bleiben wollen.«

»Ich habe das schon vor zwei Jahren gesagt, es hat nur niemanden interessiert. Alle waren froh, jemanden eingesperrt zu haben. Ich hatte nur das Pech, der Auserkorene zu sein.« Verbitterung lag in seinen Worten.

»Da wäre aber noch Ihre DNA an einigen der Objekte. Wie sollte die dort hingekommen sein, wenn Sie die Gegenstände nie berührt haben?«

»Was weiß ich? Aber das war mein Müll, also war dort logischerweise auch DNA von mir drin. Vielleicht ist sie auf die dort platzierten Beweise übergegangen. Oder jemand hat gezielt etwas von mir genommen und dort verteilt. Tatsache ist, mir wurde nur ein Foto der Gegenstände gezeigt, davor hatte ich sie nie gesehen. Und ich sage es noch einmal: Niemand ist doch wohl so dumm und nimmt erst etwas von einem Tatort mit und wirft es dann einfach in seine Mülltonne.«

»Außer derjenige möchte gefasst werden.«

Sander lachte schnaubend. »Sehe ich so aus, als würde ich mein Leben im Gefängnis verbringen wollen? Den Gedanken können Sie sich gleich aus dem Kopf schlagen. Wäre ich der Täter, hätte ich ganz sicher nichts getan, was die Ermittler direkt zu mir führt. Aber ich bin unschuldig, also hat jemand dafür gesorgt, dass die Sachen bei mir gefunden wurden. Wer das war, das müssen Sie herausfinden. Das ist doch Ihr Job, oder nicht?«

»Genau genommen ist er das nicht. Unser Job ist es, denjenigen zu finden, der den neuen Mord begangen hat. Was die früheren Taten angeht, da müssten Sie ein Wiederaufnahmeverfahren beantragen.« Falk ließ sich nicht ködern.

Angespannt beugte Sander sich vor. »Glauben Sie, das habe ich noch nicht versucht? Aber solange es keine neuen Erkenntnisse gibt, habe ich keine Chance auf ein neues Verfahren. Doch wenn ich Sie richtig verstehe, gibt es jetzt neue Beweise. Oder zumindest berechtigte Zweifel.« Zustimmung heischend blickte er seinen Anwalt an. »Stimmt's, Herrndorf?«

Der wirkte skeptisch. »Jedenfalls mehr als vorher, aber ich fürchte, das wird nicht ausreichen. Vielleicht, wenn man irgendwie beweisen könnte, dass die früheren Taten und die jetzigen von demselben Täter begangen wurden. Oder wenn bewiesen werden könnte, dass die Beweise gegen Sie platziert wurden.«

Das würde ganz sicher nicht so einfach sein. Vanessa räusperte sich. »Wenn Sie mit uns zusammenarbeiten, können wir Ihren Anwalt informieren, sobald sich etwas ergibt, das auf Ihre Unschuld hindeutet.«

Sander blickte sie einen Moment lang durchdringend an, dann nickte er langsam. »Okay. Ich weiß zwar immer noch nicht wirklich, wie ich Ihnen helfen kann, aber ich versuch's.«

»Sagen Sie uns einfach alles, was Sie über die früheren Opfer wissen. Vielleicht haben Sie auch innerhalb der Firma etwas mitbekommen, das uns weiterhilft. Oder es ist Ihnen etwas aufgefallen, sei es im Büro oder vor Ihrem Haus. Außerdem müssten wir wissen, ob Sie irgendjemandem etwas von den Fällen erzählt haben.« Vanessa hob die Hand, als er aufbegehren wollte. »Sie haben Fotos der Opfer gesehen, und Ihnen wurden bestimmte Fragen gestellt, aus denen Sie etwas zum Tathergang schließen konnten. Wem haben Sie davon erzählt?«

»Nur meinem Anwalt, sonst niemandem. Ich neige nicht dazu, mit etwas zu prahlen, das ich nicht getan habe.«

Falk wandte sich an Herrndorf. »Haben Sie etwas weitergegeben?«

Die Augenbrauen des Anwalts schossen in die Höhe. »Das entspricht nicht meiner Arbeitsethik.«

Was keine klare Aussage war. Interessant. Wenn es wirklich stimmte, dass weder Sander noch der Anwalt Informationen über den Fall weitergegeben hatten, musste es jemand anders getan haben – oder der Täter war noch auf freiem Fuß. Aber natürlich konnten die beiden genauso gut auch lügen.

Eine halbe Stunde später verließen Vanessa und Falk das Gefängnis. Schweigend gingen sie nebeneinanderher zum Parkplatz. Vor Falks Motorrad blieben sie stehen.

»Findest du, es war eine gute Idee, einem verurteilten Mörder so etwas zu versprechen?«

»Was denn?«

»Dass du ihn informierst, wenn etwas zu seinen Gunsten herauskommt.«

Vanessa zuckte mit den Schultern. »Wenn es Zweifel daran gibt, dass er die drei Menschen ermordet hat, dann hat er die Chance verdient, seine Schuld überprüfen zu lassen, finde ich. Stell dir vor, du wärst lebenslänglich für ein Verbrechen verurteilt worden, das du nicht begangen hast. Würdest du nicht alles für eine solche Möglichkeit geben?«

»Natürlich. Ich bin aber nicht überzeugt, dass er wirklich unschuldig ist. Vielleicht spielt er uns nur etwas vor.«

Vanessa nickte. »Das kann sein. Wenn sich bei unseren Ermittlungen keine weiteren Indizien dafür ergeben, dann bleibt er in Haft. Aber wenn wir herausfinden sollten, dass der Mörder von damals wieder aktiv ist, dann ist es unsere Pflicht, einem Unschuldigen zu ermöglichen, freizukommen.«

»Dirk, dein Vater und die anderen Kommissare sowie die Staatsanwaltschaft und das Gericht waren davon überzeugt, dass Sander diese Morde begangen hat. Ich kann mir nicht vorstellen, dass sie einem Unschuldigen das angetan hätten.«

»So etwas ist schon vorgekommen.« Sie hob die Hand, als Falk etwas erwidern wollte. »Ich sage nicht, dass es so war, und ich glaube auch, dass mein Vater so etwas nicht mitgemacht hätte. Trotzdem ist es eine Möglichkeit, dass die gefundenen Beweise fehlinterpretiert wurden oder wirklich jemand, vielleicht der wahre Täter, die Gegenstände absichtlich dort platziert hat, um die Ermittler auf die falsche Spur zu locken. Auch das hat es schon gegeben.«

»Das ist mir bewusst. Vielleicht ist Sander unschuldig, vielleicht auch nicht. Im Moment ist er dort im Gefängnis gut aufgehoben, bis wir Genaueres herausbekommen.« Falk nahm den Helm vom Lenker und setzte ihn auf. »Wir sehen uns gleich im Büro.«

»Wetten, dass du schneller dort bist?«

Falk grinste sie an. »Die Wette gewinnst du. Ich warte aber unten auf dich, ich habe keine Lust, Dirk allein Bericht zu erstatten. Er wird ganz sicher keine gute Laune haben.«

»Wie immer, seit Kordel ihm verboten hat, erneut in dem alten Fall zu ermitteln. Ich frage mich, ob er Angst hat, dass wir etwas herausfinden, das seine damalige Arbeit zunichtemacht.«

»Vermutlich. Stell dir vor, es würde jemand in einem alten Fall von dir rumstochern. Das gefällt niemandem. Aber da muss er durch, er ist Profi genug, um die Möglichkeit zu akzeptieren, dass sie damals den Falschen verhaftet haben. Es ist ja nicht die Schuld der Ermittler, wenn Beweise platziert wurden. Sollte es wirklich so gewesen sein.«

Dirk sollte so reagieren, aber Vanessa war nicht davon überzeugt. »Hoffentlich. Bis gleich.« Sie winkte ihm kurz zu und ging zu ihrem Wagen.

24

Falks Handy klingelte, als er gerade seine Maschine vor dem ZKD abstellte. Er zog es heraus und blickte aufs Display: Julia. Mit einem Lächeln nahm er das Gespräch an.

»Guten Morgen, Jules.«

Er konnte förmlich hören, wie sie die Augen verdrehte. »Ich wünschte, du würdest aufhören, mich so zu nennen.«

»Warum? Damit bist du einzigartig.«

Das brachte sie zum Lachen. »Wohl eher du, sonst nennt mich niemand so.« Ihre Stimme wurde ernster. »Deshalb rufe ich aber nicht an.«

Falk schloss die Maschine ab und hängte den Helm über seinen Arm. »Das dachte ich mir. Hast du noch etwas herausgefunden?« Er lehnte sich an einen Poller.

»Ja. Ich habe überprüft, ob das Opfer sexuell belästigt wurde. Die Antwort ist Ja: Sie wurde eindeutig vergewaltigt. Es lässt sich nicht hundertprozentig beweisen, aber ich würde sagen, es war nach ihrem Tod. Darauf deuten vaginale Fissuren hin, die nur schwach unterblutet sind. Außerdem gibt es nicht die typischen Hämatome an ihren inneren Oberschenkeln. Allerdings ließe sich das auch mit der Tatsache erklären, dass ihre Beine festgebunden waren und der Täter sie nicht festhalten musste, wenn sie noch gelebt hat.«

Falk schnitt eine Grimasse, Wut kochte in ihm hoch. »Dieses Schwein! Zwar ist es so für das Opfer besser, aber wer zum Teufel tut so etwas? Das ist …« Ein schlechter Geschmack breitete sich in seinem Mund aus.

»Widerlich? Ja. Und es ist eine neue Komponente. Bei den alten Taten gab es keinerlei Hinweise auf eine sexuelle Faszination des Täters. Es reichte ihm, die Opfer zu quälen und zu töten. Wenn es derselbe Täter ist, ist ihm das anscheinend nicht mehr genug.«

Falk rieb über sein Gesicht. »Es sieht so aus. Andererseits, wenn man sich die Opfer betrachtet, zwei Männer und eine ältere Frau, dann ist das schon irgendwie nachvollziehbar. Vielleicht hat Lena etwas in ihm ausgelöst. Sie war jung und gut aussehend – und sie lag im Nachthemd im Bett.«

»Oder er hat sie dort so platziert, weil es seiner Attrappe entsprach.«

»Oder das. Auf jeden Fall muss er sie schon nackt gesehen haben, sonst hätte er die Attrappe nicht so wirklichkeitsgetreu ausführen können. Hast du irgendwelche Spuren gefunden? Sperma? Haare? Irgendwas?«

»Leider nicht. Auch keine Fingerabdrücke, sonstige Körperflüssigkeiten, DNA.«

»Scheiße.« Frustriert fuhr er sich mit der Hand durch die Haare. »Als wenn er ein verdammtes Ganzkörperkondom getragen hätte.«

»Wer weiß, vielleicht hat er das. Ich kenne jedenfalls keinen, der so gründlich sauber machen kann, ohne das Blut aus den Wunden zu verwischen. Nachdem sie gestorben ist, wurde sie nicht mehr bewegt. Maximal wurden ein paar

Details gerichtet, damit sie mit der Darstellung der Attrappe übereinstimmte. Also das Nachthemd, die Beinstellung, der Schal um die Handgelenke.«

Falk seufzte tief. »In Ordnung, ich werde es so weitergeben. Hast du Dirk schon einen Bericht geschickt?«

»Das tue ich gleich, ich wollte dich nur vorher informieren. Bist du gerade unterwegs?«

»Ich war mit Vanessa bei Sander.«

»Wie hat er den neuen Mord aufgenommen?«

»Er hofft natürlich, dass das als Beweis seiner Unschuld gilt. Deshalb brauchen wir ganz dringend mehr Erkenntnisse darüber, inwiefern sich die Taten unterscheiden.«

»Das habe ich in meinem Bericht aufgelistet. Viel ist es nicht, vor allem auch nichts, was hundertprozentig klar ist – von der Vergewaltigung abgesehen. Die Schnitte scheinen etwas anders, aber die anderen Taten sind zwei Jahre her, vielleicht hat sich der Täter seitdem den Arm gebrochen, hat eine Sehnenscheidenentzündung oder was auch immer. Die prinzipielle Ausführung ist aber gleich: Das Opfer wird zu Hause überfallen, es wird über eine gewisse Zeit mit Schnitten gequält und am Ende getötet. Es ist alles so ähnlich, dass ich sagen würde, es ist derselbe Täter, wenn ich nicht wüsste, dass der im Gefängnis sitzt. Da das aber der Fall ist, würde ich auf einen Nachahmer oder Partner tippen.«

»Sander behauptet, er hätte außer seinem Anwalt niemandem erzählt, was er über die Morde weiß.«

»Ich bin froh, dass ich das nicht aufdröseln muss. Wir werden die Leiche noch länger hier aufbewahren, falls wir sie für weitere Untersuchungen oder Vergleiche brauchen. Wenn ihr noch Fragen habt, meldet euch.«

»Machen wir, danke.« Nachdenklich steckte Falk sein Handy weg. Mit jeder Information wurde der Fall noch verwirrender. Aber eine Sache war ganz klar: Es lief ein Mörder herum, der unbedingt gestoppt werden musste. Zwar wussten sie noch nicht, ob es sich um einen Serienkiller handelte, doch Falk war sich ziemlich sicher, dass er es nicht bei einem Opfer belassen würde. Dafür hatte er sich zu viel Mühe gegeben. Hoffentlich konnten sie ihn vorher ausfindig machen, bevor es dazu kam.

Gerade als er sich überlegte, doch schon nach oben zu gehen, fuhr Vanessa in die Tiefgarage. Mit einem Seufzer folgte er ihr zu Fuß. Am Fahrstuhl trafen sie sich. »Bist du noch einen Umweg gefahren?«

»Witzig. Zu der Uhrzeit ist auf der Autobahn die Hölle los, und mit dem Auto konnte ich schlecht jede Lücke nutzen.«

Falk grinste. »Vielleicht solltest du auf Motorrad umsteigen.«

»Nur über meine Leiche.«

»Nein danke, wir haben schon genug Leichen hier.«

Während sie in die erste Etage fuhren, erzählte Falk Vanessa schnell von dem Gespräch mit der Rechtsmedizinerin. Er konnte deutlich sehen, wie Vanessa blasser wurde.

»Was für ein kranker Mensch tut so etwas?« Es war eindeutig eine rhetorische Frage.

»Auf jeden Fall können wir jetzt ziemlich sicher sein, dass es sich um einen Mann handelt. Ich kann mir schlecht vorstellen, dass eine Frau so etwas tun würde.«

»Warum nicht?«

»Fehlendes Equipment? Sie hätte extra etwas dafür mitbringen müssen. Und ich sehe nicht, was sie davon hätte.«

Er räusperte sich. »Nicht, dass ich verstehen kann, was ein Mann daran befriedigend findet.«

Ein Schauder lief durch Vanessas Körper. »Ich mag es mir gar nicht vorstellen. Meinst du, es war eine Gelegenheitstat? Lena lag dort, und er dachte, es wäre eine tolle Idee?«

Falk hob die Schultern. »Möglich. Andererseits hat er das Gleiche ja eventuell schon bei der Attrappe getan. Ich gehe also davon aus, dass er davon fantasiert hat. Vielleicht hat er sich nur nicht getraut, als Lena noch lebte.«

Vanessa sah ihn an. »Er wird es wieder tun, oder?«

»Das Morden ja. Der Rest hängt vielleicht davon ab, wer sein nächstes Opfer ist. Zwar haben wir bisher noch keinen Hinweis, aber es würde mich wirklich sehr wundern, wenn der Täter einfach aufhören würde. Jetzt weiß er, dass er es kann und was für einen Kick es ihm gibt. Und er weiß, dass die Polizei ihm noch nicht auf der Spur ist.«

Vanessa hob das Kinn. »Noch nicht, aber wir werden ihn fassen. Und wenn wir alles nach ihm umgraben müssen.«

Falk trat aus dem Fahrstuhl. »Da bin ich ganz deiner Meinung.«

Er war nur nicht sicher, ob sie es rechtzeitig schaffen würden. Wenn man danach ging, wie schnell nacheinander die beiden Attrappen und dann die Leiche aufgefunden wurden, wirkte es, als hätte es der Täter sehr eilig gehabt. Da es sicher einige Zeit dauerte, bis solche naturgetreuen Attrappen fertig waren, hatte der Täter vielleicht schon einige Zeit darauf gewartet, dass er Lena endlich töten konnte. Wahrscheinlich hatte er sie beobachtet und alles über sie in Erfahrung gebracht, was er für die Ausführung seiner Tat benötigte. Die Frage war, ob er jetzt erst wieder ganz von vorne beginnen musste, es also noch längere Zeit bis zum nächsten Opfer dauern würde – sofern es auf eine Serie hinauslief –, oder ob er die zwei Jahre als Vorbereitung genutzt hatte und jetzt endlich die Gelegenheit hatte, genau das auszuführen, wovon er so lange fantasiert hatte.

»Worüber grübelst du nach?«

Beinahe hätte er vergessen, dass Vanessa noch neben ihm her zum Büro ging. »Darüber, wie lange es bis zum nächsten Opfer dauern wird. Ich denke, es kommt darauf an, ob er weiterhin die Attrappen anfertigt.«

»Ich hoffe, er lässt uns genug Zeit, zu ermitteln. Wenn wir alles noch mal aufrollen müssen, wird das länger dauern.«

Sein Gefühl sagte Falk, dass sie diese Zeit nicht haben würden. Das hier war sein erster Mordfall, in dem ein Serienmuster zu erkennen war, aber alles, was er bisher zu dem Thema gelesen und gesehen hatte, deutete darauf hin, dass der Täter gerade eskalierte. Bisher hatten sie nur »Glück« gehabt, dass zwei der drei Funde Attrappen gewesen waren.

Mit der Hand auf der Türklinke drehte er sich zu Vanessa um. »Dirk könnte uns dabei helfen, Licht in den alten Fall zu bringen.«

»Du hast Kordel gehört, wir sollen ihn uns mit frischem Blick ansehen, Dirks Sicht ist durch seine Voreingenommenheit eingeschränkt. Glaub mir, ich fände es auch besser, wenn wir auf sämtliche Ressourcen zurückgreifen könnten.«

»Was ist mit den Unterlagen deines Vaters? Helfen die uns weiter?«

Vanessa presste die Lippen zusammen. »Leider nicht, sie wurden mir gestohlen.«

Überraschung durchzuckte ihn. »Wann ist das denn passiert?«

»Vor ein paar Tagen.«

Falk blickte auf ihre Schläfe, an der die Prellung immer noch leicht zu sehen war. »Wurdest du etwa überfallen?« Stumm nickte sie. »Und du hast das nicht gemeldet? Warum nicht?«

Genervt sah sie ihn an. »Weil mein Vater keine Kopien der Akten zu Hause hätte haben dürfen! Ich wollte nicht, dass das herauskommt. Und da nichts anderes gestohlen wurde, habe ich keine Anzeige erstattet. Dafür habe ich meine Schlösser verstärken lassen. So schnell kommt niemand mehr in meine Wohnung.«

Falk runzelte die Stirn. »Hast du dir mal überlegt, was passieren könnte, wenn der Mörder die Unterlagen geklaut hat? Jetzt hat er sämtliche Informationen zu dem Fall von damals.«

Vanessa wurde deutlich blasser. »Nein, ehrlich gesagt noch nicht. Aber ich glaube, er hat sowieso schon alle Informationen zu den Taten, sonst hätte er die Attrappen nicht so exakt gestalten können.«

»Trotzdem ist das doch ein sehr komischer Zufall.«

»Das weiß ich!« Vanessa senkte die Stimme. »Wirst du es melden?«

Nachdenklich sah er sie an. »Ich weiß es noch nicht.«

Vanessa legte ihre Hand auf seinen Arm. »Hör zu, ich kann mir nicht vorstellen, wie der Mörder hätte wissen sollen, dass ich diese Unterlagen überhaupt habe. Ich habe das nicht gerade im Internet verkündet.«

»Wer wusste davon?«

»Meine Mutter, sie hat mir die Unterlagen mitgegeben.«

»Könnte sie jemandem davon erzählt haben?«

»Nein, das glaube ich nicht. Sie hätte nie erlaubt, dass der Ruf meines Vaters Schaden nimmt.«

»Sonst niemand? Es ist doch sehr merkwürdig, dass jemand in deine Wohnung einbricht und ganz gezielt diese Unterlagen mitnimmt.«

Vanessa rieb über ihre Schläfe. »Ich habe nur Dirk davon erzählt, er sagte, ich soll die Unterlagen vernichten.«

Das war interessant. »Und du hast ihm nicht erzählt, dass jemand sie geklaut hat?«

Röte stieg in ihre Wangen. »Nein, ich sagte, ich hätte sie vernichtet.«

Also hatte sie ihren Kollegen bewusst angelogen. Die Frage war, warum. Damit niemand erfuhr, dass sie gestohlen wurden, oder damit Dirk Ruhe gab? Und warum hatte Hanke gewollt, dass die Unterlagen vernichtet wurden? Ein anderer Gedanke kam ihm. »Glaubst du etwa, Dirk hat etwas mit dem Diebstahl zu tun?«

Sofort schüttelte Vanessa den Kopf. »Nein, auf keinen Fall. Was hätte er davon?«

Das war die große Frage. Falk konnte sich auch nicht vorstellen, weshalb Dirk bei Vanessa einbrechen sollte. Trotzdem wäre es besser, Vanessa hätte die Unterlagen noch. Vielleicht hätte ja etwas dringestanden, das ihnen bei dem Fall weiterhalf.

»Hatte dein Vater irgendwelche Notizen gemacht?«

»Sehr wenige und nichts wirklich Aussagekräftiges. Wenn er noch mehr Notizen hatte, sind sie nicht erhalten geblieben. Ich habe jedes einzelne Blatt gelesen.«

»Okay.«

Ängstlich sah sie ihn an. »Wirst du es melden?«

»Nein. Aber wenn herauskommen sollte, dass der Täter doch sein Wissen aus diesen Unterlagen hat, solltest du dich besser warm anziehen. Das wird mit Sicherheit ein Ermittlungsverfahren nach sich ziehen und, wenn du Pech hast, eine Suspendierung.«

»Das ist mir bewusst. Danke.«

Anstelle einer Antwort drückte Falk die Klinke herunter und öffnete die Tür.

25

»Da seid ihr ja, ich wollte schon fast eine Suchmeldung für euch losschicken.« Dirks Begrüßung war gewohnt unwirsch.

Vanessa legte ihre Tasche auf den Schreibtisch. »Celle ist nicht gerade um die Ecke, besonders mit Stau.« Es ärgerte sie, dass sie sich schon wieder rechtfertigte, anstatt ihrem Kollegen zu sagen, dass ihn das nichts anging.

Zu ihrer Überraschung lenkte Dirk sofort ein. »Jetzt seid ihr ja da. Konnte Sander etwas zur Aufklärung beitragen?«

»Nein, er sagt nach wie vor, dass er das Opfer nicht kennt.«

Dirk verzog verächtlich den Mund. »Wie zu erwarten. War sonst noch etwas Auffälliges?«

Falk antwortete, bevor sie es konnte. »Nein, nichts, das uns weiterhilft.«

Vanessa bemühte sich, ihn nicht fragend anzusehen. Stattdessen wandte sie sich an Dirk. »Wie war es hier? Gibt es neue Erkenntnisse?«

»Dr. Cleve hat den endgültigen Bericht geschickt. Es gibt ein paar neue Informationen. Außerdem sind die Befragungen der Nachbarn und Kollegen jetzt abgeschlossen. Niemand hat etwas gehört oder gesehen. Die Kollegen sagen, Lena Rudnick hat nichts davon gesagt, dass sie sich verfolgt oder bedroht fühlte. Sie benahm sich wie immer. Offenbar war sie wohl ziemlich von Männern umschwärmt und wechselte ihre Liebhaber recht häufig.«

Vanessa reagierte sofort. »Was noch lange niemandem das Recht gibt, sie zu töten!«

Verwundert sah Dirk sie an. »Das habe ich auch nicht gesagt. Es ging lediglich um ein Charakterbild und warum niemand genau sagen konnte, ob sie sich öfter mit einem bestimmten Mann getroffen hat oder einer in ihrer Nähe beobachtet wurde.«

Verlegen zuckte Vanessa mit den Schultern. »Entschuldige, ich reagiere etwas empfindlich, wenn bei Frauen darauf hingewiesen wird, dass sie sexuell aktiv waren. Besonders, wenn es um Opfer sexueller Gewalt geht. Wie oft wird gesagt: Kein Wunder, dass sie vergewaltigt wurde, schließlich hat sie sich so angezogen oder hat sich öfter mit Männern getroffen. So als hätte die Frau es darauf angelegt, vergewaltigt oder ermordet zu werden.« Sie blickte extra nicht zu Falk, sie wollte nicht seinen genervten Gesichtsausdruck sehen.

»Alles klar. Um zum Thema zurückzukommen: Wir sind noch nicht weitergekommen, einen Verdächtigen auszumachen. Es gibt keinerlei fremde DNA-Spuren am Opfer. Fingerabdrücke werden gerade überprüft, es gab einige in der Wohnung der Toten. Die alle nachzuverfolgen und auszuschließen wird einige Zeit in Anspruch nehmen.«

Vanessa hätte wetten können, dass die Abdrücke von Lena selbst und ihren Freunden, vielleicht ihrer Familie stammten. »Hat sie Familie?«

»Ihre Eltern leben in Köln, sie hatten kaum Kontakt zu ihrer Tochter und können deshalb auch nichts dazu sagen, was in letzter Zeit in deren Leben vor sich ging. Eine weitere

Sackgasse. Wir sind noch dabei, ihre Mails, Telefonate und Kontakte in den sozialen Medien nachzuverfolgen.«

»Man könnte sich glatt fragen, ob das ein Muster ist, wie der Täter seine Opfer aussucht. Stefan Krampnagel war ein Einzelgänger und hatte außerhalb der Arbeit kaum Kontakte. Und auch das erste Opfer, Henning Peters, war nicht sonderlich beliebt bei anderen. ›Ein arrogantes Arschloch‹ war noch die freundlichste Bezeichnung.«

Dirk runzelte die Stirn. »Dieser Täter hat bisher nur ein einziges Opfer: Lena Rudnick. Deshalb können wir zurzeit auf gar nichts schließen.«

Vanessa seufzte innerlich. »Ich denke, wir können davon ausgehen, dass die Fälle zusammenhängen. Ob es nun die ganze Zeit derselbe Täter war oder nicht, der Mord an Lena Rudnick wurde – mit ein paar Abweichungen – genau so durchgeführt wie die Morde zuvor. Also würde ich davon ausgehen, dass auch das Motiv dasselbe geblieben ist oder übernommen wurde.«

»Das zweite Opfer, Maria Keller, passt aber nicht in das Muster: eine Frau Mitte fünfzig, und verheiratet.«

Vanessa blätterte in ihren Notizen. »Stimmt, aber anscheinend lebten die Kellers relativ zurückgezogen, besonders das Opfer. Außerhalb ihres Jobs hatte sie nur wenige Kontakte.«

Dirk nickte. »Ich erinnere mich daran. Trotzdem hat das eine nichts mit dem anderen zu tun.«

»Nicht? Wir versuchen hier, ein Muster zu finden, nach dem der Täter vorgeht. Oder willst du nicht mögliche weitere Morde verhindern?«

»Natürlich! Ich sage nur, dass es schwierig ist, beim ersten Opfer schon auf irgendwas zu schließen. Aber davon ganz abgesehen hatte Lena Rudnick viele Kontakte, sie ging auf

Partys und so weiter. Sie war also eher nicht der einzelgängerische Typ, der seinen Feierabend allein zu Hause verbrachte.«

Wenn Dirk vorhatte, jeden Punkt, bei dem es darum ging, dass die beiden Fälle zusammenhingen, zu widerlegen, dann würde die Ermittlung ziemlich mühsam werden. »Wir müssen versuchen, herauszufinden, ob sie ihren Mörder kannte. Hat sie ihn irgendwo getroffen und in ihre Wohnung eingeladen? Hatten sie vielleicht sogar eine sexuelle Beziehung, bevor er sie tötete? Das könnte auch erklären, warum es keine Einbruchsspuren oder Abwehrverletzungen bei Lena gibt. Entweder hat er sie im Schlaf überrascht, oder sie fühlte sich bei ihm sicher und konnte nicht mehr reagieren, als er sie angriff. Alle anderen Verletzungen stammen von den Fesseln.«

Falk nickte. »Beides ist möglich. Oder er hat schon in der Wohnung auf sie gewartet und sie überfallen, als sie nach Hause kam. Haben wir Informationen darüber, wo sie sich vor ihrem Tod aufgehalten hat? Kam sie von der Arbeit nach Hause, oder war sie abends noch unterwegs?«

»Eine Kollegin sagte, dass Lena noch essen gehen wollte. Das deckt sich auch mit dem Mageninhalt von der Obduktion.«

»Wusste die Kollegin, ob sie alleine ging oder in Begleitung?«

Dirk schüttelte den Kopf. »Nein. Mehr ist uns darüber nicht bekannt. Ich kann jemanden in das von der Kollegin genannte Restaurant schicken, der nachfragt, ob sie allein gegessen hat.«

»Ja, das wäre nicht schlecht. Vielleicht hat derjenige bezahlt, und wir kriegen so raus, wen sie getroffen hat.«

»Das war mein Gedanke. Ansonsten können wir nur die Auswertung der Spuren abwarten und hoffen, dass was dabei ist.«

Dirk hatte recht, aber es frustrierte sie ohne Ende. Es musste doch irgendetwas geben, das sie aktiv tun konnten, um den Mörder zu finden! »Hat sich noch was beim Lagerhaus ergeben? Gibt es irgendwelche Hinweise, wer die Attrappe von Lena dort hinterlassen hat?«

»Fehlanzeige. Wie schon bei der ersten Attrappe gibt es keine Zeugen und keine direkten Kamerabilder. Ich lasse von den Kollegen schon die Videoaufnahmen der beiden Lagerhäuser vergleichen, um zu sehen, ob es Übereinstimmungen gibt.«

Also wieder warten. Damit hatte Vanessa wirklich ein Problem. Aber es wäre vielleicht ratsam, sich noch einmal die alten Unterlagen zu besorgen und alles Punkt für Punkt durchzugehen. Möglicherweise fiel ihr irgendetwas auf, das ihnen helfen würde.

Vanessa angelte ihr Handy aus der Tasche und erhob sich. »Ich bin kurz unten. Oder müssen wir noch was besprechen?«

»Nein, das war erst mal alles. Ich leite den Bericht von Dr. Cleve an euch beide weiter, damit ihr auf dem neuesten Stand seid.«

»Danke.«

»Um fünfzehn Uhr findet eine große Besprechung mit Kordel, dem Staatsanwalt und den Kollegen statt. Vielleicht fasst ihr bis dahin noch kurz schriftlich zusammen, was der Besuch im Gefängnis ergeben hat.«

Wie sie Berichte liebte …

Zu ihrer Überraschung nickte Falk ihr zu. »Geh, ich

kümmere mich um den Bericht und schicke ihn dir, falls du noch was hinzufügen willst.«

Sie lächelte ihn an. »Danke. Ich bin so schnell wie möglich wieder da.« Ein Blick auf die Uhr zeigte, dass sie sich beeilen sollte.

Im Kellergeschoss suchte sie das Archiv auf. In einem großen Raum standen unzählige Stahlschränke und Regale mit Tausenden von Ordnern und Hängeregistern. Zugang erhielt nur, wer sich vorher bei dem Zuständigen anmeldete. Da sie sich noch nicht so gut auskannte, wandte sie sich gleich an die diensthabende Beamtin.

»Hallo, ich arbeite bei KFI 1 und bräuchte Akten zu einem alten Fall.«

Die Frau lächelte sie an. »Hallo, Sie müssen die Neue sein. Ich bin Jeanine Jansen und für die Akten zuständig. Wenn Sie Fragen haben, können Sie sich jederzeit an mich wenden.«

»Das ist nett.« Vanessa gab ihr die Hand. »Vanessa Lux. Ich kenne mich hier noch nicht aus, wie komme ich an bestimmte Akten?«

Jansen schob ihr einen Ordner zu. »Erst mal tragen Sie sich hier ein, und wenn Sie wollen, kann ich Sie dann ein wenig herumführen.«

Vanessa nahm den Stift in die Hand und begann zu schreiben. »Das wäre super. Ich werde bestimmt noch öfter hier etwas suchen, ich finde alte Fälle unheimlich interessant.«

»Ich lese tatsächlich auch öfter mal in den Akten, und wenn ich ehrlich bin, mag ich meine Tätigkeit im Archiv lieber, als die Fälle direkt zu bearbeiten. Da bin ich zu nah dran, das macht mich fertig.«

Nicht nur sie. Andererseits war Vanessa eine Tätigkeit in der Verwaltung oder im Archiv dann auch wieder zu ruhig.

Sie brauchte das Gefühl, etwas zu bewirken, einen Unterschied zu machen. Es war ein ständiger Balanceakt zwischen einer interessanten Arbeit und einer psychisch belastenden. Vor dem Tod ihres Vaters hatte sie diesen Spagat gut beherrscht, doch momentan musste sie sehr aufpassen, nicht zu tief hineinzusinken. Besonders weil gerade dieser Fall sie ständig an ihren Vater erinnerte. Das machte alles noch viel schwerer.

Einen Moment lang starrte Vanessa auf die Liste, dann kam ihr eine Idee. »Kann man eigentlich nachvollziehen, wer alles eine bestimmte Akte angefordert hat und wann das war?«

»Ja, man kann entweder sämtliche Einträge durchgehen …«, sie lachte, als sie Vanessas Grimasse sah, »… oder man durchsucht die Datei, die ich von den Listen erstellt habe. Das ist manchmal ganz praktisch.«

»Echt, so was gibt es?«

»Wenn man ein paar Mal alles durchsuchen musste, lernt man, gleich eine Datei zu führen, ist viel weniger Arbeit. Vor allem hat man dann nicht das Problem, dass man manchmal den Namen nicht mehr lesen kann.« Mit der flachen Hand klopfte sie auf die Liste. »Diese hier werden natürlich auch archiviert, falls man mal ein Beweisstück braucht.« Sie blickte Vanessa neugierig an. »Aber ich nehme an, Sie sind nicht zum Plaudern hier.«

Vanessa blickte auf die Uhr. »Leider nicht. Vielleicht können wir das wann anders nachholen.«

»Gern. Für welche Akte interessieren Sie sich?«

Vanessa blickte auf ihr Handy, wo sie sich die Fallnummer notiert hatte. »19-435/Z1.«

»In Ordnung, schauen wir mal, was wir finden.« Jansen

öffnete die Klappe in der Theke und ließ Vanessa hindurchtreten. »Wenn ich mal nicht da sein sollte, gehen Sie einfach durch. Aber tragen Sie sich bitte ein, damit nachvollziehbar bleibt, wer die Akten eingesehen hat.«

»Natürlich.« Vanessa folgte der Archivarin in den großen Raum. Zwar gab es überall Beschilderungen, aber sie fragte sich, wie man sich in diesem Wirrwarr jemals zurechtfinden sollte.

Das Problem schien Jansen nicht zu haben, zielsicher ging sie auf den hinteren Bereich zu und öffnete eine Schranktür. »Hier sind die Fälle von 2019, alle laufend nummeriert und nach Aktenzeichen abgelegt.« Mit dem Zeigefinger fuhr sie über die Rücken der Ordner. »Ah, hier ist es. Das sind einige Brocken. Am besten holen Sie sich einen der Bücherwagen.« Sie deutete nach links.

Mit dem Wagen kam Vanessa kurz darauf zurück, und sie hievten sieben dicke Ordner darauf. Zwar hatte ihr Vater auch viele Unterlagen gehabt, aber so viele waren es ganz sicher nicht gewesen. Vermutlich musste sie alle noch einmal durchgehen, um herauszufinden, ob etwas Wichtiges gefehlt hatte. Das konnte sie auf gar keinen Fall mal eben auf die Schnelle erledigen. Und auch alles zu kopieren würde zu lange dauern.

Jansen öffnete einen der Ordner und schnitt eine Grimasse. »Ach, der Klingen-Killer-Fall, ich erinnere mich. Ganz furchtbar. Es war wirklich eine Erleichterung, als der Täter endlich gefasst war.« Sie runzelte die Stirn. »Wozu werden die Akten jetzt wieder gebraucht?«

»Wir haben einen Fall, der ähnlich gelagert ist, und müssen überprüfen, ob es Zusammenhänge gibt.«

»Hoffentlich nicht!« Jansen schüttelte den Kopf. »Tut mir

leid, es gibt Fälle, die gehen einem total an die Nieren. Dieser hier war so einer. Ich beneide Sie nicht.«

Zweifelnd blickte Vanessa auf die Stapel. »Ich mich auch nicht. Ich kann mir die Akten unmöglich alle hier ansehen, so viel Zeit habe ich nicht. Kann ich sie kopieren?«

»Sie wollen das alles kopieren? Da sitzen Sie ja Stunden dran!«

»Gibt es vielleicht ein Inhaltsverzeichnis, dann könnte ich nachschauen, was ich unbedingt brauche und was vielleicht nicht so wichtig ist.«

Jansen schlug einen Ordner auf und blickte auf das Deckblatt. »So etwas Ähnliches. Es ist zumindest aufgeführt, was sich in welchem Ordner befindet.«

»Dann würde ich erst mal das Verzeichnis kopieren und mir dann überlegen, was ich mir zuerst anschauen möchte.«

Die Polizistin nahm die Blätter heraus und reichte sie Vanessa. »Hier. Der Kopierer steht dort hinten.«

»Danke. Ich komme dann morgen zurück, wenn ich weiß, was ich brauche.«

»Tun Sie das. Wenn alles ruhig ist, können Sie mir auch vorher melden, was Sie kopiert haben möchten, und ich fange schon mal an.«

Vanessa lächelte sie dankbar an. »Das wäre ja super, vielen Dank.« Rasch kopierte sie die Seiten des Inhaltsverzeichnisses und kehrte dann zu Jansen zurück. »Könnten wir noch kurz nachschauen, wer die Akten bisher eingesehen hat?«

»Klar, das ist nur ein Klick. Kommen Sie mit.« Sie führte Vanessa hinter den Tresen und setzte sich an den PC, der dort stand. »So, dann wollen wir mal sehen …« Ihre Finger flogen über die Tastatur, während sie auf die Blätter sah, die Vanessa ihr hinhielt. »Man kann nach dem Namen suchen, nach der Fallnummer und alles nach dem Datum sortieren. Ist auch sehr praktisch für die Statistik.« Eine Liste tauchte auf dem Bildschirm auf. »Was wollen Sie wissen?«

»Ich wüsste gern, wer alles die Fallakten eingesehen hat.«

Jansen startete die Abfrage. Namen und Daten wurden aufgelistet, weit mehr, als sie erwartet hatte. Ihre Brust zog sich zusammen, als sie den Namen ihres Vaters entdeckte, der sich die Akten ein paar Wochen nach dem Abschluss des Falls angesehen hatte.

Die Polizistin wandte sich zu ihr um. »Andreas war Ihr Vater, oder?« Vanessa nickte stumm. »Es tut mir sehr leid, er war ein sehr angenehmer Kollege.«

»Danke, es ist nun schon einige Zeit her.« Genau genommen nur etwa eine Woche, nachdem er sich die Akten angesehen hatte, wie ihr gerade klar wurde.

»Können Sie mir die Liste vielleicht ausdrucken? Ich nehme an, es waren alles Kollegen, die mit dem Fall befasst waren, aber ich bin hier erst seit wenigen Tagen und kenne deshalb die meisten von ihnen nicht.«

Jansen zögerte. »Wofür brauchen Sie die Liste?«

»Unser neuer Fall hängt scheinbar mit diesem zusammen, und ich versuche, herauszufinden, woher der jetzige Täter so viel darüber wissen kann.«

Jansens Augenbrauen schoben sich zusammen. »Sie denken, es hätte einer von den Kollegen Informationen weitergegeben?«

»Nein, absolut nicht. Aber es ist gut, das ausschließen zu können.« Sie deutete auf den Bildschirm. »Zum Beispiel sieht man hier, dass seit über einem Jahr niemand mehr die Akten angesehen hat. Das ist eine wichtige Information.«

»Na gut, ich hoffe nur, ich bereue das nicht irgendwann.

Auf keinen Fall möchte ich, dass deswegen die Kollegen in Verdacht geraten.«

»Aus naheliegenden Gründen möchte ich das ganz sicher auch nicht. Doch wir müssen alles versuchen, um den Mörder so schnell wie möglich zu stoppen, bevor er sich ein neues Opfer sucht.«

Der Drucker begann, laut röhrend Papier auszuspucken.

»Es ist wieder ein Serientäter?«

»Das wissen wir noch nicht, bisher haben wir nur ein Opfer gefunden, aber es deutet viel darauf hin, dass er jetzt nicht wieder aufhören wird.«

»Gott, ich hasse diese Kerle. Irgendwas muss bei denen im Kopf nicht ganz richtig sein.«

Damit konnte sie recht haben. Die Alternative wäre allerdings noch schlimmer: dass ein Täter mit völlig klarem Verstand und einfach aus Spaß tötete. Wobei das durchaus auch unter das Label »im Kopf nicht ganz richtig« fallen könnte.

Jansen nahm die Blätter aus dem Drucker und reichte sie Vanessa. »Ich hoffe, es hilft. Versuchen Sie, die neue Akte nicht ganz so dick werden zu lassen. Und das sage ich nicht nur, weil uns hier langsam der Platz ausgeht.«

Vanessa musste lachen. »Wir arbeiten daran.«

Die Besprechung dauerte so lange, dass Vanessa erst zu Hause dazu kam, sich die Kopien aus dem Archiv anzusehen. Sie strich die Punkte an, die ihr relevant erschienen, unter anderem alles rund um die in der Mülltonne gefundenen Beweise, die zu Sanders Verhaftung geführt hatten, aber auch die kompletten rechtsmedizinischen Akten interessierten sie. Danach nahm sie sich die Liste der Personen vor, die die Akten angefordert hatten. Auf einem Zettel notierte sie die Namen, die sie nicht kannte. Es war eine überschaubare Anzahl. Interessanterweise hatte sich Dirk die Akte nie angesehen, nachdem der Fall abgeschlossen war.

Der Eintrag ihres Vaters versetzte ihr wieder einen Stich. Mit dem Finger fuhr sie über seinen Namen, obwohl es sich nur um einen Ausdruck handelte. Warum hatte er sich die Akten noch einmal angesehen? Hatte er so wie sie überprüft, ob auch wirklich richtig ermittelt worden war? Seine Notizen schienen das anzudeuten. Warum sonst sollte er sich zu Hause in seiner Freizeit mit einem abgeschlossenen Fall befassen? Sie wünschte nur, er hätte irgendwo aufgeschrieben, zu welcher Erkenntnis er gekommen war. Hatte für ihn alles seine Richtigkeit gehabt? Vielleicht hätte er sie eingeweiht, wenn sie nicht zu der Zeit mit anderen Dingen beschäftigt gewesen wäre und ihn kaum gesehen hätte.

Am Tag seines Todes hatte er versucht, bei ihr anzurufen. Wollte er mit ihr darüber sprechen? Doch sie hatte ihn nur abgewimmelt, weil sie einen wichtigen Termin gehabt hatte. Wie oft hatte sie sich Vorwürfe gemacht, dass sie sich nicht die Zeit für ihn genommen hatte. Wäre vielleicht alles anders gekommen, wenn sie mit ihm gesprochen hätte? Eventuell wäre er dann nicht in das alte Fabrikgebäude gefahren, in dem er gestorben war. Aber das war reine Spekulation, die ihr nur schadete. Sehr wahrscheinlich hätte es überhaupt nichts geändert, wenn sie mit ihrem Vater gesprochen hätte – außer dass sie sich hinterher vielleicht nicht ganz so schlecht gefühlt hätte.

Vanessa ging die Liste weiter durch. Wie sie vorhin schon festgestellt hatte, endeten die Einträge etwa ein Jahr nach Sanders Verurteilung. Seitdem hatte sich niemand mehr für die Akten interessiert. Das hieß, dass der jetzige Täter die

Informationen entweder schon sehr lange besaß oder er eine andere Quelle hatte. Es war sowieso ein Schuss ins Blaue gewesen, sie konnte sich nicht vorstellen, warum einer der beteiligten Kommissare Täterwissen hätte weitergeben sollen. Aber zumindest konnte sie so feststellen, ob sich jemand Zugriff verschafft hatte, der nichts mit dem Fall zu tun gehabt hatte.

Um vorbereitet zu sein, machte sie sich eine Liste, welche Punkte sie in den Unterlagen noch überprüfen wollte. Außerdem startete sie eine Auflistung, welche Gemeinsamkeiten und Unterschiede es in den beiden Fällen gab. Ja, sie war eindeutig ein Listenfreak, wie ihr Vater sie gern bezeichnet hatte. Es half ihr, alles ordentlich aufzuschreiben und sich nicht ständig durch Berge von Berichten und Protokollen wühlen zu müssen. So hatte sie alles stets auf einen Blick verfügbar. Nachdem sie die Notizen noch einmal überprüft hatte, klappte sie ihre Mappe zu und schob sie wieder in ihre Arbeitstasche. Das würde morgen eine wahre Kopierorgie geben. Aber besser das, als wenn sie irgendetwas übersah, das den Fall entscheidend voranbringen konnte.

Müde schleppte sie sich ins Bett und schlief sofort ein.

26

Falk grub sich durch seitenlange Protokolle der Befragungen von Nachbarn, Freunden und Kollegen Lena Rudnicks. Offenbar hatte niemand von ihnen irgendetwas Seltsames bemerkt, und Lena hatte auch keinem von irgendwelchen Problemen erzählt. Als wäre der Mord aus heiterem Himmel gekommen. Dabei musste der Täter Lena längere Zeit beobachtet haben, zum einen, um die Attrappe naturgetreu anfertigen zu können, zum anderen, um ihren Tagesablauf herauszufinden. Auf keinen Fall hatte der Mörder auf gut Glück zugeschlagen. Alles sprach für eine genaue Planung und mit dem Bauen der Attrappe auch für ein Hinfiebern auf die eigentliche Tat.

Leider schien er dabei so unauffällig gewesen zu sein, dass niemand auf ihn aufmerksam geworden war. Zu schade, schon oft hatten zufällige Beobachtungen Fällen zum Durchbruch verholfen. Aber es wäre ja auch zu viel verlangt gewesen, dass es so einfach war. Frustriert fuhr er mit der Hand durch seine ohnehin schon zerzausten Haare. Es nervte ihn, wenn Täter so vorsichtig waren und ihnen keine Chance gaben, sie zu fassen.

Falk blätterte weiter und las die nächste Aussage. Diesmal war sie von einer Kollegin von Lena. Im Grunde sagte sie genau das Gleiche wie alle anderen, doch an einer Stelle stutzte er. Als sie gefragt wurde, ob sie von jemandem wusste, der sich Lena genähert oder ihr nachgestellt hatte, lautete ihre Antwort: *Dieser seltsame Typ aus dem Controlling. Der war irgendwie ein wenig gruselig, so wie er sie immer beobachtet hat. Lena hat sich über ihn lustig gemacht und ihn abblitzen lassen. Aber das kann damit ja nichts zu tun haben, Krampnagel ist seit über zwei Jahren tot.*

Überrascht lehnte Falk sich in seinem Stuhl zurück, der protestierend quietschte. Das dritte Opfer aus der ersten Mordserie hatte sich kurz vor seinem Tod an das Opfer aus dem neuen Fall herangemacht? Konnte das wirklich Zufall sein? Natürlich konnte Krampnagel nicht der Täter sein, schließlich war er nicht mehr am Leben, aber vielleicht hatte es dem Mörder nicht gefallen, dass er eine Frau, an der er selbst Interesse hatte, angemacht hatte. Doch wie sollte der Täter davon erfahren haben? Dazu hätte er ebenfalls in der Firma arbeiten müssen – und das hatte Sander nicht –, oder er hätte ein Verhältnis mit Lena haben müssen.

Falk machte sich eine Notiz, mit der Zeugin zu sprechen. Vielleicht konnte sie ihm sagen, wer in der Firma noch von Krampnagels Interesse gewusst hatte und ob Lena zu der Zeit mit einem anderen Mann zusammen gewesen war. Nur, wenn die beiden Morde zusammenhingen, warum hatte der Täter so lange gewartet, bevor er Lena getötet hatte? Immer vorausgesetzt, Sander wäre unschuldig. Davon war Falk noch lange nicht überzeugt, aber es bestand zumindest die Möglichkeit.

Als Vanessa ankam, war das Büro leer. Sie hatte Glück gehabt: Jeanine Jansen hatte entdeckt, dass viele der Berichte bereits auf einer CD-ROM gespeichert worden waren, und hatte ihr diese kopiert. So hatte sie nur ein paar wenige Notizen, die handschriftlich abgeheftet worden waren, kopieren müssen. Sie war auch froh, dass sie keine Papierstapel schleppen musste, die dann die Oberfläche ihres Schreibtischs verdeckten. Sie ließ sich auf ihren Stuhl fallen und schob die CD-ROM in den Schlitz ihres Computers. Falk hatte ihr eine Nachricht hinterlassen, dass er die Aussage einer Zeugin überprüfte, und Dirk war immer noch nicht aufgetaucht, so hatte sie das Büro mal ganz für sich allein.

Vanessa scrollte durch den Inhalt der CD-ROM und entschied sich dann, sich zuerst die Befragungsprotokolle von Stefan Krampnagels Kollegen anzusehen, damit sie Falk noch etwas mitgeben konnte, wenn sie weitere Informationen fand. Eine Weile vertiefte sie sich darin, konnte aber nichts entdecken, das ihnen weiterhalf. Dann setzte sie sich ruckartig auf, als sie den Namen Lena Rudnick entdeckte. Auch sie war nach Krampnagels Ermordung befragt worden.

Vanessa wünschte, sie hätte ein Video von der Befragung, aber der reine Wortlaut tat es auch. Lena Rudnick war gefragt worden, ob sie den Verstorbenen gekannt hatte. Ihre Antwort darauf lautete, dass sie ihn nicht persönlich kannte, er ihr aber bereits seit Monaten hinterherhechelte. Er hatte sie sogar gefragt, ob sie mit ihm ausgehen wolle, was geradezu lächerlich war. Natürlich hatte sie abgelehnt. Danach hatte er es nicht wieder versucht, sie jedoch weiterhin ständig beobachtet. Ihr war das unangenehm gewesen, weil sie nicht wollte, dass jemand sie mit so einem Loser in Verbindung brachte. Die Befragung war von einer Kommissarin namens Körner geführt worden, die am Ende noch einmal nachfragte, ob Lena jemals eine sexuelle Beziehung mit Krampnagel eingegangen war. Daraufhin hatte die Befragte offenbar nur gelacht.

Vanessa lehnte sich zurück und starrte auf den Monitor. Es war interessant, dass sich die beiden Opfer gekannt hatten und ein – zumindest einseitiges – Interesse vorhanden gewesen war. Wäre Krampnagel noch am Leben, würde sie jetzt ihn zum Mordfall Lena befragen, er wäre auf jeden Fall verdächtig. Stattdessen war er mehr als zwei Jahre vorher gestorben. Vielleicht hatte jemand anders ein Auge auf Lena geworfen und Krampnagel dafür bestraft, dass er versucht hatte, bei ihr zu landen. Allerdings ergab es dann keinen Sinn, dass Lena nun auf die gleiche Weise getötet worden war. Oder hatte sie noch einen Verehrer abgewiesen und musste deshalb sterben?

Möglich war es sicher, aber die lange Zeitspanne dazwischen passte nicht ganz dazu. Auf jeden Fall war das etwas, das Falk eventuell bei seinen Gesprächen ergründen konnte. Rasch wählte sie seine Nummer. Es klingelte einige Male, dann erklang die Mailbox. Vanessa sprach eine kurze Nachricht darauf und legte wieder auf. Wahrscheinlich war er gerade im Gespräch.

Genau so war es, kurze Zeit später rief er zurück, und sie erzählte ihm von ihrer Entdeckung.

»Interessant. Ich werde die direkten Kollegen danach fragen. Vielleicht hat einer von denen etwas mitbekommen oder weiß von einem eifersüchtigen Liebhaber.«

»Wenn ich noch etwas finde, sage ich Bescheid. Ach ja, wen befragst du eigentlich?«

»Eine Kollegin von Lena, die auch ausgesagt hat, dass Krampnagel damals an ihr Interesse hatte.«

»Dann muss wohl was dran sein. Ich bin gespannt, was sie dir berichtet.«

»Wir sehen uns nachher.« Falk legte auf.

Vanessa lächelte und legte das Telefon beiseite. Langsam gewöhnte sie sich an Falks kurz angebundene Art. Manchmal war es direkt erfrischend, wenn sich jemand nicht mit Nettigkeiten aufhielt. Zumindest wusste sie bei ihm, dass er ihr nie etwas erzählen würde, von dem er dachte, dass sie es hören wollte. Stattdessen würde er ihr die ungeschminkte Wahrheit sagen, selbst wenn es sie verletzte. Seit wann gefiel ihr so etwas?

Rasch wandte sie sich wieder den Berichten zu, fand aber nichts mehr, das zur Aufklärung des Falls beitragen würde. Deshalb studierte sie die Informationen zum Auffinden der Beweise in Sanders Mülltonne. Es fiel ihr schwer, zu glauben, dass er wirklich so dumm gewesen sein sollte, sie in seiner Mülltonne zu entsorgen, wenn er bereits von der Polizei befragt worden war. Er hätte sie doch zumindest ein paar Häuser weiter in die Tonne geworfen, oder? Natürlich könnte er in Panik geraten sein, aber das passte nicht zu der Art des Mordens. Das waren keine Gelegenheitsmorde gewesen, die aus der Situation heraus geschehen waren, sondern konkret durchgeplante und ausgeführte Taten. Solch ein Mörder geriet nicht so schnell in Panik.

Wieso lagen also die Beweise in seiner Mülltonne? Ein Versehen? Oder hatte sie jemand absichtlich dort hineingeworfen, um Sander zu belasten, wie er es behauptete? Es waren damals auch Nachbarn befragt worden, die allerdings nichts mitbekommen hatten. Vanessa sah sich den aufgelisteten Inhalt der Mülltonne an und hob die Augenbrauen. Die Tonne war offenbar so gut wie leer gewesen, als die Beweise gefunden wurden. Wer war so dumm und warf etwas, das er verstecken wollte, in eine leere Mülltonne? Es war nicht einmal versucht worden, die Gegenstände zu verbergen.

Warum hatten Dirk und ihr Vater das nicht zumindest seltsam gefunden? Oder vielleicht hatten sie es, waren dann aber zu der Ansicht gelangt, dass Sander einfach nicht nachgedacht hatte. Vanessa notierte sich die Uhrzeit, zu der die Gegenstände gefunden worden waren, und recherchierte dann, welches Unternehmen für die Müllabfuhr in der Straße zuständig war. Laut der Website wurden die Restmülltonnen turnusmäßig alle vierzehn Tage am Mittwoch geleert – genau der Tag, an dem die Beweise dort gefunden worden waren. Daher auch die leere Tonne. Allerdings hieß das nicht, dass es auch vor über zwei Jahren so gewesen war, deshalb rief sie bei dem Abfallunternehmen an. Zwei Minuten später hatte sie geklärt, an welchem Tag und zu welcher Uhrzeit die Tonnen geleert worden waren.

Hätte Sander die Beweise unauffällig loswerden wollen, hätte er sie am Vorabend in die Tonne geworfen, und sie wären wahrscheinlich nie wieder aufgetaucht, sondern auf einer Müllkippe gelandet. Stattdessen hatte er sie in seine Tonne, die erst in zwei Wochen wieder geleert wurde, gesteckt. Nein, das passte absolut nicht. War Sander zu dem Zeitpunkt überhaupt zu Hause gewesen oder bereits bei der Arbeit? Leider waren die Prozessakten nicht hier im Archiv, sie hätte zu gern gewusst, was dazu vor Gericht gesagt wurde. Sanders Anwalt musste die Frage aufgeworfen haben, sonst wäre er sein Geld nicht wert gewesen. Vermutlich hatte er nicht beweisen können, dass Sander die Gegenstände *nicht* in die Tonne geschmissen hatte. Sie machte sich eine weitere Notiz, Sanders Anwalt zu fragen.

Sie blickte auf, als die Tür geöffnet wurde. Dirk kam herein und sah sich im Raum um. Er wirkte abgehetzt und ein wenig durch den Wind. »Alles in Ordnung?«

Mit einer Hand versuchte er, seine zerzausten Resthaare zu glätten. »Natürlich. Wo ist Falk?«

»Er befragt noch einmal eine Kollegin von Lena Rudnick.«

Dirks Augenbrauen hoben sich. »Das haben die Kollegen doch schon getan. Ich denke nicht, dass wir die Zeit haben, alles doppelt zu machen.«

»Das hat er auch sicher nicht vor, er will nur etwas abklären.« Vanessa wechselte das Thema, um Dirk von Falk abzubringen. »Wo warst du heute Morgen? Hat sich noch etwas ergeben?«

Dirk stellte die Tasche auf seinen Schreibtisch und drehte sich dann wieder zu ihr um. »Ich war bei KFI 5, sie haben das ›Skelett‹ von der ersten Attrappe noch mal untersucht. Es wurde wie schon vermutet Stück für Stück mit einem 3-D-Drucker hergestellt. Das Material wurde analysiert, und ich hoffe, dass uns das zu dem Käufer führen wird. Er muss ja ziemliche Mengen davon geordert haben. Allerdings gibt es das Zeug meist nur im Internet zu kaufen, wir müssen also alle Shops kontaktieren und nachfragen. Außerdem können wir noch die Verkäufer der Drucker fragen. Es muss ein recht großes Gerät sein, wenn damit die Oberschenkelknochen in einem Stück gedruckt wurden.«

»Das ist eine gute Idee.« Gut, dass Dirk daran gedacht hatte, sie war bisher noch gar nicht darauf gekommen, weil sie sich mehr auf die Verbindung zwischen den Fällen konzentriert hatte. »Wusstest du eigentlich, dass sich Stefan Krampnagel und Lena Rudnick gekannt haben?«

Dirk starrte sie an. »Wie kommst du darauf?«

»Ich habe in die alten Akten geschaut, eine Kollegin der beiden hat damals ausgesagt, dass Krampnagel hinter Rudnick her war, sie ihn aber abgewiesen hat.«

»Und was tut das zur Sache? Glaubst du, Rudnick hat ihn umgebracht und sich dann über zwei Jahre später selbst auf die gleiche Weise getötet? Ziemlich schwierig, würde ich sagen.«

Es ärgerte sie, dass er sie nicht ernst nahm, doch sie blieb ruhig. »Nein, aber es könnte immerhin sein, dass das Motiv des Täters damit zusammenhängt. Vielleicht jemand, der auch an Lena interessiert war und Krampnagel aus dem Weg geräumt hat. Und dann hat Lena ihn auch abblitzen lassen, und er hat sich gerächt.«

Dirk lachte amüsiert. »Du hast offenbar eine ausgeprägte Fantasie. Von Andreas hast du die aber nicht, der hat sich immer nur an Fakten orientiert.«

Das schmerzte mehr, als sie wahrhaben wollte. »Wie sieht denn deine These aus? Ich habe bisher dazu noch nichts von dir gehört.«

»Weil ich nicht dazu neige, unausgegorenen Unsinn von mir zu geben.«

Ihre Wut verstärkte sich. »Okay, dann sag mir, was du für Indizien auf den Mörder von Lena Rudnick entdeckt hast.«

Dirks Gesicht färbte sich dunkler. »Keine. Er hat keine Spuren hinterlassen, wie du genau weißt.«

»Genau deshalb suche ich – wie auch Falk – nach anderen

Hinweisen, die uns vielleicht die richtige Richtung weisen können.« Vanessa machte eine kurze Pause. »Kam es dir eigentlich damals nicht komisch vor, dass Sander die Beweise in seine so gut wie leere Tonne geworfen hat?«

Die Frage schlug wie eine Bombe ein. Dirk starrte sie mit offenem Mund an. Deutlich war zu sehen, wie er mit sich kämpfte. Als er sprach, war seine Stimme überraschend leise. »Woher willst du das wissen?«

»Ich gehe die alten Akten durch, dabei ist mir das aufgefallen. Wer wäre so dumm, Beweise in eine leere Tonne zu werfen, die dort noch zwei Wochen stehen würde?«

»Sander offensichtlich, sonst wären sie dort nicht gefunden worden. Das alles wurde ausgiebig ermittelt und im Prozess geklärt.«

Ja, sie musste ganz eindeutig mit Sanders Anwalt sprechen. »Sander behauptet, jemand anders hat die Beweise dort deponiert.«

Dirk schnaubte. »Er sagt auch, dass er die Morde nicht begangen hat. Sag nicht, dass du diesem Lügner glaubst. Es ist schade, dass Andreas nicht mehr lebt, er würde dir auch bestätigen, dass wir den richtigen Mörder gefasst haben.«

Das war ein Tiefschlag, und Dirk wusste es genau. »Er ist aber nicht hier, oder? Und deshalb gehen wir alles noch einmal durch, um weitere Hinweise zu finden, die die beiden Verbrechen miteinander verbinden. So hat Kordel es uns aufgetragen, und ich für meinen Teil erfülle diese Aufgabe.«

»Alles Zeitverschwendung. Egal, was du da ermittelst, Sander ist und bleibt der Mörder. Ich weiß nicht, wer Lena Rudnick getötet hat, aber das ändert nichts daran, was Sander getan hat. Egal, was er behauptet oder was du glauben möchtest.«

Vanessa reichte es. »Was ich glauben *möchte*? Ich glaube das, was ich beweisen kann. Wenn du denkst, dass ich meine Arbeit nicht korrekt mache, geh gern zu Kordel, und beschwer dich bei ihm. Aber achte darauf, dass du deine Anschuldigungen auch beweisen kannst.«

Dirk sah aus, als würde er gleich explodieren. Er murmelte etwas, das fast wie »Junge Spinner« klang, und stürmte aus dem Büro. Die Tür schlug er so stark ins Schloss, dass der Kalender hinter seinem Schreibtisch von der Wand fiel.

Vanessa presste ihre zitternden Hände auf die Tischplatte und atmete tief durch. Es gab ihr wirklich zu denken, dass Dirk jedes Mal in die Luft ging, wenn sie Sander oder den alten Fall erwähnte. Warum war er so extrem dagegen, dass er zum Vergleich herangezogen wurde? Es verstärkte den Eindruck, dass irgendetwas damals nicht mit rechten Dingen zugegangen war.

27

Nachdem sie sich von Dirks theatralischem Abgang erholt und den Kalender wieder aufgehängt hatte, widmete Vanessa sich erneut der Frage, wann an dem fraglichen Tag die Mülltonnen geleert worden waren und wo Sander zu der Zeit gewesen war. Eine genaue Zeitangabe würde sie vermutlich nicht mehr bekommen, schließlich war das Geschehen schon zu lange her. Niemand würde sich so ein Detail merken, außer er verband es mit einem bestimmten Ereignis. Vielleicht könnte sie einige Nachbarn von Sander befragen, in der Hoffnung, dass sie es wenigstens ungefähr eingrenzen konnten. Zuerst würde sie aber den Anwalt anrufen. Möglicherweise war er so nett und überließ ihr Kopien der Prozessunterlagen. Sonst musste sie sich an die Staatsanwaltschaft oder das Gericht wenden. Das würde jedoch einige Tage dauern, deshalb zog sie die Abkürzung vor.

Im Grunde würde ihr die Information auch nicht dabei helfen, den Mörder von Lena Rudnick zu ermitteln, aber es wäre gut, zu wissen, ob er vorher schon getötet hatte oder gerade erst damit startete und sich Sander zum Vorbild nahm. Und natürlich wollte sie auch wissen, ob Sander schuldig war oder unschuldig im Gefängnis saß. Was würde ihr Vater sagen, wenn er noch am Leben wäre? Würde er reagieren wie Dirk oder aufgeschlossener sein? Letzteres, vermutete sie. Seine Notiz auf den Kopien deutete darauf hin, dass er zwischenzeitlich auch gezweifelt hatte.

Vanessa setzte sich aufrecht hin. Nein, Andreas Lux hatte nicht während der Ermittlungen gezweifelt, sondern nachdem alles bereits an die Staatsanwaltschaft übergeben worden war. Zumindest nach dem Datum, an dem er sich die Akten noch einmal angeschaut hatte. Oder hatte er die Kopien früher gemacht?

Seufzend suchte Vanessa die Telefonnummer für Herrndorf heraus und wählte sie.

Nach zwei Freizeichen meldete sich eine Frauenstimme. »Max Herrndorf, Rechtsanwaltskanzlei. Wie kann ich Ihnen helfen?«

»Guten Tag, ich bin Kriminalkommissarin Lux und möchte mit Anwalt Herrndorf sprechen, es geht um den Fall Sander.«

»Einen kleinen Moment bitte, ich sehe nach, ob er jetzt Zeit hat.« Ein Klicken ertönte.

Vanessa verdrehte die Augen und lehnte sich im Stuhl zurück, während sie wartete.

»Herrndorf, was kann ich für Sie tun, Frau Lux?«

»Ich untersuche gerade die Auffindesituation der Beweisstücke aus dem Besitz der Opfer in der Mülltonne Ihres Mandanten. Unsere Berichte bin ich bereits durchgegangen, aber ich wüsste gern, was im Prozess dazu gesagt wurde.«

»Das kann ich Ihnen genau sagen: Jedes Argument von unserer Seite wurde abgeschmettert. Es wurde darauf gepocht, dass die Gegenstände im Besitz meines Mandanten waren und damit zweifelsfrei bewiesen wäre, dass er schuldig sei.«

Vanessa grätschte dazwischen, als er eine Atempause machte. »Könnten Sie mir die Unterlagen vom Prozess zu dem Thema zukommen lassen? Ich möchte sie mit unseren Informationen vergleichen und im Zweifelsfall noch weiter recherchieren, um den genauen Ablauf zu klären.«

Einen Moment lang herrschte Schweigen. »Warum tun Sie das?«

»Ich möchte einen Mörder fassen, ich dachte, das wäre klar.«

»Ja, aber Ihr Mörder ist nicht mein Mandant, was ja ziemlich offensichtlich ist.«

»Die Fälle hängen eindeutig zusammen, und ich will herausfinden, wie. Wenn ich dabei etwas finde, was Ihren Mandanten entlastet, sollten Sie sich freuen.«

»Das tue ich, glauben Sie mir.« Herrndorf schwieg einen Moment. »In Ordnung, ich lasse die Unterlagen einscannen und Ihnen per Mail zusenden.«

»Danke, das hilft mir sehr.« Sie diktierte ihm ihre E-Mail-Adresse, verabschiedete sich und ließ den Hörer auf die Gabel sinken.

Vermutlich würde sie nie mit dem Anwalt warm werden, aber immerhin war er jetzt bereit, ihr bei ihren Ermittlungen zu helfen. Sie konnte nur hoffen, dass er sich beeilte, denn neue Beweise könnten den Fall drehen. Wenn Sander die Sachen nicht selbst entsorgt hatte, musste es jemand anders getan haben. Und vielleicht hatte ein Nachbar, Postbote oder sogar der Müllfahrer denjenigen gesehen, ohne es zu wissen. Sollte es der wahre Täter gewesen sein, würden sie in dem neuen Fall weiterkommen.

Aber vielleicht fand auch Dirk eine Spur über den 3-D-Drucker. Es würde sie ehrlich freuen. Jetzt war nur wichtig, den Täter zu stoppen, bevor er sich ein weiteres Opfer suchte. Vanessa glaubte nicht daran, dass Lena das einzige Opfer bleiben würde. Alles an dem Fall schrie förmlich »Serienkiller«, das konnten sie nicht ignorieren.

Da es nicht so aussah, als würde Dirk in nächster Zeit zurückkehren, vertiefte sie sich wieder in die Unterlagen. Doch sosehr sie auch danach suchte, sie fand keine weiteren Anhaltspunkte. Frustriert stieß sie die Luft aus und lehnte sich in ihrem Stuhl zurück. Sie legte die Arme hinter den Kopf und versuchte, ihren Nacken zu entspannen. Oft war sie so in ihre Arbeit vertieft, dass sie gar nicht merkte, wie sie sich verkrampfte. Ihr Osteopath hatte ihr schon mehr als einmal geraten, zwischendurch immer wieder Entspannungsübungen zu machen, aber meist kam sie nicht dazu. Was dann wieder zu einem schlechten Gewissen und weiterer Verspannung führte. Eigentlich war das gar kein schlechtes Geschäftsmodell. Die Vorstellung brachte sie zum Lachen.

Genau in diesem Moment öffnete sich die Tür, und Falk spazierte herein. Er starrte sie merkwürdig an. »Bitte sag mir, dass wir Grund zur Freude haben.«

Sofort verschwand ihr Lächeln. »Nein, leider nicht.«

»Mist.« Falk ging zu seinem Schreibtisch. »Ist Dirk immer noch nicht aufgetaucht?«

»Doch, er war schon da, aber dann habe ich etwas gesagt, das ihm missfiel, und er war wieder draußen.«

Falk schnaubte genervt. »Was ist denn jetzt schon wieder los? Wie sollen wir denn so vernünftig arbeiten? Wir haben einen Mordfall zu klären, das ist doch hier kein Kindergarten!«

»Das musst du mir nicht sagen. Aber jedes Mal, wenn ich erwähne, dass Sander unschuldig sein könnte, geht Dirk in die Luft.«

Falk rieb über seine Stirn. »Dann sag es doch am besten gar nicht mehr.«

»Das würde ich ja, aber Dirk hat nun mal damals ermittelt, und wenn ich Informationen brauche, muss ich mich zwangsläufig an ihn wenden. Ich werde mich jedoch auf Notfälle beschränken. Er hat übrigens einen ganz interessanten Ansatzpunkt: Er lässt überprüfen, ob jemand irgendwo massenhaft den Kunststoff für den Druck gekauft hat. Oder einen so großen Drucker, dass damit ganze Knochen hergestellt werden konnten.«

»Das klingt, als könnte es etwas bringen. Außer der Täter rechnet genau damit und hat deshalb über einen längeren Zeitraum hinweg immer kleine Mengen gekauft. Zeit genug hatte er ja, schließlich ist der erste Mord bereits vor zweieinhalb Jahren verübt worden. Es kann auch immer noch sein, dass derjenige, der die Attrappen erstellt, jemand anders ist als der Mörder.«

Vanessa schüttelte den Kopf. »Das hätte ich bei der ersten Attrappe gesagt, aber wie hätte das bei Lena Rudnick gehen sollen? Dann hätte ja der Mörder genau nach den Vorgaben des Gestalters arbeiten müssen. Möglich ist es natürlich, aber ich halte es nicht für sehr wahrscheinlich.«

»Stimmt, das klingt unwahrscheinlich. Okay, also hoffen wir, dass bei Dirks Ermittlungen etwas herauskommt. Und zwar möglichst bald. Ich habe eben Kordel getroffen, und der sieht schon ziemlich gestresst aus. Offenbar bekommt er starken Druck vom Staatsanwalt, den Fall so schnell wie möglich zu lösen, bevor die Presse auf die Idee kommt, diese Tote mit den Morden von damals in Verbindung zu bringen. Es ist nur eine Frage der Zeit, bis das irgendwie durchsickert.«

»Ja, vermutlich. Was hat deine Befragung ergeben?«

»Im Prinzip das Gleiche, wie schon vorher anklang. Krampnagel war scharf auf Rudnick, doch sie hat ihn abblitzen lassen. Und zwar offenbar nicht sehr freundlich. Das haben mehrere Kollegen damals mitbekommen. Eine befreundete Kollegin von Lena glaubt, sich zu erinnern, dass diese zu der Zeit mit einem anderen Kollegen ein Verhältnis hatte. Gleichzeitig hat sie sich aber anscheinend auch noch mit einem geheimnisvollen anderen Mann getroffen, über den sie allerdings nichts gesagt hat. Nur, dass er ›heiß‹ wäre und niemand aus der Firma.«

Aufgeregt beugte Vanessa sich vor. »Meinst du, das könnte unser Täter sein?«

Falk hob die Schulter. »Ich habe keine Ahnung. Es wäre aber vielleicht interessant, mit ihm zu sprechen. Das Dumme ist nur, dass Lena nicht mehr lebt und uns sagen kann, wer dieser Mann war.«

»Vielleicht hat sie ein Tagebuch oder so etwas geführt. Oder es steht in ihrem Kalender. Wir sollten uns auch ansehen, ob sie irgendwelche Social-Media-Accounts hatte.«

»Soweit ich weiß, sind die Kollegen da schon dran. Ich werde sie nachher mal fragen, ob sie etwas herausgefunden haben. Vermutlich werden sie sich nur die neueren Einträge angesehen haben und nicht die zur Zeit von Krampnagels Ermordung.«

»Das kann gut sein. Gott, ich hoffe wirklich, wir finden bald irgendeinen Hinweis.«

»Vielleicht ist das gar nicht der Beginn einer neuen Serie.

Vielleicht wollte der Täter einfach nur einen losen Faden beseitigen.«

Vanessa blickte ihn ungläubig an. »Sah das für dich wirklich so aus? Wer immer das getan hat, hat nicht einfach nur mal kurz jemanden ›beseitigt‹, sondern sich ziemlich viel Zeit damit gelassen. Und sie auch noch vergewaltigt. Es scheint mir, als hätte unser Mörder daran Spaß gehabt. Nach meiner Erfahrung sind das die Täter, die immer wieder morden.«

Falk seufzte. »Ja, vermutlich.«

»Und selbst wenn es nicht so wäre, müssten wir ihn trotzdem so schnell wie möglich festsetzen. Wir können jemanden, der zu so etwas fähig ist, nicht frei herumlaufen lassen.«

»Das habe ich auch ganz sicher nicht vor.« Ein Muskel zuckte in Falks Wange. »Glaub mir, ich werde alles tun, um diesen Scheißkerl zu fassen.«

Vanessa lächelte ihn an. »Dann sind wir uns ja einig.«

»Erstaunlich, oder?«

»Ja. Vor einer Woche hätte ich das nicht gedacht, wenn ich ehrlich bin.«

»Das ging mir genauso. Aber der Fall ist jetzt wichtiger als irgendwelche persönlichen Differenzen.«

»Absolut.« Wobei sie sich immer noch nicht erklären konnte, was Falk eigentlich gegen sie hatte. Aber damit konnte sie leben, solange ihre Zusammenarbeit mehr oder weniger reibungslos funktionierte.

28

Vanessa hielt die Unterlagen fest in der Hand, während sie zu Kordels Büro eilte. Nachdem Dirk sich geweigert hatte, mit ihr darüber zu sprechen oder irgendwelche Maßnahmen zu ergreifen, sah sie keinen anderen Ausweg, als zu ihrem Vorgesetzten zu gehen. Sie hoffte, dass Kordel den Beweisen aufgeschlossener gegenüberstand, selbst wenn das für ihn auch nicht angenehm sein würde.

Sie klopfte an die Tür und öffnete sie, als sie sein »Herein« hörte. »Guten Morgen. Kann ich Sie kurz sprechen?«

Kordel winkte sie herein und deutete auf den Besucherstuhl. »Natürlich. Worum geht es?«

Vanessa setzte sich auf die Kante und fummelte nervös an der Mappe. »Es geht um den Klingen-Killer-Fall. Bei meinen Ermittlungen sind Indizien aufgetaucht, dass Christian Sander vielleicht nicht der Täter war. Oder es zumindest berechtigte Zweifel daran gibt, weil wir eigentlich keine Beweise gegen ihn haben.«

Kordel hob die Augenbrauen. »Wieso?«

»Sander wurde damals verhaftet, weil Gegenstände aus den Häusern seiner Opfer in seiner Mülltonne gefunden wurden.«

»Ja, ich erinnere mich. Und?«

»Und wir haben Grund zu der Annahme, dass er sie nicht selbst in die Mülltonne geworfen hat.«

Kordel nahm die Brille ab und massierte seinen Nasenrücken. »Erklären Sie mir das.«

»Die Mülltonnen waren bereits geleert, als die Gegenstände dort hineingeworfen wurden. Die Müllabfuhr kam an dem Morgen etwa um acht Uhr, zu der Zeit war Sander bereits im Büro, und dafür gibt es Zeugen. Er kann also gar nichts in die Mülltonnen geworfen haben.«

»Woher wissen wir, dass die Müllabfuhr nicht früher kam?«

»Aussagen des Abfuhrunternehmens und der Nachbarn.«

Kordel setzte die Brille wieder auf. »Warum kam das damals nicht zur Sprache?«

Vanessa hielt ihm die Unterlagen hin. »Oh, das kam es, doch es wurde nie anerkannt. Es wurde so argumentiert, dass die Sachen schon vorher in der Tonne waren und sich durch irgendeinen Umstand so verkeilt hatten, dass sie nicht mit im Müllwagen gelandet sind. Dagegen spricht aber, dass sie nicht sonderlich verschmutzt waren und auch nicht so groß, dass sich etwas hätte verkeilen können. Ich habe die Nachbarn befragt, und einer meinte, er hätte jemanden auf der Straße gesehen, der nicht dort wohnte und sich an einer der Tonnen zu schaffen machte. Er konnte sich nur nicht erinnern, ob es wirklich die von Sander gewesen war, weil zu der Zeit alle nebeneinander an der Straße standen.«

»Aber sie waren in Sanders Tonne, nicht in einer der anderen.«

»Ja, die Tonnen haben alle die Hausnummer auf der Vorderseite, sie sind gut erkennbar.«

Kordel faltete die Hände vor sich auf der Tischplatte. »Sander war schon vorher im Visier der Ermittler.«

Vanessa nickte. »Das stimmt. Aber diese Gegenstände waren die einzigen Beweise, die ihn direkt mit den Morden in Zusammenhang brachten. Ich gehe davon aus, dass er ohne sie nicht verhaftet und auch nicht verurteilt worden wäre. Jedenfalls nicht ohne weitere Ermittlungen.«

»Mist.«

»Ich denke, wir sollten davon ausgehen, dass jemand anders die Gegenstände in der Tonne platziert hat, damit sie gefunden werden.«

»Aber wer sollte das gewesen sein und aus welchem Grund?«

»Entweder wollte der wahre Täter von sich ablenken und hat mit Sander einen passenden Sündenbock gefunden.«

»Oder?«

Vanessa zögerte. »Oder jemand wollte, dass Sander unbedingt verhaftet wird, weil er ihn für den Täter hielt.«

»Ich wüsste nicht, wer so etwas tun sollte. Ein Verwandter eines Opfers?«

»Das müsste eine neue Untersuchung klären.« Vanessa beugte sich vor. »Es gibt so viele Parallelen zwischen dem damaligen Fall und dem jetzigen, dass wir uns fragen müssen, ob damals wirklich der richtige Täter verhaftet wurde. Wenn nicht, hat er gerade wieder begonnen zu morden.«

Kordel schwieg einen Moment. »In Ordnung, ich werde eine interne Untersuchung veranlassen. Aber das darf auf keinen Fall nach außen dringen, ich will nicht, dass die Medien davon erfahren, oder die Verwandten der Opfer, und erst recht nicht der Täter. Erst wenn wir klare Beweise haben, gibt es eine öffentliche Untersuchung.«

Erleichtert erhob Vanessa sich. »Natürlich. Danke.« Sie wandte sich um und ging zur Tür.

»Was sagen eigentlich Ihre Kollegen dazu?«

Vanessa schloss kurz die Augen und drehte sich dann um. »Sie sind nicht ganz so überzeugt wie ich. Besonders Dirk ist sich sehr sicher, dass Sander der Täter war. Er reagiert abweisend, wenn ich die Möglichkeit nur erwähne. Deshalb bin ich direkt zu Ihnen gegangen.«

Kordel nickte. »Das dachte ich mir. Ich kümmere mich darum.«

»Danke. Sollen Falk und ich weiter in der Sache ermitteln oder uns jetzt auch ganz auf den Fall Rudnick konzentrieren?«

»Letzteres. Wenn ich noch Fragen habe, komme ich zu Ihnen.«

»Alles klar.« Vanessa trat aus dem Büro und zog die Tür hinter sich zu. Draußen atmete sie tief durch. Sie war froh, die Sache jetzt endlich in andere Hände gelegt zu haben, es hatte sie belastet, immer mit Dirk aneinanderzugeraten. Vermutlich würde er nicht glücklich sein, wenn er erfuhr, dass sie zu Kordel gegangen war, aber das konnte sie nicht ändern. Es wäre nicht richtig gewesen, die Sache unter den Tisch zu kehren. Vielleicht würde Dirk es irgendwann einsehen.

Falk blickte erneut zu Vanessa, die seltsam in sich gekehrt schien, seit sie vor ein paar Stunden zurück ins Büro gekommen war. Deshalb sah er auch, wie sie zusammenzuckte, als die Tür aufgerissen wurde und Dirk in den Raum stürmte. Dirks Wangen waren gerötet, seine Miene wütend verzerrt. Was zur Hölle war ihm jetzt wieder über die Leber gelaufen? Es nervte langsam, dass sein sonst so ausgeglichener Kollege seit Vanessas Erscheinen zunehmend dünnhäutig reagierte. Ja, sie stach vielleicht in das ein oder andere Nest, aber eigentlich sollte jemand mit Dirks Erfahrung darüberstehen.

»Ist etwas passiert?« Sein Versuch, Dirks Aufmerksamkeit von Vanessa abzulenken, gelang.

»Wir haben noch eine!«

Alarmiert setzte Falk sich auf. »Noch eine Leiche?«

»Nein, eine Attrappe. Sie wurde wieder in einer Lagereinheit gefunden und sieht genauso übel aus wie die anderen beiden.«

Vanessa sprang auf. »Wenn er so vorgeht wie beim letzten Mal, haben wir nur wenig Zeit, um zu verhindern, dass daraus eine echte Leiche wird.«

Damit hatte sie leider recht. »Welches Lagerhaus?«

»Diesmal nördlich von Hannover. Fahren wir, die Kriminaltechnik ist schon informiert.« Er bot nicht an, dass Vanessa mit ihm fahren sollte.

Dirk gab ihnen die genaue Adresse, dann verließen sie das Büro. Falk spürte einen Kloß im Magen, als er daran dachte, was sie diesmal erwarten würde. Auch wenn es sich nur um eine Attrappe handelte, man konnte trotzdem mehr als deutlich sehen, was für ein kranker Mensch der Täter war. Und Vanessa hatte recht: Sie konnten davon ausgehen, dass sie innerhalb kürzester Zeit auch die dazu passende Leiche finden würden, wenn sie ihn nicht aufhielten. Sofern es nicht sowieso schon zu spät war. Sie hätten Lena Rudnick retten können, wenn sie nur etwas schneller gewesen wären, das durfte nicht wieder passieren.

Falk jagte seine Maschine über die Straßen, glücklicherweise, ohne von Kollegen angehalten zu werden. Vielleicht sollte er sich irgendwann auch ein mobiles Blaulicht besorgen, das er am Motorrad befestigte. Bisher war ihm das immer zu albern erschienen. Er parkte außerhalb der Absperrung und strebte mit schnellen Schritten auf den Eingang zu. Mit jeder Minute erschien es ihm dringlicher, sich auf die Suche nach dem geplanten Opfer zu machen.

Mithilfe seiner Marke gelangte er in kürzester Zeit zu der Lagereinheit, in der die Attrappe präsentiert wurde. Falk blieb an der Tür stehen und verschaffte sich erst einmal einen Überblick. Er schnitt eine Grimasse, als er den aufwendigen Aufbau des Raumes sah. Diesmal war es kein Schlafzimmer und auch kein Wohnzimmer, sondern ein Badezimmer. Mit allem ausgestattet, was nötig war. Das Opfer befand sich in der Dusche, die Handgelenke waren über dem Kopf an einem Haken befestigt, die Füße erreichten gerade so die Duschwanne. Der Mann war komplett nackt, vielleicht dem Ambiente angepasst.

Soweit es bei den vielen Wunden und den verzerrten Gesichtszügen zu erkennen war, musste das Opfer ungefähr so alt sein wie er selbst, also Anfang bis Mitte dreißig. Der Körper war relativ durchtrainiert. Die Opfer bisher waren immer älter gewesen oder Frauen, es musste deutlich schwerer sein, einen kräftigen Mann in eine solche Position zu bringen. Wobei es bei der Attrappe vermutlich noch einfach gewesen war, doch wie wollte der Täter das bei dem tatsächlichen Opfer schaffen?

Falk zog sein Handy heraus und machte eine Aufnahme vom Gesicht des Toten und zusätzlich noch welche von der Einrichtung. Es schien zwar relativ unwahrscheinlich, dass jemand das Badezimmer erkennen würde, da alles in schlichtem Anthrazit und Weiß gehalten war. Aber wahrscheinlich reichte es, herauszufinden, wer der Mann war, und zu seiner

Wohnung oder seinem Haus zu fahren. Er würde ja vermutlich nicht bei jemand anderem duschen.

Normalerweise hätte er auf den Polizeifotografen gewartet, aber es würde zu lange dauern, die Bilder erst zu bearbeiten, dann in ein passendes Format zu bringen und ihm zu senden. Zeit, die sie in diesem Fall nicht hatten, wenn sie den Unbekannten noch retten wollten. Der Täter musste die Attrappe schon fertig gehabt haben, sonst wäre die Zeitspanne seit Lena Rudnicks Tod viel zu kurz gewesen.

Da er noch auf seine Kollegen und den Staatsanwalt warten musste, betrachtete Falk den Toten genauer. Wie die anderen Opfer vor ihm hatte er am ganzen Körper, vor allem aber am Oberkörper, den Armen und im Gesicht flache Schnitte. Das Blut war über seinen ganzen Körper gelaufen und schließlich in die Dusche getropft. Die Fesseln hatten sich tief in seine Handgelenke gegraben, auch von dort lief Blut nach unten. Seine Genitalien waren unangetastet. Auf den ersten Blick konnte Falk keine Todesursache entdecken, doch dann bemerkte er, dass das Blut an den Armen nicht nur durch die Fesseln kam, sondern vor allem von den Schnitten durch seine Pulsadern. Wenn das auch bei dem echten Opfer so geschah, würde er langsam sterben, ohne sich dagegen wehren zu können.

»Scheiße.«

Einer der Techniker sah zu ihm hinüber. »Ja, ein totaler Freak. Der muss so schnell wie möglich von der Straße.«

»Dafür sind wir hier. Habt ihr schon irgendwas gefunden, das auf die Identität des Opfers hinweist?«

»Rein gar nichts. Und auch zum Täter können wir bisher nichts sagen. Wir machen die üblichen Untersuchungen.«

Nicht, dass ihnen das jetzt helfen würde. »Okay.«

Erleichtert atmete er auf, als erst Vanessa und eine Minute später Dirk den Lagerraum betraten. Vanessa starrte das Opfer an, während sie merklich blasser wurde. »Wissen wir schon, wer das ist?«

»Nein, und das werden wir hier auch nicht rausfinden. Der Täter ist nicht so dumm, dass er hier Hinweise hinterlassen würde. Wir müssen den Mann so finden.«

»Gehen wir davon aus, dass er in einer der Firmen arbeitet?«

»Die Möglichkeit besteht. Nur in welcher?«

»Ich würde auf die Firma tippen, in der Sander beschäftigt war. Oder wieder das Unternehmen, in dem Lena Rudnick gearbeitet hat.«

Falk nickte. »Teilen wir uns wieder auf?«

»Gibt es keine schnellere Möglichkeit?«

»Ich könnte das Foto per Mail an die Firmen schicken, aber wollen wir wirklich, dass so etwas in Umlauf gerät?«

Dirk schüttelte sofort den Kopf. »Das wollen wir ganz sicher nicht. Schick Vanessa und mir auch das Foto, und dann fahren wir jeder zu einer der Firmen. Derjenige, der einen Treffer hat, informiert die anderen.«

Vanessa nickte. »Ich nehme wieder die von Krampnagel und Lena, da kennen sie mich schon.«

»Dann nehme ich Sanders, und Dirk die dritte Firma. Wenn keiner von uns einen Treffer hat, sehen wir uns im Büro und entscheiden, wie wir weiter vorgehen.«

Nach einem letzten Blick auf die Attrappe verließen sie den Lagerraum. Hoffentlich mussten sie sich nicht bald dasselbe Opfer in echt ansehen. Wenn sie schnell genug waren, konnten sie das Verbrechen aufhalten, davon war Falk überzeugt. Die Frage war, ob der Täter ihnen eine Chance gab.

29

Vanessa hatte bei der Firma keinen Erfolg, niemand kannte den Mann oder wusste, wo er zu finden war. Damit endete auch ihre Theorie, dass sich vielleicht alles um Lena Rudnick drehte und die männlichen Opfer mit ihr ein Verhältnis gehabt oder gewollt hatten. Aber das war tatsächlich nur eine geringe Möglichkeit gewesen, schließlich hatte es davor ja schon andere Opfer gegeben, die nichts mit Lena Rudnick zu tun gehabt hatten. Wonach suchte sich der Täter also seine Opfer aus? Doch sicher nicht nur danach, welche Nase ihm gerade nicht passte. Es musste irgendeinen Zusammenhang geben!

Gerade als sie wieder in ihr Auto steigen wollte, klingelte ihr Handy. Rasch zog sie es heraus und blickte aufs Display. Falk. Mit einem beklemmenden Gefühl antwortete sie. »Ja?«

»Der Mann arbeitet in Sanders Firma, sein Name ist David Schulz. Er wurde heute noch nicht gesehen, da er aber derzeit Urlaub hat, heißt das nicht unbedingt etwas. Das Bad kannte niemand, aber ich gehe davon aus, dass es in seinem Haus ist. Hier ist die Adresse …« Falk klang, als würde er gerade zu seinem Motorrad laufen.

»Alles klar, ich komme dorthin. Soll ich Dirk Bescheid sagen, oder hast du schon?«

»Mach du das bitte, auf dem Motorrad kann ich nicht telefonieren. Wir sehen uns da.«

»Bis gleich.« Vanessa legte auf und rief Dirk an. Nachdem sie ihm die Adresse mitgeteilt hatte, lief sie los.

Mit dem Auto brauchte sie eine Viertelstunde bis zu der ruhigen Wohngegend, die von Einfamilienhäusern dominiert wurde. Sie fuhr langsam durch die Dreißigerzone, während sie nach der richtigen Hausnummer suchte. Schließlich entdeckte sie Falks Motorrad vor einer Einfahrt und parkte in einer Lücke am Straßenrand. Von Dirk war noch nichts zu sehen, aber er hatte von der dritten Firma aus den weitesten Weg gehabt, deshalb würde es vermutlich noch ein paar Minuten dauern, bis er eintraf.

Vanessa eilte auf das zweigeschossige Haus zu, das hell und freundlich wirkte. Offenbar verdiente David Schulz genug, wenn er sich hier ein neues Haus leisten konnte. Sie entdeckte Falk vor der Haustür. Ungeduldig blickte er ihr entgegen.

»Die Fenster sind alle geschlossen, und auch die Tür lässt sich nicht öffnen.«

»Hast du denn schon geklingelt?«

Falk verdrehte die Augen. »Darauf bin ich gar nicht gekommen. Natürlich habe ich das. Es hat niemand aufgemacht.«

»Vielleicht ist er in den Urlaub gefahren.«

Stumm deutete Falk auf den BMW, der unter dem Carport parkte. »Das glaube ich nicht.«

»Er könnte einen Shuttlebus zum Flughafen genommen haben.«

Falk presste seine Lippen zusammen. »Hoffen wir es.«

Vanessa sah am Haus hinauf. »Wie kommen wir da jetzt rein? Soll ich die Techniker rufen, damit sie die Tür öffnen?«

»Das würde zu lange dauern. Was ist, wenn er da drin liegt und Hilfe braucht?«

Vanessa mochte es sich nicht vorstellen. »Was schlägst du vor? Sollen wir die Nachbarn fragen, ob sie einen Schlüssel haben?«

»Nein.« Falk bückte sich und hob einen der großen Steine auf, die den Rasen säumten. »Tritt zurück.«

Rasch ging sie einige Schritte zurück. »Glaubst du wirklich, dass das …« Das Klirren der Fensterscheibe übertönte ihre Worte. »… sinnvoll ist?« Kopfschüttelnd sah sie zu, wie Falk die spitzen Scherben aus dem Fensterrahmen entfernte, sich dann hochstemmte und im Innern des Hauses verschwand. »Die Kriminaltechnik wird dich hassen. Und David auch, falls er gesund und munter im Urlaub weilt.«

Falk blickte aus dem Fenster. »Kommst du?«

»Wie wäre es, wenn du die Tür öffnest? Ich bin nicht so groß wie du. Aber zieh Handschuhe an!«

Falk verschwand im Haus, und sie wartete ungeduldig, dass er die Tür öffnete.

»Was tun Sie da?«

Die Stimme erklang hinter ihr und erschreckte Vanessa fast zu Tode. Rasch drehte sie sich um und sah einen älteren Herrn am Gartenzaun zum Nachbargrundstück stehen. Sie zog ihre Marke heraus. »Kriminalpolizei. Bleiben Sie bitte, wo Sie sind.«

»Ist etwas passiert?«

»Das wissen wir noch nicht. Haben Sie Herrn Schulz heute schon gesehen?«

Nachdenklich rieb der Nachbar über sein Kinn. »Heute Morgen hat er Brötchen geholt, meine ich.« Er deutete auf den Wagen. »Wir fallen immer fast aus den Betten, wenn er dieses Monster startet.«

»Okay, danke.« Die Tür öffnete sich, und Vanessa winkte dem Mann noch einmal zu, bevor sie ins Haus trat.

Der Geruch verriet noch nichts, es roch eher nach Kaffee und ungelüftetem Haus als nach Tod. Das gab Vanessa etwas Hoffnung.

Falk schloss die Tür hinter ihr wieder. »Suchen wir das Bad.« Seine Stimme klang grimmig.

»Von der Größe her ist es vermutlich eher im Dachgeschoss, oder?«

Falk ging vor ihr her, die Pistole in der Hand. Wo ließ er die nur immer? Sie hatte sich immer noch nicht daran gewöhnt, ihre Waffe aus dem Tresor zu nehmen und bei sich zu führen. Sie sollte wirklich daran denken.

Zuerst öffneten sie alle Türen im Erdgeschoss, doch es war nirgends etwas zu entdecken. Vanessas Unruhe verstärkte sich, je länger ihre Suche dauerte. Gleichzeitig bewahrte sie einen Funken Hoffnung, dass David vielleicht noch am Leben war und sie diesmal nicht zu spät gekommen waren. *Bitte, Gott* … Die Treppenstufen knarrten leise, als sie ins Obergeschoss stiegen. Mit jeder weiteren Stufe schien ihr Herz schneller zu klopfen. Von oben war nichts zu hören, es herrschte völlige Stille. *Totenstille.* Vanessa schnitt eine Grimasse.

Oben angekommen, blickten sie in die Zimmer, deren Türen offen standen, und bewegten sich dabei langsam zur einzigen verschlossenen hin. Falk legte die Hand auf den Griff und blickte kurz zu ihr zurück, bevor er ihn betätigte.

Noch bevor sie etwas sagte, drang der metallische Geruch von frischem Blut an ihre Nase. Kurz schloss sie die Augen und verabschiedete sich von der Hoffnung, David Schulz noch lebend anzutreffen. Zuerst verdeckte Falks Körper ihre Sicht, dann sah sie ihn auch: Wie auch die Attrappe hing David an den Handgelenken in seiner Dusche. Sein Körper war über und über mit Wunden bedeckt. Das Blut war ganz frisch, lange konnte er noch nicht tot sein.

Mutlosigkeit erfasste sie in einer riesigen Welle. Sie waren wieder zu spät gekommen. Egal, was sie taten, der Mörder war ihnen immer mindestens einen Schritt voraus. Eine Bewegung riss sie aus ihren Gedanken. Entsetzt starrte sie ihn an, als Falk in die Dusche sprang und an den Armen des Toten riss. War ihr Kollege jetzt völlig verrückt geworden?

»Falk, was tust du da?« Vanessa bemühte sich, keine Spuren zu zerstören, als sie näher trat und mit der Hand nach Falks Jacke griff, um ihn zurückzuziehen. »Hör auf damit!«

»Hilf mir lieber! Er atmet noch!«

»Bist du sicher? Was soll ich tun?«

»Halt ihn fest, während ich die Handgelenke vom Haken löse. Pass auf, er fällt sicher zusammen, sowie er nicht mehr gehalten wird.«

Ja, davon war auszugehen. Bei dem Blutverlust wusste sie sowieso nicht, wie er noch leben konnte. Atmete er wirklich, oder war es nur Falks Wunsch? Aber falls nur die kleinste Möglichkeit bestand, mussten sie alles tun, um ihn zu retten. Vanessa nahm eines der großen Handtücher und wickelte es um den Körper des Verletzten. Dann trat sie selbst auch in die Dusche und stützte ihn mit ihrem Körper. »Okay, ich bin so weit. Ich weiß aber nicht, wie lange ich ihn halten kann.«

»Es geht nur um die ersten Sekunden, danach übernehme ich ihn. Fertig?«

Vanessa nickte.

»Eins, zwei …« Mit Gewalt riss Falk den Haken aus der Wand, an der die Handgelenke des Opfers mit einem Nylonband befestigt waren.

Sofort sackte der Körper in sich zusammen. Vanessa hielt ihn, so gut sie konnte, und verhinderte, dass David sich den Kopf an der Duschkabine anstieß. Gerade als sie dachte, sie könnte ihn nicht mehr halten, verschwand das Gewicht. Falk hatte ihn ihr abgenommen und legte ihn vorsichtig auf den Boden. Das Handtuch war bereits an vielen Stellen rot gefärbt.

»Die Handgelenke, wir müssen das Blut stoppen!« Sie warf Falk weitere Handtücher zu. »Ich suche einen Erste-Hilfe-Kasten.«

»Ruf den Notdienst an. Wir brauchen sofort einen Krankenwagen, wenn er eine Chance haben soll.« Falk sah sich zu ihr um. »Nimm die Pistole mit, falls der Täter noch im Haus ist.«

Vanessa erstarrte kurz, dann hob sie die Waffe auf. Nachdem sie den Krankenwagen gerufen hatte, suchte sie im Bad nach Verbänden und wechselte dann ins Schlafzimmer, als sie außer ein paar kleinen Pflastern keine fand. Sie entschied sich schließlich, im Schlafzimmer alles aus dem Wäscheschrank mitzunehmen, das sie finden konnte. Bettwäsche, Handtücher, T-Shirts. Sie ging gerade damit über den Flur, als sie ein Geräusch an der Treppe hörte. Rasch wirbelte sie herum und richtete die Pistole auf den Verursacher, der gerade um die Ecke kam. »Stehen bleiben, Hände hoch!«

»Was ist denn hier los? Seid ihr etwa eingebrochen?«

Vanessa senkte die Waffe, als sie Dirk erkannte. »Es hat niemand aufgemacht, und da wir Grund zur Annahme hatten, dass dem Eigentümer etwas passiert ist, haben wir uns Zutritt verschafft.«

Dirk kam die Treppe hoch und blieb schließlich vor ihr stehen. »Und jetzt räumst du den Schrank aus?«

»Nein, ich suche Verbandsmaterial.« Damit ging sie rasch zurück ins Bad.

Dirk folgte ihr und gab einen undeutbaren Laut von sich. »Was wird das denn hier? Ihr versaut gerade den ganzen Tatort!«

Falk sah kurz hoch. »Was hast du lieber, einen sauberen Tatort oder einen Zeugen, der dir vielleicht sagen kann, wer der Mörder ist?«

Überrascht sah Dirk ihn an. »Er lebt noch?«

»Glaubst du, sonst würden wir versuchen, die Blutungen zu stoppen? Vanessa, ich brauche Verbände, sofort. Dirk, ruf den Krankenwagen, oder hast du das schon, Vanessa?«

»Ist schon erledigt. Da fällt mir ein, hast du einen Verbandskasten im Auto, Dirk? Dann bring ihn hoch.« Sie warf ihm ihren Autoschlüssel zu. »In meinem müsste auch noch einer sein.«

Erst sah es aus, als ob Dirk protestieren wollte, doch dann nickte er nur und verließ das Bad.

Vanessa hockte sich neben den Verletzten. »Hier, ich habe nur Stoffe gefunden, vielleicht können wir die Blutung damit ein wenig verlangsamen, bis Dirk richtige Verbände bringt.« Sie biss auf ihre Lippe, als sie sah, dass David noch schlechter aussah als vorher. Der nahe Tod stand ihm förmlich ins Gesicht geschrieben. »Wir schaffen es nicht, oder?«

Ein Muskel zuckte in Falks Wange. »Ich werde nicht

aufgeben. Hilf mir, die Handgelenke zu verbinden. Dieses Arschloch hat die Adern längs aufgeschlitzt, es ist kaum möglich, so eine Blutung außerhalb eines Krankenhauses zu stoppen.«

»Wahrscheinlich hat der Täter nicht damit gerechnet, dass David so lange lebt. Vielleicht dachte er auch, er wäre schon tot, als er gegangen ist. Oder glaubst du, wir haben ihn gestört?«

»Es war niemand mehr im Haus, da bin ich mir ziemlich sicher.« Falk wickelte ein Laken stramm um ein Handgelenk. »Zerreiß mal ein T-Shirt oder so, damit ich das befestigen kann.«

Vanessa riss einige Streifen Stoff ab. Einen reichte sie Falk, der ihn mehrfach eng um den Unterarm wickelte und dann verknotete. Das würde vermutlich nicht lange halten, aber Vanessa riss trotzdem einen weiteren Streifen ab. Falk arbeitete stumm vor sich hin, völlig konzentriert auf seine Aufgabe, Leben zu retten. In diesem Moment mochte sie ihn wirklich.

Vanessa sah sich zur Tür um. Wo blieb Dirk nur? Warum brauchte es so lange, zum Wagen zu laufen und etwas aus dem Kofferraum zu holen? Er musste doch wissen, wie dringend sie das Verbandszeug brauchten. Als sie sich wieder zu dem Verletzten umwandte, öffneten sich gerade seine Augen. Unendlicher Schmerz stand darin, Schock und eine Bitte. Sie beugte sich vor. »David, wir sind von der Polizei. Wir kümmern uns um Sie.« Sein Mund öffnete sich, aber es kam nur ein Stöhnen heraus. »Es ist alles in Ordnung. Er kann Ihnen nichts mehr tun.«

Der Mann bewegte sich unruhig, oder versuchte es zumindest, aber Falk hielt ihn fest.

»Bleiben Sie still liegen, sonst verlieren Sie zu viel Blut.« Vanessa wusste nicht, ob David sie überhaupt verstehen konnte. Panik lag in seinem Blick. Sie berührte seine Schulter, die unverletzt war. »Wir kümmern uns um Sie. Halten Sie durch.«

Falk sagte nichts dazu, sondern verband stattdessen das zweite Handgelenk.

In diesem Moment kam Dirk zurück, in den Händen hielt er zwei Verbandskästen. »Das ist alles, was wir haben.« Sein Blick fiel auf den Verletzten. »Verdammt, ihr hattet recht.«

Falk schüttelte den Kopf. »Nein, wir machen das hier aus Spaß. Steh da nicht so rum, pack lieber die Verbände aus.«

Das Opfer schien etwas sagen zu wollen, aber es kamen nur unverständliche Laute heraus. Vanessa beugte sich vor, um ihn verstehen zu können, aber es nützte nichts. Am liebsten würde sie ihn fragen, wer ihn überfallen hatte, doch es war klar, dass sie nichts aus ihm herauskriegen würde.

»Wo bleibt der Krankenwagen?«

Dirk half Falk dabei, einen weiteren Verband um die Handgelenke zu wickeln. »Eigentlich sollten sie schon hier sein.«

Vanessa stand auf und ging zum Fenster, das zur Straßenseite lag. Sie öffnete es und blickte hinaus. Etliche Wagen standen auf der Straße, die meisten von der Kriminaltechnik, die darauf wartete, an den Tatort zu kommen. Es kam Vanessa total falsch vor, wie die Geier darauf zu lauern, dass David sterben würde. Aber sie wusste, dass es jedem hier lieber wäre, wenn er überlebte. Der Tatort würde auf jeden Fall untersucht werden, unerheblich, ob es einen Todesfall oder einen Verletzten gegeben hatte.

Als Erstes hörte sie die Sirene, dann kam der Krankenwagen endlich in Sicht. Erleichtert drehte sie sich wieder um. »Sie sind da.«

Davids Augen waren wieder geschlossen, seine Atmung war kaum noch zu sehen. Nein, er durfte jetzt nicht sterben!

Vanessa hockte sich wieder neben ihn. »David, gib jetzt nicht auf! Du musst nur noch ein paar Minuten durchhalten, dann bist du im Krankenhaus und wirst gerettet.«

Sie konnte Falk ansehen, dass er nicht daran glaubte, aber David musste einfach überleben. Für sich selbst, aber auch für Lena und mögliche weitere Opfer. Wenn er ihnen eine Täterbeschreibung lieferte, könnten sie den Mörder endlich finden.

Angespannt verfolgte sie, wie ein Notarzt sich um David bemühte und er dann von Sanitätern vorsichtig auf eine Trage gelegt wurde. Wenn möglich, war er noch blasser als zuvor, einer seiner Arme hing über den Rand der Trage, als er nach unten gebracht wurde. Eine Spur aus Blutstropfen zeigte seinen Weg durch das Haus nach unten. Der Druck breitete sich in ihr aus, bis sie glaubte, schreien zu müssen. David musste es einfach schaffen!

Falk folgte ihr nach draußen, und sie konnte in seinem Gesicht dieselbe Resignation erkennen. Wenn sie nur ein paar Minuten früher hier gewesen wären …

30

Falk lehnte mit der Schulter an der Wand und rieb über sein Gesicht. Zu spüren, wie das Leben eines Menschen unter seinen Händen verrann, war furchtbar. Es erinnerte ihn zu sehr an den Einstatz, der zu seiner Versetzung geführt hatte. Hoffentlich schafften die Ärzte es, David zu retten, doch es hatte nicht gut ausgesehen, als er in den Krankenwagen geschoben worden war.

Dirk hatte sofort angekündigt, dass er das Opfer verhören wollte, sollte es überleben, und dass er deshalb mit ins Krankenhaus fahren würde. Das kam Falk irgendwie falsch vor, auch wenn er natürlich genauso dringend erfahren wollte, wer der Täter war. Daher war er froh, als Vanessa angeboten hatte, sich um den Tatort und den Staatsanwalt zu kümmern, der endlich eingetroffen war, und ihm damit ermöglicht hatte, ebenfalls zum Krankenhaus zu fahren. Zwar sollte man nie etwas persönlich nehmen, aber Falk wollte dort sein, um direkt zu erfahren, ob seine Maßnahmen etwas bewirkt hatten.

Dirk saß einige Meter entfernt gemütlich auf einem Stuhl im Wartebereich und las in einer Zeitschrift. Entweder war ihm das Opfer völlig egal, oder er tat absichtlich so cool, um nicht zu zeigen, dass ihm der Fall auch naheging. Das würde auch erklären, warum Dirk sofort losgestürmt war, als der Krankenwagen unterwegs war. Er wurde aus seinem Kollegen nicht mehr schlau. Gut, ihr Verhältnis war nie besonders herzlich gewesen, und keiner von ihnen wusste etwas Privates vom anderen. Aber arbeitstechnisch harmonierten sie gut. Dirk war eher der methodische Ermittler, während Falk öfter seinen Eingebungen folgte. Was nicht hieß, dass er nicht auch ermittelte, nur manchmal etwas unorthodox. Zusammen hatten sie so schon einige Fälle gelöst.

Falk stieß sich von der Wand ab, als einige Minuten später ein Arzt im Kittel aus dem OP kam und auf ihn zuhielt. Das war zu wenig Zeit, wenn David weiter behandelt wurde. Seine Kehle zog sich zusammen.

»Sind Sie einer der Kommissare?«

»Ja, mein Name ist Wolff. Hat das Opfer es geschafft?« Er kannte die Antwort schon, bevor der Arzt betrübt den Kopf schüttelte. Verdammt!

»Es tut mir leid, wir haben alles getan, aber er hatte schon zu viel Blut verloren. Es ist uns nicht gelungen. Die Pulsadern waren längs aufgeschnitten, bei einem Selbstmörder würden wir sagen, dass er es ernst meinte und nicht gerettet werden wollte.«

»Nur dass es kein Selbstmord war.«

Der Arzt schnitt eine Grimasse. »Das ist mir aufgefallen. Was geht in einem Menschen vor, der so etwas tut?«

»Das hätten wir gern herausgefunden. Hätte David überlebt, hätte er uns vielleicht die entscheidenden Hinweise geben können.« Falk spürte, wie die Last des Scheiterns auf seine Schultern drückte. »Hat er noch einmal das Bewusstsein erlangt?«

»Nein, er war kaum noch am Leben, als er eingeliefert wurde. Wenn wir ihn nicht beatmet und das Herz in Gang gehalten hätten, wäre er schon viel früher gestorben.«

Es war alles umsonst gewesen. Heiße Wut auf den Mörder durchströmte ihn. Wenn er ihn jemals in die Finger kriegen sollte, würde er nicht zögern, ihm zu zeigen, was es hieß, zu leiden.

Dirk trat neben ihn. »Ist er tot?«

»Ja.«

Dirk verzog den Mund. »Mist.« Er wandte sich an den Arzt. »Überstellen Sie die Leiche bitte so schnell wie möglich in die Rechtsmedizin.«

»Dirk …«

»Was? Willst du etwa aus Pietätsgründen noch mehr Zeit verstreichen lassen und damit riskieren, dass wir in ein paar Tagen noch ein weiteres Opfer haben? Es wäre sicher auch in Davids Sinne, wenn wir seinen Mörder so schnell wie möglich fassen.«

So gesehen hatte er natürlich recht, trotzdem fand Falk es nicht gut, David aus dem OP zu reißen, um ihn aufschneiden zu können. Zumal bisher nicht mal die Familie im Krankenhaus eingetroffen war. Falk hätte David wirklich gewünscht, dass er es schaffte. Und zwar nicht nur, um ihnen zu sagen, wer ihn angegriffen hatte. Das wäre ein Bonus gewesen.

Der Arzt räusperte sich. »Ich werde es veranlassen. Jetzt muss ich aber zu den anderen Patienten zurück.« Seine nächste Bemerkung galt ausschließlich Falk. »Es tut mir leid, dass wir ihm nicht mehr helfen konnten.«

Falk nickte ihm zu. »Danke für den Versuch.« Er verabschiedete sich und strebte nach draußen. Die Gerüche und der Lärm im Krankenhaus setzten ihm zu. Er brauchte jetzt dringend frische Luft.

Am Ausgang holte Dirk ihn ein. »Was hast du es auf einmal so eilig?«

Genervt wandte Falk sich ihm zu. »Ich will zurück zum Tatort, was denn sonst?«

»Vanessa ist doch da, zusammen mit den Technikern sollte ihr nichts entgehen. Warum fährst du nicht erst mal nach Hause und ziehst dich um?« Er deutete auf Falks Hose.

Ein Blick nach unten zeigte, dass seine Knie rot vor Blut waren. Über die Oberschenkel und auch sein T-Shirt waren diverse Blutspritzer gesprenkelt. Warum war ihm das nicht aufgefallen, als er im Krankenhaus seine blutigen Hände gewaschen hatte? »Das ist keine schlechte Idee.«

»Ich fahre zum Tatort zurück. Du kannst gleich ins Büro fahren und schon mal anfangen, alle Informationen auszugraben, die wir über das Opfer haben.«

»Okay.« Im Grunde war Falk ganz froh, jetzt nicht an den Tatort zurückzumüssen. Es würde ihn nur daran erinnern, dass er den Kampf verloren hatte. »Wir sehen uns dann nachher.«

Als er auf seiner Maschine saß, überkam ihn der irre Wunsch, einfach Gas zu geben und so weit zu fahren, wie es der halb volle Tank zuließ. Für einen Augenblick zuckte seine Hand, dann gewann die Vernunft, und er schlug den Heimweg ein.

Vanessa war froh, als sie Dirks Stimme im Flur hörte. Gefühlt seit Stunden harrte sie am Tatort aus und überlegte sich, wie sich David gefühlt haben musste, als er in der Dusche hing und das Leben langsam aus ihm wich. Sicher hatte er starke Schmerzen gehabt und versucht, sich aus dieser Lage zu befreien. Hatte er geschrien, und niemand hatte ihn gehört? Wahrscheinlich. Das Haus lag einige Meter von den Nachbarhäusern entfernt, und das Fenster war geschlossen gewesen. Weil er Urlaub gehabt hatte, war er auch bei der Arbeit nicht vermisst worden. Hatte der Täter es extra so geplant, oder war das ein Zufall gewesen?

Nach allem, was sie bisher über den Mörder wussten, plante er seine Verbrechen genau und längere Zeit im Voraus. Vermutlich hatte er von dem Urlaub erfahren und ihn in seinen Plan einbezogen. Es wäre vielleicht nicht schlecht, herumzufragen, wem David alles von dem Urlaub erzählt hatte. Allerdings könnte der Täter das auch durch einfache Beobachtung herausgefunden haben. Trotzdem machte Vanessa sich eine Notiz.

Sie blickte auf, als Dirk eintrat. An seinem Gesichtsausdruck konnte sie nicht erkennen, was passiert war. Aber allein die Tatsache, dass er hier herumlief und nicht mehr im Krankenhaus war, sprach Bände. »Er hat es nicht geschafft, oder?«

»Nein.« Dirk schob die Hände in die Hosentaschen. »Der Täter wusste genau, was er tat. Gibt es hier was Neues? Ist der Staatsanwalt wieder weg?«

»Ja, er war nicht sonderlich begeistert, dass wir seinen Tatort zerstört haben. Seine Worte, nicht meine. Ansonsten ist alles wie bei den anderen Tatorten, kaum Hinweise. Es werden natürlich trotzdem Proben gesammelt und Spuren gesichert, aber ich glaube nicht, dass der Täter jetzt plötzlich nachlässiger ist als vorher.«

Nachdenklich wiegte Dirk den Kopf. »Immerhin hat er diesmal das Opfer nicht sofort getötet und damit in Kauf genommen, dass jemand es frühzeitig findet. Ich gehe davon aus, dass er das nicht noch einmal riskieren wird. Das nächste Opfer wird er wieder sofort töten.«

Allein der Gedanke an einen weiteren Toten ließ Vanessas Haut kribbeln. Sie war erst einige Tage dabei, und trotzdem kam es ihr so vor, als würde sie diesen Fall schon seit Ewigkeiten bearbeiten. Es frustrierte sie, dass sie gefühlt überhaupt nicht vorwärtskamen und der Täter munter weitermachte, ohne sich in irgendeiner Art von den Ermittlungen gestört zu fühlen. Im Gegenteil, er spielte mit ihnen, indem er die Opfer vorher als Attrappen fertigte und so deponierte, dass sie gefunden werden mussten. Was würde eigentlich passieren, wenn sie so taten, als wäre eine Attrappe gar nicht entdeckt worden? Gäbe es dann keinen Mord, oder hatte das keinen Einfluss darauf?

»Ich fürchte, damit könntest du recht haben. Also müssen wir dafür sorgen, dass es kein nächstes Opfer gibt.«

Dirk schnaubte. »Und wie sollen wir das anstellen? Dieser Kerl ist uns offensichtlich gleich Dutzende Schritte voraus. Er spielt mit uns, merkst du das nicht? Er tötet immer weiter, und wir haben rein gar nichts gegen ihn in der Hand.«

»Wir werden etwas finden. Irgendwann macht er einen Fehler.«

»Die Frage ist nur, wie viele Menschen bis dahin noch sterben müssen.«

Damit hatte Dirk unglücklicherweise ebenfalls recht. »Was schlägst du vor? Dass wir gar nicht mehr suchen?«

»Natürlich nicht!« Er fuhr mit der Hand durch seine schütteren Haare. »Wenn hier nichts mehr zu tun ist, fahre ich jetzt ins Büro.«

»Es ist alles so weit fertig. Die Nachbarn wurden befragt, es hat niemand etwas gesehen oder gehört.«

»Scheiße.«

Und wieder konnte sie nur zustimmen. »Wir versuchen es weiter. Es sind bei der Befragung nicht alle zu Hause gewesen, vielleicht hat doch noch jemand etwas mitbekommen.«

»Wenn man von den anderen Fällen ausgeht, habe ich da keine große Hoffnung.« Dirk wandte sich zur Tür um. »Wir sehen uns im Büro.«

»Ist Falk gleich ins Büro gefahren?«

»Nein, ich habe ihn nach Hause geschickt, damit er sich umzieht. Er sah aus, als hätte er im Blut gebadet.«

Wut stieg in ihr auf. »Falk hat versucht, dem Mann zu helfen! Da war ihm seine Kleidung völlig egal. Was hättest du gemacht, wenn jede Sekunde zählt?«

»Wie man sieht, war das völlig überflüssig. Das habe ich euch schon von Anfang an gesagt. Aber ihr wolltet ja unbedingt die Helden spielen.«

»Wir wollten ein Leben retten, sonst nichts. Es klingt fast so, als hättest du David dort hängen und langsam verbluten lassen.«

Dirk sah sie abschätzig an. »Leg mir keine Worte in den Mund, so etwas habe ich nie behauptet.«

Vanessa sah ihm nach und spürte ein schmerzhaftes Ziehen in ihrer Brust. Anfangs hatte sie noch gehofft, dass sie sich mit ihrem Kollegen genauso gut verstehen würde wie ihr Vater damals. Aber langsam hatte sie den Eindruck, dass es einfach nicht zwischen ihnen passte und sich die Reibereien fortsetzen würden. Das war es nicht, was sie sich für ihren Neustart erhofft hatte. Vielleicht sollte sie Kordel bitten, sie in ein anderes Team zu versetzen, sobald sie den Täter gefasst hatten. Dann hatte Dirk seine Ruhe, und sie auch. Es würde ihr leidtun, die prestigeträchtige Abteilung zu verlassen, aber sie sah keinen anderen Ausweg.

31

Falk hatte nicht nur die Kleidung gewechselt, sondern auch gleich noch geduscht, weil das Blut durch die Jeans an seine Haut gedrungen war. Mit noch feuchten Haaren hatte er den Helm aufgesetzt und war zurück ins Büro gefahren – dementsprechend standen sie jetzt zu allen Seiten ab. Er versuchte, sie im Fahrstuhl ein wenig zu glätten, doch damit machte er es nur noch schlimmer. Schulterzuckend trat er schließlich auf den Gang. Im Grunde war es ihm egal, was andere über seine Frisur dachten, anderes war jetzt wichtiger.

Falk atmete noch einmal tief durch, bevor er das Büro betrat. Dirk saß schon an seinem Schreibtisch und blickte auf, als er eintrat.

»Wesentlich besser als vorher siehst du nicht aus. Aber immerhin ist das Blut weg.«

Falk hob eine Augenbraue. »Kann ja nicht jeder immer so aus dem Ei gepellt aussehen wie du.«

Lässig zuckte Dirk mit den Schultern. »Jeder hat andere Talente.«

Das brachte ihm ein amüsiertes Schnauben ein. »Offensichtlich. Gibt's was Neues?«

»Nein, noch nicht. Die Leiche ist jetzt in der Rechtsmedizin, Dr. Cleve wird die Autopsie in einer Stunde vornehmen. Ich werde diesmal hinfahren, du hattest heute schon genug Aufregung.«

Wenn Falk ehrlich war, war er darüber ganz froh, nicht zusehen zu müssen, wie David aufgeschnitten wurde. Es widersprach allem, was er versucht hatte, zu tun. »Alles klar. Ist Vanessa noch am Tatort?«

Dirk blickte auf die Uhr. »Sie sollte bald zurück sein. Als ich gegangen bin, war eigentlich nichts mehr zu tun.«

»Okay.«

Falk legte seinen Helm aufs Regal und ließ sich dann in seinen Stuhl fallen. »Hast du schon was über das neue Opfer herausgefunden?«

»Ich habe gerade erst damit angefangen, ich bin noch nicht so lange hier.«

»Gut, dann gib mir einen Teil der Arbeit, damit wir schneller vorankommen.«

»Versuch mal, herauszufinden, wie lange David Schulz bei der Firma war, was er dort gemacht hat, mit wem er Kontakt hatte und so weiter. Ich bin gerade an der Familie dran. Und versuch, herauszufinden, ob er eines der anderen Opfer kannte.«

»Alles klar.« Falk schaltete seinen PC an und machte sich an die Arbeit. Vieles könnte er sicher nur in direkten Gesprächen mit der Personalabteilung der Firma und Davids Kollegen klären. Aber das musste bis morgen warten, inzwischen war es zu spät, um noch jemanden bei der Arbeit anzutreffen. Sie würden dagegen heute wohl wieder Überstunden machen. Was in Ordnung war, solange sie endlich diesen Scheißkerl erwischten, der sie die ganze Zeit auslachte.

Falk vertiefte sich in die Recherche und sah erst wieder

auf, als sich die Tür öffnete und Vanessa hereinkam. Sie war ungewöhnlich blass, und unter ihren Augen hatten sich dunkle Schatten gebildet. Im Gegensatz zu ihm hatte sie sich nicht umziehen können, ihre Kleidung war zerknittert, die Haare zerzaust. Zu seiner Überraschung lächelte sie ihn an, während sie zu ihrem Schreibtisch ging. Ob das daran lag, dass seine Frisur sie amüsierte oder sie über dem Schwerverletzten eine Art Verbindung geschaffen hatten, konnte er nicht genau deuten. Aber es war auch egal, es tat gut, ein freundliches Gesicht zu sehen. Er bemühte sich nicht um ein Lächeln, es wäre vermutlich nur eine Grimasse geworden, aber er nickte ihr zu.

»Ist am Tatort alles beendet?«

»Ja, die Spurensicherung ist durch. Jetzt wird nur noch Holz vor dem Fenster befestigt, um das Haus zu sichern.«

Weil er das Fenster eingeworfen hatte. Aber er bedauerte es nicht. Wenn sie noch länger gewartet hätten, wäre David vielleicht schon tot gewesen. So hatte er wenigstens eine kleine Chance gehabt, auch wenn es ihm am Ende nichts genutzt hatte.

»Gut. Wann können wir mit ersten Ergebnissen rechnen?«

»Nicht vor morgen früh, schätze ich. Die Kollegen müssen ja auch irgendwann mal schlafen.«

Dirk mischte sich ein. »Ich fahre noch zur Autopsie ins Rechtsmedizinische Institut.«

Fragend sah Vanessa Falk an. »Wir nicht?«

Falk hob die Schultern. »Diesmal will Dirk das übernehmen. Mir ist es ganz recht.«

Es war deutlich zu sehen, dass Vanessa mit sich kämpfte. Schließlich gewann ihre Erschöpfung. »Okay, dann machen wir den Papierkram.«

Dirks Telefon klingelte, bevor er etwas dazu sagen konnte. »Hanke.« Man konnte nicht hören, was der Gesprächspartner sagte, aber Dirks Gesichtsmuskeln spannten sich an. »Ja, ich komme sofort.« Er legte auf. »Ich muss zu Kordel, ich hoffe, es geht schnell, damit ich den Termin in der Rechtsmedizin schaffe.« Er hievte sich aus dem Stuhl und ging zur Tür.

Falk sah ihm nach und fragte sich, was jetzt wieder passiert war. Gab es etwa noch eine Attrappe oder Leiche? Sie waren bereits völlig überlastet, viel mehr würden sie nicht leisten können.

»Was machst du gerade?«

Falk wandte sich Vanessa zu. »Ich recherchiere alles zum Leben von David Schulz. Morgen werde ich noch mal in der Firma Leute befragen und hoffentlich herausfinden, ob er etwas mit einem der früheren Opfer zu tun hatte.«

»Hat schon jemand seine Familie informiert?«

»Ja, sie sind auf dem Weg, sie wohnen in Süddeutschland.«

»Okay.« Sie blickte auf die Uhr. »Hoffentlich finden wir bald etwas, ich habe den Eindruck, dass wir keine Zeit zu verlieren haben. Offenbar hat der Täter schon alles vorgeplant, er hätte nie innerhalb so kurzer Zeit eine neue Attrappe herstellen können. Das heißt, er hat das nächste Opfer vermutlich bereits im Visier.«

»Wenn er weiter nach dem bisherigen Muster vorgeht, müsste es jemand aus einer der Firmen sein, die auch schon in der ersten Mordserie betroffen waren. Aber sicher können wir natürlich nicht sein.«

Nachdenklich tippte Vanessa mit dem Stift an ihre Lippe. »Nein, aber vielleicht sollten wir die Mitarbeiter der Firmen warnen lassen.«

»Und damit eine Panik auslösen? Oder den Druck auf die Ermittlungen durch die Öffentlichkeit noch mehr erhöhen? Wir haben Glück, dass bisher noch niemand so richtig mitbekommen hat, dass die Fälle zusammenhängen. Es wird sicher nicht lange dauern, bis das rauskommt, und dann wird die Hölle los sein.«

»Also einfach alles so laufen lassen und abwarten, bis wir das nächste Opfer finden?«

Finster starrte Falk sie an. »Das habe ich nicht gesagt. Bisher wurden alle Opfer zu Hause überfallen, wir können also schlecht dazu raten, nur in Begleitung hinauszugehen. Die Leute fühlen sich in ihren Wohnungen oder Häusern sicher, und das sollten sie auch. Ich gehe davon aus, dass der Täter sich in die Behausungen einschleicht und die Opfer dort überrascht. So wie es damals auch bei der ersten Mordserie war.«

Vanessa grub beide Hände in ihre Haare. »Aber was können wir sonst tun?«

»Das Arschloch so schnell wie möglich fassen. Möglichst ohne ein weiteres Opfer.«

Sie bezweifelte, dass es so einfach werden würde. Bisher hatten sie keinen einzigen Hinweis, wer dafür verantwortlich sein könnte. Bis auf Sander, der aber das sicherste aller Alibis hatte. Es war erschreckend, dass sich jemand offenbar so unsichtbar unter anderen Menschen bewegen konnte, dass er niemandem aufgefallen war. Weder in den Lagereinrichtungen noch in den Nachbarschaften der Opfer. Und auch die Getöteten selbst hatten vorher niemandem von seltsamen Vorkommnissen berichtet. Oder angedeutet, dass sie sich verfolgt fühlten. Hatte der Täter sich in das Leben seiner Opfer eingeschlichen, ohne dass sie es bemerkt hatten? Aber das war unwahrscheinlich bei so unterschiedlichen Personen.

»Ich sehe immer noch keine Verbindung unter den Opfern, abgesehen von der Tatsache, dass sie in den Firmen gearbeitet haben.«

»Genau wie bei den ersten Morden, weshalb schließlich nur Christian Sander als Tatverdächtiger übrig blieb.«

Vanessa wollte gerade zu einer Antwort ansetzen, als die Tür so heftig aufgestoßen wurde, dass sie an die Wand knallte. Erschreckt zuckte Vanessa zusammen.

Dirk kam hereingestürmt und baute sich vor ihrem Schreibtisch auf. »Bist du jetzt zufrieden, du intrigantes Biest?«

Schockiert starrte Vanessa ihn an. »Wovon zum Teufel redest du?«

Dirks Gesicht war rot angelaufen, die Ader auf seiner Stirn schwoll bedrohlich an. »Jetzt tu nicht so unschuldig. Du warst es doch, die Kordel hinter meinem Rücken gesteckt hat, dass das Auffinden der Beweise in Sanders Mülltonne verdächtig war. Die ihn dazu gedrängt hat, die Sache noch einmal zu untersuchen. Vielen Dank auch!«

Vanessa versuchte, ruhig zu klingen, auch wenn ihr Blutdruck langsam stieg. »Ich habe lediglich Kordels Anweisung ausgeführt, mir die alten Fälle noch einmal anzusehen. Dabei ist mir eine Ungereimtheit aufgefallen. Es tut mir leid, ich weiß, dass du alles persönlich nimmst, was mit dem Fall zu tun hat, aber es ist wichtig, dass wir dieses Mal den richtigen Täter erwischen. Oder möchtest du, dass noch mehr Menschen ermordet werden?«

Dirks Hände ballten sich zu Fäusten. »Genau das habe ich immer zu verhindern versucht!«

»Dann weiß ich nicht, warum du dich so aufregst. Wir ziehen hier alle an einem Strang.«

Ohne Vorwarnung lehnte Dirk sich über den Schreibtisch und kam ihr damit unangenehm nahe. »Falsch, du hast es geschafft, dass ich suspendiert werde. Herzlichen Dank auch!«

»Du wurdest suspendiert? Warum? Kordel weiß doch, dass wir hier jeden Mann brauchen, um den Fall zu lösen.«

»Tja, das hättest du dir vielleicht vorher überlegen sollen, du blöde Kuh.«

Vanessa zog sich ein Stück zurück, weil es so aussah, als könnte Dirk jeden Moment auf sie losgehen. Die Wand hinter ihr stoppte ihren Rückzug.

Plötzlich tauchte Falk neben Dirk auf und legte eine Hand auf dessen Schulter. »Das reicht jetzt, Dirk. Warum wurdest du suspendiert? Uns hat niemand etwas davon gesagt.«

Dirks Lächeln glich einer Grimasse. »Dann werden sie das sicher noch tun. Ich bin raus hier.« Er machte sich von Falk los und ging zu seinem Schreibtisch. Unter lautem Getöse packte er einige Dinge in seine alte Aktentasche und verließ dann ohne ein weiteres Wort das Büro.

Kopfschüttelnd ging Falk zur Tür und schloss sie leise. In der Wand war auf Höhe des Griffs der Putz abgeplatzt. »Grandios. Genau das, was wir jetzt noch brauchen.«

»Ich weiß wirklich nicht, was passiert ist. Ich habe lediglich darauf hingewiesen, dass es eine Diskrepanz in der Zeitleiste gibt, was den Fund der Beweisstücke in der Mülltonne betrifft. Ich hätte nie gedacht, dass Dirk deswegen suspendiert wird. Warum auch?«

Falk sah auf die Uhr. »Einer von uns wird jetzt wohl die Autopsie übernehmen müssen, nachdem Dirk nicht mehr im Spiel ist.« Er wirkte nicht sonderlich glücklich.

»Soll ich das machen? Ich weiß, wie sehr du versucht hast, ihn zu retten, das macht die Sache persönlich.«

Erleichterung breitete sich auf seinem Gesicht aus. »Das wäre nett. Ich gehe zu Kordel und versuche herauszufinden, was da gelaufen ist.« Falk nickte ihr zu. »Einen schönen Abend noch.«

Gut, mit einer Autopsie würde er das nur bedingt werden, aber danach würde sie mit einem Glas Wein versuchen, das alles für ein paar Stunden hinter sich zu lassen. »Danke, dir auch.« Sie hob ihr Arbeitshandy hoch. »Diesmal habe ich es auch dabei, du kannst mich also jederzeit erreichen.«

Das brachte ihr ein halbes Lächeln ein. »Du lernst dazu.« Sofort wurde er wieder ernst. »Dirk hatte kein Recht, so mit dir zu reden, das weißt du, oder?«

Vanessa schluckte um den Kloß in ihrem Hals herum. »Danke.« Es schmerzte trotzdem, so von jemandem behandelt zu werden, der mit ihrem Vater befreundet gewesen war.

32

Falk rieb mit beiden Händen über sein Gesicht. Was zum Teufel war hier los? Warum ging Dirk jedes Mal ab wie eine Rakete, wenn es um den alten Fall ging, und vor allem warum traf es dann immer Vanessa? Irgendetwas musste im Hintergrund schwelen, das er noch nicht mitbekommen hatte. Soweit er das beurteilen konnte, hatte Vanessa diesmal nur ihren Job erledigt und keinerlei Einfluss darauf, was Kordel mit den Ergebnissen machte. Natürlich wollte niemand gern suspendiert werden, davon konnte er selbst auch ein Lied singen. Es war ein Scheißgefühl und wurde in der Akte vermerkt, was für die weitere Karriere nicht unbedingt förderlich war. Wobei Dirk Letzteres egal sein konnte, denn er war bereits älter und hatte nie erkennen lassen, dass er höhere Ambitionen besaß.

Aber er könnte spekulieren, bis er graue Haare bekam, besser er fragte Kordel direkt. Wenn in diesem Fall irgendetwas vorging, musste er es erfahren. Entschlossen stand er auf und machte sich auf den Weg zum Leiter des ZKD. Der war glücklicherweise in seinem Büro und bat ihn herein.

»Ich habe mir schon gedacht, dass einer von Ihnen kommt. Ich hätte Sie aber auch noch informiert. Wo ist Frau Lux?«

»Auf dem Weg zur Autopsie von David Schulz. Sie wird heute nicht mehr reinkommen, sofern nicht irgendetwas Dringendes ansteht.« Falk setzte sich auf den angebotenen Besucherstuhl. »Warum wurde Hanke suspendiert?«

Kordel beugte sich vor und verschränkte die Hände auf der Tischplatte. »Was hat er gesagt?«

»Er hat Vanessa angeraunzt und gesagt, dass es ihre Schuld wäre.«

Unzufrieden runzelte Kordel die Stirn. »Das ist bedauerlich. Wenn jemand die Schuld daran trägt, dann er allein. Zwar kann ich sein Motiv ein wenig verstehen, aber er hätte es wirklich besser wissen sollen.«

Ungeduldig lehnte Falk sich vor. »Was genau ist denn der Grund für die Suspendierung? Ich tappe hier völlig im Dunkeln.«

Kordel seufzte leise. »Es ging um die Beweisstücke der ersten drei Morde, die in Sanders Mülltonne gefunden wurden und die der Hauptgrund für seine Verhaftung und anschließende Verurteilung waren. Kommissarin Lux hatte herausgefunden, dass die Mülltonnen geleert wurden, nachdem Sander bereits zur Arbeit gefahren war. Er konnte die Gegenstände also gar nicht selbst an dem Morgen weggeworfen haben. Was nicht heißt, dass sie nicht in seinem Besitz gewesen sein können, nur können wir das eben ohne den Fund in der Mülltonne kaum noch beweisen.«

Falk runzelte die Stirn. »Ich dachte, es wären daran Spuren gefunden worden, die sie eindeutig mit Sander in Verbindung bringen.«

»Ja, ein Haar. Das könnte aber auch anders geschehen sein, es war schließlich Sanders Mülltonne. Also haben wir etwas tiefer gegraben und noch einmal die Nachbarn und auch die Müllmänner befragt, die damals im Dienst waren. Niemand von ihnen hat Sander an dem Morgen bei den Mülltonnen gesehen, und seine Kollegen können bezeugen, dass er sich an seinem Arbeitsplatz aufgehalten hat. Wie also sind die Gegenstände in seine Mülltonne gelangt?«

»Hatte er einen Komplizen?«

»Das ist nie bewiesen worden. Aber wenn er einen gehabt hätte, wäre der dann wirklich so dumm gewesen, seinen Partner so reinzureißen? Unwahrscheinlich.«

»Ich verstehe jedoch immer noch nicht, warum Hanke deshalb suspendiert wurde. Selbst wenn das damals vielleicht nicht genau überprüft wurde, ist das doch eigentlich kein Grund, ihn jetzt nach all der Zeit noch zu suspendieren.«

Kordel sah aus, als hätte er auf eine Zitrone gebissen. »Das ist auch nicht der Grund.« Er schwieg einen Moment, bevor er tief einatmete. »Das bleibt aber vorerst noch im kleinen Kreis, solange die Untersuchung läuft.«

»Natürlich.«

»Eine Nachbarin hat auf ihrer Hunderunde einen Mann gesehen, der sich an Sanders Mülltonne zu schaffen gemacht hat. Damals hat sie sich nichts dabei gedacht, weil sie am gleichen Tag in den Urlaub gefahren ist und nicht befragt wurde. Ihrer Beschreibung nach könnte es Dirk Hanke gewesen sein.«

Falk setzte sich auf. »Im Ernst? Was für einen Grund sollte er haben, so etwas zu tun?«

»Er schweigt dazu, deshalb kann ich nur spekulieren. Er war damals der festen Überzeugung, dass Sander der Serienmörder ist, doch es fehlte der letzte, unumstößliche Beweis. Und für den hat er gesorgt.«

»Verdammt! Als Polizist sollte er es besser wissen!«

Kordel nickte. »Da stimme ich zu. Aber man muss auch bedenken, unter welchem Druck die Abteilung während der Zeit stand. Alle haben nächtelang durchgearbeitet, und der Frust wurde mit jeder neuen Leiche stärker. Sander war verdächtig und hatte für die Tatzeiten keine hieb- und stichfesten Alibis. Da nach seiner Verhaftung keine weiteren Morde begangen wurden, sind wir alle davon ausgegangen, dass wir den richtigen Täter erwischt haben.«

»Bis jetzt.«

Kordel presste die Lippen zusammen. »Bis jetzt.«

»War Lux daran beteiligt?«

»Bisher ist ihm nichts nachzuweisen. Und da er nicht mehr lebt ...« Kordel hob die Schultern.

Falk wüsste zu gern, wie Vanessa reagierte, wenn sie erfuhr, dass Dirk vermutlich die Beweise platziert hatte. Ob sie so etwas vermutet hatte? »Ich hätte es besser gefunden, wenn der wahre Täter die Beweise Sander untergeschoben hätte, dann hätten wir jetzt vielleicht eine Beschreibung von ihm und wären einen Schritt weiter.«

»Das geht mir ganz genauso. Vor allem verliere ich nur ungern einen guten Kommissar, erst recht nicht, wenn wir personell momentan sowieso einen Engpass haben. Bei diesem Fall brauchen wir jeden Mann. Aber ich kann Hanke nicht wieder einsetzen, solange die Sache nicht geklärt ist. Wenn später herauskommen sollte, dass jemand mit den Beweisen zu tun hatte, der schon einmal welche gefälscht hat, bringt uns das in Teufels Küche und kann den ganzen Fall platzen lassen. Deshalb ist Hanke bis auf Weiteres raus.« Er sah Falk direkt an. »Schaffen Sie das auch ohne ihn?«

»Uns bleibt ja nichts anderes übrig. Wir werden auf jeden Fall unser Bestes geben.«

»Gut.« Müde winkte Kordel zur Tür hin. »Wenn Sie keine Fragen mehr haben, sollten wir jetzt weiterarbeiten. Der Staatsanwalt ruft ständig an und will Ergebnisse sehen.«

Falk verließ das Büro und schloss die Tür leise hinter sich. Auf dem Flur blieb er einen Moment stehen und atmete tief durch. Was zum Teufel hatte Dirk sich damals dabei gedacht? Das könnte ihn seine Karriere kosten! Oder, noch viel schlimmer, möglicherweise einem Mörder helfen, wieder auf freien Fuß zu kommen. Oder es hatte einen Unschuldigen zu zwei Jahren Gefängnis verdammt. Falk konnte sich nicht entscheiden, was schlimmer wäre. So oder so half es ihrem Fall überhaupt nicht, ganz im Gegenteil. Wenn das öffentlich wurde – und das würde es garantiert irgendwann –, könnte das ihren Ermittlungen immens schaden. Und sie würden Dirks Fehlverhalten ausbaden dürfen. Grandios.

Vanessa winkte Dr. Cleve zum Abschied zu und verließ dann schnellen Schrittes das Gebäude der Rechtsmedizin. Es hatte ihr ziemlich zugesetzt, der Autopsie von David Schulz beizuwohnen, deshalb setzte sie sich draußen auf eine Bank und atmete einige Male tief durch. Erst als sie das Gefühl hatte, etwas gefestigter zu sein, holte sie das Handy heraus und rief Falk an, der versucht hatte, sie zu erreichen.

Seine Nachricht schlug bei ihr ein wie eine Bombe. »Dirk hat die Beweise in Sanders Mülltonne deponiert? Okay, er war immer total davon überzeugt, dass Sander der Täter ist, aber ich hätte nie gedacht, dass er zu solchen Mitteln greifen würde. Dummerweise kommen wir damit auch nicht weiter, ich hatte tatsächlich gedacht, dass wir so vielleicht auf den wahren Täter kommen könnten. Dass er die Beweise dort deponiert hat, um die Polizei auf die falsche Fährte zu locken.«

Falk schwieg einen Moment. »Du glaubst aber nicht, dass Dirk …«

Der Gedanke ließ ihren Puls in die Höhe schießen. »Nein, das kann ich mir nicht vorstellen.«

»Also ich finde, dass er sich, seit du in dem Klingen-Killer-Fall herumstocherst, anders als sonst verhält. Normalerweise geht er immer total überlegt an Fälle heran, lässt sich kaum aus der Ruhe bringen.«

»Vielleicht liegt das daran, dass ich ihn an meinen Vater erinnere oder an die schwierigen Ermittlungen damals. Mein Vater war zu der Zeit auch ziemlich gestresst.«

Falk brummte zustimmend. »Möglich. Oder er hatte Angst, dass herauskommt, dass er die Beweise platziert hat. Trotzdem sollten wir vielleicht seine Alibis für die Zeiten der Morde überprüfen.«

»Glaubst du wirklich, nach so langer Zeit erinnert sich noch jemand daran?« Vanessa presste eine Hand auf ihren rumorenden Magen. »Es gefällt mir nicht, einen Kollegen zu verdächtigen.«

»Das geht mir genauso, aber die Überprüfung ist wichtig, um den Verdacht gegen Dirk auszuhebeln. Es ist schlimm genug, wenn er ›nur‹ falsche Beweise platziert hat. Ich möchte mir gar nicht ausmalen, was passieren würde, wenn herauskäme, dass einer der zuständigen Kommissare der Mörder war.«

Das stimmte allerdings. »Am besten sollten wir mit Kordel darüber reden. Vielleicht hat der bereits eine Untersuchung in die Wege geleitet. Es ist wichtig, dass wir die neuen Fälle nicht aus dem Blick verlieren.«

»Was kam bei der Autopsie heraus?«

»Im Grunde nichts Neues. David ist an dem Blutverlust

gestorben, wie erwartet. Die Schnitte sind wieder ähnlich der Attrappe, aber nicht absolut übereinstimmend – logischerweise, schließlich wurden sie erst danach getätigt. Ansonsten war das Opfer jung und fit, es wird jetzt noch das Blut untersucht, um herauszufinden, ob David betäubt wurde. Anders ist eigentlich nicht zu erklären, wie es der Täter geschafft hat, jemanden von seiner Statur ohne Gegenwehr an der Dusche zu befestigen.« Als Falk schwieg, redete Vanessa schnell weiter. »Dr. Cleve lässt dir ausrichten, dass du nichts hättest machen können, um David zu retten. Er hatte schon zu viel Blut verloren, als wir ihn gefunden haben.«

Falks Schweigen kam ihr unheimlich laut vor. »Danke. Theoretisch weiß ich das auch, aber es fällt mir trotzdem schwer, das zu akzeptieren.« Er räusperte sich. »Keine Angst, ich werde darüber hinwegkommen.«

»Gut.« Sie biss auf ihre Lippe, um nicht noch mehr zu sagen.

»War sonst noch was? Dann fahre ich jetzt nach Hause.«

Ein wenig erleichtert atmete Vanessa auf. »Nein, das war alles. Dr. Cleve schickt uns den Bericht, sobald er fertig ist.«

»Gut. Dann sehen wir uns morgen früh.«

Er legte auf, bevor sie sich verabschieden konnte. Kopfschüttelnd steckte Vanessa das Handy in ihre Tasche und machte sich wieder auf den Weg zu ihrem Auto. Auch wenn sie jetzt Feierabend hatte, der Fall und vor allem der Verdacht gegen Dirk gingen ihr noch lange nicht aus dem Kopf.

33

»Sei doch still!«

Die Worte drangen gezischt an sein Ohr. Durch die Skimaske über dem Gesicht waren sie so leise, dass er sie kaum verstand. Er antwortete nicht, weil er sowieso nichts gegen das leise Quietschen seiner Schuhe ausrichten konnte. Woher hätte er auch ahnen können, dass hier so ein ekliger Linoleumboden auf den Gängen lag? Sein Kumpan hatte aber natürlich recht, dass es ungünstig war, so die Aufmerksamkeit auf sich zu ziehen, wenn man etwas stehlen wollte. Er wäre auch wieder umgekehrt, doch jetzt waren sie einmal hier, und es wäre dumm, die Gelegenheit nicht zu nutzen. Nachts war eh niemand hier, der ihn hören konnte, es sollte also keinen Unterschied machen.

Mit der Taschenlampe leuchtete er den Gang entlang, der Lichtschein glitt über die mit Nummern versehenen Türen. Vor einigen Tagen hatte er den Tipp erhalten, dass in Nummer 46 etwas sehr Wertvolles versteckt war und sich ein Einbruch lohnte. Normalerweise hörte er nicht auf so etwas, doch die Quelle war vertrauenswürdig, und er brauchte dringend Geld. Wenn also jemand hier seine Klunker aufbewahrte, oder noch besser Bargeld oder ein wertvolles Gemälde, dann würde ihm das sehr helfen. Es war nicht schwer gewesen, einen Partner zu finden, der sich mit den neumodischen elektronischen Schlössern auskannte, mit denen der Lagerkomplex gesichert war. Lukas war ein Meister auf dem Gebiet und hatte sie ins Gebäude gebracht, ohne den Alarm auszulösen. Jetzt mussten sie nur noch die richtige Einheit finden und dann die Anlage auf gleichem Weg wieder verlassen.

Erleichtert atmete er auf, als der Lichtkegel schließlich die 46 erfasste. Auch an diesen Türen waren elektronische Schlösser, deshalb ließ er seinem Kumpan den Vortritt. Der zögerte nicht lange und holte sein Werkzeug heraus. Innerhalb kürzester Zeit öffnete sich das Schloss, und die Tür schwang auf. Perfekt, besser konnte es gar nicht laufen. Maik betrat die mittelgroße Lagereinheit und leuchtete den Raum ab. Es stand jede Menge Plunder herum, größtenteils Möbel, die zwar auch wertvoll aussahen, aber eindeutig zu groß waren, um sie mitzunehmen. Davon abgesehen waren die Preise für antike Möbel derzeit ziemlich im Keller.

Dann erfasste der Lichtstrahl einen mit einem Laken eingewickelten länglichen, flachen Gegenstand. Wenn das kein großes Gemälde war, würde er sich einen anderen Job suchen. Er stieg nicht gern in Privathäuser ein, wo man Gefahr lief, dabei Bewohner anzutreffen. Deshalb konzentrierte er sich entweder auf Lagerhäuser oder Häuser, von denen er genau wusste, dass niemand anwesend sein würde. Vorsichtig entfernte er das Laken von dem Rahmen. Lukas leuchtete ihm dabei, sodass er beide Hände frei hatte. Sie waren ein gutes Team, vielleicht konnte er ihn überreden, noch weitere Gigs zu drehen.

Sein Herz klopfte schneller, als Maik die Leinwand freilegte. Es war ein großes Landschaftsgemälde, und im Licht der Taschenlampe konnte er in der unteren rechten Ecke die Signatur eines bekannten Malers erkennen. Ja, Volltreffer! Schnell wickelte er das Gemälde wieder ein. Wenn sie Glück hatten, würde der Besitzer erst in einigen Wochen den Diebstahl bemerken, und bis dahin hatten sie schon alles veräußert.

Als er sich erhob, sah er, dass Lukas bereits den Lagerraum verlassen hatte. Genervt schleppte er das nicht gerade leichte Gemälde nach draußen und sah, dass Lukas sich am Schloss einer weiteren Einheit zu schaffen machte. Maik trat dicht an ihn heran. »Was tust du denn da? Wir haben genug Beute gemacht.«

Lukas drehte sich nicht zu ihm um. »Wer weiß, was hier noch drin ist? Wenn wir eh schon im Gebäude sind, können wir uns auch ein wenig umsehen.«

»Ich halte das für keine gute Idee. Schnell rein und schnell wieder raus, das war die Abmachung.«

»Du kannst ja gehen, wenn du willst. Dann bleibt mehr für mich übrig.« Geringschätzung war in seiner Stimme zu hören.

So gesehen könnte Maik vielleicht auf einen weiteren Raubzug verzichten, wenn er hier genug für die nächste Zeit fand. Trotzdem gefiel es ihm nicht, sich so lange in dieser Anlage aufzuhalten. Vielleicht kam doch irgendwann jemand vorbei und bemerkte den Einbruch. Dann wollte er möglichst weit weg sein. Ihm reichte sein Aufenthalt im Gefängnis vor zehn Jahren. Wenn er es vermeiden konnte, wollte er nie wieder dorthin.

»Du bist ja noch da.«

Maik verdrehte die Augen. »Red nicht, und mach lieber

schneller. Es bringt dir gar nichts, wenn du da drin einen Schatz findest, dafür aber im Gefängnis hockst.«

»Mach dir nicht in die Hose. Ich hab's ja gleich.«

Lukas hielt Wort: Eine halbe Minute später sprang das Schloss auf, und er packte seine Werkzeuge wieder ein. Maik lehnte das Gemälde gegen die Wand, schob langsam die Tür auf und trat in den Lagerraum. Der Strahl seiner Taschenlampe glitt über leere Wände. Es sah jedenfalls nicht so aus, als wäre hier viel zu holen. Anscheinend hatte Lukas sich die Mühe umsonst gemacht. Zur Enttäuschung gesellte sich ein Hauch Schadenfreude. Der Lichtstrahl der Taschenlampe beleuchtete jetzt den Rest des Raums und erfasste eine unwirkliche Szenerie. Unter der Decke hingen irgendwelche dicken Metallkabel, es gab Einbauten aus Holz, die Maik nicht deuten konnte. In der Mitte des Raumes stand eine rechteckige Konstruktion, die an Eisenstäben befestigt war. Darum waren Seile geschlungen und hinten verknotet. Was zum Teufel war das hier?

»Wir sollten gehen, hier scheint nichts von Wert vorhanden zu sein.«

Lukas ging um ihn herum. »Nicht so schnell, vielleicht ist da noch was …« Er stieß einen so entsetzlichen Schrei aus, dass Maik sich beinahe in die Hose machte. Die Flüche, die danach folgten, und das Geräusch, wie Lukas sich erbrach, machten die Sache nicht besser.

Maik wusste, er sollte einfach nur rausgehen, aber etwas in ihm trieb ihn dazu, ebenfalls um das Teil herumzugehen, um zu sehen, was Lukas so aus der Fassung brachte. Sofort wünschte er, er hätte es nicht getan. Auf der Rückseite der Stellwand war eine Zielscheibe angebracht, an die eine Frau gefesselt war. Eine tote Frau, ganz offensichtlich, mit zerrissener Kleidung und zahlreichen Schnittverletzungen. Seltsamerweise war nirgends Blut zu sehen, aber die Wunden waren eindeutig. Genauso wie der entsetzte Ausdruck in ihren Augen und der aufgerissene Mund. Seine Knie wurden weich, und er musste sich an der Wand abstützen, um nicht umzufallen.

Er war ein Verbrecher, ja, aber nie im Leben wäre er auf die Idee gekommen, einem anderen Menschen so etwas anzutun. Schon gar nicht einer Frau, die deutlich kleiner und leichter war als er und sich gar nicht wehren könnte. Das war offenkundig ihr Verderben gewesen. Maik schluckte schwer und wandte den Blick ab. Sie konnten ihr nicht mehr helfen, das war offensichtlich. Aber sie sollten so schnell wie möglich hier verschwinden, sonst versuchte noch jemand, ihnen den Mord anzuhängen.

Er packte Lukas am Arm und zog ihn zur Tür. »Wir müssen weg, bevor uns jemand sieht.«

»Und die Frau lassen wir einfach da hängen?« Lukas hatte sich die Maske wieder vor das Gesicht gezogen.

»Sie ist tot, falls du das nicht bemerkt hast, und wir wollen ganz sicher nicht mit dem Mord in Verbindung gebracht werden! Oder möchtest du die nächsten fünfundzwanzig Jahre im Gefängnis verbringen?«

»Nicht unbedingt.«

»Na also, dann lass uns endlich hier abhauen.« Die ersten Schritte zog er Lukas noch, dann lief der selbstständig hinter ihm her. Das Gemälde wog schwer, aber Maik war nicht bereit, es zurückzulassen. Nach dem, was sie hier erlebt hatten, war er nicht so sicher, ob er in nächster Zeit noch irgendwo einsteigen wollte. Erst als sie draußen waren und genug Entfernung zwischen sich und die Tote gelegt hatten, wagte

Maik es, ein wenig aufzuatmen. »Okay, wir trennen uns hier. Ich werde dir nach dem Verkauf wie besprochen deinen Teil vom Erlös zukommen lassen.«

»Meinst du nicht, wir sollten die Beute erst mal ruhen lassen?«

»Dafür haben wir keine Zeit. Wenn die Sache rauskommt, werden vielleicht auch die anderen Lagerräume überprüft, und dann könnte das Fehlen des Gemäldes bemerkt werden. Ich habe nur eine kurze Spanne, um es loszuwerden.«

Lukas verzog das Gesicht. »Okay. Aber wenn du erwischt wirst, nenn nicht meinen Namen!«

Maik rückte die Riemen des Rucksacks zurecht. »Wir sehen uns.« So schnell wie möglich verschwand er in der Dunkelheit.

Ein lautes, anhaltendes Klingeln weckte Vanessa aus ihrem unruhigen Schlaf. Desorientiert tastete sie nach dem Schalter der Nachttischlampe und stöhnte auf, als sich das aufflammende Licht in ihre Augen brannte. Sie blinzelte und stützte sich auf einen Ellbogen, während sie versuchte, die Benommenheit abzuschütteln. Ihr Schlaf war von Albträumen geprägt gewesen, sie hatte das Gefühl, gerade erst eingeschlafen zu sein. Noch immer klingelte das Telefon. Wenn das nichts Wichtiges war, würde sie den Anrufer ganz sicher ermorden. Als ihr der Gedanke kam, dass ihrer Mutter etwas passiert sein könnte, griff sie hastig nach dem Hörer.

»Ja?«

»Vanessa? Hier ist Falk. Es wurde wieder eine Attrappe gefunden.«

Ihr Magen zog sich zusammen. »Schon wieder? Und

wieso mitten in der Nacht? Ist sie diesmal nicht in einem Lagerhaus?«

»Doch. Es gab einen anonymen Hinweis, dass eine Leiche in einem Lagerhaus liegt. Streifenpolizisten haben die Sache überprüft und tatsächlich eine Attrappe gefunden. Mehr weiß ich auch noch nicht. Kommst du?«

Vanessa schwang die Beine aus dem Bett. »Natürlich. Wo muss ich hin?«

Nachdem sie sich angezogen und schnell frisch gemacht hatte – Make-up ließ sie um diese Uhrzeit und wegen der Dringlichkeit weg –, machte Vanessa sich auf den Weg zu der von Falk genannten Adresse. Diesmal befand sich das Lagerhaus im Osten der Stadt, gar nicht so weit von ihrer Wohnung entfernt. Mit dem Auto brauchte sie nur wenige Minuten und fand gleich einen Parkplatz außerhalb der Absperrung. Dank der Nachtzeit und der Lage im Gewerbegebiet waren kaum Schaulustige anwesend, aber vermutlich würde es sich bald herumsprechen und die Presse auftauchen. Deshalb beeilte sie sich, das Gebäude zu betreten.

Einer der Polizisten wies ihr stumm den Weg, und sie eilte den Gang entlang. Irgendwie wirkte die Umgebung noch düsterer als sonst, aber vielleicht lag es auch an ihr. Sie mochte nicht noch eine Nachbildung sehen und sich vorstellen, dass irgendwo ein weiterer Mensch gequält und getötet wurde. Doch es war ihr Job, und nachdem nun auch Dirk ausfiel, musste sie sich zusammenreißen. Vanessa straffte die Schultern und hob das Kinn, bevor sie den Lagerraum betrat. Einige Mitarbeiter der Spurensicherung waren bereits vor ihr angekommen. Vanessa nickte ihnen zu und ging dann um eine seltsame rechteckige Tafel herum, die mitten im Raum hing. Im hellen Licht konnte sie jeansbekleidete Beine sehen, die Füße steckten in hochhackigen Stiefeletten.

Das Band um ihren Brustkorb wurde enger, als sie den Blick nach oben wandern ließ. Als sie beim Gesicht ankam, zuckte sie erschrocken zurück. Die Luft blieb ihr weg, und sie taumelte. Nein, das konnte nicht sein! Eine kräftige Hand schloss sich um ihren Arm und hielt sie fest.

»Alles in Ordnung, Frau Lux? Atmen Sie tief durch.«

Mit Mühe unterdrückte Vanessa einen hysterischen Lachanfall. In Ordnung? Sie hob die Hand und zeigte mit einem zitternden Finger auf die Attrappe. »Das … das da bin ich!«

Der Techniker hielt sie noch fester, wahrscheinlich befürchtete er, dass sie ausrasten würde. »Nein, glücklicherweise nicht. Wir hatten schon schlimmste Befürchtungen, bevor Sie gerade hier auftauchten. Die Zentrale sollte eigentlich jemand anderen schicken, aber offenbar hat die Nachricht Sie nicht erreicht.«

»Nein, Falk … Kommissar Wolff hat mich angerufen und gesagt, dass wir uns hier treffen. Ist er schon da?«

»Noch nicht. Vielleicht warten Sie besser draußen auf ihn?« Ungesagt schwang mit, dass die Befürchtung bestand, dass sie den Tatort verunreinigte.

Sie löste sich von dem Mann. »Danke, es geht schon. Es war nur der erste Schreck.«

Er verzog den Mund. »Das kann ich gut verstehen. So was ist echt kein schöner Anblick.«

Die Untertreibung des Jahrhunderts. Sich selbst zu sehen, wie sie gefoltert und getötet an einer Zielscheibe hing, war kaum zu ertragen. Übelkeit überkam sie, und sie hatte alle Mühe, die Galle zurückzudrängen, die in ihrer Kehle aufgestiegen war. Trotzdem zwang sie sich, die Attrappe näher anzusehen. Wie auch die anderen war sie in nahezu allen Details erschreckend realistisch. Sogar das kleine Muttermal in ihrer Halsbeuge war zu sehen. Woher wusste dieser Scheißkerl das? Immerhin war die Attrappe größtenteils bekleidet, dafür war sie dankbar. Doch auch die Kleidung war auffällig, sie glich fast hundertprozentig einem ihrer Lieblingsoutfits.

Hatte der Täter sie so genau beobachtet? War er vielleicht schon seit Tagen oder Wochen hinter ihr her? Wie hatte sie das nicht bemerken können? Sie war Polizistin, verdammt noch mal! Auch die Haarfarbe und die Frisur entsprach fast genau ihrer. Genauso die Augenfarbe, auch wenn diese durch die vor Schreck geweiteten Pupillen kaum noch zu erkennen war. Ihre Haut kribbelte wie von tausend Ameisen. Unauffällig sah sie sich um, konnte aber nur ihre Kollegen entdecken, die routiniert ihrer Arbeit nachgingen.

Vanessa runzelte die Stirn, als ihr ein Unterschied zu den anderen Attrappen auffiel. Sie wandte sich an eine Technikerin. »Wo ist das Blut?« Sämtliche Schnitte waren vorhanden, aber es quoll kein Blut aus ihnen hervor. Dadurch sahen sie fast noch schrecklicher aus.

»Es gibt keins. Auch die Umgebung sieht noch nicht ganz fertig aus. Vielleicht wurde die Attrappe diesmal zu früh gefunden.«

»Wer hat den Fund gemeldet?«

»Anonymer Hinweis über die Notrufnummer. Anscheinend hat jemand das elektronische Schloss geknackt, ist hier eingedrungen und hat den Schrecken seines Lebens bekommen.«

Das hieß, dass sie vielleicht noch etwas Zeit hatten. Der Täter war noch nicht bereit gewesen, die Attrappe finden zu lassen. Vielleicht kam er hierher zurück, um seine Arbeit zu vollenden. Sie sollten …

»Ach du Scheiße!«

Falks Stimme erklang hinter ihr und ließ sie erschrocken zusammenzucken. Sie war so in ihre Überlegungen vertieft gewesen, dass sie seine Ankunft gar nicht bemerkt hatte.

34

Falk starrte die Attrappe an, während es ihm kalt den Rücken hinunterlief. Es war eine Sache, das Abbild von jemandem zu sehen, den er nicht kannte, aber das hier war noch einmal etwas ganz anderes. Gut, dass Vanessa hier lebendig und unversehrt vor ihm stand. Vorsichtig blickte er sie von der Seite an. Sie war erschreckend blass und wirkte fast wie versteinert. Er rechnete ihr jedoch hoch an, dass sie noch nicht zusammengebrochen war oder den Lagerraum fluchtartig wieder verlassen hatte. Er verzog den Mund, als er das Erbrochene auf dem Boden bemerkte.

»Die Spurensicherung wird nicht gerade erfreut sein.« Okay, das war nicht unbedingt das Erste, was er sagen sollte. Aber er war noch nie gut darin gewesen, sein Mitgefühl auszudrücken.

Fragend sah Vanessa ihn an. »Was?«

Falk deutete nach unten. »Nicht, dass ich es nicht total nachvollziehen kann.«

Vanessa schnitt eine Grimasse und trat ein Stück zur Seite. »Das hatte ich noch gar nicht gesehen. Ist nicht von mir. Ich nehme an, das ist ein Geschenk von unserem anonymen Anrufer.«

»Kann gut sein.« Falk schob die Hände in die Hosentaschen, um nicht in Versuchung zu geraten, Vanessa beruhigend zu berühren. Es musste total beängstigend sein, eine solche Kopie von sich zu sehen, noch dazu mit diesen furchtbaren Wunden. Besonders wenn man bedachte, was den anderen Opfern passiert war. Aber diesmal kannten sie das geplante Opfer und konnten es beschützen. Gut, dass die Attrappe frühzeitig entdeckt worden war. »Ich kann das hier auch allein übernehmen, wenn es zu viel für dich ist.«

»Danke, aber ich möchte lieber nicht allein zu Hause sitzen.«

»Das meinte ich auch nicht. Du bekommst Polizeischutz, damit dieser Arsch gar nicht in deine Nähe kommt.«

Es war Vanessa anzusehen, dass ihr der Gedanke nicht gefiel, aber sie nickte. Wieder blickte sie auf die Attrappe. »Ist dir aufgefallen, was anders ist als sonst?«

»Du meinst das fehlende Blut?«

»Das auch, aber ich rede von der Umgebung. Bei den drei anderen Attrappen war jeweils etwas aus deren persönlichem Umfeld zu sehen, das Wohnzimmer, Schlafzimmer oder auch das Bad. Das hier ist etwas völlig anderes. Und ich zumindest kenne den Ort nicht.«

»Vielleicht ist er mit der Gestaltung noch nicht fertig gewesen. Das sieht mir noch sehr rudimentär aus.«

Vanessa hob die Augenbrauen. »Du glaubst, irgendwo in meiner Wohnung sieht es so aus?«

»Keine Ahnung, ich war ja noch nicht da.« Als sie ihn wütend anblitzte, hob er beschwichtigend die Hände. »Ist ja gut. Es ist offenbar nicht deine Wohnung. Also ein Raum, in dem eine Zielscheibe hängt? Aber es könnte auch sein, dass die nur symbolisch gemeint ist.«

»Vielleicht. Was ich mir vorhin überlegt habe, als du aufgetaucht bist: Was ist, wenn er noch mal zurückkommt, um die Nachbildung fertig zu machen? Wenn wir hier schnell wieder verschwinden und alles so hinterlassen, vielleicht geht er uns dann ins Netz.«

Falk rieb über seine Bartstoppeln. »Das wäre einen Versuch wert. Wenn er allerdings mitbekommt, dass wir die Attrappe gefunden haben, wird er nicht wieder auftauchen.«

»Dann sollten wir das möglichst verhindern.«

Falk sah auf die Uhr. »Ich rufe Kordel an, damit er das mit dem Staatsanwalt regelt.«

Erstaunt sah Vanessa ihn an. »Du hast seine Privatnummer?«

»Er hat sein Diensthandy immer in Reichweite.« Falk zog sein eigenes Mobiltelefon heraus und wählte Kordels Nummer. »Ich bin gleich wieder da.« Rasch ging er nach draußen, um in Ruhe sprechen zu können. Vanessa hielt sich überraschend gut, das wollte er auf keinen Fall gefährden.

Er brauchte nicht viel zu sagen, um Kordel klarzumachen, dass das vielleicht ihre beste Gelegenheit war, den Täter zu fassen, bevor er noch jemanden tötete. Sein Vorgesetzter versprach, sich darum zu kümmern, dass das Lager von außen so schnell wie möglich wieder völlig unbelebt wirkte. Drinnen würde er Wachposten stationieren, die den Lagerraum im Auge behielten und jeden verhafteten, der ihn betreten wollte. Hoffentlich reichte das, um den Täter zu täuschen. Die Gefahr bestand natürlich, dass er Vanessa auch ohne die Attrappe angreifen würde, deshalb ordnete Kordel umfassenden Polizeischutz für sie an. Es würden ab sofort mehrere Polizisten ihre Wohnung im Auge behalten.

Während Falk zum Lagerraum zurückkehrte, fragte er

sich, warum der Täter einen der ermittelnden Beamten als Opfer auserkoren hatte. Das würde die Ermittler nur noch mehr anstacheln und die Wahrscheinlichkeit erhöhen, dass der Mörder gefasst wurde. Oder spielte er nur mit ihnen und versuchte, ihre Aufmerksamkeit aufzusplitten, um noch leichter morden zu können? Möglich war es. Vielleicht hatte er bereits in diesem Moment sein nächstes Opfer im Visier und plante, was er ihm antun konnte. Verdammt, sie mussten ihn endlich fassen!

Vanessa stand immer noch da, wo er sie verlassen hatte, und schien völlig in ihre Gedanken vertieft.

»Vanessa?«

Erschreckt zuckte sie zusammen, bevor sie sich zu ihm umwandte. »Schon fertig?«

»Kordel hat veranlasst, dass deine Wohnung ab sofort bewacht wird. Außerdem werden alle vom Lagerhaus abgezogen, damit es so aussieht wie immer. Der Lagerraum wird natürlich auch beobachtet, in der Hoffnung, dass uns der Täter in die Falle geht.«

Vanessa schlang die Arme um ihren Oberkörper, als würde sie frieren. »Die Attrappe bleibt hier?«

»Ich glaube, es ist schwierig, sie unauffällig hier wegzuschaffen. Das machen wir, wenn er nicht zurückkommen sollte. Die Spurensicherung ist vermutlich bald fertig, dann haben wir so weit alles, was wir brauchen. Taucht er nicht wieder auf, holen wir die Attrappe natürlich sofort hier raus.«

Es war Vanessa anzusehen, dass ihr der Gedanke nicht gefiel, aber sie nickte nur.

»Hast du einen Ort, an dem du unterkommen kannst, von dem der Täter nichts weiß?«

»Nein, so gründlich, wie der Täter offenbar vorgeht, weiß

er vermutlich, wo ich unterkommen würde. Und ich möchte ihn auch nicht irgendwo hinlocken, wo dann noch andere Personen in Gefahr geraten.«

»Willst du mit zu mir kommen?« Die Frage war heraus, bevor Falk gründlich darüber nachgedacht hatte.

Vanessa schien genauso überrascht wie er, erholte sich jedoch schnell. Schwach lächelte sie ihn an. »Danke für das Angebot, das ist wirklich sehr nett. Aber wie gesagt, ich möchte nicht noch andere in Gefahr bringen.«

Erleichterung mischte sich mit einer Spur Irritation. »Ich kann gut auf mich aufpassen, und auf dich ebenso.«

»Das dachte David vermutlich auch.«

Falk biss die Zähne aufeinander. »David wusste nichts von dem Mörder, und er war nicht bewaffnet. Ich denke, das ist nicht vergleichbar.«

»Ich wollte damit nicht andeuten, dass ich mich bei dir nicht sicher fühlen würde. Es ist nur …« Sie sprach nicht weiter, aber er konnte sich auch so vorstellen, was sie sagen wollte.

Und wieder löste es gemischte Gefühle in ihm aus. Ja, er war noch ein Fremder für sie, aber sie sollte wissen, dass er alles tun würde, um sie zu beschützen. Gleichzeitig verstand er ihre Vorsicht durchaus. Sie waren nicht gerade unter besten Bedingungen gestartet, und auch Dirk, der so vertrauenswürdig wirkte, hatte ihnen etwas Wichtiges vorenthalten. War es da ein Wunder, dass Vanessa ihm nicht vollständig vertraute? Und was dachte er überhaupt darüber nach, er sollte froh sein, Vanessa nicht in seine Wohnung lassen zu müssen. Es gab Dinge, von denen er nicht wollte, dass sie jemand erfuhr – oder über die er zumindest nicht reden mochte.

»Das Angebot gilt, wenn du es dir anders überlegst.«

Vanessa legte ihre Hand auf seinen Unterarm. »Danke.«

Falk nickte ihr zu und trat unauffällig zur Seite. »Der Betreiber des Lagerhauses sollte inzwischen da sein. Wollen wir mit ihm reden?«

Ein wenig zu eifrig folgte Vanessa seinem Vorschlag. »Eine gute Idee. Vielleicht haben sie hier ja wenigstens Kameras, die auch die Flure zeigen.«

Das glaubte Falk eher weniger, er hatte jedenfalls auf dem Weg hierher keine gesehen. Möglicherweise könnten sich aber die elektronischen Schlösser als hilfreich erweisen.

Er lag mit seiner Annahme richtig, dass es keine direkte Überwachung der Einheiten gab, aber immerhin gaben die Schlösser Signale an den Hauptcomputer, und so konnte nachvollzogen werden, wann die Türen jeweils geöffnet wurden. Dadurch konnten sie nicht nur die Bewegungen des Attrappenerstellers herausfinden, sondern auch die Daten mit den Videos von den Außenbereichen vergleichen. Womöglich fiel ihnen dabei jemand auf. Aufregung breitete sich in ihm aus. Vielleicht hatte dieses Schwein jetzt endlich einen Fehler begangen und ermöglichte ihnen damit den Zugriff.

Ansonsten war der Betreiber nur bedingt hilfreich, er wusste von nichts und war nicht glücklich, dass in seinem Gebäude Polizisten stationiert werden würden. Immerhin hatte er wohl verstanden, dass er niemandem davon erzählen durfte und eine Zuwiderhandlung hart bestraft werden würde. Falk steckte die Kopien der Videos und Türdaten ein und verabschiedete sich von dem Betreiber.

Vanessa ging neben ihm den Flur entlang. »Was machen wir jetzt?«

»Ich fahre ins Büro und sehe mir die Videos an. Warum fährst du nicht nach Hause und schläfst noch ein wenig?«

»Ist das dein Ernst? Als könnte ich jetzt schlafen!« Vanessa hob ihr Kinn. »Wir sehen uns im Büro.«

Falk überlegte, ihr anzubieten, mit ihr zu fahren, aber er wollte auch nicht sein Motorrad hierlassen. Deshalb beschloss er, einfach hinter ihr herzufahren, das sollte reichen, um sie zu schützen. Er ließ ihr ein wenig Vorsprung, in der Hoffnung, dass sie ihn nicht bemerken würde, aber er achtete darauf, sie nie aus den Augen zu verlieren. Erst als sie in die Tiefgarage des ZKD fuhr, hielt er an und stellte sein Motorrad draußen ab. Falk wartete noch einen Moment und folgte Vanessa dann ins Gebäude.

Als er das Büro betrat, blickte Vanessa ihn halb amüsiert, halb genervt an. »Dachtest du wirklich, dass ich dich nicht hinter mir bemerke?«

Unschuldig sah er sie an. »Ich habe keine Ahnung, wovon du redest.«

Das brachte ihm ein Lachen ein. Es klang beinahe, als hätte Vanessa seit langer Zeit nicht mehr gelacht und müsste es erst wieder lernen. »Du bist nicht gerade unauffällig mitten in der Nacht auf dieser Höllenmaschine. Es war nicht nötig, aber ich bin dankbar, dass du dir die Mühe gemacht hast.«

»Kein Ding.« Schnell wechselte er das Thema. »Hast du schon mit den Videos angefangen?«

»Innerhalb von zwei Minuten? Eher nicht. Aber warum rutschst du nicht hier rum, und dann sehen wir sie uns zusammen an.«

»Kaffee?«

Dankbar lächelte sie ihn an. »Das wäre super.«

35

Völlig übernächtigt hatte Vanessa Mühe, ihre Augen offen zu halten. Zusammen mit Falk hatte sie sich die Nacht mit den Aufzeichnungen des Lagers um die Ohren geschlagen. Zuerst nur die Zeitpunkte, zu denen die Tür der Lagereinheit geöffnet worden war, später dann auch den Rest. Leider wurden die Videos nur zwei Wochen aufgehoben, die Lagereinheit war aber schon länger angemietet gewesen. Sosehr sie auch danach suchten, sie konnten niemanden finden, der auf den Videos ins Auge stach. Dabei sollte es kein Problem sein, den gleichen Mann zu den verschiedenen Terminen zu entdecken. Doch das taten sie nicht. Wie machte der Kerl das?

»Jetzt können wir das Video nur noch mit denen der anderen Lagerhäuser vergleichen und hoffen, dass wir eine Übereinstimmung finden.«

Falk wirkte ähnlich frustriert wie sie. »Müssen wir wohl, aber ich habe keine große Hoffnung. Wie kann er uns jedes Mal einen Schritt voraus sein?«

»Ich hatte wirklich gehofft, dass wir diesmal einen Vorteil haben, weil der Lagerraum frühzeitig entdeckt wurde.«

Falk blickte sie an. »Den haben wir, weil wir dich so noch schützen können.«

Vanessa schnitt eine Grimasse. »Ja, natürlich. Das meinte ich aber nicht.«

»Vielleicht …« Falk brach ab, als ihr Telefon klingelte.

Es war Kordel, der sie beide zu einem Gespräch in den Besprechungsraum zitierte.

Falk blickte auf die Uhr. »Er ist so früh schon im Haus? Dann muss es dringend sein.«

»Wahrscheinlich will er mit uns besprechen, wie wir weiter vorgehen. Oder der Täter ist beim Lagerhaus aufgetaucht und verhaftet worden.«

»Das glaube ich nicht, dann wären wir schon benachrichtigt worden. Außerdem kann ich mir nicht vorstellen, dass unser Mörder so früh morgens ins Lagerhaus geht. Seine bisherigen Zeiten lagen immer mitten am Tag oder spätestens am späten Nachmittag, laut elektronischem Schloss. Warum sollte er das gerade heute ändern?«

Vanessa erhob sich und nahm sich ihre Unterlagen und einen Stift. »Weil er gehört hat, dass es einen Polizeieinsatz am Lagerhaus gab?«

»Dann würde er das Gebäude nicht wieder betreten. Er kann sich denken, dass wir ihm dort auflauern.«

»Wir sollten herausfinden, ob die Info doch irgendwie nach außen gedrungen ist, und dann eine Falschmeldung herausgeben, dass es sich um einen Einbruch gehandelt hat und der Dieb gefasst wurde. Vielleicht fühlt er sich dann sicher genug, seinen Lagerraum wieder aufzusuchen.«

»Möglich wär's.« Falk öffnete ihr die Tür.

Sie trat auf den Flur und drehte sich dort zu ihm um. »Auf jeden Fall ist es einen Versuch wert, wenn wir nicht riskieren wollen, dass er uns wieder durch die Lappen geht.« Und daran hatte sie ein ganz persönliches Interesse.

»Natürlich. Ich hoffe ja immer noch, dass er gar nichts von der ganzen Aktion mitbekommen hat.«

Vanessa hatte nicht den Eindruck, dass ihr Täter irgendetwas dem Zufall überließ. Es wirkte alles genau durchdacht und bis ins kleinste Detail geplant. Jemand, der solche Attrappen fertigte, konnte überhaupt nicht impulsiv vorgehen. Das bedeutete aber leider auch, dass er dadurch weniger Fehler beging. Ausgiebig geplante Verbrechen waren schon immer am schwierigsten aufzuklären. Jemand, der sich zwei Jahre Zeit ließ, um eine Mordserie fortzusetzen, war ein Albtraum für jeden Ermittler.

Zu Vanessas Überraschung waren im Besprechungsraum nicht nur Kordel und der Staatsanwalt anwesend, sondern auch weitere Kollegen, die ihnen bei den Ermittlungen geholfen hatten, sowie Dr. Cleve und Petra Klimcke vom Spurensicherungsteam. Vanessa nickte ihnen zu und setzte sich an den Tisch. Die Blicke der anderen wirkten besorgt oder mitleidig, und Vanessa hob das Kinn. Auf keinen Fall wollte sie als Opfer angesehen werden. Ja, ein Serienkiller hatte es offenbar auf sie abgesehen, aber sie würde sich davon nicht stoppen lassen.

Falk setzte sich neben sie, ob aus Zufall oder weil er sie moralisch unterstützen wollte, wusste sie nicht. Aber sie war dankbar dafür. Er war einer der wenigen, die alles aussprachen, was sie dachten, und genau das brauchte sie in dieser Situation. Nicht jemanden, der um ein Thema herumschlich oder so tat, als wäre sie aus Zucker.

»Gut, dann sind wir jetzt vollzählig.« Kordels Blick ruhte auf Vanessa. »Sie sehen etwas erschöpft aus.«

Hitze stieg in ihre Wangen. »Das könnte daran liegen, dass ich die halbe Nacht durchgearbeitet habe.«

Glücklicherweise ging Kordel nicht weiter darauf ein, sondern wandte sich an die gesamte Runde. »Danke, dass Sie sich so früh hier eingefunden haben. Wie Sie wissen, ist der Fall gerade noch einmal persönlicher geworden.« Vanessa hörte nur mit einem Ohr zu, während Kordel die Details des neuesten Fundes katalogisierte. »Wir haben alles so hinterlassen, wie es war, in der Hoffnung, dass der Täter noch einmal zurückkehrt und wir ihn fassen können. Ob das funktioniert, können wir zum jetzigen Zeitpunkt noch nicht sagen, also werden wir die normalen Ermittlungen weiterführen wie bisher.«

Staatsanwalt Thomas Winter räusperte sich. »Mit einer Ausnahme.« Er blickte Vanessa an. »Sie können nicht mehr an dem Fall mitarbeiten. Der Täter hat Sie offenbar als eines der nächsten Opfer auserkoren, und damit sind Sie zu dicht dran.«

»Das ist ein Scherz, oder?« Hilfe suchend sah sie zu Kordel.

Der schüttelte den Kopf. »Leider muss ich Staatsanwalt Winter zustimmen. Sie sind zu nah dran. Wolff, Sie arbeiten ab sofort mit Kommissar Abeling federführend an dem Fall. Da Dirk Hanke suspendiert ist, haben Sie die Leitung.«

Ärger stieg in ihr auf. »Das ist unfair! Warum darf ich nicht mehr an dem Fall arbeiten?«

»Es ist zu gefährlich, dieser Typ hat es offenbar auf Sie abgesehen. Ich würde das bei jedem meiner Mitarbeiter machen, es hat nichts mit Ihnen persönlich zu tun.«

Sie ballte die Hände unter dem Tisch zu Fäusten. »Es fühlt sich aber sehr persönlich an. Ich habe sehr viel investiert, um den Täter zu fassen, und jetzt werde ich einfach abgeschoben und durch jemand anderen ersetzt.«

Kordel hob beschwichtigend die Hände. »Niemand schiebt Sie ab, Sie bleiben natürlich in der Abteilung. Sie werden lediglich mit einem anderen Fall betraut.«

Es war klar, dass ihr Vorgesetzter nicht mit sich reden lassen würde, schon gar nicht, wenn der Staatsanwalt ihm die Sache vorgab. Sie war raus. Enttäuschung presste ihre Kehle zusammen.

»Ich finde es auch nicht richtig. Kaum jemand kennt den Fall so gut wie Vanessa.« Zu ihrer Überraschung wirkte Falk gar nicht erfreut, obwohl er sie anfangs am liebsten losgeworden wäre. »Außerdem kann es genauso gut sein, dass der Täter die Attrappe extra angefertigt hat, um unsere Ermittlungen zu schwächen. Seine Opfer waren bisher immer ganz normale Angestellte, warum sollte er es mit einer Polizistin aufnehmen? Damit geht er ein ganz erhebliches Risiko ein, erst recht, wenn wir schon vorgewarnt sind.«

Winter beugte sich vor. »Das ist eine Frage, die wir klären müssen. Können Sie sich einen Grund erklären, Lux?«

»Nein, außer, dass er vielleicht das Team zermürben oder spalten will. Je mehr wir uns mit uns selbst beschäftigen, desto weniger werden wir ihm gefährlich. Oder er tut es, weil es ihm Spaß macht, die Polizei zu foppen. Das würde auch dazu passen, dass er vorher die Attrappen finden lässt und uns auf ein Rennen schickt, das wir nur verlieren können.«

Ein Muskel zuckte in Falks Wange. »Und er hat offenbar Erfolg damit.«

Kordel mischte sich ein. »Nicht mehr lange. Wir werden ihn erwischen, so wie beim letzten Mal auch.«

Vanessa konnte sich nicht zurückhalten. »Nur war Christian Sander vielleicht gar nicht der Täter. Dafür würde auch sprechen, dass jetzt wieder auf die gleiche Art gemordet wird. Selbst die Opfer entsprechen dem gleichen Muster wie beim letzten Mal.«

Winter wirkte nicht gerade glücklich. »Es gibt eine neue Untersuchung, ob Sanders Verurteilung rechtens war. Wir werden sehen, was dabei herauskommt.«

»Dann könnte es sein, dass Sander freikommt?«

»Wenn es keine Beweise dafür gibt, dass er etwas mit den Morden damals zu tun hatte, dann ja. Es kann aber noch ein paar Wochen dauern, bis das endgültig geklärt ist. Solange wird er in Haft bleiben. Wir wollen auf keinen Fall möglicherweise zwei Mörder auf freiem Fuß haben.« Nervös tippte Winter mit den Fingern auf die Tischplatte.

Kordel wandte sich wieder an Vanessa. »Danke für Ihre bisherige Arbeit an diesem Fall. Am besten gehen Sie erst einmal nach Hause und ruhen sich aus. Für die Bewachung ihrer Wohnung habe ich natürlich gesorgt. Morgen werde ich Ihnen dann einen anderen Fall zuweisen.«

Vanessa blieb nichts anderes übrig, als aufzustehen und ihre Sachen zu nehmen. »Bis morgen.«

Bevor sie an der Tür war, erklang noch einmal Falks Stimme. »Fürs Protokoll: Ich halte das immer noch für einen Fehler.«

Ihre Hand zitterte, als sie den Griff herunterdrückte.

»Ist notiert. Die Vorschriften sind sehr eindeutig, mir sind die Hände gebunden.« Kordels Antwort ließ keinen Raum für Interpretationen.

»Dann sind die Vorschriften fehlerhaft.«

»Gehen Sie nicht zu weit, Wolff. Ich weiß nicht, wie das an Ihrer früheren Dienststelle gehandhabt wurde, aber hier halten wir uns an die Regeln.«

Erschrocken drehte Vanessa sich um und sah, wie sich Falks Gesichtszüge verhärteten. Damit ihr Kollege sich nicht noch weiter um Kopf und Kragen redete, schlüpfte Vanessa schnell aus dem Raum. Die Stimmung würde sich hoffentlich beruhigen, wenn es wieder um den Fall ging. Sie schloss die Tür leise hinter sich und lehnte sich dann an die Wand daneben. Ihr erster Fall hier in der neuen Einheit, und sie hatte ihn schon verloren. Sie fühlte sich ihrem Vater so nah wie schon lange nicht mehr. Fast, als würden sie ihn zusammen bearbeiten. Egal, welchen Fall ihr Kordel gab, es wäre nicht das Gleiche.

In ihrem Büro fuhr Vanessa den PC herunter, nahm sich ihre Unterlagen und hinterließ Falk einen Zettel, dass er sie anrufen möge. Sie wusste nicht, ob er es tun würde, aber sie hoffte, dass er sie weiterhin über den Fall informierte. Auch wenn sie offiziell nicht daran mitarbeiten durfte, wollte sie wissen, wie es weiterging. Nicht nur aus professionellem, sondern aus ganz persönlichem Interesse. Schließlich war es ihre Nachbildung, die in dem Lagerraum darauf wartete, dass der Mörder sie vervollständigte. Ein Schauder lief über ihren Rücken. Sie würde nach Hause fahren, aber ob sie wirklich schlafen konnte, wagte sie stark zu bezweifeln.

Auf dem Weg zu ihrem Auto sah sie sich immer wieder um, doch es war nichts Auffälliges zu sehen. Der Täter würde es auch ganz sicher nicht wagen, in die Tiefgarage des ZKD einzudringen, um sie zu entführen. Nein, er würde vermutlich zu Hause auf sie warten oder ihr vielleicht auflauern, wenn sie einkaufen ging. Wenn er den Plan, sie zu töten, nicht schon aufgegeben hatte oder es vielleicht nie seine Absicht gewesen war. Aber das würde sie erst dann wissen, wenn er sie angriff oder wenn er gefasst wurde. Wunderbare

Aussichten. Sie wusste selbst sehr genau, dass es manchmal Monate oder sogar Jahre dauern konnte, bis ein Mörder gefunden wurde. Manchmal auch nie. Könnte sie wirklich ihr Leben lang in Ungewissheit verbringen? Nein, dazu war sie nicht bereit. Stattdessen würde sie weiter in dem Fall ermitteln, wenn nicht im Team, dann eben auf eigene Faust.

Entschlossen ging Vanessa zum Tresor und holte ihre Dienstwaffe heraus. Lieber verantwortete sie sich hinterher dafür, dass sie sie widerrechtlich benutzt hatte, als unbewaffnet einem Serienkiller gegenüberzustehen.

36

Einer der Polizisten, die ihre Wohnung bewachten, überprüfte mit ihr gemeinsam, ob auch tatsächlich niemand in der Zwischenzeit eingedrungen war. Als das geklärt war, verabschiedete Vanessa den Polizisten und schloss die Tür hinter ihm. Nachdem sie alle Riegel vorgeschoben und zudem noch die Fenster kontrolliert hatte, atmete sie erleichtert auf. Zwar hatte sie noch keine Zeit gefunden, eine Alarmanlage installieren zu lassen, aber wenn jetzt noch jemand versuchte, in ihre Wohnung einzudringen, würde sie es auf jeden Fall hören. Die Polizisten würden weiter das Haus bewachen und gaben ihr damit zusätzlichen Schutz. Der Täter wäre verrückt, das zu riskieren, nur um zu ihr vorzudringen.

Andererseits zeigten die Morde, wie verrückt er wirklich war. Von daher konnte sie sich wohl nicht darauf verlassen, dass er es nicht zumindest versuchen würde. Auf keinen Fall würde sie ihn unterschätzen. Vanessa hängte ihre Jacke auf und ging dann mit Tasche und Waffe in ihr Arbeitszimmer. Eigentlich müsste sie dringend schlafen, aber sie wusste, dass ihr das nicht gelingen würde. Immer wieder drehten sich ihre Gedanken im Kreis. Es passte einfach nicht, egal, wie sie es auch drehte und wendete. Die Morde blieben bisher immer in einer bestimmten Gruppe von Opfern. Warum sollte der Täter das jetzt plötzlich ändern?

Oder gab es einen Grund, warum gerade sie ausgewählt worden war? Wirklich, um die Ermittlungen aufzumischen? Um das Team zu schwächen? Aber das hatte der Täter doch gar nicht nötig, bisher hatte er noch keine verwertbaren Spuren hinterlassen, mit denen man ihn hätte festnehmen können. Hatte er vielleicht gar nicht vorgehabt, die Attrappe finden zu lassen? Ihr wurde übel, als sie darüber nachdachte, wofür er sie verwendet haben könnte. Aber die ganze Arbeit, nur um sich daran aufzugeilen? Das passte auch nicht. Dieser Mann kannte sie doch gar nicht. Erst seit Kurzem war sie überhaupt bei der Einheit tätig, und sie war auch noch nicht in den Medien gewesen, soweit sie wusste. Andererseits war die erste Attrappe genau an ihrem ersten Tag beim KFI 1 aufgetaucht. Das musste ein Zufall sein, oder? Nicht einmal sie hatte gewusst, dass sie der Abteilung zugeteilt werden würde.

Aber Kordel hatte es gewusst, und Dirk auch, wenn sie Falks Worten trauen konnte. Dirk, der die Beweise in Sanders Mülltonne platziert hatte, damit der für die Morde verurteilt wurde. Nein, das konnte gar nicht sein. Dirk war mit Leib und Seele Kommissar und hatte hart daran gearbeitet, den Fall damals zu lösen. Allerdings war ihr Vater auch nicht hundertprozentig von Sanders Schuld überzeugt gewesen. Hatte Dirk sich deshalb genötigt gesehen, falsche Beweise unterzuschieben? Vanessa zog ihr Handy hervor und blätterte in ihrem Album bis zu den Fotos, die sie von den Notizen ihres Vaters gemacht hatte.

Sander wirklich Täter? Beweise nicht … Überprüfen! Fundort ungenau. Weitere … notwendig. Reine Indizien.

Sie vergrößerte den Ausschnitt und versuchte, die fehlenden Worte zu entziffern. Doch so wurden die Striche nur noch unkenntlicher. Vielleicht stand dort »stichhaltig«? Und an der zweiten Stelle könnte »Untersuchung« stehen. Auf jeden Fall aber war es für sie völlig eindeutig, dass ihr Vater ein Problem mit den Beweisen hatte, die in der Mülltonne gefunden worden waren. Vielleicht war ihm genauso wie ihr aufgefallen, dass es unlogisch war, sie in eine leere Mülltonne zu werfen. Hatte er Dirk in Verdacht gehabt? Nein, sie waren befreundet gewesen, ganz sicher wäre er nie auf die Idee gekommen, dass sein Partner so etwas tat.

Vanessa schlug ihre Unterlagen auf und fuhr mit dem Finger über die Liste derjenigen, die sich die Akten des Falls ausgeliehen hatten. Da war der Name ihres Vaters. Und das Datum war wie in ihrer Erinnerung deutlich nach dem Ende des Falls. War Andreas die Unterlagen nachträglich noch einmal durchgegangen und hatte da erst die Unstimmigkeiten bemerkt? Was hatte er dann getan? Ganz sicher hatte er nicht gleich mit Kordel geredet, sondern er hätte erst Dirk persönlich gefragt, wenn er ihn verdächtigte. Und dann? Hatte Dirk ihn überzeugt, dass er damit nichts zu tun hatte?

Es war alles nur Spekulation, aber sie fragte sich inzwischen, ob Dirk sich ihr gegenüber deshalb so benommen hatte. Befürchtete er, dass ihr Vater sich ihr damals anvertraut hatte? Ihre Kehle schnürte sich zu. Hatte Andreas das vielleicht sogar versucht, an dem Tag seines Todes, als er sie angerufen hatte? Oh Gott, bitte nicht. Tränen ließen ihren Blick verschwimmen. Dirk hatte sich erst so verhalten, seit er wusste, dass sie die Unterlagen ihres Vaters hatte. Und kurz darauf war jemand eingebrochen und hatte nur sie mitgenommen. War es Dirk gewesen, um zu verhindern, dass sie sein Fehlverhalten herausfand und meldete? Oder war es noch viel schlimmer, und Dirk war der Serienkiller? Sie wollte das nicht glauben, aber als Polizist hatte er viele Möglichkeiten, etwas über seine Opfer herauszufinden. Und er konnte offenbar ohne Probleme in ihre Wohnung eindringen.

Die Haare in ihrem Nacken stellten sich auf, ihre Hand legte sich um den Griff der Pistole. Sie musste hier weg! Auf keinen Fall würde sie hier sitzen wie ein Opferlamm und dem Täter ein leichtes Spiel bereiten. Das Haus hatte einen Hinterausgang, der nur den Bewohnern bekannt war. Niemand würde auf die Idee kommen, ihn zu beobachten. Sie packte einen Rucksack mit allem, was sie brauchen würde, und zögerte, als sie ihr Arbeitshandy einstecken wollte. Sie sollte Falk von ihren Überlegungen berichten, damit er über alles informiert war. Vielleicht konnte er ihr auch helfen, die Wahrheit herauszufinden.

Rasch wählte sie seine Nummer und wartete mit angehaltenem Atem darauf, dass er sich meldete. Doch es kam am Ende nur die Voicemail, wahrscheinlich war Falk noch in der Besprechung oder sonst irgendwo beschäftigt. Sie würde es später wieder versuchen, allerdings nicht mit diesem Handy. Vielleicht konnte der Täter damit ihren Standort nachverfolgen. Noch einmal schlossen sich ihre Finger darum, dann legte sie es auf den Schreibtisch. Auf dem Flur schlüpfte sie in ihre Jacke und verließ die Wohnung, nachdem sie sich davon überzeugt hatte, dass ihr niemand auf dem Hausflur auflauerte.

Vanessa nahm den Zugang zum Nachbarhaus und von dort aus den Hinterausgang. Bevor sie hinaustrat, sah sie sich sorgfältig um, entdeckte aber niemanden. Erleichtert eilte sie über den gepflasterten Hinterhof und nahm eine offene Ausfahrt an der gegenüberliegenden Seite. Dort würde sicher niemand auf sie warten. Sie würde untertauchen und sich dann entscheiden, wie sie weiter vorging. Auf jeden Fall musste sie unberechenbar bleiben, was hieß, dass sie nicht einfach zu ihrer Mutter flüchten konnte. Dirk kannte Marion, und auch ein möglicher anderer Täter könnte von ihr wissen, schließlich hatte Andreas Lux früher den Fall bearbeitet.

Lange dachte sie nach, doch ihr fiel niemand ein, zu dem sie gehen konnte. Normalerweise hätte sie Thorsten angerufen, doch seine Freundin hatte gerade erst ein Kind bekommen, und sie wollte auf keinen Fall einen von ihnen in Gefahr bringen. Der Mörder schreckte offenbar vor nichts zurück, wie sie nun schon mehrfach gesehen hatten. Noch immer konnte sie sich nicht ganz vorstellen, dass es wirklich Dirk sein könnte. Aber es passte alles zusammen. Sein Benehmen, seine Weigerung, den Fall neu aufzurollen, das Platzieren der Beweisstücke, sein Beharren, dass Christian Sander der Täter war. Der Gedanke verursachte ihr Übelkeit. Es war ihr unbegreiflich, wie jemand, dessen Beruf es war, Menschenleben zu schützen, so etwas tun könnte. Aber man konnte in niemanden hineinsehen. Wenn sie eines als Kommissarin gelernt hatte, dann das.

Kopfschüttelnd ging sie los, sich immer der Umgebung bewusst. Da ihr Auto vielleicht beobachtet wurde, entschied sie sich für die Straßenbahn. Sie würde sich in einem anderen Stadtteil ein Hotelzimmer nehmen und dann in Ruhe über ihr weiteres Vorgehen nachdenken. Es tat ihr leid für die Polizisten, die ihr Haus bewachten, doch sie war überzeugt, dass sie den Mörder nicht aufhalten konnten, wenn er es wirklich darauf anlegte. Ob sie selbst das könnte, wusste sie auch nicht, aber sie würde es auf jeden Fall versuchen. Hoffentlich war er so in seinen Gewohnheiten gefangen, dass es ihn von ihr abbringen würde, wenn sie anders handelte als erwartet.

Die Bahn fuhr durch die Stadt, und Vanessa erinnerte sich wieder daran, warum sie vor einigen Jahren auf das Auto umgestiegen war. Es dauerte einfach furchtbar lange, von A nach B zu kommen, und die vielen Menschen machten sie nervös. Allerdings waren gerade sie im Moment ein Schutzwall vor dem Mörder. Deshalb fuhr Vanessa immer weiter und wechselte mehrmals im letzten Moment die Bahn, bis sie sicher sein konnte, jeden Verfolger abgeschüttelt zu haben. Schließlich stieg sie aus und sah sich um. Hier in der Gegend kannte sie sich nur bedingt aus, aber genau das war vielleicht ein Vorteil. Niemand würde sie hier erwarten.

Auf ihrem Handy rief sie die Karte auf. Einige Hundert Meter entfernt gab es ein Hotel. Tatsächlich taten ihr nach dem langen Tag langsam die Füße weh – und das, obwohl sie ausnahmsweise flachere Schuhe trug. Falk wäre sicher stolz auf sie. Das rang ihr ein kleines Lächeln ab, das sofort wieder verging. Vanessa straffte die Schultern und machte sich auf den Weg zum Hotel. Glücklicherweise bekam sie dort noch ein Zimmer und schloss schließlich mit einem erleichterten Seufzer die Tür hinter sich. Der Raum war nicht luxuriös, aber er wirkte hell und freundlich, und es gab alles, was sie benötigte.

Vanessa ließ ihre Tasche auf den Sessel fallen, schlüpfte aus Jacke und Schuhen und setzte sich dann auf die Bettkante. Sowie sie saß, fielen ihr fast die Augen zu. Die Müdigkeit überkam sie mit solcher Macht, dass sie schwankte. Jetzt machte es sich bemerkbar, dass sie mitten in der Nacht aus dem Schlaf gerissen worden war. Vanessa legte sich hin und schlug die Decke über sich. Mit einem tiefen Seufzer schmiegte sie sich in das Kopfkissen und schloss die Augen.

Es schienen nur Sekunden vergangen zu sein, als ein Geräusch auf dem Gang sie hochfahren ließ. Orientierungslos sah sie sich um. Es dauerte einen Moment, bis ihr wieder einfiel, wo sie sich befand, und vor allem, warum sie nicht in ihrer Wohnung war. Benommen setzte sie sich auf. Wenn sie nicht den Rest des Tages verschlafen und in der Nacht wachliegen wollte, musste sie sich dringend bewegen. Sie ging zum Fenster und sah hinaus. Noch war es hell, und die Gegend sollte sicher genug sein. Vorsichtshalber steckte Vanessa ihre Waffe ein, bevor sie ihr Zimmer verließ.

Mithilfe eines kleinen Stadtplans, den ihr der Rezeptionist mitgab, schlug sie den Weg zu einem Waldstück ein, das sich in der Nähe befand. Es tat ihr gut, an der frischen Luft zu sein und ein wenig zur Ruhe zu kommen. Schließlich endete das Grün am Mittellandkanal. Auf der anderen Seite waren Lagerhallen und andere Geschäftsgebäude zu erkennen. Vanessa wollte schon umdrehen, als sie einen Schriftzug erkannte. Abrupt blieb sie stehen und starrte in Richtung des Gebäudes. Sie war nie an dem Ort gewesen, an dem ihr Vater ermordet worden war, und sie hatte sich auch bemüht, es zu verdrängen. Aber wenn sie sich nicht täuschte, hatte sie in den Unterlagen zum Fall ein Foto gesehen, das genau dieses Gebäude zeigte.

Das Dröhnen eines Schiffshorns weckte sie aus ihrer Erstarrung. Sie wollte nur von hier fliehen und sich irgendwo verkriechen. Doch dann holte sie tief Luft und entschied, dass sie sich der Vergangenheit stellen musste, wenn sie sich je davon lösen wollte. Ihr Vater war seit über zwei Jahren tot, und sie hatte sich nie richtig damit auseinandergesetzt, wie er gestorben war. Sie wusste nur, dass er mit Dirk zusammen einem Hinweis in einer verlassenen Lagerhalle nachgegangen und nicht lebend wieder herausgekommen war. Ein Täter war nie ermittelt worden. Schließlich ging man davon aus, dass es ein Junkie oder jemand gewesen sein musste, der sich in dem Lagerhaus versteckt hatte, und ihr Vater einfach nur Opfer eines unglücklichen Umstands geworden war.

Zu dem Zeitpunkt war sie vor Trauer wie erstarrt gewesen und hatte genug damit zu tun gehabt, ihre Mutter zu unterstützen. Es hatte immer an ihr genagt, dass kein Täter verurteilt worden war, aber anderes war drängender gewesen. Ihre Psychiaterin hatte ihr klargemacht, dass sie loslassen musste, wenn sie ihr eigenes Leben nicht vollständig verlieren wollte. Das hatte sie mühsam gelernt, aber wirklich glücklich hatte es sie nicht gemacht. Ihre Arbeit im gleichen Team wie ihr Vater früher hatte ihr die Vergangenheit wieder bewusst gemacht, und sie musste erkennen, dass sie sich innerlich nie von ihr gelöst, sondern sie nur unterdrückt hatte.

Entschlossen machte sie sich auf den Weg zur Brücke, die sie über den Kanal bringen würde. Sie war sich fast sicher, dass der Tod ihres Vaters mit dem Fall des Serienmörders zusammenhing. Dazu passte, dass er sich die Unterlagen des Falls kopiert hatte, und auch die Tatsache, dass er sie vor seinem Tod versucht hatte zu erreichen. Könnte der Serienkiller davon erfahren und ihren Vater ermordet haben?

Wenige Minuten später kam sie bei dem Gebäude an und stellte überrascht fest, dass die Lagerhalle anscheinend immer noch leer stand. Das Verkaufsschild einer Immobilienfirma war an mehreren Fenstern angebracht. Sie hätte nicht erwartet, dass eine Immobilie in dieser Lage so lange keinen

Käufer fand. Ihr Herz klopfte schneller, als sie den Türgriff betätigte. Erstaunlicherweise ließ sich die Tür problemlos öffnen. Fand vielleicht gerade eine Besichtigung statt? Allerdings stand kein Auto in unmittelbarer Nähe, der Parkplatz wirkte verwaist. Eine andere Gelegenheit würde sie wohl nicht bekommen.

Vanessa umfasste in ihrer Jackentasche die Waffe und trat in das dunkle Gebäude.

37

Das Gebäude bestand aus einer großen vollständig leeren Halle, wie sie in dem Tageslicht sehen konnte, das durch die großen Fenster drang. Nur ganz hinten erkannte sie eine Wand, hinter der sich früher vielleicht ein Büro befunden hatte. Es war erstaunlich sauber, dafür dass der Kasten schon so lange leer stand. Möglicherweise war wirklich eine Besichtigung eines potenziellen Käufers geplant, und die Reinigungscrew oder der Makler hatten vergessen, die Tür abzuschließen. Ob es damals hier genauso ausgesehen hatte?

Der Einsatz war tagsüber gewesen, daran konnte sie sich noch erinnern. Ihr Vorgesetzter im Kommissariat hatte sie informiert und ihr den Rest des Tages freigegeben, damit sie sich um ihre Mutter und alles andere kümmern konnte. Wie betäubt war sie zum Haus ihrer Eltern gefahren und hatte immer noch gehofft, dass es sich um einen Irrtum handelte. Doch es war schreckliche Realität gewesen. Ihre Mutter hatte zu dem Zeitpunkt schon ein Beruhigungsmittel vom Arzt bekommen und lag in ihrem Bett.

Vanessa konnte sich nicht entscheiden, ob sie diesen Tag schlimmer fand oder den der Beerdigung. Dirk war erst am Folgetag zu ihr gekommen, auch er hatte einige leichtere

Verletzungen davongetragen. Er hatte wie unter Schock gewirkt und war nicht lange geblieben. Vanessa war nicht in der Lage gewesen, ihn zu fragen, was genau passiert war. Das hatte sie später in einem Polizeibericht nachgelesen. Warum hatte es ausgerechnet ihren Vater erwischen müssen? Sobald die Frage durch ihren Kopf schoss, fühlte sie sich schlecht. Ja, Dirk hatte keine Familie gehabt, aber trotzdem wäre sein Tod genauso betrauert worden. Und ihr Vater hätte sicher auch unter dem Verlust seines Partners gelitten.

Es knirschte unter ihren Schuhen, als sie langsam durch die Halle ging. Wenn sie sich recht an den Bericht erinnerte, hatten sie dort hinten den Täter überrascht. Ihre Schritte wurden immer zögernder, je näher sie dem ehemaligen Büro kam. Wollte sie wirklich den Ort sehen, an dem ihr Vater gestorben war? Er hatte eine schwere Kopfverletzung erlitten, und die inneren Blutungen hatten letztendlich zu seinem Tod geführt.

Zögernd betrat sie den relativ kleinen Raum. Er war leer. Es drang nur wenig Licht durch die Türöffnung, weil es keine Fenster nach außen gab. Vanessa tastete nach einem Lichtschalter, doch als sie ihn betätigte, flammte kein Licht auf. Kein Wunder, auch die Deckenlampen waren entfernt worden. An einer Stelle des Bodens waren dunklere Flecken, und Vanessa fragte sich, ob ihr Vater dort gelegen hatte. Tränen traten in ihre Augen, als sie sich vorstellte, wie verzweifelt er gewesen sein musste. Hatte er Angst gehabt? Vermutlich, auch wenn er es sicher nicht zugegeben hätte. Es schmerzte, darüber nachzudenken.

Vanessa wünschte, sie hätte ihren Vater noch einmal gesehen und sich von ihm verabschieden können. Oder ihm zumindest sagen können, dass sie ihn liebte. Stattdessen hatte sie ahnungslos bei ihrer Arbeit gesessen, während er hier gestorben war. Sie wischte eine Träne ab und entschied, dass sie genug gesehen hatte. Sie musste dringend hier raus, an die frische Luft, und sich daran erinnern, dass das Leben für sie weiterging. Das hatte sie erst schmerzlich lernen müssen, nachdem sie sich für eine Weile in ihrem Schmerz verloren hatte.

Vanessa drehte sich zur Tür um und schrak zurück, als ein Schatten im Türrahmen erschien. Da das Licht ihn nur von hinten erfasste, konnte sie nicht erkennen, um wen es sich handelte. Vanessas Hand schloss sich unwillkürlich um ihre Pistole.

»Wer ist da? Ich bin von der Polizei.« Gut, nicht im Einsatz, aber das musste derjenige ja nicht wissen. Sie wollte nur erreichen, dass sie ungehindert das Gebäude verlassen konnte.

Ein Schnauben ertönte. »Ich auch. Zumindest war ich es, bevor du mich rauskatapultiert hast.«

Vanessa erstarrte. »Dirk?«

»Hast du sonst noch jemanden auf dem Gewissen?«

Ärger regte sich in ihr, zugleich blieb sie aber weiter vorsichtig auf Abstand. »Du hast dich doch selbst rauskatapultiert, indem du falsche Beweise platziert hast. Du musstest doch wissen, dass das herauskommen wird.«

Dirk trat einen Schritt näher. Noch immer konnte sie sein Gesicht nicht sehen. »Es ist nicht herausgekommen, bis du in dem alten Fall herumgeschnüffelt hast.«

»Ich habe ermittelt, weil die Fälle zusammenhängen. Und das weißt du genau. Du hast alles versucht, damit wir den Fall nicht weiter untersuchen. Was würde wohl mein Vater dazu sagen, wenn er davon wüsste?«

Dirk stieß ein unangenehmes Lachen aus. »Du bist wirklich unglaublich naiv. Es ist ja niedlich, wenn du als Tochter deinen Vater auf ein Podest stellst, aber als Kommissarin bist du ungeheuer blind.«

Ihr Puls beschleunigte sich. »Was willst du damit sagen?«

»Andreas Lux war ein Mensch mit Fehlern und Schwächen, genauso wie alle anderen auch. Er hat von den falschen Beweisen gewusst und niemandem etwas davon erzählt, um seine Haut zu retten.«

»Das ist nicht wahr!«

Dirk kam weiter auf sie zu, und jetzt konnte sie sehen, dass er höhnisch grinste. »Oh doch, das ist es. Nimm die Scheuklappen ab, Kleine. Dein Vater war nun wirklich kein Heiliger. Ganz im Gegenteil, er hatte auch Leichen im Keller.«

»Ich lasse nicht zu, dass du den Namen meines Vaters beschmutzt, weil er sich nicht mehr wehren kann. Das sind alles nur Lügen, um von deinen Verfehlungen abzulenken!« Sie sollte ihn nicht reizen, aber Vanessa konnte nicht einfach unwidersprochen zuhören, wenn er ihren Vater schlechtmachte.

Dirk wurde langsam ungehalten. »Ich habe Beweise dafür, du auch? Soll ich dir sagen, was dein ach so korrekter Vater getan hat?«

Vanessa wollte nichts davon hören, doch Dirk redete einfach weiter.

»Andreas war für den Tod einer Kollegin verantwortlich, aber er hat die Unterlagen gefälscht, damit er nicht damit in Verbindung gebracht wurde. Ganz ehrlich, ich konnte das gut verstehen und habe ihn unterstützt, weil es nichts gebracht hätte, wenn er hinterher ein Strafverfahren am Hals gehabt hätte. Es war ein Unfall, schlicht und einfach.« Wütend sah er sie an. »Ich habe ihn gedeckt, es war also nur richtig, dass er auch meinen kleinen Schwindel für sich behalten hat. Es diente schließlich einem guten Zweck: Ein Serienkiller wurde dadurch verurteilt und ins Gefängnis gesteckt.«

Vanessa hielt sich an der Wand fest, weil ihre Beine zu versagen drohten. »Nein, so etwas hätte mein Vater nie getan.«

»Doch, das hat er. Er wusste genau, dass Sander nie so dumm gewesen wäre, irgendwelche Beweise in der Mülltonne zu hinterlassen. Er wäre uns wieder durch die Lappen gegangen, und das konnten wir nicht zulassen. Wir haben damit Menschenleben gerettet!«

Ihr Magen hob sich. »Und doch gibt es jetzt wieder Tote. Offenbar habt ihr den Falschen erwischt und damit einen Unschuldigen zu lebenslanger Haft verurteilt! Wie konntet ihr so etwas tun?«

»Ach ja, ich vergaß, du bist ja die Oberkorrekte. Und ich muss leider sagen, das hast du offenbar von deinem Vater geerbt. Der Idiot hat wieder angefangen zu recherchieren, nachdem Sander verurteilt wurde, und war sich dann plötzlich doch nicht mehr so sicher. Er wollte zu Kordel gehen, aber ich habe ihm klargemacht, dass er dann genauso dran ist, weil ich ganz sicher nicht schweigen würde, was seine kleine Vertuschung anging. Aber das war ihm egal, er sagte, er wollte das ›Richtige‹ tun.« Dirk lachte bitter auf. »Als hätte Andreas Lux gewusst, was das überhaupt war. Er war bereit, ein Urteil gegen einen Serienmörder platzen zu lassen, nur weil er glaubte, nicht mit einer kleinen Lüge leben zu können! So ein verdammter Idiot!« Aufgebracht drehte Dirk sich um. »Und du bist genauso. Ich kann das nicht zulassen, genauso wenig wie damals.« Es schien fast, als spräche er zu sich selbst.

Vorsichtig trat Vanessa einen Schritt zurück, ihre Finger krampften sich um die Pistole. »Was meinst du damit? Was hast du getan?«

Abrupt wandte er sich wieder zu ihr um. »Es war genau hier, als dein Vater mir eröffnete, dass er zu Kordel gehen und mich verpfeifen würde. Er jammerte mir vor, dass er es nicht mehr aushielt und reinen Tisch machen wollte. Es wäre ihm egal, ob jemand davon erfuhr, dass er die Unterlagen gefälscht hatte. Er müsste sein Gewissen entlasten und möglicherweise einem Unschuldigen das Gefängnis ersparen.« Dirk schnaubte. »Ich weiß nicht, was plötzlich in ihn gefahren ist. All die Jahre haben wir gut zusammengearbeitet und lagen auf einer Wellenlänge. Wir waren ein gutes Team.« Jetzt wirkte er traurig.

Vanessa wurde eiskalt. »Wann wart ihr hier und habt darüber gesprochen? Als mein Vater getötet wurde?«

Dirk blickte auf den Boden, wo noch schwach die dunklen Flecken zu erkennen waren. »Es war ein Unfall. Wir haben uns gestritten, ich habe versucht, Andreas davon zu überzeugen, dass es niemandem helfen würde, zu Kordel zu gehen, ganz im Gegenteil. Doch er war nicht dazu zu bewegen. Darin ähnelst du ihm sehr. Und dann …« Er brach ab und schüttelte den Kopf. »Ich weiß nicht, wie es passiert ist. Dein Vater stolperte nach hinten und schlug mit dem Kopf gegen einen metallenen Aktenschrank. Da war so viel Blut.«

Ihr Herz klopfte ihr bis zum Hals, in ihren Ohren rauschte es. »Willst du mir sagen, es gab überhaupt keinen Tatverdächtigen, der meinen Vater angegriffen hat? Das warst du?«

»Ich kann mich nicht genau erinnern. Vielleicht habe ich

ihn ein wenig geschubst. Es war ein Unglück, keine Absicht.«

»Aber dann hast du dir gedacht, dass es doch praktisch wäre, wenn er stirbt, damit niemand herausfindet, wer die Beweise wirklich dort platziert hat. Hast du ihn hier einfach elendig sterben lassen, anstatt Hilfe zu holen?«

»Ich …« Seine Augen weiteten sich, als er die Pistole sah, die plötzlich auf ihn gerichtet war.

Vanessa konnte sich nicht erinnern, sie gezogen zu haben, aber sie war auch nicht bereit, sie wieder einzustecken. »Du bist ein Mörder!« Sie zitterte am ganzen Körper. »Wie konntest du das tun? Ihr wart Freunde, Partner!«

»Leg die Waffe weg, Vanessa, bevor noch jemand zu Schaden kommt.«

»Warum sollte ich dich nicht genauso hier töten, wie du es bei meinem Vater getan hast?«

Dirk hob beschwichtigend die Hände. »Vanessa, du bist aufgeregt, das kann ich verstehen. Aber du willst bestimmt niemanden töten, der unbewaffnet ist. Das ist Vorsatz und bringt dir lebenslänglich ein.«

»Ich könnte es ja so machen wie du und so tun, als hätte uns hier ein Verdächtiger überrascht. Er hat mir die Waffe entrissen und dich erschossen.« Natürlich würde sie nie ohne Grund auf jemanden schießen, aber sie war so wütend auf Dirk, dass es sehr verlockend war.

»Das würde dir niemand glauben.« Aber er klang nicht mehr so sicher.

»Warum nicht? Dir hat man doch auch geglaubt.« Sie zielte mit der Waffe auf seine Brust. »Wie hast du mich hier gefunden?«

»Ich habe auf deinem Handy eine App installiert, mit der

ich dich finden kann. Oder vielmehr dein Telefon. Wie gut, dass du es überallhin mitnimmst.«

Dirk hatte sie die ganze Zeit im Auge behalten? Warum sollte er das tun, wenn er dafür nicht einen üblen Grund hatte? Ihre Hand begann zu zittern. »Dann bist du also der Serienkiller, den wir suchen?«

Dirk starrte sie mit offenem Mund an. »Bist du jetzt völlig verrückt geworden?«

»Du hattest Gegenstände der Toten. Und ich habe dich auf dem Video vom *Storage Center* gesehen. Außerdem hast du alles versucht, um Sander als schuldig darzustellen und jetzt weitere Ermittlungen zu torpedieren. Deshalb hast du auch meinen Vater getötet, damit der vermeintliche Täter im Gefängnis bleibt und du ungeschoren davonkommst.«

»Du solltest dringend mal zum Psychiater gehen! Das ist doch alles Irrsinn!«

Vanessa schob ihre freie Hand in die Jackentasche, um ihr Handy herauszufischen. »Es ist eine Möglichkeit, und ich werde sie von unseren Kollegen klären lassen.«

Dirk bewegte sich so schnell, dass sie nicht reagieren konnte. Mit einem Aufschrei stürzte er auf sie zu und riss sie mit sich zu Boden. Die Pistole fiel bei dem harten Aufprall aus ihrer Hand, ihr Kopf schlug auf den Beton, und für einen Moment sah sie nur noch schwarzes Flimmern. Dann reagierte ihr Körper, und sie kämpfte gegen Dirk. Er war größer und stärker als sie, aber auch älter und körperlich nicht in Bestform, das machte sie sich zunutze. Mit allem, was sie im Polizeitraining, aber auch in privaten Selbstverteidigungskursen gelernt hatte, setzte sie sich gegen Dirk zur Wehr.

Mit der Handkante erwischte sie seine Nase, mit dem Knie die Weichteile. Dadurch gewann sie so viel Freiheit, dass sie sich unter ihm wegrollen konnte. Sie tastete auf dem Boden nach ihrer Pistole, konnte sie aber nicht finden. Verdammt! Schwer atmend griff Dirk sie wieder an, und diesmal konnte sie keine guten Abwehrschläge platzieren. Furcht mischte sich in ihre Wut, als er ihren Schal zu fassen bekam und an den Enden zog. Er schnürte ihr immer weiter die Luft ab. Schon jetzt hatte sie Mühe, ihre Lungen mit Sauerstoff zu füllen. Ihr Keuchen klang laut in dem leeren Raum.

Während sie mit einer Hand versuchte, den Schal von ihrem Hals zu ziehen, tastete sie mit der anderen verzweifelt weiter nach der Pistole. Sie musste doch irgendwo sein! Doch Vanessa wurde immer schwächer, ihre Lungen brannten. Irgendetwas musste sie tun, sie durfte Dirk auf keinen Fall gewinnen lassen! Wenn sie starb, würde ihn niemand für den Tod ihres Vaters zur Rechenschaft ziehen und es würde auch keiner aufklären, ob er etwas mit den Serienmorden zu tun hatte.

Dann, endlich, stießen ihre Fingerspitzen an einen Gegenstand. Ihre Pistole! Ihre Finger schlossen sich darum, und sie hob die Waffe. Ein Knall ertönte, der sie halb taub zurückließ. Mit einem gurgelnden Laut kippte Dirk zur Seite. Entsetzt, gleichzeitig aber froh, dass der Druck an ihrem Hals nachließ, kroch Vanessa zur Seite. Was war passiert? Hatte sie ihn erschossen? Eigentlich hatte sie ihn damit nur zur Aufgabe zwingen wollen. Ihr wurde übel, als sie ihn im Halbdunkel auf dem Boden liegen sah. Die Waffe immer noch in der zitternden Hand, zwang sie sich dazu, sich zu Dirk hinüberzubeugen und an seinem Hals nach einem Puls zu tasten. Doch da war nichts. Allerdings pochte ihr eigenes Herz so laut, dass sie kaum etwas anderes wahrnehmen konnte.

Mühsam kam sie auf die Beine und stützte sich an der

Wand ab, während sie zu dem helleren Ausgang strebte. Sie wollte nur hier weg. Weg von Entsetzen und Tod. Und auch von der Tatsache, dass sie sich in ihrem Vater getäuscht hatte. Vanessa trat aus dem Büro in die große Halle und atmete tief durch. Gleich war sie draußen und konnte in Ruhe darüber nachdenken, was sie jetzt machen sollte. Hatte sie eben einem Menschen das Leben genommen? Auch wenn es nicht absichtlich geschehen und Dirk Hanke für den Tod ihres Vaters verantwortlich war, erfüllte es sie mit Entsetzen. Sie war auf halbem Weg zum Ausgang, als ihr einfiel, dass ihr Telefon noch irgendwo in dem Büro lag. Unschlüssig drehte sie sich um. Sollte sie es holen, damit sie die Polizei anrufen konnte? Alles in ihr sträubte sich dagegen.

Zögernd machte sie einen Schritt auf das ehemalige Büro zu. Vielleicht ... Unvermittelt traf sie ein heftiger Schlag. Ein scharfer Schmerz zog durch ihren Kopf. Ihre Beine knickten ein, und sie versuchte, den Sturz mit den Armen abzufangen. Hart landete sie auf dem Boden. Ihr Bewusstsein trübte sich. Bevor die Schwärze sie umfing, kam ein Schuh in ihr Blickfeld. Hatte sie sich geirrt, und Dirk war doch noch am Leben? Sie musste ...

38

Nach einer unendlichen Sitzung und diversen anderen Besprechungen kehrte Falk ins Büro zurück. Tatsächlich war er inzwischen so müde, dass er kaum noch einen klaren Gedanken fassen konnte. Aber da Kordel Vanessa aus dem Fall genommen hatte, war seine Arbeitslast noch einmal gestiegen. Sein Kollege Abeling war so weit in Ordnung, aber er war nicht Vanessa, die den Fall mit sehr viel persönlichem Engagement bearbeitet hatte. Jetzt konnte er deutlich den Unterschied sehen. Sven musste sich in die Feinheiten des Falls erst einarbeiten und brachte deshalb noch keinerlei eigene Ideen ein, die ihnen halfen, den Mörder zu finden.

Er hätte das nie gedacht, aber die beiden leeren Schreibtische störten seine Konzentration massiv. Schließlich gab er auf und blickte auf sein Handy. Ein verpasster Anruf wurde angezeigt, offenbar hatte Vanessa vor mehreren Stunden versucht, ihn mit ihrem Diensthandy anzurufen. Sofort tippte er auf Rückruf und presste das Telefon ans Ohr.

Ungeduldig trommelte er mit den Fingern auf den Schreibtisch, während es klingelte. Doch schließlich sprang die Mailbox an, und Falk ließ das Handy sinken. Es konnte sein, dass Vanessa bereits schlief und das Klingeln einfach nicht hörte. Noch einmal versuchte er es, bekam jedoch wieder keine Antwort. Diesmal hinterließ er die Nachricht, dass sie ihn so schnell wie möglich zurückrufen möge. Danach versuchte er, sich wieder auf die Arbeit zu konzentrieren, aber es gelang ihm nicht. Schließlich hielt er es nicht mehr aus und rief erneut an. Wieder keine Antwort. Er suchte die Nummer ihres Privathandys heraus und versuchte diese. Es klingelte endlos, gefolgt von der Mailbox. So tief konnte niemand schlafen.

Sämtliche Alarmglocken schrillten los, als er sich vorstellte, dass ihr etwas geschehen sein könnte. Falk sprang auf, lief zum Nachbarbüro und riss die Tür auf. »Hat jemand von euch Kontakt zu den Polizisten, die vor Vanessas Haus Wache halten?«

Eine Kollegin sah auf. »Nicht permanent, aber ich habe die Kontaktnummer. Wieso?« Nicole sah ihn schärfer an. »Ist etwas passiert?«

Verlegen strich Falk durch seine Haare. »Vermutlich nicht, aber ich habe versucht, Vanessa telefonisch zu erreichen, und sie geht nicht dran. Deshalb wollte ich wissen, ob sie weiterhin sicher in ihrer Wohnung ist.«

»Warte, ich gebe dir die Nummer.« Nicole schrieb sie auf einen Block und hielt ihm dann den Zettel hin. »Hier.«

Falk nahm ihn entgegen. »Danke.« Rasch kehrte er in sein Büro zurück und schloss die Tür. Irgendetwas stimmte nicht, das spürte er. Er wählte die Nummer, die seine Kollegin ihm gegeben hatte. Nervös trommelte er mit den Fingern auf den Tisch, während er darauf wartete, dass sich jemand meldete.

»Koppe.«

»Hier ist Falk Wolff, ich bin ein Kollege von Vanessa Lux. Ich habe versucht, sie telefonisch zu erreichen, sie geht aber nicht ans Telefon. Haben Sie vielleicht etwas mitbekommen, hat sie das Haus wieder verlassen? War sonst irgendetwas?«

»Nein, alles ruhig. Frau Lux müsste in ihrer Wohnung sein. Ich habe sie mit ihr zusammen abgesucht, als sie angekommen ist. Seitdem ist sie nicht aus dem Haus gekommen, wir hätten sie gesehen. Außerdem steht ihr Auto vor der Tür.«

Das war gar nicht gut. »Können Sie nach oben gehen und klingeln? Vielleicht hat sie ihr Handy auf lautlos gestellt.«

»Okay, wir sehen nach. Ich melde mich bei Ihnen.«

»Danke.« Die Verbindung brach ab, und Falk warf das Handy auf den Tisch. Er versuchte sich zu sagen, dass der Täter vermutlich nicht mal wusste, dass sie die Attrappe von Vanessa schon gefunden hatten, und deshalb noch nicht ihre Ermordung plante. Aber was war, wenn er ihnen immer einen Schritt voraus war? Wenn er genau über ihre Arbeit informiert war und kurzfristig umplanen konnte? Dann wäre Vanessa in höchster Gefahr. Kordel hätte sie im Büro halten sollen, egal ob sie müde war oder nicht.

Nervös wartete er auf den Rückruf. Am besten von Vanessa selbst, die sich bei ihm beschwerte, dass er sie aufweckte. Er hatte das Handy am Ohr, bevor der erste Klingelton verklang. »War sie da?«

»Sie macht nicht auf.«

Sein Herz sank. »Haben Sie auch geklopft?«

Eine kurze Pause entstand. »Natürlich, und zwar so laut, dass wir damit sämtliche anwesenden Nachbarn auf den Plan gerufen haben.«

Scheiße. »Brechen Sie die Tür auf, und sehen Sie nach. Ich nehme jeglichen Ärger hinterher auf mich.«

»In Ordnung. Wir holen das Rammwerkzeug, als Polizistin hat Frau Lux sicher eine Tür mit hohem Sicherheitsstandard.«

Besonders nachdem vor Kurzem schon einmal bei ihr eingebrochen worden war, dachte Falk. Hoffentlich hatte sie ihre Sicherheitsmaßnahmen wirklich danach noch einmal aufgestockt. Angespannt wartete Falk, bis das Geräusch von laut splitterndem Holz erklang. Davon müssten selbst Tote aufwachen. Wenn Vanessa selbst das verschlafen hatte, bekam sie den Orden für die welttiefste Schläferin. Aber sosehr er auch lauschte, er hörte nicht ihre Stimme, die sich erkundigte, was zum Teufel das sollte. Stattdessen herrschte völlige Stille, wenn man von den Atemzügen des Polizisten absah, der mit dem Handy am Ohr seinem Kollegen in die Wohnung folgte.

»Sagen Sie mir, was Sie sehen.«

»Nichts, es sieht alles normal aus. Es ist niemand hier. Das Bett ist ordentlich gemacht.«

»Aber wie kann das sein? Sie haben sie doch selbst in die Wohnung begleitet und nicht wieder hinausgehen sehen. Sie müsste doch da sein.«

»Das ist sie aber nicht.« Der Polizist klang langsam nervös.

»Haben Sie den Ausgang irgendwann einmal nicht im Blick gehabt?«

»Nein, einer von uns hat immer ein Auge darauf gehabt. Frau Lux ist definitiv nicht dort herausgekommen.«

»Okay. Fassen Sie nichts an, ich komme vorbei.« Falk legte auf, bevor der Polizist antworten konnte.

Auf dem Weg nach draußen warf er Abeling nur kurz zu, dass er unterwegs sein würde, dann stieg er auf seine Maschine und raste zu Vanessas Wohnung. Mit jeder Minute wuchs seine Furcht. Hatte der Mörder sie schon geholt? War er vielleicht gerade dabei, sie langsam und qualvoll zu töten? Ein bitterer Geschmack stieg in Falks Mund. Auf keinen Fall wollte er Vanessa so zugerichtet sehen wie in der Attrappe. Sie war viel zu … lebendig, um so zu enden. Er machte sich nicht die Mühe, seine Maschine anzuschließen, bevor er ins Haus hinein- und immer zwei Stufen auf einmal nehmend die Treppe hinauflief. Die Tür war nur angelehnt, ein Lichtspalt schimmerte hindurch. Ungeduldig stieß Falk die Wohnungstür ganz auf und trat ein.

Ein Polizist in Zivil kam ihm entgegen. »Wer …?«

Falk zog seinen Ausweis hervor. »Falk Wolff. Ist Frau Lux wieder aufgetaucht?«

»Nein, sie ist spurlos verschwunden.«

»Ich sehe mich mal um.« Falk warf einen Blick in jedes Zimmer, aber nirgends waren Kampfspuren zu sehen, oder irgendetwas, das darauf hindeutete, dass Vanessa entführt worden war. Verdammt noch mal, wo konnte sie sein? Sie würde ihre Wohnung trotz der Gefahr doch wohl nicht freiwillig verlassen, oder? Vermutlich nicht. Andererseits verhielt sie sich nicht immer nach Vorschrift oder danach, was sinnvoll war. Vielleicht hatte sie entschieden, dass sie nicht auf den Mörder warten wollte, sondern ihre Ermittlungen auch außerhalb des Teams fortsetzen würde. Das war verdammt gefährlich, hoffentlich war sie schlau genug, die Finger davon zu lassen.

Falk landete am Ende des Rundgangs wieder im Flur und sah das Diensthandy auf der Kommode liegen. Er nahm es in die Hand und kontrollierte die Anrufe. Es waren mehrere unbeantwortete Anrufe verzeichnet, nämlich seine, und herausgegangen war nur ein einziger vor drei Stunden, an ihn.

Hatte sie ihm erzählen wollen, was sie vorhatte? Auf jeden Fall sah es für ihn so aus, als hätte sie das Handy mit Absicht hier liegen gelassen. Wollte sie verhindern, dass ihr jemand folgen konnte? Aber wozu hatte sie ihn dann überhaupt angerufen? Das ergab alles keinen Sinn.

»Was machen Sie denn hier?« Die Frauenstimme erklang auf dem Hausflur.

Es klang wie Vanessa! Sofort war Falk bei der Tür und riss sie auf. Zu seiner Enttäuschung stand eine deutlich ältere Frau vor der Türschwelle. Als sie ihn sah, zuckte sie instinktiv zurück.

»Das hier ist ein Polizeieinsatz. Wer sind Sie?« Aber er wusste es schon, bevor die Worte aus seinem Mund waren.

»Ich bin Marion Lux, Vanessas Mutter.« Ängstlich sah sie ihn an. »Warum ist die Polizei hier? Ist etwas passiert?« Sie begann zu zittern. »Sagen Sie mir nicht, dass Vanessa etwas geschehen ist.«

»Kommen Sie herein, und setzen Sie sich erst mal.« Marion Lux sah aus, als könnte ein etwas stärkerer Wind sie umpusten. Im Gesicht und von der Figur her glich sie ihrer Tochter, doch ihr fehlte die Energie und Entschlossenheit, die so viel von Vanessa ausmachten.

»Ich will mich nicht setzen! Wo ist Vanessa?«

Falk seufzte innerlich. »Das wissen wir nicht. Sie ist früher nach Hause gegangen, weil sie nachts gearbeitet hat. Sie hatte mich vor einiger Zeit angerufen, aber jetzt wissen wir nicht, wo sie ist.«

Marion hob ihr Kinn. »Ich bin zwar keine Polizistin wie meine Tochter, aber diese Erklärung hat so viele Löcher und Ungereimtheiten, dass ein Elefant darin Platz hätte. Angefangen mit Ihrem Namen.«

Das entlockte Falk ein Lächeln. »Schuldig. Ich bin Falk Wolff, Vanessas Teampartner. Wir bearbeiten gerade einen kniffligen Fall.«

»Das ist trotzdem noch kein Grund, ihre Tür aufzubrechen.«

Falk steckte in einer Zwickmühle. Er durfte nichts über den aktuellen Fall erzählen, brauchte jedoch Marions Mitarbeit. »Ich hatte die Befürchtung, dass ihr etwas passiert sein könnte, aber hier sieht alles normal aus. Vielleicht ist sie einfach nur unterwegs.«

Furcht stand wieder in Marions Augen. »Was sollte ihr denn passiert sein?«

»Das kann ich leider nicht sagen, Frau Lux. Haben Sie etwas von Vanessa gehört? Hat sie sich heute bei Ihnen gemeldet?«

»Nein, sie hatte in letzter Zeit so viel zu tun. Deshalb wollte ich ihr etwas Essen in den Kühlschrank stellen, das sie nur noch warm zu machen braucht.« Sie hob ihre Tasche an, in der Plastikbehälter zu sehen waren.

Mist, wieder eine Sackgasse. »Wissen Sie, ob Vanessa irgendeine Routine hat, wo sie nach der Arbeit hingeht?«

»Soweit ich weiß, fährt sie immer direkt nach Hause. Seit dem Tod ihres Vaters ...« Marion schluckte sichtbar. »... ist sie nicht mehr viel unterwegs.« Rasch drehte sie sich weg. »Ich stelle mal das Essen in den Kühlschrank, damit es nicht schlecht wird.«

Falk folgte ihr in die Küche und sah zu, wie sie die Dosen im Kühlschrank verstaute. Sie hatte recht, der Kühlschrank war ziemlich leer. »Vielleicht ist sie einkaufen.« Aber ohne Auto? Vor allem wenn sie befürchten musste, dass ein Mörder hinter ihr her war.

»Das macht sie meist samstagmorgens.« Marion runzelte die Stirn. »Allerdings ist ihr Kühlschrank wirklich leer.« Ihre Miene klärte sich. »Ich rufe sie einfach an, ihr Handy hat sie immer dabei.«

Das war eine gute Idee, wenn sie mit ihm oder dem ZKD nicht sprechen wollte, dann würde sie vielleicht ihrer Mutter antworten.

Doch auch Marion erreichte nach einigen Freizeichen nur die Mailbox. Sie sprach eine kurze, eindringliche Nachricht darauf. Als sie das Handy wegsteckte, hatten sich neue Sorgenfalten in ihr Gesicht gegraben. »Ich verstehe das nicht. Wo kann sie nur sein? Bei der Arbeit störe ich sie nur im Notfall, wenn sie irgendwie kann, geht Vanessa immer dran, wenn ich anrufe. Besonders nachdem Andreas …«

»Ich lasse ihren Aufenthaltsort über das Handy herausfinden.«

»Ich weiß nicht, ob Vanessa das so recht wäre.«

»In diesem Fall schon, glauben Sie mir. Es ist wichtig, dass ich sie so schnell wie möglich finde.«

»In Ordnung.« Marion sah ihn flehend an. »Bitte finden Sie meine Tochter. Ich könnte nicht damit leben, noch jemanden zu verlieren.«

»Ich verspreche es.« Und wenn er dafür Himmel und Hölle in Bewegung setzen musste. »Fahren Sie jetzt nach Hause. Ich informiere Sie, sobald wir sie gefunden haben.«

»Zuerst werde ich mich darum kümmern, dass hier neue Schlösser eingebaut werden. Dann haben Sie mehr Zeit, Vanessa zu suchen.«

»Danke.« Zögernd berührte er ihren Arm. »Vanessa ist stark und intelligent, wo auch immer sie gerade ist, es geht ihr sicher gut.«

Tränen schimmerten in Marions Augen. »Ich hoffe es.«

Rasch verabschiedete Falk sich und lief die Treppen hinunter. Draußen rief er Abeling an, damit der eine Suche nach Vanessas Handy beantragte. Sein Kollege war wenig begeistert davon, nicht früher informiert worden zu sein. Falk konnte das nachvollziehen, am Ende zählte aber nur, dass Vanessa möglichst schnell gefunden wurde.

39

Während er darauf wartete, dass er eine Rückmeldung bezüglich der Nachverfolgung des GPS-Signals ihres Handys bekam, fuhr Falk durch die Gegend und suchte die Straßen nach Vanessa ab. Auch wenn er sich nicht vorstellen konnte, dass sie hier einfach lustig herumlief und sich damit in Gefahr brachte. Aber er konnte sich nicht erklären, warum sie ihre Wohnung verlassen und sich an den Polizisten, die zu ihrem Schutz da waren, vorbeigeschlichen hatte. Warum glaubte sie, allein sicherer zu sein? Das war völlig unlogisch und passte nicht zu Vanessa. Deshalb nahm er eher an, dass sie das Gefühl gehabt hatte, weiter ermitteln zu müssen. Verdammt noch mal, sie hätte wirklich mit ihm darüber sprechen sollen!

Als sein Handy endlich klingelte, hielt er am Straßenrand an. »Wolff.«

Abeling hielt sich nicht mit Nettigkeiten auf. »Ich habe jetzt die Koordinaten ihres Handy-Standorts. Es wird dir nicht gefallen.«

»Das tut es sowieso nicht. Also, wo ist sie?«

»Am Nordhafen, sie scheint in einer der Hallen dort zu sein.«

»Was zum Teufel macht sie denn da?« Er konnte sich nicht erinnern, dass irgendetwas an dem Fall mit dem Gebiet zu tun hatte.

Eine kurze Pause entstand. »Ach stimmt, du warst ja noch nicht da. Ihr Vater, Andreas Lux, ist genau dort vor zwei Jahren ermordet worden.«

Scheiße! »Ist das allgemein bekannt?«

»Es stand damals in jeder Zeitung. Also ja.«

Das hieß, der Serienmörder konnte das auch wissen und ihr dort eventuell auflauern. Verdammt, musste sie den ohnehin schon schwierigen Fall noch komplizierter machen? Wenn sie sich jetzt umbringen ließ, war er wirklich sauer. »Schick mir die Koordinaten, dann fahre ich gleich hin.«

»Soll ich Verstärkung schicken?«

»Wäre vielleicht nicht schlecht.«

»Falk …«

»Ja?«

»Pass auf dich auf, mir gefällt das nicht. Das Signal von Vanessas Handy hat sich jetzt schon einige Minuten nicht mehr bewegt.«

»Mache ich.« Rasch beendete er das Gespräch und gab kräftig Gas. Glücklicherweise wurde er nicht von der Polizei angehalten, sodass er eine Viertelstunde später durch das Gewerbegebiet fuhr, in dem sich die Halle befand. Wie war Vanessa überhaupt hierhergekommen? Und vor allem, warum? Es gab wohl kaum eine schlechtere Zeit für solch einen Ausflug. Hoffentlich hatte sie diesen Leichtsinn nicht mit ihrem Leben bezahlt.

Falk parkte das Motorrad in der Nähe der Halle und ging dann zu Fuß weiter. Kein Grund, sich anzukündigen, falls der Mörder in der Nähe war. Nachdem er den Eingang gefunden hatte, zog Falk die Pistole und ging vorsichtig hindurch. Die offene Tür war verdächtig und steigerte Falks schlechtes Gefühl um ein Vielfaches. Im Innern war es düster, nur durch die hohen Fenster drang ein wenig Tageslicht herein. Vanessa war nirgends zu sehen, und er mochte nicht nach ihr rufen und sich damit bemerkbar machen. Deshalb blieb ihm nichts anderes übrig, als alles abzusuchen.

Oder er kürzte die Sache ein wenig ab. Falk zog sein Handy heraus und wählte Vanessas Nummer. Während er lauschte, ging er tiefer in die Halle hinein. Sie war leer, selbst das leise Schaben seiner Sohlen auf dem Boden klang für ihn ungeheuer laut. Unwillkürlich hielt er den Atem an, als das Freizeichen erklang. Jetzt müsste es irgendwo klingeln. War Vanessa in den wenigen Minuten, die er gebraucht hatte, wieder gegangen? Möglich war es natürlich. Aber dann hätte Abeling ihn sicher informiert. Schließlich glaubte er ein leises Klingeln aus dem hinteren Bereich der Halle zu hören. Bevor er es genauer ergründen konnte, meldete sich auf seinem Handy Vanessas Mailbox.

Er wischte sie weg und rief dann erneut an, während er weiter auf die von einer Wand abgetrennten Bereiche zuging. Wenn Vanessa sich hier einfach nur umsah, wäre sie sicher an ihr Telefon gegangen. Davon abgesehen – was konnte man hier so lange machen? Im Dunkeln in leere Räume starren? Nicht sehr wahrscheinlich. Selbst wenn an diesem Ort ihr Vater gestorben war, gab es keinen Grund, sich seit mindestens zwanzig bis fünfundzwanzig Minuten hier aufzuhalten. Oder hatte sie einen Zusammenbruch erlitten? Noch einmal ließ er das Telefon klingeln und strebte auf das Geräusch zu. Anscheinend befand sich das Handy in einem der Räume hinter der Wand.

Falk holte die kleine Taschenlampe heraus, die an seinem Schlüsselbund hing, und leuchtete in den Eingang. Dahinter lag ein mittelgroßer Raum. Er war leer. Das Handy entdeckte er schließlich in einer Ecke. Falk zog einen Handschuh an, bückte sich und hob es auf. Eine Ecke war gesprungen, offenbar war es hart gelandet. Hatte Vanessa es hier verloren, oder war ihr etwas geschehen? Um darauf eine Antwort zu bekommen, leuchtete Falk weiter durch den Raum. Er stoppte abrupt, als er die dunklen Flecken auf dem Boden entdeckte. War das Blut?

Mit fest zusammengepressten Lippen zog er ein Taschentuch heraus und hielt es kurz in den Fleck. Das Weiß färbte sich sofort rot. Frisches Blut. Verdammt! Bei der Menge an Blut musste er davon ausgehen, dass Vanessa schwer verletzt oder sogar tot war. Doch wo war sie jetzt? Hätte sie den Raum aus eigenen Stücken verlassen, müssten draußen noch Blutstropfen zu sehen sein. Doch da war nichts. Aber das konnte nicht sein, irgendwie musste sie von hier fortbewegt worden sein.

Mit einem sehr schlechten Gefühl verließ Falk die Halle und lehnte sich an seine Maschine, während er Kordel anrief und sowohl von Vanessas Verschwinden als auch dem Fund ihres Handys und der Blutlache berichtete.

Die Reaktion seines Vorgesetzten war wie erwartet. »Und das sagen Sie mir erst jetzt? Was zum Teufel ist los mit Ihnen?«

Falk schnitt eine Grimasse. »Es sah so aus, als hätte Vanessa freiwillig ihre Wohnung verlassen. Deshalb wollte ich erst nachforschen, wo sie sich aufhält, bevor ich eine Suchaktion starte.«

»Glauben Sie, dass ihr etwas geschehen ist?«

»Es sieht ganz so aus, ja. Ich hatte schon Unterstützung angefordert, die müsste eigentlich jeden Moment da sein. Wenn hier alles gesichert ist, werde ich sie weiter suchen.«

»Ich setze eine Fahndung in Gang. Wenn sie irgendwo auftaucht, will ich das sofort wissen.«

Bei der Menge an Blut, die sich auf dem Fußboden verteilt hatte, glaubte Falk nicht daran, dass Vanessa noch irgendwo herumlief. »Auf jeden Fall sollte die Spurensicherung kommen und eine Probe von dem Blut nehmen. Vielleicht irre ich mich ja auch, und es ist nicht Vanessas.«

»Es befand sich direkt neben dem Handy?«

»Ja.«

»Mist. Haben Sie eine Idee, wo Kommissarin Lux jetzt sein könnte? Hat sie Ihnen irgendetwas gesagt?«

»Nein, kein Wort, und ich kenne sie auch noch nicht gut genug, um da helfen zu können. Ihre Mutter hält sich in Vanessas Wohnung auf, vielleicht könnte sie noch Hinweise geben. Allerdings bin ich fast sicher, dass Vanessa ihr auch nicht alles erzählt hat.« Falk rieb über seine Stirn. »Nachdem ich das Handy und auch das Blut gefunden habe, bin ich ziemlich sicher, dass sie nicht freiwillig von hier verschwunden ist. Vielleicht ist der Täter ihr hierher gefolgt, oder er wusste, dass sie herkommen würde.«

»Eventuell über eine Handyortung, wenn sie ihr Telefon dabeihatte.«

»Das kann gut sein. Dummerweise hat sie es jetzt nicht mehr dabei, sonst könnten wir sie orten.«

»Was ist mit ihrem Diensthandy?«

»Das hat sie in ihrer Wohnung liegen gelassen.«

Kordel stieß einen leisen Fluch aus. »Wunderbar. Okay, sehen wir, was die Kollegen finden, und dann überlegen wir uns, wie wir weiter vorgehen. Wenn Ihnen etwas einfällt, dann sagen Sie Bescheid.«

»Wird gemacht.« Falk beendete das Gespräch und blickte dem Streifenwagen entgegen, der gerade auf den Parkplatz einbog.

Endlich kam die Unterstützung, und er konnte hier weg. Er gab den Polizisten die Anweisung, die Halle abzuriegeln und auf die Spurensicherung zu warten. Mit einer stärkeren Taschenlampe aus dem Streifenwagen versuchte Falk, noch einmal Spuren zu finden, die ihm einen Hinweis darauf gaben, wo Vanessa jetzt sein könnte. Bis auf die große Blutpfütze war der Raum leer. Ein paar schwarze Striche fanden sich auf dem Boden, die eventuell von Sohlenabrieb herrühren konnten. Hatte Vanessa gegen ihren Angreifer gekämpft? Möglich war es, und dadurch ließ sich auch das angeschlagene Handy erklären.

Falk zog das Telefon noch einmal aus seiner Tasche und schaltete es an. Vielleicht hatte Vanessa irgendetwas notiert, das ihm helfen würde, sie zu finden. Doch es war natürlich mit einem Passwort geschützt, keine Chance, dass er es schnell genug entschlüsseln würde. Möglicherweise konnte die Technik etwas damit anfangen. Er gab das Handy an den Streifenpolizisten und bat ihn, es dem Spurensicherungsteam zu übergeben. Dann schwang er sich auf seine Maschine und fuhr langsam los. Er drehte eine komplette Runde um die Halle und weitete den Suchradius aus, als er nichts entdeckte. Vor einem benachbarten Gebäude sah er ein Auto, das ihn stutzig machte.

Falk bremste neben dem Wagen ab und blickte hinein. Das war seltsam, das Auto sah aus wie Dirks alte Schrottkarre. Von der olivgrünen Farbe bis hin zu dem Lufterfrischer in Form eines Kleeblatts, der am Rückspiegel hing. An das Kennzeichen konnte Falk sich nicht erinnern, aber die Ähnlichkeit war wirklich verblüffend. Doch warum sollte Dirks Wagen hier stehen? Falk versuchte, die Tür zu öffnen, doch sie war verschlossen. Nachdem er sein Motorrad davor geparkt hatte, ging er zurück und zog sein Handy heraus. Ein Anruf beim ZKD mit Abfrage des Kennzeichens reichte, um herauszufinden, dass es sich tatsächlich um Dirks Auto handelte.

Einen Moment lang stand Falk nur da und starrte den Wagen an. Das konnte kein Zufall sein. Warum sollte Dirk hier zur gleichen Zeit wie Vanessa auftauchen? Oder waren sie verabredet gewesen? Nach allem, was passiert war, konnte er sich nicht vorstellen, dass Vanessa sich freiwillig an solch einem einsamen Ort mit ihrem suspendierten Kollegen treffen würde. Was bedeutete, dass Dirk ihr entweder gefolgt war oder Vanessa ihm. Doch wie sollte sie ihm folgen, wenn sie nicht mit dem Auto unterwegs war?

Was war in der Halle geschehen? Hatte Dirk Vanessa verletzt und dann verschleppt? Aber dann hätte er doch sicher sein Auto genommen. Dass Vanessa Dirk verschleppt haben könnte, schloss er aus. Sie hätte ihn nicht mal hochheben können. Als der Teamwagen der Spurensicherung auf ihn zufuhr, hob Falk den Arm und brachte ihn zum Stehen. Einer der Techniker kurbelte sein Fenster herunter. »Ich dachte, der Tatort wäre in einer Halle.«

»Das ist er auch. Allerdings ist das hier Dirk Hankes Wagen. Könnt ihr anhand des Blutes in der Halle überprüfen, ob es das von Vanessa oder das von Dirk ist – oder von beiden? Die Vergleichsproben könnt ihr euch aus Dirks Auto und aus Vanessas Wohnung besorgen. Und vielleicht findet ihr Hinweise, wie sie aus der Halle herausgekommen sind. Durchsucht auch noch den Wagen, ob ihr da irgendwelche Informationen findet.«

Der Techniker schnitt eine Grimasse. »Ihr macht es uns echt nicht einfach. Aber klar, wir geben unser Bestes.«

»Ruft mich bitte sofort an, wenn ihr ein Ergebnis habt.«

»Alles klar.«

Sie fuhren weiter, und Falk zog erneut das Handy heraus, um auch Dirk zur Fahndung ausschreiben zu lassen. Außerdem ließ er sich dessen Adresse geben. Auch wenn es unwahrscheinlich schien, würde er nachsehen, ob Dirk sich in seiner Wohnung befand. Das war bislang seine beste – und einzige – Spur. Mit einem letzten Blick auf das Auto schwang sich Falk auf seine Maschine und fuhr zu Dirks Adresse.

Dort klingelte er Sturm, doch niemand machte auf. Schließlich klingelte er bei einem Nachbarn und atmete auf, als der Summer erklang und sich die Tür aufschieben ließ. Falk lief die erste Treppe hoch, wo ihn der Nachbar bereits mit einem misstrauischen Blick erwartete.

»Entschuldigen Sie die Störung, mein Name ist Wolff, ich bin von der Polizei.« Er zeigte seine Dienstmarke. »Ich will zu Herrn Hanke, doch er öffnet nicht.«

»Der ist vorhin weggefahren. Hatte es ziemlich eilig.«

»Ich weiß, das Auto haben wir gefunden. Aber ich habe Anlass zur Annahme, dass ihm etwas passiert ist, deshalb muss ich in die Wohnung. Sie haben nicht zufällig einen Schlüssel?«

»Nein, den hätte Hanke nie wem anders gegeben. Er ist da sehr eigen.«

Falk nickte. »Das kann ich mir vorstellen. Ich muss dann

mal weiter. Eventuell kommt nachher noch jemand bei Ihnen vorbei, um eine Aussage aufzunehmen.«

Begeistert wirkte der Nachbar nicht. »Wenn's denn sein muss.« Er zog sich in die Wohnung zurück, der Schlüssel wurde vernehmlich umgedreht.

Kopfschüttelnd lief Falk weiter, sein Gefühl sagte ihm, dass jede Sekunde zählte. Er klopfte an der Wohnungstür, erhielt jedoch wieder keine Antwort. Grimmig zog er die Waffe heraus. Das war heute die zweite Tür, die er zerstören würde, aber er konnte es nicht ändern. Er musste wissen, ob Dirk zu Hause war und eventuell Vanessa gefangen hielt. Entschuldigen konnte er sich hinterher immer noch, wenn er völlig auf dem falschen Dampfer sein sollte. Allerdings glaubte er nicht daran. Es passte alles zu gut zusammen. Verdammt, warum war er nicht früher darauf gekommen?

Er prüfte die Tür und atmete auf, als er feststellte, dass es eine alte Holztür war. Mit Gewalt trat er mehrere Male direkt unter dem Türknauf zu, bis das Holz um das Schloss nachgab und die Tür nach innen aufschwang. Sein Bein kribbelte, als er vorsichtig die Wohnung betrat. Es war totenstill im Innern. Auch wenn es so wirkte, als wäre niemand zu Hause, blieb Falk weiterhin wachsam und durchsuchte mit der Waffe im Anschlag die gesamte Wohnung. Von Dirk oder Vanessa fehlte jede Spur. Scheiße! Obwohl er es erwartet hatte, wusste er nicht, wie er jetzt weiter vorgehen sollte. Er konnte nur nachsehen, ob Dirk irgendwelche Hinweise hinterlassen hatte, was er plante.

Im Arbeitszimmer wurde Falk schließlich fündig. Mit offenem Mund starrte er auf die Wand, die über und über mit Zetteln, Fotos, Zeitungsausschnitten und anderem bedeckt war. Offenbar hatte Dirk zu viele Krimis im Fernsehen angeschaut und sich seine eigene Fallwand aufgebaut. Falk trat näher und betrachtete die Informationsschnipsel. Sein Magen zog sich zusammen, als er die Fotos der Opfer des Serienmörders sah. Von ihnen gingen Striche zu Kartenausschnitten, auf denen der Fundort mit einem roten X markiert worden war. Daneben hingen Auflistungen der Verletzungen und weitere fallrelevante Hinweise. Ganz offensichtlich war Dirk besessen von dem Fall.

Es musste lange Zeit gedauert haben, das alles zusammenzusuchen, auf keinen Fall hatte Dirk erst nach Auffinden der ersten Attrappe damit begonnen. Ein Foto von Christian Sander hing mittig über allem anderen, mit weiteren Strichen war es mit den Fotos seiner Opfer verbunden. Auch die neuen Opfer waren verewigt, allerdings fehlten hier die Linien zu Sander, stattdessen hatte Dirk große Fragezeichen gemalt. Ganz außen war das Foto von der gerade gefundenen Attrappe angepinnt. Wie zum Teufel war Dirk darangekommen? Es sei denn, er hatte das Foto der Attrappe selbst geschossen. Eiskalt überlief es Falk.

War Dirk tatsächlich ein Serienmörder? Es fiel Falk schwer, sich das vorzustellen, doch es sah inzwischen fast danach aus. Falk folgte mit dem Blick dem Strich, der von Vanessas Attrappe ausging und einen Punkt auf dem Stadtplan markierte. Ein Kreuz war mit rotem Filzstift aufgemalt. Falk sagte die Gegend nichts, deshalb zog er sein Handy heraus und suchte die Adresse. Sein Herz begann schneller zu klopfen, als er den Schriftzug über einem Gebäude sah: Schießstand. Das war es! Hatte Dirk Vanessa dorthin gebracht? Tötete er sie vielleicht genau in diesem Moment?

Falk ließ sich auf dem Handy eine Route darstellen, die ihn auf schnellstmöglichem Weg zum Schießstand brachte.

Es würde einige Minuten dauern, bis er dort war. Er konnte nur hoffen, dass Vanessa noch lebte und er sie dort finden würde. Gerade als er das Handy wegstecken wollte, klingelte es. Die Nummer war von der Kriminaltechnik.

»Wolff.«

»Hier ist Petra Klimcke. Ich habe einen Schnelltest vom Blut gemacht, das in der Lagerhalle gefunden wurde. Es ist also kein genetischer Abgleich. Aber ich kann schon mal sagen, dass das Blut nicht Vanessas ist, sie hat eine andere Blutgruppe.«

Erleichterung durchzuckte Falk. Er lehnte sich gegen die Wand und ließ den Kopf sinken. »Das ist gut.« Doch wo war sie jetzt? War es doch andersherum, und sie hatte jemanden verletzt und war dann geflohen? Aber wo war dann der Verletzte? Mit dem großen Blutverlust lief man nicht mal eben selbstständig aus dem Gebäude. Ihm kam eine Idee. »Welche Blutgruppe hat Dirk Hanke?«

»Moment, ich schaue nach.« Im Hintergrund war schnelles Klicken zu hören. »Blutgruppe A, wie etwa dreiundvierzig Prozent der Bevölkerung in Deutschland. Und auch, wie wir hier gefunden haben. Das muss noch nichts heißen.«

Nein, aber mit dem gefundenen Wagen bestand zumindest die Möglichkeit, dass Dirk dort schwer verletzt wurde. »Danke für die Info. Haben Sie noch irgendetwas gefunden, das darauf hinweist, wer dort war und wo sie jetzt sein könnten?«

»Fingerabdrücke, einige Haare und Faserspuren. Wir sind gerade noch dabei, sie zu analysieren und Vergleichsmaterial zu besorgen. Ich kann aber schon mal sagen, dass wir einige Haare gefunden haben, die lang und blond waren.«

Also war Vanessa vermutlich dort gewesen, was ja auch

schon das gefundene Handy nahelegte. Vanessa und jemand mit der Blutgruppe A, der zumindest schwer verletzt wurde und dann ohne weitere Spuren verschwunden war. Genauso wie Vanessa. Irgendwas stimmte hier ganz und gar nicht. »Okay, sowie ihr etwas habt, ruft mich bitte gleich an. Ich versuche weiterhin, Vanessa zu finden.«

Bevor Falk losfuhr, forderte er weitere Kräfte an, die Dirk Hankes Wohnung bewachen und die Beweise sichern sollten. Außerdem ließ er einen Einsatzwagen zum Schießstand fahren, falls Vanessa sich dort aufhielt und er Unterstützung benötigte. Wenn Dirk noch einmal auftauchte, würde er sich erklären müssen. Aber das war jetzt nebensächlich, zuallererst musste er Vanessa finden.

40

Ein quietschendes Geräusch war das Erste, was Vanessa wieder wahrnahm. Es kostete sie unendliche Mühe, die Augen zu öffnen, geschweige denn, den Kopf so weit zu heben, dass sie etwas sehen konnte. Die Haare hingen ihr ins Gesicht, sodass sie daran vorbeischielen musste, um überhaupt etwas zu erkennen. Allerdings war es nicht sonderlich hell hier – wo auch immer sie gelandet war. Sie stand an einen harten Gegenstand gelehnt in einem langen Raum, dessen hinterer Bereich im Dunkeln lag. An der Decke befanden sich Rohre und andere seltsame Einbauten. Der Boden bestand aus rauem Beton. Die seitlichen Wände waren von Fenstern durchbrochen. Draußen war kaum etwas zu erkennen, entweder waren die Scheiben getönt, oder es war tatsächlich schon fast dunkel.

Was war geschehen? Vanessa versuchte, sich zu bewegen, doch es gelang ihr nicht. Was zum …? Erst jetzt bemerkte sie, dass etwas um ihren Oberkörper geschlungen war und sie damit an den Gegenstand hinter ihr fesselte. Das Seil hielt sie in einer aufrechten Position. Ihre Hände waren bereits taub, weil sich das Seil durch das Gewicht ihres Körpers in ihre Arme grub. Furcht schoss durch ihre Glieder, als sie sich daran erinnerte, was in der Lagerhalle passiert war. Ein Schuss hatte Dirk getroffen, er war zusammengebrochen. Sie hatte geglaubt, er wäre tot, aber dann war jemand hinter ihr aufgetaucht und … Ihre Erinnerung setzte aus, aber der Schmerz in ihrem Kopf deutete darauf hin, dass jemand sie niedergeschlagen hatte. Offenbar hatte er sie dann hierhergeschafft und an irgendetwas gefesselt.

Vanessa versuchte, hinter sich zu blicken, doch es gelang ihr nicht. Dafür stellte sie fest, dass sie andere Kleidung trug als vorhin. Irgendjemand musste sie umgezogen haben! Ein Zittern lief durch ihren Körper, als sie erkannte, dass sie die gleichen Kleider trug wie die Attrappe in der Lagereinheit. War sie etwa auch an eine Schießscheibe gefesselt? Mit aller Kraft versuchte sie, sich zu befreien, doch die Seile gaben nicht nach. Im Gegenteil, mit jeder Bewegung schnitten sie tiefer in ihre Haut. Verzweiflung überkam sie, ihr Herz raste. Sie musste hier weg! Wer auch immer sie angebunden hatte, würde sicher gleich wiederkommen, und dann durfte sie nicht mehr hier sein.

Ihre einzige Hoffnung war, dass ihre Personenschützer vor dem Schichtwechsel noch einmal nach ihr sehen würden. Da sie aber keine Hinweise hinterlassen hatte, wohin sie gegangen war, würde garantiert niemand darauf kommen, sie hier zu suchen. Sie selbst wusste nicht mal, wo *hier* eigentlich war. Es schien ein Schießstand zu sein, jedenfalls, wenn sie vom Fundort der Attrappe und der Art des Raumes ausging. Würde einer ihrer Kollegen sie hier finden? Die Wahrscheinlichkeit war gering, sie würde an diesem Ort sterben. Nein, das durfte sie nicht zulassen! Noch einmal zerrte sie an ihren Fesseln, doch wieder kam sie nicht frei.

»Bist du endlich aufgewacht? Das wurde aber auch Zeit.

Ich habe schon befürchtet, dass ich ein bisschen zu fest zugeschlagen hatte.« Die Stimme erklang links neben ihr.

Ruckartig drehte Vanessa ihren Kopf zur Seite, doch sie konnte niemanden sehen. Auf jeden Fall war es nicht Dirks Stimme, so viel stand fest. Doch wer war es dann? Und wie hatte er sie gefunden? »Wer sind Sie, und was wollen Sie von mir?«

Ein amüsiertes Lachen antwortete ihr. »Das kannst du dir doch sicher vorstellen.«

Ein Mann trat langsam in ihr Sichtfeld. Er war überraschend jung, vielleicht Mitte dreißig, eine runde Brille gab ihm ein harmloses Aussehen. »Du kennst meine Arbeit, das ist die Hauptsache.«

»Welche Arbeit?« Sie wollte ihn so lange wie möglich in ein Gespräch verwickeln. Vielleicht ergab sich so eine Möglichkeit, zu entkommen.

»Haben dir meine Nachbildungen nicht gefallen? Ich fand sie unglaublich wirklichkeitsgetreu. Echte Meisterstücke.«

Damit hatte er zweifellos recht, aber sie würde ihn ganz sicher nicht für diese grausige Arbeit loben. »Warum haben Sie sich die Mühe mit den Attrappen gemacht? Hat Sie jemand beauftragt?«

Sein Mund verzog sich zu einem schiefen Lächeln, das ihr einen Schauder über den Rücken sandte. »Weil ich es kann, weil ich gut bin. Es war spannend, zu sehen, wie ihr blind im Dunkeln stochert.«

»Sie wollten also nur die Polizei an der Nase herumführen? Dafür mussten Menschen sterben?«

Er hob die Schultern. »Warum nicht? Diese Leute hatten es nicht besser verdient.«

Sofort hakte Vanessa nach. »Warum? Kannten Sie sie persönlich? Was haben sie Ihnen getan?«

Seine Miene verschloss sich. »Das geht dich einen Scheiß an.«

»Immerhin haben Sie mich hierher entführt. Und Sie haben von mir eine Attrappe erstellt. Warum? Sie kennen mich gar nicht.« Vanessa hatte Mühe, ihr Zittern zu unterdrücken.

»Nun, genau genommen bist du der Ersatz für jemand anderen, an den ich nicht mehr herankommen konnte.«

»Wen?«

»Dein Vater natürlich. Andreas Lux hat mit diesem Schwein Hanke gemeinsame Sache gemacht, als der falsche Beweise platziert hat. Als wäre irgendjemand so dumm, belastendes Material direkt in seiner Umgebung wegzuwerfen.« Ärger ließ seine Stimme vibrieren.

»Aber was interessiert es Sie, dass Christian Sander fälschlich verurteilt wurde? Kennen Sie ihn? Haben Sie die Morde begangen?«

»Auch das geht dich nichts an. Aber danke, dass du nicht nur Zweifel an Christians Schuld gesät, sondern auch noch Hankes Tat aufgedeckt hast. Und das Beste: Du hast dieses Schwein direkt zu mir geführt. Er war so mit dir beschäftigt, dass er nichts mehr mitbekommen hat.«

»Haben Sie ihn angeschossen?«

»Du solltest mir danken, dass ich dich gerettet habe. Hanke hätte dich dort umgebracht, damit du niemandem erzählen kannst, dass er deinen Vater getötet hat. Das war übrigens überaus interessant, das wusste ich vorher noch nicht.«

»Was haben Sie mit Dirk gemacht?«

Der Mann deutete hinter sie. »Ich habe ihn mitgenommen. Zu dumm, dass er schon tot ist. Ich hatte ein viel passenderes

Ende für ihn geplant. Aber ich konnte nicht zulassen, dass er dich tötet. Wo bleibt denn da der Spaß?«

Spaß? Der Typ war offenkundig verrückt, auch wenn er auf den ersten Blick nicht so wirkte. »Ich kann darin keinen Spaß erkennen.«

Amüsiert lachte er auf. »Ich sagte ja auch nicht, dass das auch für dich gilt. Ich habe mir die Mühe gemacht, und jetzt werde ich meine Belohnung bekommen.«

Vanessa versuchte, ihre Angst nicht zu zeigen. Deshalb konzentrierte sie sich darauf, mehr über ihren Entführer zu erfahren. »Wie sieht diese Belohnung aus, und von wem bekommen Sie sie?«

Der Mann trat näher und strich mit dem Finger über ihre Wange. »Na von dir. Ich hätte deinen Vater dafür bezahlen lassen, aber vielleicht ist es sogar gut, dass er schon tot ist. Du bist viel hübscher anzusehen als er.« Er kicherte. »Besonders in seinem jetzigen Zustand.«

Wütend versuchte Vanessa, ihn zu treten, um ihn auf Abstand zu halten, doch die Fesseln hinderten sie daran. »Sie wollen mir also nicht sagen, warum Sie diese Menschen getötet haben. Ich glaube, Sie haben gar keinen Grund. Es macht Ihnen einfach Spaß, jemanden zu quälen.« Vermutlich war es nicht klug, ihn zu provozieren, aber sie brauchte mehr Informationen über ihn und seine Verbindung zu Sander, wenn es eine gab. Bisher war er ein unbeschriebenes Blatt, er war im Laufe der Ermittlungen nie in Erscheinung getreten. Außerdem half es ihr dabei, ihre Furcht und Wut im Zaum zu halten.

»Warum sollte ich das tun? Du bist so gut wie tot.« Er zog eine Pistole heraus und zeigte sie ihr. »Und falls du denkst, ich wäre so dumm gewesen, sie dir zu lassen, vergiss es. Die Sache hier wird nur auf eine Art enden – und du hast schon gesehen, wie. Dachtet ihr übrigens wirklich, ich würde das Lager nicht beobachten und einfach so in eure Falle spazieren? Ich habe jeden eurer Schritte beobachtet. Es war herrlich, zu sehen, wie ihr versucht habt, die beiden zu retten, nur um jedes Mal zu spät zu kommen. Ich bin kein Amateur.«

Leider nicht. Es wäre so viel einfacher gewesen, ihn zu fassen. »Nein? Wir hätten David Schulz beinahe gerettet.«

Der Mörder lachte geringschätzig. »Ich gebe zu, er hat länger durchgehalten, als ich gedacht hätte. Aber es war klar, dass er nicht überleben würde. Dafür habe ich gesorgt.« Er kam wieder näher. »Ich werde dich jetzt vorbereiten. Wenn deine Kollegen dich dann irgendwann hier finden, wirst du tot sein. Und es wird so aussehen, als hätte Hanke dich getötet. Sie haben ihren Serienmörder, und ich kann unbemerkt verschwinden.«

Vanessa gelang ein verächtliches Schnauben. »Dieses Szenario wird die Rechtsmedizin sofort ausschließen können. Es lässt sich leicht feststellen, dass Dirk vor mir gestorben ist. Außerdem – wie soll er gestorben sein, wenn ich hier festgebunden bin?«

»Mach dir darüber keine Sorgen. Ich bin ein Meister darin, eine Szene zu inszenieren.« Er legte ihre Waffe zur Seite und zog ein langes Fleischermesser hervor. »Fangen wir an, ich habe heute noch etwas anderes vor.«

Ihr Zittern wurde stärker. »Einen weiteren Mord?«

»Nein, ausnahmsweise nicht.« Er trat näher und schob seine Brille die Nase hinauf. »Ich muss zugeben, dass ich diesen Teil der Arbeit sehr genieße. Ich hätte das vorher gar nicht gedacht, aber es gibt mir tatsächlich einen Kick.« Tief sog er den Atem ein. »Ich kann deine Angst riechen, auch wenn du versuchst, sie zu verbergen. Doch das macht nichts, früher oder später wird jeder schwach.«

Die Furcht drohte sie zu lähmen, nur ihre Wut auf den Mörder verhinderte, dass sie sich in einen wimmernden Haufen verwandelte. Auf keinen Fall würde sie ihm die Sache leicht machen. Er durfte nicht mit den Morden davonkommen. Mühsam hob sie das Kinn und sah ihm direkt in die Augen. »Verraten Sie mir noch eines: Warum haben Sie nicht viel früher wieder angefangen zu morden?«

Einen Moment lang wirkte er verunsichert. »Ich habe darauf gewartet, dass du in den Dienst zurückkehrst. Als ich dann hörte, dass du in die Abteilung deines Vaters kommst, war das einfach perfekt. Alles passte genau zusammen.«

»Das kann gar nicht sein, nicht mal ich selbst wusste, in welche Abteilung ich komme.«

»Andere dagegen schon. Es war kein Geheimnis im ZKD.«

Die Sache wurde immer seltsamer. »Sie haben also meine Karriere verfolgt? Warum?«

Er hob die Schultern. »Warum nicht.«

»Das ergibt keinen Sinn. Ich hatte damals nichts mit dem Fall zu tun. Ich glaube eher, dass Sie unter dem Radar bleiben wollten, während Sander für Ihre Taten im Gefängnis sitzt.« Ihr war klar, dass sie ihn damit provozierte, aber nur so würde sie Antworten bekommen.

»Sie haben keine Ahnung! Ich habe nie …« Er presste seine Lippen zusammen, als hätte er mehr gesagt, als er wollte.

Vanessa musste sich beeilen, wenn sie ihn nicht verlieren wollte. »Was haben Sie nie? Nie getötet? Sie haben zugegeben, dass Sie Lena Rudnick und David Schulz getötet haben. Woher kannten Sie sie? Arbeiteten Sie in der gleichen Firma?«

»Ich arbeite allein.«

Das passte zu ihm, er wirkte wie ein Einzelgänger. Das erklärte jedoch noch weniger, wie er auf die Idee gekommen war, diese Menschen zu töten. »Aber Sie kennen Christian Sander persönlich. Sie nannten ihn vorhin beim Vornamen. Oder wollten Sie ihn nur nachmachen, weil Ihnen nichts Eigenes eingefallen ist?«

»Ich würde ihn nie nachmachen! Ich führe seine Arbeit fort! Er ist mein Freund. Schon früher hat er mich beschützt, das zahle ich ihm jetzt zurück.« Offenbar viel zu spät wurde ihm bewusst, was er gesagt hatte. Er packte ihr Handgelenk und schob in einer schnellen Bewegung ihren Ärmel hoch. »Jetzt reicht es aber mit dem Gerede, glaub bloß nicht, dass du mich damit abhalten kannst.« Er setzte das Messer an ihre Haut.

Vanessa stieß einen lauten Schrei aus, der sie fast selbst erschreckte.

Der Mörder zögerte kurz, schüttelte dann jedoch den Kopf. »Schrei ruhig, so viel du willst. Diesmal habe ich einen Standort gewählt, der so abgelegen ist, dass dich niemand hören wird. Ich werde es genießen.«

Vanessa tat ihm den Gefallen und schrie, so laut sie konnte, während die Klinge des Messers in ihren Arm fuhr.

41

Falk nahm Gas weg, ließ das Motorrad am Anfang der Zufahrt ausrollen und stellte es ab. Anscheinend war die Verstärkung noch nicht eingetroffen, was vielleicht nicht schlecht war. Auf keinen Fall wollte er den Entführer frühzeitig auf sich aufmerksam machen, wenn er denn überhaupt hier zu finden war. Angespannt schlich er vorwärts und hielt sich dabei im Schatten der Hecke, die den Weg säumte. Als er sich dem lang gezogenen Gebäude näherte, zog er seine Pistole. Im Innern war es düster, nur an einer Stelle brannte ein helles Licht, das den Raum nicht komplett ausleuchtete, aber es reichte, um hineinsehen zu können. Im ersten Moment bemerkte er nichts Ungewöhnliches, doch dann sah er eine Bewegung. Langsam arbeitete er sich an der Mauer entlang auf ein näher liegendes Fenster zu.

Unauffällig blickte er hindurch und sah im Lichtkegel einen Mann, der mit jemandem zu reden schien, der von einem rechteckigen Gegenstand verdeckt wurde. In der Hand hielt er ein langes Messer. Es dauerte einen Moment, bis Falk die Beine unterhalb des rechteckigen Objekts sah. Jeans und flache Schuhe, von hier aus konnte er nicht sagen, ob es sich um Vanessa handelte. Die Seile, die um das Objekt geschlungen waren, sprachen aber eine deutliche Sprache. Wer auch immer die Person war, er musste sie dort herausholen, bevor dieser Mistkerl sein Messer benutzte.

Falk zog sein Handy heraus und wählte den Notruf. Nachdem er die Situation erklärt und weitere Unterstützung angefordert hatte, legte er auf. Hoffentlich tauchte die Rückendeckung bald auf, bevor … Ein lauter Frauenschrei sandte einen kalten Schauer über seinen Rücken und setzte ihn in Bewegung. Falk suchte fieberhaft nach einem Eingang, den er nutzen konnte, ohne bemerkt zu werden. Ein weiterer Schrei erklang, diesmal war deutlich der Schmerz zu hören. Er konnte es nicht mit Sicherheit sagen, glaubte aber, dass es Vanessa war. *Halte noch einen Moment durch!*

Auf keinen Fall konnte er warten, bis die Unterstützung eintraf. Bis dahin könnte Vanessa – oder wer immer es auch war – bereits tot oder doch zumindest sehr schwer verletzt sein. Seine Hilflosigkeit bei dem Versuch, David Schulz zu retten, gab den Ausschlag. Angespannt schlich er vorwärts, auf die Tür des Gebäudes zu. Es kam nur darauf an, dass der Täter ihn nicht sah. Ein Stich reichte aus, um Vanessa zu töten. Lautlos schlüpfte Falk in die Schießanlage und verbarg sich hinter einer niedrigen Mauer. Jetzt konnte er das Opfer auch deutlicher sehen: Es war Vanessa. Sie war mit einem Seil an eine der Schießscheiben gefesselt. Noch lebte sie, aber das Schwein hatte ihr bereits einen stark blutenden Schnitt am Arm zugefügt.

Falk hob seine Waffe, doch die Gefahr war von hier aus zu groß, Vanessa zu treffen. Erst musste er sich einen besseren Standort suchen, von dem aus er ein freies Schussfeld auf den Täter hatte. Allerdings war das nicht so einfach, denn es gab kaum Deckung. Lediglich die Mauer, hinter der die

Schützen normalerweise standen, gab ihm ein wenig Schutz vor den Blicken des Täters. Das schwache Licht war einerseits ein Vorteil, andererseits konnte Falk den Täter so auch schlechter sehen. Dazu kam noch, dass von der Decke ein Scheinwerfer genau auf Vanessa gerichtet war, alles andere im Raum aber in tiefen Schatten lag.

Über allem waren verschiedene Kanäle aus Metall angebracht, die vermutlich die Drähte verbargen, die die Scheiben nach dem Schießen zum Schützen zogen, damit er sein Trefferbild begutachten konnte. Die Anlage war schon ein wenig in die Jahre gekommen, aber wenigstens gab sie Falk so mehr Schutz als eine ultramoderne Anlage, die nur aus einem leeren Raum mit einer Leinwand bestand. Wie war der Täter überhaupt darauf gekommen? War er selber Schütze und trainierte hier öfter? Doch im Moment war das noch egal, es zählte nur, Vanessa aus den Händen dieses Mörders zu befreien.

Obwohl Falk schon mit einigen Mördern zu tun hatte, wunderte es ihn doch immer wieder, wie normal die Täter größtenteils aussahen. Hätte er diesen Mann auf der Straße getroffen, er wäre ihm sicher nicht aufgefallen. Ein schmaler, durchschnittlicher Typ mit Brille und einem konservativen Haarschnitt. Er sah richtig harmlos aus, aber da Falk wusste, was er schon getan hatte, würde er ihn ganz sicher nicht unterschätzen.

Langsam schlich er ein Stück weiter, um einen besseren Schusswinkel zu haben. Jetzt hatte er freie Bahn und musste nicht befürchten, Vanessa zu verwunden. Wieder schrie sie auf und verursachte ihm damit beinahe einen Herzinfarkt.

»Also ich muss sagen, ich hätte mir schon viel früher einen Ort suchen sollen, an dem meine Objekte nach Herzenslust schreien können. Ich mag es, die Angst nicht nur zu sehen, sondern auch zu hören.«

Falk musste sehr an sich halten, nicht einfach aufzustehen und den Typen abzuknallen. Was für ein sadistisches Arschloch! Aber Kordel war ein großer Verfechter von lebenden Tätern, die vor Gericht gestellt werden konnten, deshalb würde er nur dann schießen, wenn es gar nicht mehr anders ging. Vielleicht gelang es ihm auch, noch näher heranzukommen und den Täter auf andere Art auszuschalten. Allerdings fuchtelte der gerade wieder mit dem Messer vor Vanessa herum, seine Zeit lief ab. Falk verlagerte sein Gewicht und erstarrte, als ein deutlich hörbares Knacken ertönte. Scheiße!

Mit angehaltenem Atem wartete er auf eine Reaktion des Verbrechers. Der sah kurz in seine Richtung, wandte sich dann aber wieder Vanessa zu.

»Weißt du übrigens, wie ich auf diesen wunderbaren Ort gekommen bin? Dein ehrenwerter Kollege hat mich darauf gebracht. Hanke hat hier immer sein Schießtraining absolviert. Schade eigentlich, dass er meine Inszenierung nicht mehr mitbekommt. So war das nicht geplant, aber als ich euch dann in der Lagerhalle gehört habe, kam es mir wie ein Sechser im Lotto vor.«

Vorsichtig bewegte Falk sich weiter auf Vanessa und den Mörder zu. Solange der redete, war er vermutlich nicht so aufmerksam.

»Ich verstehe immer noch nicht, was Sie von mir wollen. Ich bin nicht mein Vater und hatte mit dem Fall damals nichts zu tun.«

Das brachte ihr ein Lachen ein.

»Du bist ganz offensichtlich nicht dein Vater. Aber es gefällt mir, ihn damit noch über den Tod hinaus zu bestrafen.

Ich tilge seine Gene aus dem Pool, das ist irgendwie sehr befriedigend. Außerdem wette ich, dass du den Fall schön vorangetrieben hast, um dich zu profilieren.«

»Es ist mir völlig egal, was Sie glauben. Binden Sie mich los, dann können wir darüber reden.«

»Du gefällst mir genau da, wo du bist. Es hat etwas Befriedigendes, wenn jemand völlig von einem abhängig ist. Wenn man darüber entscheiden kann, ob jemand lebt oder stirbt.« Bevor Vanessa antworten konnte, redete er schon weiter. »Wenn du denkst, es wird jemand kommen und dich retten, wenn du mich nur lange genug hinhältst, dann muss ich dich enttäuschen. Niemand weiß, dass du hier bist. Vielleicht werden sie dich irgendwann finden, aber nicht heute.«

»Sie werden mich suchen, wenn sie feststellen, dass ich nicht mehr in der Wohnung bin. Und ich bin sicher, dass das inzwischen geschehen ist. Vielleicht steht schon in diesem Moment jemand vor dem Gebäude.«

Einerseits bewunderte er Vanessa dafür, dass sie in solch einer Situation noch klar denken konnte, aber er wünschte wirklich, sie würde den Täter nicht darauf hinweisen, dass seine Zeit ablief. Es könnte dazu führen, dass er die Sache abkürzte und sie sofort tötete. Oder dass er aufmerksamer war und Falk ihn deshalb nicht überwältigen konnte. Andererseits brachte jede Sekunde mehr die Verstärkung ein Stück näher.

»Ich glaube kaum, dass dich schon jemand vermisst. Du hast so gut wie keine Kontakte, selbst deine Mutter siehst du nur unregelmäßig. Deine Kollegen denken, du wärst sicher zu Hause. Es war übrigens sehr nett, dass du dich rausgeschlichen hast. Es wäre echt mühsam gewesen, mich an den Wachleuten vorbeischleichen zu müssen. So brauchte ich einfach nur deinem Handysignal folgen. Das ist heutzutage verdammt einfach, wenn man weiß, wie es geht.«

Ja, das war eine Sache, die Falk mit Vanessa klären musste, wenn er sie in Sicherheit gebracht hatte. Falk schob sich hinter der halbhohen Mauer weiter, bis er auf der anderen Seite hinter dem Rücken des Täters herauskam. Jetzt konnte er Vanessa von Nahem sehen. Ihre Haut war blass, die Augen wirkten riesengroß in ihrem Gesicht. Blut lief an ihrem Arm hinab und tropfte hinter ihrem Rücken von ihren Fingerspitzen. Die Wunde befand sich genau an derselben Stelle wie bei der Attrappe. Offenbar folgte der Täter immer noch seinem Plan. Erst jetzt sah Falk, dass von der Zielscheibe verdeckt, eine weitere Person auf dem Boden lag. Das Gesicht konnte er nicht sehen, aber von der Kleidung und Figur her musste es Dirk sein. Falks Wut steigerte sich. Auch wenn Dirk Fehler gemacht hatte, das hier hatte er nicht verdient!

Vorsichtig schob Falk den Kopf vor, um Vanessa zu zeigen, dass sie nicht allein war. Es dauerte einen Moment, bis sie ihn bemerkte. Ihre Augen weiteten sich, dann brachte sie ihre Miene schnell wieder unter Kontrolle. Rasch zog Falk sich wieder zurück, damit ihn der Verbrecher nicht sah. Jetzt musste er nur noch einen Weg finden, wie er Vanessa befreien konnte, ohne sie noch weiter in Gefahr zu bringen. Wenn er schnell genug wäre, könnte er …

Es geschah so schnell, dass Falk kaum reagieren konnte. Der Mann wirbelte mit einer Pistole in der Hand herum und begann sofort zu schießen. Die Kugel schlug vernehmlich in die Mauer nur wenige Zentimeter von seinem Kopf entfernt ein. Verdammt! Automatisch zuckte er zurück. Eigentlich konnte ihn der Mörder gar nicht gesehen haben, vermutlich hatte er Vanessas Reaktion bemerkt und spekulierte nur, wo sich jemand verbergen könnte. Auch wenn es seiner Art widersprach, reagierte Falk nicht darauf. Es herrschte eine beinahe gespenstische Stille. Falk versuchte, herauszufinden, wo sich der Kerl gerade aufhielt, konnte aber nicht nachsehen.

»Komm raus, ich weiß, dass du dich dort versteckst.«

Falk presste die Lippen zusammen, rührte sich aber nicht.

»Gut, wenn du nicht willst, beschäftige ich mich weiter mit Vanessa. Ich glaube, als Nächstes setze ich den Schnitt an der Wange. Das wird ihr sicher gut stehen.« Er lachte auf. »Ach, stimmt, wenn sie tot ist, wird ihr das sowieso egal sein.«

Falks Finger spannten sich enger um den Griff der Pistole. Der Täter wollte ihn dazu bringen, sich zu zeigen, das war klar. Nur leider war Falk sich ziemlich sicher, dass er seine Drohung tatsächlich wahr machen würde. Und er konnte nicht dabeisitzen und nichts tun, während Vanessa verletzt wurde. Noch einmal holte er tief Atem, dann sprang er auf.

42

Vanessa zuckte zusammen, als Falk unerwartet hinter der Mauer auftauchte und sofort schoss. Die Kugel verfehlte den Mörder, der sich rechtzeitig zur Seite geduckt hatte und nun seinerseits auf Falk anlegte.

»Vorsicht!« Vanessa zerrte an ihren Fesseln, die weiterhin nicht nachgaben. So konnte sie nur hilflos zusehen, wie Falk getroffen wurde und hinter der Mauer zu Boden fiel. »Nein!« Entsetzt starrte sie dorthin, wo er verschwunden war, doch er tauchte nicht wieder auf, und es war kein Laut zu hören.

Es war ihre Schuld, wahrscheinlich hatte sie ihre Erleichterung, ihn zu sehen, nicht gut genug verborgen und seine Anwesenheit damit verraten. Hoffentlich hatte Falk Verstärkung mitgebracht, die die Schießanlage stürmte und den Mörder aus dem Verkehr zog. Doch es geschah nichts, still lag das Gebäude da. Könnte Falk so verrückt gewesen sein, allein zu kommen? Ihr Herz zog sich zusammen. Er sollte nicht ihretwegen sterben. Aber sie selbst wollte auch weiterleben. Vielleicht konnte sie wenigstens die Ablenkung nutzen und sich befreien.

Während sie den Mörder weiter im Blick behielt, der ihr

den Rücken zuwandte, während er nach Falk Ausschau hielt, zerrte Vanessa erneut an den Fesseln. Der Schmerz in ihrem Oberarm wurde immer schärfer, ihre Hände waren glitschig vom Blut. Das könnte sich als Vorteil erweisen, wenn sie sich so von den Seilen befreien konnte. Aber noch war die Schlinge zu eng. Verbissen mühte sie sich weiter ab. Wenn sie nur lange genug dranblieb, gelang es ihr vielleicht, die Fessel über ihr Handgelenk zu schieben.

Immer wieder blickte sie dorthin, wo ihr Kollege hinter die Mauer gefallen war. Lag er dort bereits tot, oder verblutete er hilflos? Ihr Entführer schien auch die Geduld zu verlieren, denn er bewegte sich langsam auf die Mauer zu. Die Pistole hielt er schussbereit in den Händen. Sowie er Falk sah, würde er erneut auf ihn schießen.

»Vorsicht, Falk, er kommt!«

Aufgebracht drehte sich der Mörder zu ihr um. »Du hältst den Mund, wenn du nicht willst, dass ich dir die Zunge herausschneide.«

Da Vanessa Falk schon gewarnt hatte, sagte sie nichts dazu. Hoffentlich konnte er sich irgendwo in Sicherheit bringen! Da die Aufmerksamkeit des Killers jetzt woanders lag, arbeitete Vanessa weiter an ihren Fesseln. Hatten sie sich nicht gerade ein winziges Stück bewegt? Noch konnte sie sich nicht befreien, aber es gab ihr die Hoffnung, dass es ihr vielleicht doch noch gelingen würde. Deshalb verdoppelte sie ihre Anstrengungen. Vanessa hielt den Atem an, als ihr Entführer hinter die Mauer sprang. Doch kein Schuss erklang, und auch der Verbrecher schoss nicht. War Falk schon tot?

Abrupt richtete der Mörder sich auf und blickte sich in der Schießanlage um. »Du willst also ein Spielchen treiben, was? Das kannst du haben.« Er beugte sich vor und legte einen Schalter um.

Mit einem durchdringenden Quietschen setzten sich verschiedene Schießscheiben in Bewegung. In unterschiedlicher Geschwindigkeit kamen sie auf Vanessa zu, andere verschwanden im Dunkel der lang gezogenen Halle. Was erhoffte sich der Täter dadurch? Oder bedeutete es, dass Falk noch lebte und sich irgendwo versteckt hatte? Hoffnung keimte in ihr auf, dass er doch nicht so schwer verletzt war, wie es zuerst ausgesehen hatte. Aber es bedeutete auch, dass Falk dringend ihre Hilfe brauchte. In dem Raum gab es kaum Verstecke, eher früher als später würde der Mörder Falk in die Enge treiben.

Noch einmal versuchte Vanessa, ihre Hand aus den Fesseln zu ziehen. Und diesmal gelang es ihr, sie zumindest ein Stück zu bewegen. Ja! Nachdem die Zielscheiben an ihrem Endpunkt angekommen waren, kehrte der Mörder zu Vanessa zurück und bewegte sich hinter sie. Sofort stellte sie jede Bewegung ein.

»Dein Freund hat keine Chance. Er ist verletzt, und er wird nie nah genug an dich herankommen, um dich zu befreien.« Er griff in ihre Haare und riss ihren Kopf nach hinten. Schmerzerfüllt stöhnte Vanessa auf. »Vielleicht bist du auch den ganzen Aufwand nicht wert, und ich töte dich sofort. Ich kann mir ja jederzeit das nächste Objekt suchen.«

»Das werden meine Kollegen nicht zulassen!«

Der Mörder lachte auf. »Wie sollten sie das verhindern? Niemand weiß, wer die Morde begeht, ihr tappt völlig im Dunkeln. Und das wird auch so bleiben, denn es wird niemand etwas über mich herausfinden, wenn ihr beiden tot seid.«

Geschickt hielt der Mann sich immer hinter ihr, sodass Falk nicht auf ihn schießen konnte, ohne befürchten zu müssen, sie zu treffen. Damit hatte er einen klaren Vorteil, denn er konnte seinerseits Vanessa jederzeit töten oder auf Falk schießen, wenn er versuchte, sich zu nähern. Wo war ihr Kollege überhaupt? Durch die blendenden Scheinwerfer konnte sie einige Meter entfernt kaum noch etwas erkennen. Sie konnte sich nicht darauf verlassen, dass Falk sie retten würde. Wenn sie entkommen wollte, musste sie sich selbst darum kümmern. Erst recht, wenn Falk schwer verletzt war und ihre Hilfe brauchte.

Deshalb begann sie vorsichtig, wieder an den Fesseln zu arbeiten. Der Mörder stand so dicht hinter ihr, dass sie aufpassen musste, ihn nicht zu berühren. Das schränkte ihre Möglichkeiten sehr ein, aber sie musste damit arbeiten. Seine Aufmerksamkeit war weiterhin auf den Raum gerichtet, sein Atem strich über ihren Hals und verursachte ein Ekelgefühl in ihr. Immerhin hatte er das Messer weggesteckt, die Pistole hielt er aber weiterhin in der Hand. Wenn sie ihre Hände lösen konnte, dann würde sie versuchen, ihm die Waffe abzunehmen. So etwas hatte sie im Training gelernt, und sie hatte die Lektionen vor ihrem Arbeitsantritt noch einmal aufgefrischt. Trotzdem würde es nicht einfach werden, vor allem, weil ihre Hände wegen der engen Fesseln bereits ein wenig taub waren.

Ohne Vorwarnung ertönte ein Schuss direkt neben ihrem Kopf. Schmerz drang in ihren Gehörgang, und sie versuchte instinktiv, sich wegzubewegen, doch es war nicht möglich. Noch immer hielt der Mörder ihre Haare in eisernem Griff. Ein Scheppern ertönte, dann taumelte Falk hinter einer der Zielscheiben hervor. Sie konnte nicht sehen, wo er verletzt war, aber es war offensichtlich, dass er getroffen war. *Nein, Falk!*

Noch einmal legte der Verbrecher auf ihn an. Diesmal würde er ihn töten. Mit einem letzten Ruck zog Vanessa ihre Hände aus den Fesseln und atmete erleichtert auf, als die Seile daraufhin an ihrem Körper hinunterzurutschen begannen. Aus den Augenwinkeln sah sie, wie sich seine Finger um den Hahn der Pistole spannten. Gleich würde er abdrücken …

Endlich waren ihre Arme frei, und Vanessa nutzte die Gelegenheit, ihren Oberkörper umzudrehen und unter den Waffenarm des Täters zu schlagen, sodass der Schuss in die Decke ging. Überrascht ließ er ihre Haare los und bewegte sich zur Seite. Vanessa wollte ihm hinterherhechten, doch ihre Beine waren immer noch mit dem Seil umwickelt. Das brachte sie aus dem Gleichgewicht, und sie kippte zur Seite. Vanessa versuchte, den Fall an der Zielscheibe aufzuhalten, doch die Aufhängung war zu instabil, um sie zu halten. Mit voller Wucht schlug sie auf dem Boden auf, direkt auf ihren verletzten Oberarm, durch den ein stechender Schmerz schoss. Einen Moment lang wurde ihr schwarz vor Augen, doch Vanessa drängte die Bewusstlosigkeit zurück. Sie musste kämpfen, das war ihre einzige Chance.

Mühsam richtete sie sich auf und erkannte, dass der Mörder erneut auf Falk anlegte. Sofort warf sie sich vorwärts und schaffte es, den Mann aus dem Gleichgewicht zu bringen. Fluchend ging der auf sie los und versuchte, sie zu packen, doch Vanessa rollte sich gerade noch rechtzeitig weg. Noch immer behinderte sie das Seil, aber davon konnte sie sich nicht aufhalten lassen. Stattdessen nutzte sie ihre Position, um mit beiden Füßen gegen die Knie des Angreifers zu treten. Mit einem Aufheulen sprang er zurück.

»Du Schlampe, das wirst du bereuen!« Diesmal richtete er die Waffe auf sie.

Adrenalin breitete sich in ihrem Körper aus, während sie in das dunkle Loch der Mündung starrte. Sie hob ihr Kinn. »Sie sind ein Sadist und Mörder, und ich werde Sie bis zum Ende bekämpfen.«

Der Killer näherte sich ihr. »Das mag ich. Es ist langweilig, wenn sie aufgeben und es einfach nur über sich ergehen lassen. Aber am Ende kriege ich sie alle, sie sind Teil meiner Sammlung.«

»Sie sind krank! Diese Menschen haben Ihnen überhaupt nichts getan.«

Amüsiert blickte er sie an. »Ja, und?«

Womit er ihre Aussage nur noch weiter unterstrich. Es brachte jedoch nichts, mit so einem Typen zu diskutieren. Außer, um Zeit zu gewinnen. Allerdings hatte Falk diese Zeit vielleicht nicht. Sie musste jetzt etwas unternehmen, um ihn – und auch sich selbst – zu retten. Unauffällig verlagerte sie ihr Gewicht. Sie brauchte nur eine kleine Ablenkung, um einen neuen Angriff zu starten. Aber vorher musste sie das Seil loswerden.

Ein Klappern im hinteren Teil der Schießanlage gab ihr die Gelegenheit dazu. Während der Mörder dorthin blickte und auch die Waffe nicht mehr in ihre Richtung zeigte, entledigte sie sich des Seils. Rasch sah sie sich nach einer Waffe um, irgendetwas, mit dem sie den Mörder zumindest außer Gefecht setzen konnte. Aber außer dem Seil war nichts in Reichweite, und sie bezweifelte, dass er so lange stillhalten würde, bis sie ihn gefesselt hatte. Dann sah sie es: ein schwarzer Gegenstand, der halb verborgen hinter einer der Schießscheiben auf dem Boden lag. Vanessa kniff die Augen ein wenig zusammen, bis sie ihn erkannte: Es war Falks Pistole! Er musste sie verloren haben, als er angeschossen wurde. Wenn Vanessa sie erreichen könnte …

Als hätte er ihre Gedanken gelesen, rührte Falk sich.

Sofort reagierte der Mörder darauf. »Jetzt reicht es. Ich werde dafür sorgen, dass dieser Typ ein für alle Mal Ruhe gibt.« Ohne sich noch einmal zu Vanessa umzudrehen, strebte er auf Falk zu.

Vanessa rappelte sich auf und stürzte auf die Pistole zu. Dabei hielt sie sich hinter dem Täter, damit er nicht bemerkte, was sie vorhatte.

»Sag deinem Freund Lebewohl.« Der Mörder hielt die Waffe auf Falk gerichtet. Sein Finger krümmte sich am Abzug.

Vanessa warf sich zu Boden und klaubte die Pistole auf. In der gleichen Bewegung drehte sie sich herum und schoss. Der Mörder drehte seinen Kopf in ihre Richtung und starrte sie erstaunt an. Oh Gott, hatte sie ihn verfehlt? Das wäre Falks Todesurteil. Doch dann begann er zu schwanken und presste eine Hand an seine Seite. Da Falk immer noch in seiner Reichweite lag und die Pistole weiterhin in seine Richtung zeigte, schoss Vanessa erneut. Diesmal kippte der Mörder um, ein Röcheln drang aus seiner Kehle. Angespannt näherte Vanessa sich ihm, bereit, zur Not noch einmal zu schießen. Sie wollte niemanden töten, auch keinen Mörder, aber sie würde es tun, wenn es sich nicht vermeiden ließ.

Vorsichtig hockte sie sich neben den Mann. Sein Gesicht war kalkweiß, Schweiß stand auf seiner Stirn. Sein Mund öffnete sich, es drangen jedoch keine Worte heraus. Stattdessen lief Blut aus seinem Mundwinkel. Furcht lag in seinem Blick, seine Hand hob sich. Ein Zittern lief durch seinen Körper.

»Du … hast ge…wonnen.«

»Niemand hat gewonnen. Aber Sie werden niemanden mehr töten.« Vanessa nahm ihm die Pistole weg, die er immer noch in der Hand hielt, und schob sie zur Seite. »Sie kommen ins Gefängnis, wo Sie hingehören.«

Das Lachen des Verletzten ging in Husten über. »Wohl … kaum.«

»Doch, ich werde …« Vanessa brach ab, als sie merkte, dass er sie nicht mehr hören konnte. Seine Augen starrten ins Leere, seine Gesichtsmuskeln waren erschlafft.

»Verdammt!« Mit den Fingerspitzen suchte sie nach seinem Puls, fand aber keinen. Der Scheißkerl hatte sich viel zu einfach aus der Verantwortung gezogen.

»Vanessa?«

Für einen winzigen Moment dachte sie, dass sie sich geirrt hatte, doch dann fiel ihr Falk wieder ein. Sofort sprang sie auf und lief dorthin, wo er noch immer auf dem Boden lag. Sie fiel neben ihm auf die Knie und legte eine Hand auf seine Brust.

Falks Gesicht war verzerrt, aber er blickte sie direkt an. »Alles in … Ordnung?«

In Vanessas Auflachen schwang ein Schluchzen mit. »Das fragst du mich? Ich habe keine Schusswunden.«

»Ist er … tot?«

»Ja.«

»Gut.« Befriedigung klang in dem Wort mit.

Vanessa begutachtete Falks Wunden. Eine Kugel hatte seine Schulter durchschlagen, die andere steckte noch in seinem Oberschenkel. Er hatte viel Blut verloren, aber sie hoffte, dass keine lebenswichtigen Organe verletzt worden waren. Schnell zog sie ihren Pullover aus und presste ihn auf die Schulterwunde, durch die Falk am meisten Blut verlor. Das entlockte ihm ein Stöhnen, seine Lippen waren fest zusammengepresst.

»Tut mir leid, ich muss dafür sorgen, dass du nicht noch mehr Blut verlierst. Kannst du das einen Moment so halten? Dann rufe ich einen Krankenwagen. Das heißt, wenn du ein Handy dabeihast. Meins ist weg.«

Falk legte seine blutverschmierte Hand auf ihre. »Linke Hosentasche. Ich hoffe … es funktioniert noch. Ich hatte … Verstärkung gerufen. Keine Ahnung, wo die … bleiben.«

Vanessa rief einen Krankenwagen und steckte dann Falks Handy zurück in seine Hosentasche. »Woher wusstest du, wo ich bin?«

»Dirks Wohnung. Können wir … später darüber reden?«

»Natürlich, entschuldige.« Sie beugte sich dichter über ihn. »Kann ich irgendetwas für dich tun?«

»Lass dich nicht … noch mal entführen.«

Das brachte ihm ein Lächeln ein. »Ich werde mich bemühen. Danke, dass du gekommen bist, Falk. Ohne dich wäre ich jetzt vermutlich tot.«

Falks Antwort war ein wortloses Brummen, das alles Mögliche bedeuten konnte. Aber das war okay, an ihrer Kommunikation konnten sie noch arbeiten, wenn er wieder gesund war. Die Aufregung und Angst forderten ihren Tribut. Erschöpft setzte Vanessa sich neben Falk und wachte über ihn, während sie auf Verstärkung und den Krankenwagen warteten. Vanessa legte ihre Hand auf Falks unverletzte Schulter, um ihm – und auch sich selbst – zu versichern, dass er nicht allein war.

43

Vanessa betrat die Wohnung des Mörders mit einem seltsamen Gefühl. Auch einen Tag später hatte sie noch nicht ganz realisiert, dass er tot war und niemandem mehr etwas anhaben konnte. Es machte die Sache auch nicht einfacher, dass sie ihn getötet hatte. Natürlich war es Notwehr gewesen, um einen Kollegen zu schützen. Sie war mit Falk ins Krankenhaus gefahren und dort ebenfalls untersucht worden. Bis auf ein paar Prellungen und den Schnitt an ihrem Oberarm, der genäht wurde, war sie aber völlig gesund, deshalb hatte sie darauf bestanden, nach Hause zu fahren. Ihre Mutter hatte sie dort erwartet, wofür Vanessa wirklich dankbar gewesen war. Auf keinen Fall hätte sie die Nacht allein verbringen wollen, auch wenn ihr Türschloss repariert worden war.

Die Besprechung am nächsten Morgen bei Kordel war hitzig gewesen, er war mehr als ungehalten, dass sie nicht in ihrer Wohnung unter Schutz geblieben war, sondern sich heimlich entfernt hatte. Noch weniger gefiel ihm, dass einer seiner Männer nun tot war und ein weiterer schwer verletzt im Krankenhaus lag. Dass Dirk für den Tod von Andreas Lux verantwortlich war, bedeutete einen weiteren Tiefschlag, von dem sie sich alle erst erholen mussten. Vanessa konnte sein Motiv immer noch nicht verstehen, aber sie war froh, nun die Wahrheit zu kennen. Das würde ihr vielleicht helfen, mit der Vergangenheit abzuschließen.

Vanessa hatte ihn so lange bedrängt, bis Kordel sie wieder in dem Fall einsetzte – zumal nun auch noch Falk ausfiel –, sodass sie bei der Durchsuchung der Wohnung des Mörders dabei sein konnte. Sie brauchte diese Konfrontation, um den Fall für sich abschließen zu können. Peter Wallbaum war sein Name, genauso unauffällig wie der Mörder selbst. Sie würden seine Nachbarn, Freunde und Verwandte befragen, wenn sie welche finden konnten, aber sie erwartete nicht, dass ihnen jemand eine Erklärung dafür liefern konnte, warum Wallbaum sich so entwickelt hatte. Von Beruf war er Tierpräparator, was zumindest erklärte, warum er so perfekte Attrappen herstellen konnte. Es erklärte aber noch nicht, wie er auf seine Opfer gestoßen war. Sie hatten keinerlei berufliche Verbindung zu den drei Firmen feststellen können.

Aufmerksam sah Vanessa sich um und verzog den Mund, als sie die präparierten Tiere an den Wänden und auf den Regalen der Wohnung entdeckte. Sie hatte sich in der Gegenwart toter Tiere noch nie wohlgefühlt, erst recht nicht, wenn sie sie aus ihren Glasaugen zu beobachten schienen. Das Spurensicherungsteam war bereits fleißig bei der Arbeit, es wurde alles fotografiert und dokumentiert und Spuren, die zu den Verbrechen führten, gesammelt. In einem Nebengebäude hatte Wallbaum eine Werkstatt angemietet, die sie ebenfalls durchsuchen würden. Doch zuerst nahmen sie sich die Wohnung vor.

Stundenlang durchsuchten sie die drei Zimmer, fanden aber keine Beweise oder wenigstens Hinweise auf das Motiv.

Es gab keine Notizen, kein Tagebuch oder etwas anderes, das Aufschluss über Wallbaums Gedanken und Motive gab. Die Kriminaltechnik sammelte jede Menge Spuren, doch Vanessa reichte das nicht. Sie wollte die Gründe für Peter Wallbaums Taten wissen. Die Wohnung sah genau so aus, wie man sie von einem Junggesellen in den Dreißigern erwarten würde. Wenn man von den toten Tieren an den Wänden absah. Frustriert wollte Vanessa schon aufgeben, ging dann aber doch noch einmal ins Schlafzimmer. Es musste einfach etwas da sein, das erklärte, wie ein bis dahin unbescholtener Mann zu einem grausamen Serienkiller werden konnte.

Nachdenklich starrte sie den Elchkopf über dem Bett an. Wie konnte man so überhaupt einschlafen? Sie würde kein Auge zu tun. Es dauerte einen Moment, bis sie den Versatz in der Tapete bemerkte. Er war minimal, aber es reichte, um sie neugierig zu machen. Vanessa stellte sich aufs Bett, um näher heranzukommen, und fuhr mit den Fingern über die Kante. Ja, da war eindeutig etwas. Mit dem Knöchel klopfte sie dagegen – es klang hohl und metallisch. Aufregung breitete sich in ihr aus.

Doch sosehr sie auch suchte, sie fand keinen Mechanismus, wie sie die Platte von der Wand lösen konnte. Voller Ekel fasste sie schließlich an das Geweih des Elchs und zog daran. Etwas schien sich zu bewegen, aber es schwang sofort zurück. Noch einmal zog sie mit mehr Kraft, und schließlich gab die Platte nach. Das geschah so schnell, dass sie der Bewegung nicht folgen konnte. Ihr Absatz verhedderte sich im Bettzeug, und Vanessa kam ins Straucheln. Instinktiv hielt sie sich an dem Elchkopf fest, der sich mit einem unheilvollen Knirschen von der Wand löste. Vanessa verlor das Gleichgewicht und stürzte samt der Trophäe vom Bett auf den Boden. Erschrocken schrie sie auf, dann nahm ihr der Aufprall den Atem.

Schmerz zuckte durch ihre Seite. Natürlich musste sie genau auf ihrem verletzten Arm landen. Hoffentlich war die Naht nicht wieder aufgegangen, die ihr gestern Abend im Krankenhaus verpasst worden war.

»Vanessa, ist alles in Ordnung?« Abelings Stimme drang an ihr Ohr.

Jetzt erst bemerkte sie, dass der Tierkopf auf ihr lag. Leicht panisch versuchte sie, ihn wegzuschieben, doch das Teil wog unerwartet viel. »Nein, kannst du bitte dieses Vieh von mir entfernen?«

»Wolltest du mit ihm kuscheln?«, fragte er amüsiert, aber er half ihr immerhin, sich von dem Kopf zu befreien.

»Haha, sehr witzig.« Ihr war überhaupt nicht nach Scherzen zumute. Vorsichtig tastete sie ihren Oberarm ab und atmete auf, als keine Feuchtigkeit zu spüren war. Offenbar hatte die Naht gehalten. Abeling hielt ihr seine Hand hin und half ihr auf. »Danke.«

»Was wolltest du denn nun mit dem Elch?«

Vanessa blickte auf die nun leere Wand. »Dahinter ist ein Absatz, und es klingt hohl, es könnte ein Tresor oder etwas Ähnliches sein.«

Noch einmal stieg sie auf das Bett und fuhr mit den Fingerspitzen über die Kante. Nachdem die Trophäe nicht mehr dort hing, war ein Schalter zu sehen. Vanessa drückte darauf und wich zurück, als sich mit einem leisen Klicken eine kleine Tür öffnete. Neugierig blickte Vanessa in das Loch und spürte ein Kribbeln, als sie mehrere Gegenstände darin sah. Vanessa steckte sie einzeln in Beweissicherungsbeutel und gab sie an Abeling weiter. Gerade als sie ein Notizbuch in den Beutel schieben wollte, fiel ein Zettel heraus. Sie bückte sich und hob ihn auf. Eine Seite war leer, aber als sie ihn umdrehte, erkannte sie eine handschriftliche Liste. Fast wirkte sie wie eine Einkaufsliste, doch die Namen waren Vanessa furchtbar vertraut.

Henning Peters
Maria Keller
Stefan Krampnagel
Lena Rudnick
David Schulz

Ihr eigener Name fehlte auf der Liste, trotzdem lief ihr ein kalter Schauer über den Rücken. Jeder der hier Genannten war jetzt tot. Vanessa folgte einer Eingebung und verglich die Handschrift mit der im Notizbuch. Es war eine andere. Wer auch immer diese Liste geschrieben hatte, war nicht Peter Wallbaum gewesen. Neben dem Notizbuch gab es auch mehrere DVDs, eine flache Kiste und ein professionelles Dietrich-Set. Kein Wunder, dass sie an den Türen der Häuser und Wohnungen keine Einbruchsspuren gefunden hatten, der Täter war gut ausgestattet.

»Gib den Kram dem Spurensicherungsteam, aber ich möchte das Notizbuch und die DVDs so schnell wie möglich auf dem Schreibtisch haben. Bei der Liste muss die Schrift verglichen werden.«

Abeling nahm die Beutel entgegen. »Wird gemacht.«

Zwar war der Täter schon tot, aber sie wollte den Fall so schnell und zweifelsfrei wie möglich abschließen. Vor allem musste sie herausfinden, ob Wallbaum die früheren Opfer aus dem Sander-Fall auch getötet hatte. Zumindest musste er alle Informationen gehabt haben, um Stefan Krampnagel wirklichkeitsgetreu darzustellen. Sie wünschte, Wallbaum würde noch leben, damit sie ihn befragen konnte. Warum hatte er die Morde begangen? Wie hatte er die Opfer ausgesucht? Er hatte selbst gesagt, dass Sander sein Freund war, hoffentlich stand etwas dazu im Notizbuch.

Der Rest der Wohnung enthielt keine Hinweise auf die Morde, deshalb wechselten sie nun zur Werkstatt. Auf den ersten Blick wirkte es wie eine ganz normale Arbeitsstätte zum Präparieren von Tieren. Große Tischflächen mit unzähligen Utensilien bezeugten die starke Nutzung. Ein großes technisches Gerät stand mitten im Raum, vermutlich der 3-D-Drucker, mit dessen Hilfe Wallbaum die Skelette erstellt hatte. An einer Wand standen einige Tiefkühltruhen. Vanessa wollte nicht hineinsehen, aber es musste sein. Sie hob ihr Kinn und ging zur ersten Truhe. Mit angehaltener Luft hob sie den Deckel an. Ein leises Zischen ertönte. Ihr Herz begann, schneller zu schlagen, ihr Mund wurde trocken. Automatisch wich sie zurück, als sie die vielen undefinierbaren Packungen sah, die darin lagen.

Abeling trat neben sie und beugte sich in die Truhe hinab. »Sieht aus wie Tiere. Wir werden natürlich alles genau überprüfen, ob darin auch Leichenteile sind.«

Stumm nickte Vanessa, während sie versuchte, die Übelkeit zu unterdrücken. Verdammt, sie war Polizistin, sie sollte nicht so zimperlich reagieren. Doch war es ein Wunder, nach dem, was sie gestern erlebt hatte? Vermutlich sollte sie nach Hause gehen, oder zumindest ins Büro, aber sie hatte sich vorgenommen, den Fall zu Ende zu führen, und das würde sie auch tun. Zumal Falk gerade nicht zur Verfügung stand. Er war operiert worden und erholte sich jetzt im Krankenhaus von seiner Schussverletzung. Es hatte sie sehr erleichtert, dass er ohne lebensgefährliche Verletzungen aus der Sache herausgekommen war.

Vanessa ging weiter durch den Raum und öffnete die Türen eines großen Metallschranks. Darin standen etliche Flaschen und Behälter mit Materialien zur Präparierung, ein Experte würde sich alles genauer ansehen müssen, um Übereinstimmungen mit den aufgefundenen Attrappen zu ermitteln. Das war nötig, aber auch eine reine Formsache, da Wallbaum zugegeben hatte, die Attrappen erstellt zu haben. Eine Künstlermappe erweckte ihre Aufmerksamkeit. Vanessa zog sie heraus und ging damit zu einem der Tische. Als sie den Deckel aufschlug, blickte sie sich selbst von einem Foto entgegen. Es war draußen aufgenommen worden, vermutlich auf dem Weg zum Supermarkt. Sie hatte Wallbaum nie bemerkt, er musste also eine sehr gute Kamera gehabt haben, um aus der Entfernung eine solch hohe Auflösung zu erreichen. Kein Wunder, dass er die Attrappe so realistisch gestalten konnte.

Hilflose Wut stieg in ihr auf, während sie die Fotos durchblätterte. Nicht nur ihre, sondern auch von David Schulz und Lena Rudnick gab es Fotos. In einer weiteren Mappe fand sie detaillierte Aufnahmen von Stefan Krampnagels Leiche. Jeder Schnitt war genau verzeichnet und auf der Rückseite mit Längen- und Tiefenangaben versehen. Diese Art von methodischer Auflistung ohne jede Empathie für das Opfer machte sie krank. Eines wurde jedenfalls mehr als deutlich: Peter Wallbaum war kein Gelegenheitsmörder gewesen, sondern jemand, der sich lange damit beschäftigt hatte. Nach Sanders Verhaftung hatte er immerhin zwei Jahre gehabt, in aller Ruhe die Attrappe von Krampnagel herzustellen. Wenn sie nach der Liste ging, hatte er in der Zeit offenbar auch schon Lena und David nachgebildet. Auf keinen Fall wäre ihm das innerhalb weniger Tage gelungen.

Ein Gedanke kam ihr, und Vanessa ging noch einmal zu den Aufnahmen von ihr zurück. Anhand ihrer Frisur konnte sie erkennen, dass Wallbaum nicht gelogen hatte: Er hatte sie schon länger im Blick gehabt. Aber wie war das möglich? Sie hatte weder mit dem alten Fall etwas zu tun gehabt, noch war klar gewesen, dass sie in absehbarer Zeit wieder in den aktiven Dienst zurückkehren würde. Hatte er sie tatsächlich beobachtet, weil sie Andreas Lux' Tochter war? Was wäre geschehen, wenn sie nicht in die Ermittlungen zu dem Fall einbezogen worden wäre? Aber das waren müßige Überlegungen, Wallbaum war tot und konnte ihr nicht mehr antworten.

Auf dem obersten Regalboden des Schrankes fand sie eine Tüte. Vorsichtig zog Vanessa sie hinunter und blickte hinein. Es sah aus, als wäre Kleidung darin, ein blaugrauer Overall und Schuhe. Beides war mit Blutspritzern übersät. Sie gab die Tüte an einen der Techniker weiter. »Es sieht aus, als hätte er diese Kleidung für die Taten benutzt. Könnten Sie bitte herausfinden, von wem das Blut stammt? Und bitte auch sonstige Spuren untersuchen.«

»Wird gemacht.«

Der Raum verschwamm vor ihren Augen, als eine Welle von Müdigkeit sie erfasste. Wenn sie ehrlich war, sehnte sie sich danach, einfach nur an ihrem Schreibtisch zu sitzen. Die gestrige Tortur machte sich immer mehr bemerkbar, ihre Kraft war langsam am Ende.

Das merkte sie noch deutlicher, als Abeling sie zum wiederholten Male ansprach. »Ja?«

»Wir haben hier was gefunden.«

Es schwang etwas in seiner Stimme mit, das sie sofort alarmierte. Zögernd ging sie zu ihm hinüber. Er hatte sich über etwas gebeugt, das wie ein auf dem Boden liegender Schrank aussah. Als sie näher kam, sah sie, dass es genau das war. Vielleicht hatte Wallbaum ihn verwendet, um die Attrappen unbemerkt in die Lagereinheiten zu transportieren. Niemand würde sich wundern, wenn jemand einen Schrank in einen Lagerraum stellte. Neben Abeling blieb sie stehen und blickte hinein. Der Schrank war rundherum mit Schaumstoff ausgekleidet, um den Inhalt zu schützen. Auf den Polstern lagen Körperteile in verschiedenen Stadien der Fertigstellung. Offenbar wäre das nächste Opfer wieder ein Mann gewesen.

Der lebensechte Kopf wirkte umso furchtbarer, weil die Augen bisher nur leere Höhlen waren. Auf den Händen und Armen waren bereits erste Schnitte zu erkennen. Es erinnerte sie zu sehr daran, was Wallbaum mit ihr vorgehabt hatte – was er getan hätte, wenn Falk nicht gerade noch rechtzeitig aufgetaucht wäre. Ohne seine Ablenkung hätte sie sich nie rechtzeitig befreien können. Sie wäre gestorben. So wie Dirk und vor ihm David und Lena. Abeling beugte sich hinunter und zog eine Pappe hervor, auf der mehrere Zeichnungen und Fotos befestigt waren. Offenbar war das die Vorlage, nach der Wallbaum seine Attrappe gefertigt hatte. Vielleicht konnten sie anhand des Fotos herausfinden, wer der Mann war und in welcher Verbindung er zu Wallbaum stand. Wenn … Vanessa schwankte leicht und hielt sich schnell am Schrank fest.

»Geh nach Hause, Vanessa. Du bist völlig fertig. Wir kriegen den Rest auch allein hin.«

Sie war versucht, dem Vorschlag nachzugeben, doch dann schüttelte sie den Kopf. »Ich gehe, aber ins Büro und nicht nach Hause. Ich will das hier zum Abschluss bringen, vorher finde ich sowieso keine Ruhe.«

Abeling nickte. »Das kann ich gut verstehen. Wir sehen uns dann da. So lange wird es nicht mehr dauern.«

»Gut, bis dann.«

Erleichtert verließ Vanessa die bedrückende Werkstatt und atmete draußen tief durch. Ein leichter Nieselregen fiel vom Himmel, aber sie genoss die Feuchtigkeit. Sie wusch einen Teil des Ekels von ihr ab. Etwas erfrischt stieg sie in ihr Auto und fuhr zum ZKD.

Dort warteten tatsächlich schon die ersten Beweisstücke aus der Wohnung auf sie, die bevorzugt analysiert worden waren. Die Fingerabdrücke belegten deutlich, dass sie aus dem Besitz von Wallbaum stammten. Die Namensliste wurde gerade noch untersucht. Nach Fingerabdrücken, aber es wurde auch eine Schriftanalyse erstellt. Wallbaum hatte die Liste keinesfalls geschrieben. Vanessa setzte sich auf ihren Stuhl und betrachtete das Notizbuch, bevor sie es langsam aufschlug. Es handelte sich um genaueste Beobachtungen von diversen Personen, samt Uhrzeiten und Orten. Die Aufzeichnungen starteten bei Lena Rudnick und endeten bei Vanessa. Ältere Notizen gab es nicht, entweder hatte Wallbaum damals ein anderes Notizbuch verwendet, das sie nicht gefunden hatten, oder er hatte mit den früheren Morden nichts zu tun.

Das Klingeln des Telefons riss Vanessa aus ihren Gedanken. »Lux, ZKD.«

»Hier ist Herrndorf. Ich wollte mich noch einmal bei Ihnen bedanken, dass Sie eine neue Untersuchung gestartet haben. Das Gericht hat im Hinblick auf die gefälschten Beweise und neuen Morde gerade entschieden, dass erhebliche Zweifel an der Schuld meines Mandanten bestehen. Nachdem nun der wahre Täter gestellt wurde, sehe ich keinen Grund, warum das Urteil nicht revidiert werden sollte. Wenn alles glattläuft, kann Christian Sander schon nächste Woche aus dem Gefängnis entlassen werden.«

Vanessa ging das zu schnell, bisher war noch nicht geklärt, ob Sander die ersten drei Morde begangen hatte oder nicht. Bisher hatte sie keinen konkreten Beweis gesehen, der dagegensprach. »Der mutmaßliche Täter ist tot, wir sind noch dabei, die Beweise zu sichten. Aber ich verstehe, dass Sander die Möglichkeit nutzen will, freizukommen. Natürlich müssen die endgültigen Ergebnisse der Untersuchung abgewartet werden. Wenn wir nachweisen können, dass der mutmaßliche Täter auch die früheren Morde begangen hat, sollte Sander unverzüglich freigelassen werden.«

»Sie werden verstehen, wenn wir nicht so lange warten wollen. Ich denke mal, dass schon jetzt mehr als eindeutig ist, dass bei den damaligen Ermittlungen geschludert, wenn nicht sogar direkt betrogen wurde.«

Es tat ihr immer noch weh, so etwas in Zusammenhang mit ihrem Vater zu hören, aber sie musste zugeben, dass der Anwalt recht hatte. Aus seiner Sicht wäre es nur richtig, wenn Sander so schnell wie möglich freikommt. »Ich wünsche Ihnen und Ihrem Mandanten viel Glück für das weitere Verfahren.«

»Danke. Ich halte Sie gern auf dem Laufenden, wenn Sie das Ergebnis interessiert. Schönen Tag noch.«

Kopfschüttelnd legte Vanessa auf. Es war alles andere als ein schöner Tag, und er würde auch ganz sicher nicht besser werden. Das einzig Positive war die Nachricht gewesen, dass Falk die Operation gut überstanden hatte und auf dem Weg der Besserung war. Und natürlich die Tatsache, dass sie überhaupt noch lebte. Der Abend hätte auch deutlich schlechter ausgehen können. Für sie und für Falk. Und das wäre dann ihre Schuld gewesen. Sie könnte verstehen, wenn Falk in Zukunft nicht mehr mit ihr zusammenarbeiten wollte.

Vanessa wandte sich den DVDs zu, in der Hoffnung, dass sie mehr Aufschluss darüber geben würden, ob Wallbaum auch die früheren Morde begangen hatte. Sie legte die erste ein und startete sie am Computer. Das Bild wackelte zuerst, dann stabilisierte es sich. Der Werkstattraum war zu sehen, Wallbaum erschien und begann, an einer der Attrappen zu arbeiten. So entsetzlich das war, was er getan hatte, musste Vanessa ihm doch zugestehen, dass er sein Handwerk meisterhaft beherrschte. Auf jeden Fall war das Video ein weiterer Beweis für seine Täterschaft. Vanessa ließ die DVD auswerfen und steckte die nächste hinein.

Diese war etwas völlig anderes. Auf den ersten Blick glaubte Vanessa, einen Porno zu sehen, und wollte schon ausschalten, doch dann erkannte sie die Frau im Video: Lena Rudnick. Sie stoppte den Film und suchte in den Informationen der DVD nach dem Entstehungsdatum. Ihr Herzschlag beschleunigte sich, als Vanessa sah, dass die Aufnahmen bereits vor über zwei Jahren entstanden waren. Mit einem unguten Gefühl startete sie das Video erneut und lehnte sich vor. Lena war eindeutig ohne jeden Zwang bei der Sache, das war immerhin eine Erleichterung. Doch dann wandte der Mann seinen Kopf zur Seite, und Vanessa erstarrte. Sofort stellte sie das Video aus und sprang auf.

44

Den Weg kannte sie inzwischen auswendig, trotzdem kam es Vanessa endlos vor, bis sie endlich beim Gefängnis in Celle ankam. Hoffentlich fuhr sie heute zum letzten Mal hierher. Sie wusste nicht, ob sie das Richtige tat, aber sie musste unbedingt mit Sander persönlich sprechen, und zwar ohne seinen Anwalt in der Nähe. Der würde sicher nicht erfreut sein, wenn er erfuhr, dass sie ihn nicht informiert hatte. Genauso wenig wie Kordel oder Staatsanwalt Winter, die genauso wenig davon wussten. Aber sie hatte diese Sache gestartet und wollte sie auch durchziehen. Das war sie den Opfern, und sich selbst schuldig. Also hatte sie nur die Ergebnisse der Untersuchungen in der Kriminaltechnik abgewartet, die ihren Verdacht bestätigten, und war losgefahren.

Vanessa parkte auf dem Besucherparkplatz und strebte dann rasch auf das Gebäude zu. Diesmal hatte sie sich nicht angemeldet, deshalb gab es zuerst eine längere Diskussion, ob sie zu dem Gefangenen vorgelassen werden konnte. Sie beendete sie mit dem Hinweis auf eine offizielle Befragung zu einem aktuellen Fall. Und es war nicht mal gelogen. Einer der Wärter führte sie zum Vernehmungszimmer, wo sie unruhig auf und ab ging, während sie auf Sander wartete.

Endlich öffnete sich die Tür, und Sander wurde hereingeführt. Nachdem er am Tisch Platz genommen hatte, verließ der Wachmann den Raum und beobachtete ihn durch die Scheibe.

»Vanessa, wie schön, Sie zu sehen. Herrndorf sagte, er würde Sie anrufen, aber ich hatte nicht erwartet, dass Sie so schnell hierherkommen. Haben Sie nicht momentan in Hannover genug zu tun? Wie ich von Herrndorf hörte, ist der Fall aufgeklärt und der Mörder erschossen worden.« Vanessa setzte sich ihm gegenüber an den Tisch. Sanders Lächeln wurde breiter. »Endlich haben Sie dieses Schwein gefasst, und ich habe eine Chance auf Rehabilitation und Entschädigung. Können Sie sich vorstellen, wie lange ich darüber nachgedacht habe, was ich als Erstes mache, wenn ich wieder draußen bin?«

»Ja, das kann ich. Das würde wohl jeder in Ihrer Situation machen.«

»Es ist fast ein wenig unwirklich, bald wieder frei zu sein. Tun zu können, was ich will, nicht mehr auf Schritt und Tritt beobachtet zu werden.« Das Letzte sagte er in Richtung des Wachmanns, der hinter der Scheibe nicht reagierte.

»Was haben Sie als Erstes vor?«

»Ich kann mich nicht entscheiden zwischen einem Restaurantbesuch bei einem sauteuren Italiener und dem Treffen mit einer Frau.« Er grinste sie an. »Sie haben nicht zufällig Zeit?«

»Nein, tut mir leid.«

Etwas blitzte in seinen Augen auf. »Ist ein Ex-Häftling nicht gut genug für Sie?«

»Das hat damit nichts zu tun.« Vanessa straffte die Schultern. »Ich bin hier, um mit Ihnen über den Fall zu reden.«

»Was gibt es dazu noch zu besprechen? Ich dachte, Sie haben den Täter.«

»Ja, und er ist tot, was es etwas schwierig macht, ihn zu befragen.«

Sander hob die Augenbrauen. »Und deshalb kommen Sie zu mir? Ich denke, es ist erwiesen, dass ich diese Leute nicht getötet haben kann.« Mit dem Daumen deutete er hinter sich. »Fragen Sie meinen Schatten, ich habe ganz sicher keinen Fuß vor die Tür gesetzt.«

»Das habe ich auch mit keinem Wort behauptet. Natürlich haben Sie niemanden ermordet, während Sie hier einsaßen. Es ist bereits geklärt, dass der beim Einsatz Getötete der Täter war.«

Sander entspannte sich sichtlich. »Gut.«

Vanessa beugte sich vor. »Aber ich bin nicht sicher, dass Peter Wallbaum die ersten drei Opfer vor zwei Jahren getötet hat.«

Aufmerksam sah Sander sie an. »Warum nicht? Herrndorf sagte mir, dass die Ausführung der Taten gleich ist. Was brauchen Sie noch als Beweis?«

»Zuerst mal frage ich mich, woher Ihr Anwalt das wissen will. Davon abgesehen ähneln sich die Taten, ja. Aber es gibt genug Punkte, die mich zweifeln lassen.«

»Die wären?«

Vanessa ignorierte seine Frage. »Kannten Sie Peter Wallbaum?«

»Nicht, dass ich wüsste. Warum sollte ich?«

»Weil ich in seinem Besitz etwas gefunden habe, das offenbar Ihnen gehört.«

Seine Augenbrauen hoben sich. »Was sollte das sein?«

»Eine DVD, genau genommen ein Video.«

Röte stieg in Sanders Wangen. »Und woher wollen Sie wissen, dass sie mir gehört?«

»Weil Sie eine der Hauptpersonen sind. Und jetzt raten Sie, wer noch in diesem Video zu sehen ist.«

»Woher soll ich das wissen?« Doch es war ihm anzusehen, dass er genau wusste, wovon sie sprach.

»Ich würde doch annehmen, dass Sie sich noch an Ihr Sexvideo erinnern können. Außer Sie machen so etwas häufiger.«

»Und wenn? Ist das verboten?«

»Nicht, wenn es einvernehmlich entstanden ist. Aber es ist ein Beweis dafür, dass Sie mich belogen haben.«

»Inwiefern? Ich habe nie behauptet, dass ich keinen Sex hatte.«

»Als ich Sie fragte, ob Sie Lena Rudnick kennen, haben Sie das verneint.«

»Und?«

Wut regte sich in Vanessa. »Sie hatten sogar Sex mit ihr!«

Wieder ein Lächeln. »Sind Sie etwa eifersüchtig, Frau Kommissarin?«

Diese Anmaßung ließ sie rotsehen. »Wohl kaum. Sie haben bei der Frage nach dem Kontakt mit einem Mordopfer gelogen. Damit stehen Sie für mich unter Verdacht, mit den Morden zu tun zu haben.«

Das Lächeln verging ihm. »Vielleicht kannte ich nur ihren Namen nicht.«

»Ich hatte Ihnen ein Foto gezeigt, und ich glaube kaum, dass Sie sich nicht mehr an sie erinnern konnten. Da sich das Video im Besitz des Mörders befand, gehe ich davon aus, dass Sie sich kannten. Mal ganz davon abgesehen, dass Wallbaum mir gegenüber gesagt hat, dass Sie sein Freund sind. Vielleicht war er Ihr Komplize, vielleicht Ihr Nachfolger.

Auf jeden Fall hatte er Informationen zu den Verbrechen, die er nur von dem damaligen Täter bekommen konnte.« Sie verschränkte ihre Hände auf dem Tisch.

»Und welche sollen das sein?«

»Zuerst mal hatte er ein Foto von Stefan Krampnagels Leiche – und zwar direkt vom Tatort. Sämtliche Wunden waren vermessen worden.«

»Wahrscheinlich hat er die Morde selbst begangen, deshalb wusste er alles darüber.«

»Ich denke eher, dass er Ihr Werk fortgeführt hat, nachdem Sie verhaftet worden waren. Die Beweise dafür sind unübersehbar.«

Wut stand Sander ins Gesicht geschrieben. »Ich habe keine Ahnung, wovon Sie reden.«

Vanessa ignorierte seinen Ausbruch. »Außerdem haben wir dort blutbefleckte Kleidung gefunden, die nicht Wallbaum gehörte.«

»Und das wissen Sie woher?«

»Falsche Größe, und es waren genetische Spuren einer anderen Person daran. Und das Blut daran älter und gehört zu keinem der jetzigen Opfer. Dafür aber zu denen der ersten Mordserie.«

»Dann hat er die Kleidung eben damals benutzt. Das alles hat nichts mit mir zu tun. Ich werde hier in ein paar Tagen rauskommen, und Sie werden nichts dagegen machen können.«

Offenbar war Sander nicht bereit für ein Geständnis. Vanessa erhob sich. »Das werden wir noch sehen.«

Sander schnellte vor und umfasste hart ihr Handgelenk. »Ja, das werden wir. Ich warne Sie, Lux, machen Sie nicht den Fehler, mir in die Quere zu kommen. Ich werde dieses

Gefängnis verlassen, und ich werde nicht vergessen, wer mir dabei geholfen hat und wer nicht.«

Der Wachmann stürmte in den Raum, schob Sander zur Seite und befreite so ihr Handgelenk. »Das reicht jetzt! Angriffe gegen Besucher oder Wachpersonal werden nicht geduldet. Wollen Sie den Vorfall anzeigen, Frau Kommissarin?«

»Ja, ich denke, das sollte in den Akten vermerkt werden, schließlich hat der Häftling eine Polizistin bedroht.«

Sander verlor jegliche Beherrschung. Nur das Eingreifen des Wachmanns verhinderte, dass er sie angriff. »Du Schlampe! Das hast du absichtlich gemacht, damit ich nicht wieder freigelassen werde. Erst so tun, als wärst du auf meiner Seite, und mir dann etwas anhängen.«

Vanessa unterdrückte eine scharfe Erwiderung. »Ich war bereit, an Ihre Unschuld zu glauben, Sander. Aber ich lasse mich nicht für dumm verkaufen oder beeinflussen. Wenn Sie die früheren Morde begangen haben – und davon muss ich ausgehen –, dann wird das herauskommen. Und ich werde auch herausfinden, wie Sie Wallbaum dazu gebracht haben, weitere Morde zu begehen. Verlassen Sie sich darauf.«

»Ich habe nichts mit solch einem Versager zu tun!«

Vanessa blickte ihn interessiert an. »Wer sagt, dass er das war? Aber ja, man könnte sagen, dass Peter Wallbaum sich gesellschaftlich nicht sonderlich gut eingefügt hat. Wir haben bisher keinerlei Informationen gefunden, dass er mit anderen Menschen in Kontakt stand. Ich nehme an, er war ein Einzelgänger, jemand, mit dem niemand etwas zu tun haben wollte. Aber mit Ihnen hatte er Kontakt, oder?«

Röte stieg in Sanders Gesicht. »Das können Sie nicht beweisen!«

»Doch, ich denke, das kann ich.« Sie zog einen Zettel aus ihrer Jackentasche und zeigte ihn Sander. »Haben Sie den hier schon mal gesehen?«

Er warf nur einen kurzen Blick drauf. »Nein.«

»Das ist seltsam, die Untersuchung ergab nämlich, dass es sich hierbei um Ihre Handschrift handelt. Und die Namen sind die der fünf Opfer.«

Ein Muskel zuckte in Sanders Wange. »Wahrscheinlich wieder etwas, das Sie mir untergeschoben haben.«

»Diesmal nicht. Bei den letzten Ermittlungen wurde ein Fehler begangen, aber hier werden Sie keinen finden, um sich aus der Haft zu winden. Es ist alles genau belegt und unabhängig voneinander untersucht worden.« Mit dem Finger tippte sie auf den Zettel. »Das hier ist die Liste der Personen, die Sie tot sehen wollten. Was ich noch nicht weiß, ist, ob Wallbaum die ganze Zeit eingeweiht war und mit Ihnen zusammengearbeitet hat oder ob er erst nach Ihrer Verhaftung dazugestoßen ist. Ich tippe auf Ersteres, denn sonst hätte er die Attrappe von Stefan Krampnagel nicht so detailgetreu herstellen können. Hat er Ihnen beim Ausspionieren der Opfer geholfen? Oder waren Sie sogar sein Gehilfe und nicht andersherum? Vielleicht hat Wallbaum sich das alles ausgedacht, und Sie haben ihm assistiert.«

Sander schnaubte. »Allein findet er nicht mal den Weg aus seiner eigenen Wohnung.«

Ja, sie hatte ihn! Obwohl sie innerlich jubilierte, tat Vanessa weiterhin unbeteiligt. »Offenbar hat er es hinbekommen, nahezu perfekte Attrappen zu erschaffen.«

»Peter war schon immer künstlerisch unglaublich begabt. Es war nur der Rest, den er nicht allein hinbekommen hat.« Sanders Blick schien sich in die Vergangenheit zu richten.

»Das war bereits in der Schulzeit so. Er tat mir leid, deshalb habe ich ihm erlaubt, mit mir abzuhängen. Das war ganz praktisch, er hat alles beseitigt, wenn es darum ging, nicht erwischt zu werden. Niemand wusste davon, und es gab auch nirgends Beweise dafür, dass wir uns noch kannten, als wir älter waren.« Diesmal war Sanders Lächeln eindeutig irre. »Peters Leidenschaft für Tierpräparation hat sich bald herauskristallisiert, und ich habe ihm die Objekte dafür besorgt. Er ist wirklich talentiert, oder?«

»Das war er, ja. Er hätte nur darauf achten sollen, mit wem er sich abgibt.«

Diesmal war Sanders Blick scharf wie eine Klinge. »Ich habe ihn immer geschützt, wenn er wieder gepiesackt wurde. Durch mich hat er überhaupt erst kennengelernt, was ein normales Leben ist. Und wie man lernt, wer seine wahren Freunde sind.«

»Dann hätten Sie ihn nicht in die Morde mit hineinziehen sollen. Da die Opfer alle mit Ihnen zu tun haben, gehe ich davon aus, dass Wallbaum nur das getan hat, was Sie wollten.«

»Peter hat gar nichts getan! Ich habe mich lediglich dort umgezogen und hin und wieder ein paar Dinge deponiert.«

Vanessa beugte sich vor. »Wie dic blutverschmierte Kleidung? Außerdem haben wir dort Fotos der Opfer gefunden, unter anderem Detailaufnahmen von Stefan Krampnagels geschundenem Körper. Wallbaum wusste genau, was Sie getan haben, und hat Sie dabei unterstützt. Er hat Ihnen erlaubt, seine Werkstatt als Versteck zu benutzen, richtig? So mussten Sie nicht befürchten, dass jemand die Sachen finden würde. Niemand kannte Peter Wallbaum, er war völlig unauffällig. Sie haben sein Interesse für tote Lebewesen gefördert, das erwähnt er auch in seinen Notizen. Er war fasziniert vom menschlichen Körper und was die Schnitte mit ihm machen. Sie haben ein Monster erschaffen! Haben Sie ihn damit beauftragt, die Attrappen zu erstellen?«

»Nein, das war seine Idee.«

»Ja? Ich glaube eher, dass Sie ihn gebeten haben, die Nachbildungen ›finden‹ zu lassen, damit Zweifel an Ihrer Schuld gesät werden und Sie aus dem Gefängnis herauskommen.«

Beinahe stolz lächelte er. »Und es hat funktioniert, oder?«

»Nur kurzfristig, sonst säßen Sie nicht noch hier.« Schnell wechselte sie das Thema. »Was haben Ihnen die Opfer getan? Sie hatten ein Verhältnis mit Lena Rudnick. Anscheinend hatte Stefan Krampnagel auch ein Auge auf sie geworfen. Gab es deshalb Streit zwischen Ihnen?«

Sander schnaubte. »Dieser Idiot hatte nie eine Chance bei Lena. Sie hat sich über ihn lustig gemacht.«

»Und warum musste er dann sterben?«

»Er war ein Loser, ein Niemand. Und dann dachte er, er hätte ein Recht darauf, hinter jemandem wie Lena herzuhecheln? Ich habe ihm einen Gefallen getan.«

Die Kälte in Vanessa breitete sich weiter aus. Wie konnte Sander denken, er hätte ein Recht darauf, über andere Menschen zu urteilen? »Und was war mit Maria Keller? Hatte sie es auch nicht verdient, zu leben?«

Sein Gesicht verzerrte sich. »Diese blöde Schnepfe hat gesagt, dass meine Berechnungen nicht richtig wären. Dabei hatte sie gar keine Ahnung von Architektur. Sie wollte sich nur wichtigtun. Aber sie hat damit erreicht, dass der Leiter des Projekts in der Firma sich bei meinem Chef beschwert hat. Und der hat mich niedergemacht und von der Planung abgezogen. Mich! Zwei Tage später haben sie festgestellt, dass ein Fehler gemacht wurde, und mich wieder eingesetzt. Diese Idioten!«

Das erklärte, warum Dirk und ihr Vater keinen richtigen Grund gefunden hatten, aus dem Sander es auf die beiden Opfer abgesehen hatte. »Und was ist mit David Schulz? War er auch an dem Projekt beteiligt?«

»Nein.«

»Aber Sie kennen ihn, er war in Ihrer Firma beschäftigt.«

»Und?«

»Warum steht er auf Ihrer Liste? Waren Sie eifersüchtig auf ihn?«

Seine Augenbrauen schossen in die Höhe. »Warum zur Hölle sollte ich das sein? Der Typ war ein aufgeblasener Schönling. Keinerlei Substanz dahinter.«

»Sie wollten ihn tot sehen, weil er … was? In Ihren Augen minderwertig war?« Als Sander nicht antwortete, setzte sie nach. »Oder haben Sie ihn für Wallbaum auf die Liste gesetzt, weil er alles repräsentierte, was Ihr Freund nicht war?« Wieder erhielt sie keine Antwort. »Also war es so. Sie wollten Ihrem Kumpan dadurch das Morden erleichtern, richtig? Wussten Sie eigentlich, dass er sich an Lenas Leiche vergangen hat?«

Sander erstarrte. »Was?«

»Er hat sie vergewaltigt. War das Teil Ihres Plans?«

Wie erhofft explodierte Sander. Er sprang auf. »Das ist eine Lüge! So etwas würde er nie tun.«

Vanessa blieb ruhig. »Das hat er aber. Erst die Attrappe und hinterher auch Lena selbst. Offenbar hat er sich zu oft Ihr Video angeschaut. Vielleicht wollte er auch einfach mal wissen, wie es sich anfühlt, eine begehrenswerte Frau zu besitzen.«

»Nein!«

Erstaunt sah Vanessa ihn an. »Nein? Sie glauben, er hatte keine Bedürfnisse?«

»Er wusste, dass er Lena nicht anfassen durfte. Sie gehört mir!«

Vanessa schüttelte den Kopf. »Es stört Sie nicht, wenn er sie quält und tötet, aber dann regen Sie sich auf, weil er sich an ihr sexuell vergreift? Sie sind krank.« Damit stand sie auf und gab dem Wachmann ein Zeichen. »Ich werde dafür sorgen, dass Sie hier verrotten, Sander.«

Sander schrie etwas hinter ihr her, doch sie reagierte nicht mehr darauf, sondern verließ das Vernehmungszimmer. Als die Tür hinter ihr zufiel, lief ein Zittern durch ihren Körper. Sie hatte wirklich glauben wollen, dass er unschuldig war und ihm jemand die Morde angehängt hatte. Noch jemand, der sie belogen oder enttäuscht hatte, wie Dirk, wie ihr Vater. Wenn sie aber ehrlich war, traf sie das, was ihr Vater getan hatte, am meisten. Sie hätte nie geglaubt, dass er zu so etwas fähig wäre. Andreas Lux war immer ihr Idol gewesen, ihr Vorbild, jemand, der immer das Richtige tat. Es tat weh, zu wissen, wie sehr sie sich getäuscht hatte.

Epilog

Falk langweilte sich schon nach ein paar Stunden im Krankenhaus schier zu Tode. Sein Körper sagte ihm, dass er noch einige Tage hier verbringen würde, aber sein Kopf war damit ganz und gar nicht einverstanden. Verdammt noch mal, warum hatte er sich auch anschießen lassen müssen? Wallbaum war ganz sicher kein sonderlich guter Schütze gewesen, es war einfach nur Pech, dass er genau in der Schusslinie gestanden hatte. Ein paar Zentimeter weiter links, und er hätte fröhlich nach Hause gehen können. Stattdessen musste eine Notoperation vorgenommen werden, und nun lag er hier mit dicken Verbänden und musste sich von den Schwestern schikanieren lassen. Über das Essen wollte er lieber gar nicht reden.

Er brauchte dringend jemanden, der ihn ablenkte oder – noch besser – ihm zur Flucht verhalf. Gerade als er sich zum Nachttisch hinüberlehnte, um nach seinem Handy zu tasten, öffnete sich nach einem kurzen Klopfen die Tür. Ruckartig legte Falk sich zurück, um niemandem sein nacktes Hinterteil zu präsentieren. Ein heißer Schmerz zuckte durch seine Seite, Tränen schossen ihm in die Augen und ließen ihn halb blind zurück. Keuchend versuchte er, sich wieder zu fangen.

Jemand berührte ihn leicht am Arm. »Geht es dir nicht gut? Soll ich einen Arzt rufen?« Vanessas sanfte Stimme.

Aus Reflex wollte er sie anherrschen, konnte sich aber gerade noch zurückhalten. Nach dem, was sie durchgemacht hatte, brauchte sie jetzt nicht noch eine barsche Antwort. »Alles ... okay. Nur falsch ... bewegt.«

»Dann ist es ja gut.« Erleichterung klang in ihrer Stimme mit. Sie ging um sein Bett herum und setzte sich auf den Stuhl, der vor dem Fenster stand. »Wie geht es dir sonst? Ich habe gehört, die Operation ist gut verlaufen.«

»Ich fühle mich ... als hätte mir jemand ein paar Löcher ... in den Körper geschossen. Und ich langweile mich ... tödlich.«

Vanessa lächelte ihn müde an. »Das kann ich mir gut vorstellen. Wenn ich dir irgendetwas besorgen soll, das dich ablenkt, mache ich das gern.«

»Danke.« Falk sah sie genauer an. Sie wirkte, als wäre sie durch eine Mangel gedreht worden. Tiefe Schatten lagen unter ihren Augen, Falten hatten sich zwischen ihre Augenbrauen und um ihre Mundwinkel gegraben. Schmerz und Desillusionierung stand in ihren Augen. Kein Vergleich zu der jungen, energischen Kommissarin, die vor einer Woche das Büro betreten hatte. »Du siehst aus, als solltest du im Bett liegen und nicht hier herumlaufen.«

Wieder das schwache Lächeln, das ihre Augen nicht erreichte. »Das habe ich vor. Wir haben heute Wallbaums Wohnung und Werkstatt durchsucht.« Vanessa berichtete ihm, was sie dort vorgefunden hatten und wie sie anschließend zu Sander gefahren war.

Falk versuchte, sich aufzurichten, gab jedoch schnell auf. »Warum zum Teufel hast du das getan?«